Playlist para um final feliz

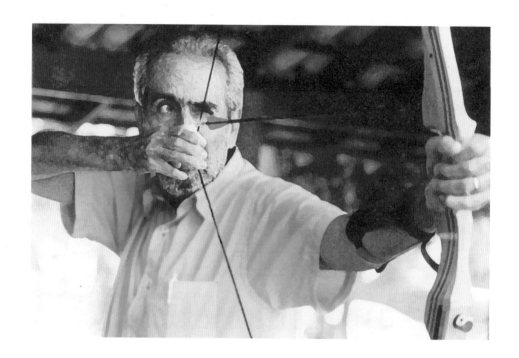

O Arqueiro

GERALDO JORDÃO PEREIRA (1938-2008) começou sua carreira aos 17 anos, quando foi trabalhar com seu pai, o célebre editor José Olympio, publicando obras marcantes como O menino do dedo verde, de Maurice Druon, e Minha vida, de Charles Chaplin.

Em 1976, fundou a Editora Salamandra com o propósito de formar uma nova geração de leitores e acabou criando um dos catálogos infantis mais premiados do Brasil. Em 1992, fugindo de sua linha editorial, lançou Muitas vidas, muitos mestres, de Brian Weiss, livro que deu origem à Editora Sextante.

Fã de histórias de suspense, Geraldo descobriu O Código Da Vinci antes mesmo de ele ser lançado nos Estados Unidos. A aposta em ficção, que não era o foco da Sextante, foi certeira: o título se transformou em um dos maiores fenômenos editoriais de todos os tempos.

Mas não foi só aos livros que se dedicou. Com seu desejo de ajudar o próximo, Geraldo desenvolveu diversos projetos sociais que se tornaram sua grande paixão.

Com a missão de publicar histórias empolgantes, tornar os livros cada vez mais acessíveis e despertar o amor pela leitura, a Editora Arqueiro é uma homenagem a esta figura extraordinária, capaz de enxergar mais além, mirar nas coisas verdadeiramente importantes e não perder o idealismo e a esperança diante dos desafios e contratempos da vida.

ABBY JIMENEZ

Playlist para um final feliz

Traduzido por Alessandra Esteche

Título original: *The Happy Ever After Playlist*

Copyright © 2020 por Abby Jimenez
Copyright da tradução © 2024 por Editora Arqueiro Ltda.
Publicado mediante acordo com a Grand Central Publishing,
Nova York, NY, Estados Unidos.

Todos os direitos reservados. Nenhuma parte deste livro pode ser utilizada ou
reproduzida sob quaisquer meios existentes sem autorização por escrito dos editores.

coordenação editorial: Taís Monteiro
produção editorial: Ana Sarah Maciel
preparo de originais: Cláudia Mello Belhassof
revisão: Ana Grillo e Carolina Rodrigues
diagramação: Guilherme Lima e Natali Nabekura
capa: Elizabeth Turner Stokes
ilustração de capa: Jenny Carrow
adaptação de capa: Natali Nabekura
impressão e acabamento: Bartira Gráfica

CIP-BRASIL. CATALOGAÇÃO NA PUBLICAÇÃO
SINDICATO NACIONAL DOS EDITORES DE LIVROS, RJ

J57p

Jimenez, Abby
    Playlist para um final feliz / Abby Jimenez ; tradução Alessandra Esteche.
- 1. ed. - São Paulo : Arqueiro, 2024.
    352 p. ; 23 cm.

    Tradução de: The happy ever after playlist
    Sequência de: Apenas amigos?
    ISBN 978-65-5565-707-4

    1. Romance americano. I. Esteche, Alessandra. II. Título.

	CDD: 813	
24-93068	CDU: 82-31(73)	

Meri Gleice Rodrigues de Souza - Bibliotecária - CRB-7/6439

Todos os direitos reservados, no Brasil, por
Editora Arqueiro Ltda.
Rua Artur de Azevedo, 1.767 – Conj. 177 – Pinheiros
05404-014 – São Paulo – SP
Tel.: (11) 2894-4987
E-mail: atendimento@editoraarqueiro.com.br
www.editoraarqueiro.com.br

Este livro é dedicado a meu marido e meus filhos.
Obrigada por serem meu final feliz.

No final do livro há uma lista das músicas citadas no início de cada capítulo. Se você já quiser ouvi-las ao longo da leitura, é só acessar o QR Code.

A playlist inclui todas as canções exceto as duas últimas, que são fictícias.

Abby Jimenez elaborou essa playlist com a ajuda da filha, e as canções têm tudo a ver com o que acontece em cada capítulo.

DISPONÍVEL NO SPOTIFY

1

SLOAN

▶ Playlist: In The Mourning | Paramore

— Quer que eu te encontre no cemitério, Sloan?

Kristen estava preocupada comigo.

Fiz que não com a cabeça, olhando para o console central do carro, onde estava o meu celular, no viva-voz.

— Não precisa. Eu vou passar na feira depois — falei, na esperança de que isso a acalmasse.

Parei o carro no sinal vermelho ao lado de uma calçada cheia de lojas antigas e carvalhos resistentes à seca, mas que pareciam estar finalmente cedendo à falta de chuva. Eu estava sendo cozida por aquele sol escaldante. O teto solar tinha quebrado durante o fim de semana da Páscoa, algumas semanas antes, e não mandei consertar, parte da tradição consagrada de não mandar consertar nada naquela porcaria de carro.

— Feira? Você vai cozinhar? — perguntou Kristen, com a voz cheia de esperança.

— Não. Talvez faça uma salada — respondi, e o sinal abriu.

Eu não cozinhava mais. Todos sabiam disso.

Havia muitas coisas que eu não fazia mais.

— Ah. Bom, quer que eu apareça na sua casa mais tarde? — perguntou ela. — Posso levar massa de biscoito e bebidas.

— Não. Eu vou… *Ai, meu Deus!*

Um borrão peludo cor de cobre passou em disparada, e eu pisei no freio com tudo. Meu celular voou como uma bala até o painel, e minha bolsa virou no banco do passageiro, espalhando absorventes e sachês de creme aromatizado para colocar no café.

– Sloan! O que aconteceu?

Segurei o volante com força, o coração batendo forte.

– Kristen, eu preciso desligar. Eu... eu acho que acabei de matar um cachorro.

Encerrei a chamada, tirei o cinto, desliguei o carro e coloquei a mão trêmula na porta, esperando uma brecha no trânsito para descer.

Por favor, que tenha sido rápido e indolor. *Por favor.*

Uma coisa dessas ia me destruir de vez. Era só o que faltava. O corpo sem vida do animalzinho de estimação de alguém embaixo do pneu daquela porcaria que era meu carro – naquele dia amaldiçoado – faria o pouco de alegria que me restava simplesmente desaparecer.

Eu odeio a minha vida.

Senti um nó na garganta. Eu tinha prometido a mim mesma que não ia chorar naquele dia. *Eu tinha prometido...*

Latidos.

Uma cabecinha de cachorro com as orelhas caídas surgiu por cima do para-choque, farejando o ar. Eu mal tive tempo de assimilar que o bichinho ainda estava vivo antes que ele pulasse em cima do capô. Ele latiu para mim pelo para-brisa, depois mordeu o limpador e começou a puxá-lo.

– Mas o que...

Inclinei a cabeça para o lado, rindo de leve. Os músculos envolvidos naquele sorriso estavam fracos pelo desuso e, por um instante, um piscar de olhos, esqueci que dia era.

Esqueci que estava indo visitar um túmulo.

Meu celular apitou várias vezes com uma série de mensagens. Provavelmente da Kristen, desesperada.

Era por isso que eu nunca acordava tão cedo. Por causa do caos. Era isso que acontecia em Canoga Park às nove da manhã de sexta-feira? Cachorros correndo desembestados pelas ruas?

Uma buzina soou e uma mão com um dedo médio em riste saiu de um conversível que passava. Meu carro estava parado no meio da rua com um cachorro no capô.

Entrei em ação para realizar um resgate no asfalto. Eu não queria que ele saísse correndo e fosse atropelado. Esperei uma nova brecha no trânsito enquanto o cachorro latia para mim pelo vidro, sentado no capô. Eu estava balançando a cabeça para ele quando ele deu um passo para trás, inclinou a cabeça meio que sorrindo, escalou o para-brisa e *mergulhou pelo teto solar*.

O cachorro caiu em cima de mim, uma pancada de pelos e patas voando. O ar foi arrancado dos meus pulmões, e eu soltei um *uf!* quando uma pata escorregou para dentro da minha regata pelo decote, aterrissando e me arranhando da clavícula até o umbigo. De repente, ele estava em cima de mim, com as patas nos meus ombros, lambendo o meu rosto e ganindo como se tivéssemos crescido juntos e eu tivesse acabado de voltar da faculdade.

Eu gritei como se alguém estivesse me comendo viva.

Dominei o cão e o coloquei no banco do passageiro, ofegante e descabelada, com baba de cachorro na cara, e, quando meu celular tocou, eu o peguei por reflexo.

– Sloan, você está bem? – perguntou Kristen antes mesmo que eu colocasse o telefone na orelha.

– Um cachorro acabou de entrar pelo meu teto solar!

– O quê?

– Isso que você ouviu. – Limpei o rosto com a barra da regata. – Ele está... está no banco do passageiro.

O cachorro *sorriu* para mim. Ele abriu um sorriso enquanto o rabo balançava de um lado para o outro. Em seguida, baixou a cabeça e emitiu uma espécie de *cacarejo*. Fiquei observando horrorizada quando ele cuspiu uma bola de grama viscosa direto no porta-copos, em cima do meu *latte* intocado.

Eeeee uma luz de viatura iluminou o meu retrovisor.

– Só pode ser brincadeira – falei baixinho, olhando do vômito para o cachorro e dele para as luzes no espelho.

Dei uma risadinha. Essa era a minha reação ao estresse. Isso e a pálpebra tremendo. Os dois juntos me faziam parecer doida.

O policial não sabia o que o aguardava.

– Kristen, eu te ligo depois. A polícia mandou encostar – falei, dando risada.

– Como assim?

– É. Pois é. Estou parada no meio da rua e agora a polícia está aqui.

Desliguei o celular, e a viatura acionou uma sirene impaciente atrás de mim. Avancei devagar até parar em um pequeno centro comercial. Olhei para baixo, arrumando a regata e balançando a cabeça, alternando entre resmungar para mim mesma a respeito de donos de cachorro irresponsáveis e rir como uma lunática.

Eu me perguntei se estava bonita o bastante para me livrar de uma multa.

Todas as evidências diziam que *não*.

Em outra época, em outro universo, este rostinho tinha ganhado concursos de beleza. Agora parecia que eu tinha lutado com um guaxinim por uma borda de pizza – e perdido.

Meus braços estavam marcados pelos arranhões do cachorro, e eu estava coberta de pelo laranja suficiente para formar um filhotinho. Meu cabelo loiro estava preso em um coque bagunçado que tinha se soltado quase todo na confusão, e a calça de academia junto com a regata manchada de tinta não iam me ajudar em nada. Meu rosto sem maquiagem estava pálido e cansado.

Fazia dois anos que eu estava cansada.

– Vamos ter que contar apenas com a personalidade – resmunguei para o cachorro. Ele sorriu, com aquela língua para fora, e eu lhe lancei um olhar de reprovação. – Seus pais vão ter que se explicar direitinho.

Abri o vidro e entreguei os documentos ao policial antes que ele pedisse.

– Muito bonito, senhorita… – disse o policial, olhando para os meus dados – Sloan Monroe. É ilegal obstruir o trânsito – completou ele, parecendo entediado.

– Senhor, não foi culpa minha. Esse cachorro disparou pela rua e simplesmente mergulhou pelo meu teto solar.

Dava para ver meu reflexo nos óculos de aviador do policial. Minha pálpebra tremeu e eu a fechei com força, olhando para ele só com um dos olhos. Meu Deus, eu parecia uma doida.

– Eu não nasci ontem, mocinha. Encontre alguma coisa que não exija bloquear o trânsito pro próximo vídeo do seu canal do YouTube e agradeça por estar sendo multada apenas por obstruir o tráfego e não por deixar o animal correr solto por aí.

– Espera. Você acha que ele é *meu*? – perguntei, tirando um pelo comprido da boca. – Eu entendo que nada diz mais *mãe de pet* do que um cachorro mergulhando pelo teto solar do carro, mas eu nunca vi esse carinha na vida.

Em seguida, olhei para o cachorro e comecei a rir. Ele estava com a cabeça no meu colo, em uma atuação digna de Oscar – no papel de meu-cachorro –, me encarando com olhinhos de "Oi, mamãe".

Eu bufei e caí em uma gargalhada maníaca, levando o dedo à pálpebra que tremia.

Hoje. Isso vai me acontecer justo hoje.

O policial ficou me olhando por uns trinta segundos, assimilando toda aquela loucura. Tenho certeza de que o vômito de cachorro no porta-copos não ajudou. Não que prejudicasse muito a aparência geral do meu carro detonado. Fazia dois anos que ele não era lavado. Ainda assim, o policial deve ter visto alguma coisa no meu rosto que inspirou alguma confiança, porque, por um instante, ele entrou na minha.

– Tudo bem. Então eu vou abrir um chamado no Centro de Controle de Zoonoses – disse ele, se virando para o rádio no ombro. – Pra tirarem esse pulguento perigoso das suas mãos.

Fiquei séria na mesma hora, tirando o dedo do olho.

– Não! Você não pode mandá-lo pro abrigo!

A mão dele ficou paralisada no microfone, e ele arqueou uma sobrancelha.

– Porque o cachorro é seu?

– Não, porque ele vai morrer de medo. Você nunca viu aqueles comerciais da Sociedade Protetora dos Animais? Com os cachorrinhos tristes em jaulas? E a música da Sarah McLachlan?

O policial foi rindo até a viatura para preencher a multa.

Quando cheguei em casa com o cachorro, afixei a multa na geladeira com o ímã de chinelo de dedo que Brandon e eu tínhamos comprado em Maui. Tanto a multa quanto o ímã fizeram um nó surgir na minha garganta, mas o cachorro escondeu a cabeça embaixo da minha mão e, de algum jeito, engoli o choro. Eram dez da manhã, O Dia, e até então eu estava cumprindo a promessa de não cair em prantos.

Parabéns pra mim.

Liguei para Kristen, que devia estar surtando e reunindo um grupo de busca por eu não ter atendido as últimas cinco ligações. Ela atendeu no primeiro toque.

– O que foi que aconteceu? Você está bem?

– Eu estou bem, sim. Estou com o cachorro. Ele está na minha casa. Levei uma multa por parar no meio da rua.

– Você está falando sério?

– Infelizmente, sim – falei, cansada.

Ela soltou um *tsc*.

– Você não empinou os peitos, né? Da próxima vez, empine os peitos.

Puxei a regata e revirei os olhos ao ver os arranhões entre os meus seios.

– Acho que prefiro ficar com a multa e o que restou da minha dignidade, muito obrigada.

Peguei uma tigela de plástico azul no armário, enchi com água da torneira e fiquei vendo o cachorro beber como se fizesse dias que não via água. Ele empurrou a tigela pelo chão de ladrilhos da minha cozinha antiquada, espirrando água para todo lado, e eu levei as mãos às têmporas.

Argh, que dia péssimo.

Aquilo era agitação demais para mim. Em geral eu nem saía de casa. E era *por isso* que eu não saía de casa. Pessoas e *coisas* demais. Minha vontade era rosnar para o sol e voltar a dormir.

– Vou ligar pro número que está na coleira. Já te ligo de volta.

Desliguei e olhei para a coleira. O código de área era estranho. *Rango, um bom garoto.*

– Bom garoto, é? Isso é discutível. Bom, Rango, vamos ver qual é a desculpa dos seus donos pra te deixarem correr solto no meio dos carros – resmunguei enquanto digitava o número no celular.

A ligação foi direto para a caixa postal, e uma voz grave disse: "Jason. Deixe seu recado."

Informei meu contato, desliguei e balancei a cabeça para o cão espirrando água pelo chão da cozinha.

– Você também deve estar com fome. Bom, eu não tenho ração, então vamos ter que ir à pet shop.

Talvez eu tivesse um bolo de limão da Starbucks pela metade no carro, mas já devia até estar duro.

Eu não tinha coleira, então improvisei uma com o cinto do roupão preto da Victoria's Secret que Brandon me deu no Natal antes do acidente. Rango começou a morder o cinto na mesma hora.

Perfeito.

Quando chegamos à pet shop, eu o levei até a veterinária da loja para ver se ele tinha microchip. Tinha, mas o número no arquivo era o mesmo da coleira. Não havia nenhum endereço registrado.

Que coisa mais inconveniente. Eu ficava toda hora verificando se o volume do meu celular estava alto.

Nenhuma ligação, nenhuma mensagem.

Eu estava contemplando minhas opções limitadas quando Rango fez xixi no chão do consultório. A cereja do bolo.

A veterinária não pareceu se abalar. Pegou toalhas de papel de um dispenser sem tirar os olhos do prontuário e me entregou. Rango se enfiou embaixo de uma cadeira e ficou com aqueles olhos tristes de filhotinho.

– Ele também comeu grama – falei, me abaixando e jogando as toalhas de papel por cima do xixi. – Acho que está com dor de barriga.

– Pode ser infecção na bexiga. É bom fazer um exame de urina.

Virei da poça de xixi para ela.

– Espera, *eu*? Você quer que *eu* pague por esse exame? Sério? O cachorro nem é meu.

Ela deu de ombros.

– Bom, saiba que, se for infecção, ele não vai conseguir segurar a urina. Amanhã é fim de semana, então a consulta vai ser mais cara se ninguém procurar por ele. Além disso, ele deve estar com dor. Se você não tiver como pagar, pode recorrer à Sociedade Humana. Podem cuidar dele lá.

O abrigo estava fora de cogitação. E a coisa da dor me pegou. Com a sorte que eu tinha, ia acabar, *sim*, tendo que voltar com ele até a veterinária no dia seguinte e pagar o dobro, implorando que fizessem o xixi parar. Coloquei o dedo na pálpebra que tremia.

– Tá. Pode fazer o exame. Talvez o dono me pague de volta.

Meu Deus, eu já estava prevendo o cansaço do dia seguinte.

Meu celular apitou, e eu olhei para a tela, cansada.

Kristen: O policial tinha aquele bigode de filme pornô que eles sempre têm?

Plim.

Kristen: Você devia ter chorado. Eu sempre me livro das multas soluçando sem parar. Só pra você saber.

Bufei. Ela estava tentando me arrancar um sorriso. Ela e o marido, Josh, estavam de vigias da Sloan naquele dia. Alerta máximo, código vermelho. Estavam de olho em mim... caso eu surtasse ou desabasse.

Acho que era mesmo uma boa ideia.

Duzentos dólares e uma infecção de bexiga bem cara depois, saímos com nossos antibióticos caninos. Além de pagar a conta da veterinária, comprei uma coleira e um pacote pequeno de ração. Eu precisava de suprimentos suficientes pelo menos até o dia seguinte, caso a situação acabasse se transformando em uma festa do pijama. Também comprei um osso e uma bolinha para mantê-lo ocupado. Eu não queria aquele demônio-da-tasmânia destruindo a minha casa.

Eu não sabia qual era a raça dele. Esqueci de perguntar à veterinária. Parecia uma espécie de *golden retriever* pequeno. Eu não ficaria surpresa se acabasse descobrindo que ele tinha DNA de texugo. Ele era meio selvagem. Que tipo de cachorro mergulha pelo teto solar de um carro?

Qualquer que fosse a raça, não era com isso que eu devia estar me ocupando naquele dia.

Eu devia estar com Brandon.

Colocando uma garrafa de bourbon Woodford Reserve na lápide dele. Sentada em um cobertor na grama ao lado do seu túmulo, dizendo o quanto eu sentia saudade dele, o quanto o mundo era pior porque ele não estava mais aqui, o quanto eu me sentia vazia por dentro e que não estava melhorando com o passar do tempo, como as pessoas diziam que aconteceria.

O dia 8 de abril marcava o aniversário de dois anos do acidente. Não da morte – ele sobreviveu por um mês antes de sucumbir aos ferimentos –, mas da batida. O dia em que a vida dele acabou de verdade. Em que a *minha* vida acabou. Ele nunca mais acordou. Sendo assim, o dia 8 de abril nunca mais seria um dia qualquer.

O ano tinha muitos dias assim para mim. O dia em dezembro em que ele me pediu em casamento. O aniversário dele. O *meu* aniversário. Os feriados, o dia do casamento que nunca aconteceu. Na verdade, a maior parte do calendário era um campo minado de dias difíceis. Um dia chegava, eu sobrevivia a ele, e outro vinha na minha direção, naquele fluxo frequente, até o ano acabar.

Mais um ano sem *ele*.

Por isso, naquele dia, eu tinha planejado me distrair. Fazer a visita ao cemitério e depois ser produtiva. Pintar alguns quadros. Comer algo saudável. Eu tinha me comprometido a não passar o dia dormindo como no ano anterior. Tinha prometido a mim mesma que ia ignorar o fato de que o mês de abril agora tinha cheiro de hospital e me fazia lembrar de pupilas dilatadas e máquinas apitando em ritmos que nunca mudavam.

Olhei mais uma vez para o celular.

Nada.

2

SLOAN

▶ affection | BETWEEN FRIENDS

Dez dias. Fazia dez maravilhosos dias, cheios de pelos na colcha, lambeijos pela manhã e rabo abanando, que eu estava com Rango.

Bati à porta da casa de Kristen, rindo de orelha a orelha. Quando ela abriu, ficou um tempo me olhando.

– Você conseguiu.

– Eu disse que ia conseguir – falei, radiante, entrando logo, sem esperar ser convidada.

Rango e o cachorrinho dela, Dublê Mike, começaram a se rodear, balançando o rabo e cheirando o traseiro um do outro.

Ela fechou a porta.

– Você veio andando? São mais de 10 quilômetros, sua louca.

– É, eu sei – respondi. Minhas reaparições à luz do dia vinham chocando familiares e amigos. – Preciso usar seu banheiro. Oliver está acordado?

– Não, está tirando uma soneca. – Ela me seguiu pelo corredor. – Meu Deus, você está mesmo amando esse negócio de ter um cachorro, né? O que me lembra: eu fiz uma coisa pra ele.

Ela desapareceu e voltou logo depois com uma camiseta de cachorro que dizia EU MERGULHEI PELO TETO SOLAR DA SLOAN E SÓ GANHEI ESTA CAMISETA.

Soltei uma risada pelo nariz. Kristen tinha uma loja on-line que vendia coisas para cachorros.

Entrei no banheiro, e ela enfiou a camiseta embaixo do braço e se apoiou no batente da porta. Josh não estava em casa, então voltamos imediatamente ao antigo hábito de colegas de apartamento de nunca fechar portas.

– Ele é incrível. Nunca vi um bichinho tão bem treinado – falei. – Alguém deve ter passado um bom tempo se dedicando a isso.

Lavei as mãos e olhei para o meu rosto corado no espelho, colocando alguns fios de cabelo rebeldes atrás da orelha.

– Nada ainda do tal do Jason?

Eu continuava sem nenhuma notícia do dono do Rango, que tinha passado os primeiros dois dias fazendo xixi pela casa, apesar dos antibióticos caros; e eu, dois dias passeando com ele sempre que possível para salvar meus tapetes.

Era milagrosa a motivação que uma poça de xixi de cachorro no seu chão inspirava. Sério. Melhor que um personal trainer. Meu smartwatch nunca tinha visto tanta atividade.

É claro que eu não conseguia pintar nada enquanto passeava com ele. Mas o meu corpo ficou bronzeado pela primeira vez desde sei lá quando, e eu tinha que admitir que era bom me exercitar. Então, mesmo quando ele sarou da infecção, continuamos com os passeios.

Naquele dia, eu estava me sentindo especialmente ambiciosa, então decidi ir andando até a casa da Kristen para fazer uma visita a ela e ao bebê. Imaginei que, se ficasse cansada, podia simplesmente chamar um Uber. Mas nós conseguimos, e a vitória era gloriosa.

– Nem sinal do Jason – respondi.

Eu tinha espalhado cartazes com a foto do Rango no cruzamento onde o encontrei e o tinha registrado em alguns sites de animais de estimação desaparecidos. Fiz até um registro na Sociedade Humana. E todos os dias deixava uma mensagem para Jason. Eu estava começando a achar que Rango havia sido oficialmente abandonado.

"Entããããão, eu salvei seu cachorro da morte certa e ele me agradeceu entrando pelo teto solar do meu carro que nem uma granada. Me liga pra gente combinar de você vir buscá-lo. Tenho muitas perguntas."

"Oi, Jason. É a Sloan de novo. Seu cachorro está fazendo xixi pela minha casa inteira por causa de uma infecção urinária que ele pe-

gou por ficar muito tempo sem sair pra fazer xixi. Seria ótimo se você viesse buscá-lo pra ele poder fazer xixi na sua casa, e não na minha. Obrigada."

"Sloan e Rango aqui. Embora o amor do Rango por comidas caras basicamente faça dele meu irmão gêmeo separado no nascimento, não tenho dinheiro pra continuar alimentando o seu cachorro. Será que você pode retornar as minhas ligações?"

Segui Kristen até a cozinha e dei a Rango uma tigela de água com alguns cubos de gelo. Em seguida, sentei no balcão de granito e ela me serviu um copo de chá gelado.

– Posso dizer o quanto estou feliz por você estar saindo de casa?

Meu humor murchou em um instante, e seus olhos castanhos me observaram por um tempo.

– Kristen? Você não acha estranho o Rango ter aparecido no dia do aniversário do acidente? Quer dizer, é estranho, né?

Ela esperou que eu continuasse, mexendo o gelo no copo de chá.

– O Rango literalmente caiu no meu colo. E você sabe de que raça ele é? Retriever da Nova Escócia. – Fui batendo a ponta do dedo no balcão a cada sílaba. – Um cão de caça, Kristen. Caçador de patos.

Kristen sabia melhor que ninguém o que aquilo significava. A caça a patos era o esporte favorito do Brandon. Ele ia para a Dakota do Sul todo ano para caçar com Josh.

– E se foi o Brandon que mandou ele pra mim? – falei, um nó se formando em minha garganta.

Ela abriu um sorriso de compaixão.

– Bom, eu acho que o Brandon não ia querer te ver tão triste – disse ela com delicadeza. – Dois anos é muito tempo pra ficar tão triste assim, Sloan.

Assenti e enxuguei o rosto com a camiseta. Com os olhos embaçados, fiquei olhando para o cadeirão à mesa da cozinha. A vida de Kristen era um lembrete doloroso de como a minha deveria ter sido. Se Brandon tivesse sobrevivido e tivéssemos nos casado, como havíamos planejado, eu provavelmente teria um bebê, que levaria para brincar com o filho de 1 ano de Kristen e Josh.

Kristen era minha melhor amiga desde o sexto ano. Nossos mundos seguiram a mesma trajetória desde a escola. Fizemos tudo juntas. Os grandes marcos das nossas vidas sempre se alinharam.

Brandon e Josh também eram melhores amigos. Eu imaginava nós quatro viajando e criando os filhos juntos. Comprando casas uma ao lado da outra. E Kristen tinha dado sequência ao plano sem mim. A vida dela seguira seu rumo, e a minha tinha sido destruída junto com a moto do Brandon. Eu estava presa em uma espécie de bloqueio de desenvolvimento, em um looping do qual não conseguia sair.

Até aquele momento.

Algo tinha mudado dentro de mim. Talvez tivesse sido a rotina que Rango me obrigava a manter, as caminhadas ou o sol. Talvez tivesse sido a ideia de que aquele cachorro de alguma forma era um presente do homem que eu tinha perdido, um sinal de que eu devia *tentar*. Sempre acreditei em sinais. Parecia improvável demais que aquilo fosse aleatório. De todos os carros do mundo, Rango correra na frente do meu. Era como se ele tivesse me *escolhido*.

Peguei o celular.

– Isso me lembra que é hora de ligar pro Jason.

A voz firme agora fazia parte da minha rotina diária. Mas, desta vez, quando a ligação caiu na caixa postal, uma voz feminina robótica me informou que a caixa estava cheia.

Um sinal?

Olhei para Kristen, que me observava em silêncio.

Pronto. Eu estava convencida. Mexi no celular e encontrei uma foto minha com Rango de alguns dias antes. Mandei a foto para Jason por mensagem.

– Você tem razão. O Brandon ia querer que eu fosse feliz. E esse tal de Jason, *se* ele aparecer um dia? Pode ir pro inferno.

3

JASON

▶ Middle Of Nowhere | Hot Hot Heat

O avião taxiou em direção ao portão ao som dos cintos de segurança se abrindo. O ar parou de entrar pelas pequenas aberturas acima dos assentos e na mesma hora eu senti calor. Tirei o suéter e puxei a parte da frente da camiseta preta.

Kathy se aproximou e ergueu as sobrancelhas.

– Que cheiro bom – disse ela com aquele sotaque australiano pesado. Em seguida, apalpou o meu braço. – Hummm! Linea, sente o braço dele aí do seu lado, ele é tão musculoso.

Linea estendeu o braço à minha frente para acertar a amiga com uma revista enrolada.

– O cara cede o assento na primeira classe pra um militar e você agradece passando a mão nele... Você devia estar... Uau, ele é musculoso *mesmo*!

Dei risada. Durante as quatro horas de voo da Nova Zelândia até a Austrália, eu tinha sido o recheio do sanduíche Kathy-e-Linea. Ficar espremido no assento do meio valeu o sacrifício. Aquelas duas desconhecidas eram muito engraçadas. Eu tinha me divertido a viagem inteira. Melhor que um bourbon de cortesia e uma toalha quente.

Quando o desembarque começou, eu me levantei para descer as malas de mão das duas.

– Jason – disse Kathy, à minha frente, esperando a mala. – Eu tenho uma filha solteira. Ela é enfermeira. Ela ia amar esses seus olhos azuis. Está interessado?

– Se ela tiver metade da sua beleza, é muita areia pro meu caminhãozinho.

Ergui a alça da mala e entreguei a ela, piscando.

– Seu atrevido. Tudo de bom para você – disse ela, se virando e começando a se afastar. – Obrigada pelo autógrafo. Vou entrar no Twitter pra te acompanhar – continuou, por sobre o ombro, saindo do avião atrás de Linea.

Abri um sorriso e peguei a mochila no compartimento superior, depois voltei para a fileira vazia para pegar o celular. Estava sem bateria quando embarquei. Desconectei o carregador portátil e liguei o aparelho pela primeira vez em duas semanas. Teve início uma sinfonia de toques.

De volta ao mundo real.

Quinze dias de mochilão. Eu estava com medo de tudo que teria que enfrentar depois de ficar tanto tempo indisponível. Devia ter umas cem mensagens só do meu agente, Ernie.

Digitei a senha e comecei a ouvir os recados, pendurando a mochila no ombro. A caixa postal estava cheia. Eu tinha ouvido quatro mensagens e aguardava na fila que tinha se formado no corredor para descer do avião quando ouvi uma voz de mulher que eu não conhecia.

"Hum, oi. Eu estou com o Rango… Ele estava correndo solto pela rua na Topanga Canyon Boulevard. Meu nome é Sloan. Meu número é 818-555-7629. Me avisa quando você puder buscá-lo."

Merda.

Joguei a mochila para a frente para procurar uma caneta. Anotei o número na mão e liguei, fazendo as contas de cabeça. Eram onze da manhã em Melbourne. Seis da tarde em Los Angeles.

Atende, atende, atende.

– Alô? – disse uma mulher, depois de três toques.

– Alô, você é a Sloan? Aqui é o Jason. Acho que você está com o meu cachorro. Alguém foi buscá-lo?

A linha ficou em silêncio por um tempo e achei que a ligação tivesse caído. Voltei para o corredor do avião e praticamente empurrei os outros passageiros para chegar rápido à porta, esperando conseguir um sinal melhor do lado de fora da aeronave.

– Alô? – repeti.

– É, eu ouvi. – A mulher parecia irritada. – Ainda estou com ele.

Retesei a mandíbula. Caramba. *Maldita Monique.*

Parei na ponte de acesso cheia e fui até a parede, segurando o celular com o ombro e me preparando para fazer a anotação na palma da mão.

– Me dá seu endereço. Vou mandar alguém buscá-lo.

– Não.

Hã?

– Como é que é?

– Não – repetiu ela.

– Como assim, não? Não, você não vai me deixar buscar o meu cachorro?

– Quer saber? Você é muito cara de pau mesmo. Faz quase duas semanas, e *agora* você decide que quer o cachorro de volta?

Duas semanas? Fazia *duas semanas* que Rango estava perdido?

– Eu estava viajando. Estava sem cobertura de celular. Eu não sabia que ele estava perdido. Posso pagar uma recompensa. Por favor, me dá seu endereço e eu...

– Não. Ele não é mais seu cachorro. Quase foi parar num abrigo, e quem sabe o que teria sido dele. Eu espalhei cartazes, consultei o microchip, divulguei na internet, deixei dezenas de mensagens pra você. Eu fiz a minha parte. Você o abandonou. Então, no que depender de mim, agora ele é *meu* cachorro.

Ela desligou.

Fiquei olhando em choque para o celular. Liguei de novo e caiu direto na caixa postal.

Xingando baixinho, liguei para Monique.

– Você perdeu o Rango? – perguntei, quase rosnando, sem me preocupar em baixar a voz por causa dos passageiros que ainda estavam desembarcando.

– Oi pra você também, Jason.

Ouvi o barulho do salto alto. Eu praticamente vi Monique à minha frente, com um latte desnatado em uma das mãos e aqueles óculos de sol enormes que ela sempre usava, sacolas de compras penduradas nos braços, *sem* procurar pelo meu cachorro.

– Faz duas semanas que o Rango está perdido? Por que você não foi atrás dele? Ou fez uma ligação de emergência pra mim? Que merda é essa, Monique? Você devia estar cuidando dele!

– Eu trabalho, Jason. E eu fui atrás dele, sim. Mais ou menos.

Nesse momento, ouvi um barulho que parecia ser de um vagão do metrô.

– Espera. – A incredulidade correu pelas minhas veias. – Onde é que você está?

Uma pausa longa.

– Nova York – respondeu ela, baixinho.

– Faz quanto tempo que você está em Nova York?

Silêncio, mais uma vez.

– Duas semanas.

Agarrei o celular com tanta força que as minhas juntas ficaram brancas.

– Está tudo acabado. Tudo – falei, sibilando.

– Jason, quando a Givenchy liga, você não diz que não pode participar do ensaio pra *Vogue* porque tem que cuidar do *cachorro* do cara que você tá pegando. Sinto muito, tá? Não…

Desliguei. Eu já tinha ouvido o bastante. Era como se ela tivesse perdido o meu *filho* e corrido para uma porcaria de ensaio fotográfico. Aquilo era imperdoável.

Tentei ligar para Sloan mais uma vez. Caixa postal.

Sem saber o que fazer, fiquei parado no portão de desembarque ouvindo o restante das mensagens enquanto a chuva caía nas janelas que davam para a pista e iam do chão ao teto.

A tal de Sloan não estava brincando. Ela tinha tentado *mesmo* falar comigo. Todos os dias, durante uma semana, ela deixou uma mensagem falando do Rango. Fui ficando cada vez mais irritado conforme as mensagens demonstravam o total descaso de Monique pelo meu cachorro.

Ele estava no meio da rua.

Estava com uma infecção urinária por ter ficado muito tempo sem sair para fazer xixi.

A mulher espalhou cartazes por toda parte, em lugares onde Monique teria visto se tivesse se dado ao trabalho de procurar.

Ele mergulhou pelo teto solar da mulher. Como é que *isso* foi acontecer?

Esfreguei as têmporas. Rango detestava canis. Monique levava jeito com ele, pelo menos na minha frente, e na época eu não tinha ficado preocupado. Ela disse que o levaria para passear quando saísse para correr.

Idiota, idiota.

Eu devia ter levado Rango de avião até Minnesota para deixá-lo com a minha família. Fiz merda. Teria sido uma viagem de mais de 3 mil quilômetros, mas pelo menos ele estaria seguro.

Passei a mão no rosto e cocei a barba, cansado. Que merda, o que é que eu ia fazer agora? A mulher tinha roubado o meu cachorro.

Quando terminei de ouvir as mensagens de voz, percorri as mensagens de texto e vi uma do número que tinha anotado na palma da mão. Cliquei, e uma foto do Rango surgiu na tela. *Foi ótimo não te conhecer.*

Na foto, uma mulher estava com o braço em volta do peito do Rango. Não dava para ver seu rosto. A cabeça dele cobria seus lábios. Ela usava óculos escuros e o cabelo estava escondido em um chapéu. Seu braço era coberto de tatuagens do ombro até o cotovelo. Inclinei a cabeça e analisei as tatuagens, dando zoom na imagem. Li o nome Brandon tatuado no braço dela. Então a tela se iluminou com uma chamada recebida. Daquele número. Eu me assustei e me atrapalhei na hora de atender.

– Alô?

– Se você ama o seu cachorro, prove.

– Como é que é?

– Não me sinto bem com a ideia de ficar com o seu cachorro se você o ama *de verdade*. Então, se você o ama, prove.

Pisquei surpreso.

– Tá. E como você sugere que eu faça isso?

– Ele é *seu* cachorro, né? Provar que o ama deve ser fácil.

Minha mente acelerou.

– Tá, espera – falei, tendo uma ideia.

Abri as fotos do meu celular e selecionei várias: Rango e eu na praia, Rango e eu andando de bicicleta. Em seguida, fiz uma captura de tela do papel de parede do celular: Rango, sentado atrás de todos os ícones. Mandei as fotos para ela.

– Pronto. Dá uma olhada nas suas mensagens.

Ouvi uns barulhos. Ela ficou em silêncio por mais tempo do que eu sabia que era necessário para ver todas as fotos.

– Olha só – falei, rompendo o silêncio, esperando que ela ouvisse. – Ele é o meu melhor amigo. Ele foi comigo quando eu me mudei de Minnesota pra Los Angeles. Eu deixei o Rango com uma pessoa em quem eu achava que podia confiar. Eu amo o meu cachorro. E quero ele de volta. *Por favor.*

Ela ficou tanto tempo em silêncio que eu achei que a ligação tivesse caído.

– Tá – sussurrou ela.

Soltei um suspiro de alívio.

– Ótimo… obrigado. E eu vou te reembolsar pelo tempo dedicado a ele e pelas contas com o veterinário…

– E pela multa.

– Multa?

– Eu fui multada por parar no meio da Topanga Canyon Boulevard pra colocar o Rango dentro do carro.

Afastei o celular dos lábios e soltei um suspiro de frustração. Não com Sloan, mas com Monique e sua incompetência.

– Tudo bem, sem problema. Olha só, eu agradeço muito por tudo que você fez por ele. Se puder me dar algumas horas pra encontrar um canil, eu…

– Um canil? Por quê?

– Eu estou na Austrália a trabalho e vou ficar mais duas semanas aqui.

– Hum, e quem é que estava cuidando dele?

– Alguém que nunca mais vai fazer isso – respondi, seco.

Pendurei a mochila nos ombros e segui as placas até a alfândega.

– Eu posso ficar com ele até você voltar. Eu trabalho em casa. Não vai ser nenhum incômodo.

Pensei na oferta por um instante. Minha mente viajou até a foto que ela tinha mandado e as mensagens de voz sobre as idas ao veterinário e os passeios. Ela parecia gostar muito dele. Quer dizer, caramba, ela estava pronta para ficar com ele de vez. E ele já tinha passado duas semanas com ela. Ele a conhecia. Seria melhor do que ficar em um canil. E eu não tinha mais a quem recorrer. Além de Monique e Ernie, que não tinha muito jeito com cachorros, eu não conhecia ninguém em Los Angeles o suficiente para fazer um pedido desse.

– Você não se importaria? – perguntei, subindo em uma esteira rolante.

– Não. Eu amo o Rango.

A tristeza na voz dela me fez sorrir. Não que eu sentisse algum prazer na infelicidade de Sloan – eu não era insensível ao fato de que até meia hora antes ela achava que o Rango era dela e agora ia ter que abrir mão dele. Mas era bom saber que a pessoa que estava cuidando do meu cachorro realmente gostava dele.

– Seria ótimo. Eu odeio pensar em colocar o Rango num canil.

– Ele ia ficar arrasado – concordou ela, parecendo um pouco arrasada também.

– Ei, posso retornar daqui a pouco?

Eu tinha passado horas em um avião. Precisava achar um banheiro.

Quando retornei a ligação a caminho da esteira de bagagens, nós dois parecíamos ter nos beneficiado daquele tempinho. A voz dela agora parecia quase tímida. Por um instante, achei que tivesse me reconhecido nas fotos. Ou talvez só estivesse se sentindo mal por ter ficado tão irritada comigo. De qualquer forma, fiquei feliz. Já que ela ia cuidar do Rango para mim, era bom que fôssemos pelo menos cordiais um com o outro.

Por um tempo, falamos sobre um valor pelo serviço de babá de cachorro. Em seguida, passei para outras questões logísticas.

– Me manda seu endereço pra eu te mandar um caixote – falei.

– Um caixote? Por quê?

– Ele dorme num caixote à noite. Se o caixote não estiver perto, ele tem uma tendência a destruir a casa, como você já deve ter percebido.

– Ele não destruiu nada, só o cinto do meu roupão no primeiro dia. E ele dorme comigo, na minha cama.

Eu ri.

– Acho improvável que ele não esteja mastigando seus móveis. É o passatempo favorito dele.

Pernas de cadeiras, o braço do sofá, os batentes das portas... Rango destruía *tudo*.

Encontrei a esteira de bagagens e esperei com os outros passageiros do meu voo enquanto a esteira rodava, vazia.

– Depois do cinto, ele não mastigou mais nada – disse ela. – Ele é um anjo.

– Sério? – perguntei, incrédulo.

Ela soltou uma risada.

– Eu não ia tentar ficar com um cachorro que estivesse destruindo a minha casa.

– Faz sentido. Bom, fico feliz que ele esteja se comportando como um cavalheiro – falei, olhando para o relógio e avistando a primeira mala vindo pela esteira.

O ensaio ia começar dali a duas horas.

– Ainda estou com os arranhões de quando ele mergulhou pelo teto solar. Aliás, foi você que ensinou isso pra ele?

– Hum, não. Ele fez isso mesmo?

– Você acha que eu ia inventar um negócio desses? Espera. – Uma pausa. – Pronto, olha lá. Eu te mandei a multa.

Recebi uma foto no celular. Era uma multa do Departamento de Polícia de Los Angeles com um ímã de chinelo de dedo em cima das informações dela. O policial tinha detalhado toda a cena, incluindo a parte do teto solar.

Balancei a cabeça.

– Inacreditável. Ele nunca fez nada parecido. – O Rango devia estar enlouquecido. – Mas ele tem muita energia mesmo.

– Ele só precisa se exercitar.

Rango devia estar surtando com Monique.

– Tem certeza que não quer o caixote?

– Absoluta. Ele vai dormir comigo enquanto estiver aqui. É uma questão de princípios pra mim. E eu não vou te dar o meu endereço. Vai que você é um stalker.

Bufei.

– Eu não sou nenhum stalker.

– É, bom, isso é exatamente o que um stalker diria.

Percebi que ela estava *sorrindo*.

– Quantos anos você tem? – perguntei. De repente, fiquei curioso.

Foi a vez dela de bufar.

– Bom, *isso* foi desnecessário.

– O quê? Perguntar a sua idade? É a primeira coisa que eu perguntaria se estivesse entrevistando alguém pra cuidar do meu cachorro – argumentei, embora não fosse exatamente esse o motivo do meu interesse.

Eu tinha gostado das mensagens dela. Eram muito engraçadas.

– Bom, isso seria ilegal. Você não pode perguntar a idade da pessoa numa entrevista de emprego.

Abri um sorriso.

– O que é que eu posso perguntar?

– Vamos ver, você pode perguntar qual é minha experiência.

– Você trabalha com RH? Pelo visto tem muito conhecimento sobre como conduzir uma entrevista adequada.

– Viu, *essa* é uma pergunta que você poderia fazer.

Espertinha.

– E eu achando que o emprego já era meu – observou ela.

– E é. Por quê? Eu não posso saber um pouco sobre a pessoa que está dormindo com o meu melhor amigo?

Ouvi Sloan bufando e sorri mais uma vez.

– Seu melhor amigo está dormindo com uma jovem inteligente o bastante pra saber que não deve dizer a um desconhecido onde ela mora e quantos anos tem. Por acaso a próxima pergunta que você vai fazer é se eu estou sozinha em casa?

– Está?

– Aí. Você com certeza é stalker.

– Já fui chamado de coisa pior.

– Aposto que já – disse ela. Uma pausa. – Eu moro sozinha.

– Tá. Tem algum outro animal de estimação?

– Não. Que entrevista minuciosa. Tenho a impressão de que você não fez essas perguntas da última vez que contratou uma babá pro seu cachorro – disse ela, sarcástica.

Sorri mais uma vez.

– Estou tentando aprender com os meus muitos erros.

– Eu não tenho nenhum outro bicho. Mas cresci cercada de pastores-alemães. Esse tipo de cachorro precisa gastar energia. Eles ficam destrutivos se não estiverem cansados. Rango é um cão de caça. Foi criado pra um nível de atividade alto.

Eu sabia disso, claro, mas me impressionou o fato de ela também saber.

– Quer dizer que você está mantendo o Rango ocupado?

Ouvi água corrente e pratos batendo do outro lado da linha. Em seguida, ouvi Sloan falando com Rango baixinho ao fundo, e meu sorriso se alargou. Ela perguntou se ele era um bom garoto e se queria um petisco. Ele latiu.

– Eu passeio com ele 8 quilômetros por dia – respondeu ela. – Meu bronze está lindo.

– Eu adoraria ver isso. Me manda uma foto.

Eu estava brincando… *mais ou menos*. Queria ver como ela era. Estava curioso.

– E agora você vai receber um processinho. Assediando sexualmente uma funcionária. – Ela soltou um muxoxo. – Você deve ser o pesadelo do departamento de recursos humanos.

– Que nada, eu só sou um incômodo pra mim mesmo.

– Ah, é? O que você faz?

Então ela não me reconheceu. Não era incomum – e era algo que eu vinha me esforçando muito para mudar. Minha mala veio pela esteira. O violão veio algumas bagagens atrás.

– Sou músico.

– Ah, um desses tipinhos de Hollywood. Deve estar em turnê ou gravando a trilha sonora de um filme independente fora do país.

Ela não estava tão enganada assim. Meu Deus, será que eu era clichê a esse ponto?

– Mais ou menos isso. Estou viajando com um grupo. E tem um filme envolvido. Mas não é independente.

O filme era meio importante, na verdade, mas eu não gostava de ficar falando nisso. Embora fosse algo comum em Los Angeles, dar carteirada de famoso fazia com que eu me sentisse um babaca.

Tirei a mala e o violão da esteira. Agora eu estava com as duas mãos ocupadas e segurando o celular no ouvido com o ombro. Eu precisava passar pela alfândega e pegar um Uber até o hotel, ou seja, eu precisava desligar. Mas, em vez disso, fui até o banco que ficava perto da entrada da esteira de bagagens e me sentei, colocando o estojo do violão ao meu lado.

– Humm… – disse ela, parecendo entediada. – Todos são famosos por aqui.

Ela não insistiu para saber mais sobre o filme. Não pareceu interessada. Fiquei um pouco surpreso. Quando conheci Monique, ela só queria saber quem eu era e quem eu conhecia. Pensando bem, não sei se isso mudou depois. Era revigorante falar com alguém que não estava interessada no que eu podia fazer pela carreira dela. Para falar a verdade, eu estava um pouco cansado de falar sobre isso.

Mudei de assunto.

– E você, o que faz?

– Nada de interessante – respondeu ela de um jeito vago.

– Como é que você sabe que eu não vou achar interessante? Você trabalha em casa e tem tempo pra passear 8 quilômetros todos os dias e resgatar cães perdidos. Eu gostaria de saber o que proporciona um horário tão flexível. Sabe, pra avaliar se o seu estilo de vida é compatível com o de babá de cachorro.

Ela fez um barulhinho que imaginei vir acompanhando de um revirar de olhos.

– Sou artista plástica.

– E como isso não é interessante?

– Não é. O que eu pinto não é interessante.

– Então por que você pinta? Não pode pintar o que quiser?

Apoiei o tornozelo sobre o joelho e me recostei no banco.

O barulho de água corrente ao fundo parou, e ela ficou em silêncio por um tempinho.

– Qual é o endereço do seu site? – perguntei.

Eu tinha quase certeza de que ela não ia responder, mas achei que devia arriscar.

– Eu não tenho site. E, se tivesse, não te diria.

Eu sorri.

– Você é consistente. Eu gosto disso numa babá de cachorro. – Em seguida, olhei para o relógio. – Tenho que ir.

– Tá. Bom... boa viagem, eu acho.

– Sloan? Obrigado. Nem sei dizer o quanto é importante pra mim que você tenha resgatado o Rango e cuidado tão bem dele. E agradeço muito por você cuidar dele até eu voltar.

Ela ficou um tempo em silêncio.

– Obrigada por agradecer – disse ela por fim.

Meus lábios se retorceram em um sorrisinho torto.

– Vou manter contato.

4

SLOAN

▶ ocean eyes | Billie Eilish

Olhei as fotos do Rango com Jason.

De novo.

Eu não parava de olhar para elas desde a nossa conversa no dia anterior. Depois de ter enchido tanto o saco dele com essa questão, acabou que *eu* é que virei stalker.

Jason era gostoso. Não, era *mais* do que isso. Era *gostoso* nível barba, cabelo castanho grosso, sorriso sexy, olhos azuis. *Gostoso* nível abdômen definido na praia.

Eu assistia a muitos programas policiais e dei uma de psicóloga forense analisando a captura que ele mandou da tela de bloqueio do celular.

O horário do celular era o da Austrália, então ele estava *mesmo* lá, como tinha dito.

A história de ser músico parecia verdadeira. Ele ostentava uma quantidade desproporcional de aplicativos de música. Não tinha Tinder nem outros aplicativos de namoro. Tinha Uber, X e YouTube. Todas as redes sociais de praxe. Estava com toneladas de notificações, mas tinha acabado de pousar e disse que havia ficado algumas semanas fora da área de cobertura, então isso fazia sentido e conferia credibilidade à história.

No geral, nenhum alerta que gritasse mentiroso patológico ou assassino em série. E era bem fofo Rango ser seu papel de parede.

Coloquei a mão na cabeça dele e acariciei seu pelo.

– Por que você não me contou que o seu pai era tão bonito?

Ele se aproximou e deixou que eu beijasse sua cabeça.

Dizer que eu estava triste com a ideia de perder Rango dali a duas semanas era o eufemismo do ano.

Rango me fez mudar. Eu estava me sentindo bem. Melhor que em muito tempo. E me dei conta de que, em algum momento ao longo daqueles dois anos, o cansaço que vinha com o luto tinha se transformado no cansaço que vinha com a falta de atividade e uma dieta péssima, composta de cafeína e açúcar.

Rango fez com que eu me movimentasse. Ele deu um propósito aos meus dias. E agora ia me deixar dali a duas semanas. Entrei em pânico ao pensar que ia ficar sozinha de novo, como se eu não soubesse de que forma manter aquela Sloan nova e melhorada sem ele.

Eu tinha chegado tão perto de ficar com ele. Mas, depois que desliguei o celular, pensei no que Jason disse, que estava fora da cidade e não sabia que Rango estava perdido. Eu não era ladra de cachorro. Se eu suspeitasse, por um segundo que fosse, que ele ia voltar para um lar negligente, teria ficado com ele sem nem pensar duas vezes. Mas eu não podia tirá-lo de alguém que o amava de verdade.

Josh veio da garagem, limpando as mãos em um pedaço de pano.

– Tudo pronto. O aquecedor de água está funcionando.

Sorri para ele.

– Obrigada.

– Você devia ter deixado a gente comprar o aquecedor pra você – disse ele, olhando bem sério para mim.

Josh era como um irmão mais velho. Brandon ficaria feliz de saber que seu melhor amigo estava cuidando de mim daquele jeito. Mas eu não queria me aproveitar da situação. Já bastava ele consertar metade das coisas que quebravam na minha casa de graça – ele não precisava, além disso, pagar por elas. Comprei e mandei entregar o aquecedor novo antes mesmo de contar ao Josh que o antigo tinha quebrado. Do contrário, ele teria simplesmente comprado para mim.

– Tudo bem. Eu tenho dinheiro – menti. – Recebi umas comissões extras esta semana.

Ele ficou me olhando por um bom tempo, mas eu não me entreguei.

– Tá bom. – Ele olhou para o celular. – Bom, vou pra casa liberar a babá. A Kristen já está vindo com o jantar.

Eles gostavam de me alimentar. Acho que imaginavam que, se não fizessem isso, eu ia morrer de fome. Fazia seis meses que eu tinha insistido que eles trouxessem o jantar apenas uma vez por semana. Antes eles faziam isso todos os dias, mas aquilo estava começando a ficar ridículo. Eles tinham um bebê e a própria vida, e eu não queria sentir que era responsabilidade deles. Kristen jamais admitiria, mas acho que foi um alívio. Ou porque ela achou que eu estava melhorando ou porque ficou feliz por não ter que se despencar até a minha casa todos os dias. Eu enchi o freezer de comida congelada e choquei os dois ao não morrer de desnutrição.

– Até mais – disse Josh.

Em seguida, ele me abraçou, acariciou as orelhas do Rango, me deu um sorriso mostrando as covinhas e foi embora.

O cachorro deitou a cabeça no meu colo, e eu olhei para ele. Peguei o celular, abri a câmera e tirei uma foto.

– Aposto que o Jason vai gostar de ver umas fotos das suas férias – falei, mandando a foto para ele.

Sloan: Exausto após um passeio de 10 quilômetros!

Larguei o celular e recostei a cabeça no sofá. Meu celular apitou.

Jason: Aposto que ele adorou.

Outro apito.

Jason: Nenhuma foto sua?

Revirei os olhos. Bonito ou não, ele era um desconhecido. Eu não ia mandar fotos minhas.

Sloan: Você acha que a minha aparência influencia a minha capacidade de cuidar do seu cachorro?

Os três pontinhos começaram a dançar na tela, avisando que ele estava digitando uma resposta. Abri um sorriso. Eu meio que tinha gostado de conversar com ele no dia anterior. Me ajeitei no sofá, sentando em cima das pernas enquanto esperava a resposta.

– Seu pai é um paquerador – falei para Rango.

Ele me olhou com aqueles olhos suaves cor de cobre e voltou a apoiar a cabeça no meu colo.

Jason: Você já viu fotos minhas. Não acho estranho eu querer dar um rosto pro seu nome. Você está cuidando da minha pessoa favorita no mundo e eu nem te conheço.

Retorci os lábios. Ele tinha um pouco de razão. Ainda assim...

Sloan: Você é um desconhecido. Pode ser um pirata.

Os pontinhos voltaram a saltar na tela.

Jason: Verdade. Arrr!

Eu ri.

Jason: Você gosta de jogos?

Aonde ele estava indo com aquilo?

Sloan: Depende.

Jason: De quê?

Sloan: Se alguém vai acabar bêbado ou pelado. Não gosto desse tipo de jogo. Eu sempre fico sóbria e tenho que levar todos os bêbados pelados pra casa.

Jason: 😄 Não é esse tipo de jogo.

Sloan: Então pode falar.

Jason: Todos os dias eu posso fazer uma pergunta pra te conhecer melhor. E, se você não quiser responder, tem que me mandar uma foto.

Balancei a cabeça enquanto digitava.

Sloan: De que tipo de pergunta estamos falando? De sim ou não, isso ou aquilo?

Jason: HAHA! Não, muito infantil. Perguntas reais. Eu posso perguntar o que quiser, e você tem que ser sincera.

Sloan: Eu também posso te fazer uma pergunta por dia?

Jason: Claro.

Sloan: E se você não quiser responder?

Jason: Eu vou responder.

Sloan: Que tal o seguinte: se você não quiser responder, tem que me deixar ficar mais um dia com o Rango.

Uma pausa entre as mensagens. O ventilador de teto emitia um clique constante enquanto eu esperava.

Jason: Combinado.

Sloan: Combinado.

As perguntas dele iam ser safadas. Eu tinha quase certeza. Ele queria uma foto, então provavelmente ia perguntar coisas que achava que eu jamais responderia. Mas o jogo era fascinante. E eu gostei da ideia de fazer perguntas sobre aquele homem bonito e misterioso. Ia ser divertido.

Jason: Pronta pra minha primeira pergunta?

Sloan: Pronta.

Jason: Por que você não pinta o que quer pintar?

Fiquei olhando para a mensagem. Definitivamente *não* era o que eu estava esperando.

Será que ele perguntou isso para despistar? Será que o meu constrangimento com a minha arte chamou a atenção dele durante a nossa conversa rápida no dia anterior? Respirei fundo e soltei o ar. Agora eu quase queria que fossem perguntas de sim ou não, isso ou aquilo.

Decidi desviar do assunto.

Sloan: Sério? Essa pergunta? Parece um desperdício. Vou te dar mais uma chance.

Jason: Eu não quero mais uma chance.

Em seguida:

Jason: Mas eu não ia achar ruim receber uma foto.

Contraí os lábios.
– Tá – resmunguei para mim mesma.

Sloan: Eu não pinto o que quero desde que o meu noivo morreu, há dois anos.

Os pontinhos saltaram na tela. Depois desapareceram. E voltaram.

Jason: Sinto muito.

Uma pausa enquanto ele digitava de novo.

Jason: Às vezes o pior lugar pra viver é entre uma coisa e outra.

Pisquei surpresa ao ler a mensagem.
– É... – sussurrei.
Os pontinhos voltaram a saltar na tela.

Jason: Sua vez. Qual é a sua pergunta?

Fiquei feliz por ele mudar de assunto. Eu não queria falar sobre aquilo. Pensei na pergunta e decidi me divertir um pouco.

Sloan: Como você sobreviveria a um apocalipse zumbi?

Os pontinhos ficaram saltando por vários minutos. Depois eu recebi uma mensagem, mas só três palavras surgiram na tela.

Jason: Vou te ligar.

O celular tocou.
– E aí? – perguntei, atendendo sem dizer alô.
– Minha resposta é longa demais para escrever.
– Você pensou tanto assim sobre um apocalipse zumbi?
– Você não? É uma questão importante – respondeu ele, com a voz séria.
– É só uma questão de tempo, na verdade.
Percebi que ele estava sorrindo quando continuou a falar.
– Pra sobreviver, é preciso ir pra um lugar onde a ameaça de outros seres humanos ou zumbis seja mínima. A gente teria que ir pra um lugar remoto.
– A gente?
– Você e eu.
– Como você sabe se eu sou qualificada pra estar na sua equipe de sobrevivência ao apocalipse zumbi?
– Você é?

Soltei uma risada.

– Claro que sou. Mas você não sabia. Você sempre dá trabalhos importantes pras pessoas sem conferir suas qualificações? Parece que isso é comum pra você.

Puxei uma coberta sobre mim e o Rango e peguei meu café gelado, me aconchegando no sofá.

– Tem razão. Tem toda a razão. Pra entrar pra minha equipe de sobrevivência, é preciso passar por uma entrevista completa satisfatória, demonstrar habilidades de sobrevivência e fazer um exame físico completo. Eu mesmo vou conduzir esse exame.

Eu ri *alto*.

– Tá, então, se eu passar em todos esses testes, a gente vai se esconder numa área rural? Uma espécie de cabana? – perguntei, levando o canudo aos lábios, ainda rindo.

– Isso, na minha propriedade no norte de Minnesota, onde podemos viver da terra até tudo voltar ao normal.

Ergui as sobrancelhas.

– Viver da terra? Você sabe fazer isso?

– Você achou que o Rango fosse só um rostinho bonito?

– Você caça? Com o Rango?

Olhei para o cachorro. Brandon ia amar ter um cão de caça.

Meu celular fez um barulho, e Jason ficou quieto por um instante.

– Olha o seu celular.

Recebi uma foto do Rango com um colete salva-vidas na proa de um barquinho de pesca em um lago que parecia agitado. Havia uma espingarda apoiada no banco do barco e um céu cinzento e nublado atrás dele.

Jason não estava na foto, e senti uma pontada de decepção. Depois, fiquei decepcionada *comigo mesma*. Eu tinha me tornado uma espécie de voyeur daquele homem lindo.

Era estranho me sentir atraída por alguém e mais estranho ainda por alguém que eu nem conhecia. Eu não tinha nem reparado em outro homem desde a morte de Brandon. A sensação era de que eu estava traindo o meu noivo.

– E você cozinha essa carne que mata? – perguntei.

– A carne é consumida – disse ele, um tanto evasivo.

– Você dá pra sua mãe – falei, impassível.

Ele riu.

– Ela é uma excelente cozinheira. Não é nenhuma vergonha dar a carne pra minha mãe.

– Quer dizer que você caça. Sabe usar armas de fogo. Tem um bunker na floresta. Você parece *mesmo* um bom candidato a sobreviver a um apocalipse zumbi – admiti. – Talvez eu entre pra sua equipe. Mas não sei o que acho de me esconder no norte de Minnesota no inverno.

– Você ficaria surpresa com o quanto a cabana fica quente com a lareira acesa. E podemos compartilhar calor humano.

Arqueei as sobrancelhas.

– Você flerta *demais* pra alguém que nunca me viu. E se eu for horrorosa?

– Ah, quer dizer que você é contra eu flertar com você baseado apenas na sua personalidade?

Nessa ele me pegou.

– E se eu tiver namorado?

– Você tem?

Dei um sorrisinho.

– Parece uma pergunta pra rodada de amanhã de verdade ou foto.

– Ah, vai! Você não pode me dar essa de brinde? É uma pergunta simples de sim ou não. Eu não devia saber se o Rango está convivendo com outro homem?

Bufei.

– Sério? Você vai fingir que está preocupado com o Rango?

– Eu só acho que, se o meu cachorro vai estar sob a influência de um homem que eu não conheço, precisamos conversar sobre isso. Não quero que ele fique confuso – disse ele, fingindo seriedade.

Revirei os olhos e ri.

– Não, eu não tenho namorado.

– Tudo bem. Viu? Não foi difícil, né? Eu também sou solteiro. Agora podemos seguir em frente. Então, o que faz com que *você* seja qualificada pra fazer parte da *minha* equipe de sobrevivência?

– Onde é que você está? – perguntei. – Você não tem que trabalhar? Não estou te impedindo de fazer alguma coisa importante?

– Você está fugindo da resposta? Será que não exagerou ao insinuar suas habilidades de sobrevivência? Parece que está desviando do assunto. Responda à pergunta da entrevista, por favor.

Meu Deus, como ele era divertido.

– Ah, eu sou qualificada, sim. Pode acreditar. Eu só estava me perguntando como você pode ter tanto tempo pra ligações durante a sua sofisticada viagem de trabalho.

– Ainda são oito da manhã aqui. Eu tenho um compromisso mais tarde, mas só depois do meio-dia. Tenho tempo pra ouvir por que você seria um bom acréscimo à minha equipe apocalíptica. Para de mudar de assunto.

– Que tal o seguinte – falei, passando o celular para a outra orelha. – Eu te mando um link que vai explicar exatamente por que eu seria uma boa sobrevivente. Mas, se eu fizer isso, você tem que me dar um dia extra com o Rango.

Ele respirou fundo.

– Não sei. Estou com muita saudade dele. Vai ser difícil esperar um dia a mais pra ver o meu cachorro quando eu voltar.

– Acho que você vai gostar das minhas habilidades – falei, com minha melhor voz de vendedora. – E tem uma foto minha. É antiga e granulada, mas, se você der um zoom, talvez consiga ter uma ideia aproximada e pixelada da minha aparência.

– Pixelada, é? Parece sexy. Tive uma ideia: e se a gente compartilhar o Rango no seu dia extra com ele? Podemos levar o Rango a algum lugar juntos.

Juntos? Eu não sabia o que achava dessa ideia.

– Que tipo de lugar?

– Ah, uma trilha qualquer. Você escolhe. Você é de Los Angeles. Eu não conheço ninguém aí e amo atividades ao ar livre. Seria legal ter alguém que me levasse pra conhecer umas trilhas boas.

Pensei na possibilidade. Eu queria o dia extra com Rango. Mas a ideia de ir a algum lugar com Jason era meio assustadora. Parecia um encontro. E eu me dei conta de que *gostava* dele. Gostava de conversar com ele. E por isso a ideia de ir a algum lugar com ele parecia uma traição ao Brandon. Era idiota e irracional, mas parecia. Mas também imaginei que eu poderia desistir se mudasse de ideia quando a hora chegasse. Afinal, o dia extra era *meu*.

– Tá. Combinado. Espera aí enquanto eu entro no site.

Encontrei o blog e mandei o link na mesma hora em que Kristen bateu na minha porta de tela. Rango se levantou com um salto e correu até a porta, latindo.

– Ei, eu te mandei o link, mas tenho que ir – falei rapidamente. – Uma amiga acabou de chegar. Mais tarde a gente se fala, tá?

5

JASON

▶ Give Me A Try | The Wombats

O serviço de quarto chegou com o café da manhã assim que desliguei o celular.

Servi uma xícara de café preto, me sentei na cama com o prato no colo e abri o link que ela tinha mandado. Quando o blog abriu, fiquei encarando a tela do celular, com o garfo a caminho da boca.

Não. ACREDITO.

Meus dedos pareciam não se mexer rápido o bastante.

Jason: Você tá me dizendo que você é A Esposa do Caçador?

Esperei. Os pontinhos não apareceram, então voltei para o blog, boquiaberto.

A Esposa do Caçador era um famoso site de pratos com carne de caça. Entre os caçadores, era o principal lugar para encontrar boas receitas. Minha mãe sempre usava quando meu pai, meu irmão David e eu chegávamos com nossas caças. Caramba, *todos* que caçavam usavam o site.

A babá do Rango era A Esposa do Caçador? Inacreditável.

Fui direto para a aba Sobre. O texto era curto.

Se você chegou até aqui, provavelmente está olhando para

uma quantidade ridícula de uma carne selvagem no congelador e se perguntando: "O que é que eu faço com isso?"

Eu ri e ouvi a voz de Sloan enquanto lia.

Estou aqui para ajudar. Meu companheiro é um caçador ávido e eu sou uma chef entusiasmada. Divirta-se!

No fim da página, como prometido, havia uma pequena foto de um homem sorridente vestindo roupas camufladas posando com uma besta. Uma mulher loira com tatuagens pelo braço estava na ponta dos pés, dando um beijo na bochecha dele. Ela vestia uma calça capri cinza-claro, uma regata branca e o cabelo trançado até a cintura estava envolto em uma bandana rosa.

Tentei aproximar e a foto ficou muito distorcida. Não dava para ver o rosto. Tudo que a foto revelava era o cabelo comprido e o belo corpo.

Voltei a olhar para o homem que estava na foto.

Minha mãe tinha comentado, decepcionada, que fazia anos que *A Esposa do Caçador* não publicava uma receita nova. Será que o caçador da vida da Sloan tinha morrido?

O site não tinha mais nenhuma informação que indicasse quem ela era. Ela assinava todas as publicações com "A Esposa do Caçador". Não havia nenhum sobrenome que eu pudesse pesquisar no Google ou no Instagram.

Não me passou despercebida a ironia de eu querer pesquisar sobre ela no Google, exatamente como o stalker que ela me acusou de ser, mas minha curiosidade em relação a ela tinha passado de moderada a extrema. Eu estava impressionado. *Muito* impressionado.

Vasculhei o blog, desta vez com um interesse diferente. Eu conhecia de memória o sabor de algumas das receitas. Alguns daqueles pratos eram os favoritos da minha família. O assado de javali, a carne de veado à bolonhesa, o ensopado de faisão com alecrim. Era incrível pensar que eu tinha experimentado a comida da Sloan sem nunca tê-la encontrado, que já fazia anos que ela estava na minha vida. Era como se eu já a conhecesse.

Minha mãe ia ficar doida. Caramba, a minha família inteira ia ficar doida. E eu tinha acabado de conseguir um encontro com ela. Eu devia jogar na loteria com essa sorte toda.

Meu celular apitou.

Sloan: E aí, estou na equipe?

Abri um sorriso.

Jason: Ah, sim. Você com certeza está na equipe. Não vejo a hora de enfrentar o apocalipse.

6

SLOAN

▶ Future | Paramore

Eu devia estar com uma expressão de culpa quando desliguei o celular apressada, porque Kristen me olhou desconfiada ao entrar na minha casa.

– Quem era?

Ela deixou a sacola da In-N-Out Burger na mesinha de centro, se jogou no sofá ao meu lado e acariciou Rango.

Pensei em mentir. Não sei por quê. Talvez porque Jason era um homem e não era Brandon e eu estava me sentindo culpada por isso? Mas ela ia ver na minha cara se eu mentisse. Ela sempre via.

– Era o Jason, dono do Rango.

Ela ergueu as sobrancelhas.

Eu dei de ombros.

– Não é nada de mais. Ele vai pegar o Rango de volta.

Seu olhar ficou mais suave.

– Ah, é? Sinto muito, Sloan. Eu sei que você se apegou muito. – Ela baixou um pouco a cabeça para olhar nos meus olhos. – Agora para de enrolar e me diz o que está acontecendo de verdade.

Semicerrei os olhos.

– Não sei por que eu ainda tento esconder as coisas de você.

– Nem eu.

Soltei um longo suspiro pelo nariz.

– A gente meio que está conversando.

– Conversando? – repetiu ela, abrindo um grande sorriso.

– É. Por mensagem e ligação. – Eu bufei. – E olha só *isso* aqui.

Peguei o celular e abri as fotos que Jason tinha me mandado. Entreguei o celular para ela e fiquei esperando enquanto ela dava uma olhada.

Ela arregalou os olhos.

– *Esse* é o Jason?

– *Esse* é o Jason. E ele é legal. E engraçado. E muito, *muito* sedutor.

– E tem um cachorro incrível – disse ela.

– É, e tem um cachorro incrível.

– Ele é solteiro?

– É.

– E quer saber coisas do tipo se *você* é solteira? – perguntou ela.

– Quer.

Ela abriu um sorriso radiante e me devolveu o celular.

– Vocês já se encontraram?

Ela olhou para o Rango.

– Por que o cachorro dele ainda está aqui?

– Ele está na Austrália a trabalho e ainda vai demorar algumas semanas. Vou ficar com o Rango até ele voltar.

Meu celular apitou, e eu olhei para a tela. Era Jason. Voltei a olhar para Kristen, e ela arqueou uma sobrancelha.

– É ele? – perguntou ela, sorrindo como o Gato de Cheshire. – É uma foto do pau dele? É incrível?

– Não, não é uma foto do pau dele. Credo.

Se ele me mandasse uma foto do pau dele, a conversa ia ter um fim abrupto.

– Ele quer saber se o blog *A Esposa do Caçador* é meu.

Seus olhos se iluminaram.

– Você voltou a postar?

– Não, o assunto surgiu por causa de uma longa história. – Contraí os lábios. – Por que estou me sentindo culpada?

– Porque você não namorou ninguém depois do Brandon. Porque você é praticamente uma eremita. Você me lembra aquelas viúvas italianas do Velho Mundo que usam véu, só vestem preto, acendem velas pra Virgem Maria e andam por aí com rosários e...

Bati nela com uma almofada, e ela riu.

– Sério, Sloan. Você é um *mulherão*. É linda e talentosa, e merece ser feliz de novo. Isso de ficar reclusa é uma palhaçada.

– Uau, me diga o que você acha de verdade.

– Estou falando sério, Sloan. O Josh e eu conversamos sobre isso esses dias. Estamos combinando de fazer uma intervenção. Decidimos que, agora que já se passaram dois anos, não vamos mais deixar você fazer da sua vida um santuário pro Brandon. Já chega.

Olhei para ela, cansada.

– Eu não escolho me sentir assim, Kristen.

– Claro que escolhe. Você era uma das pessoas mais determinadas que eu conheço. Tinha galerias *brigando* pelos seus quadros.

Seu olhar percorreu a sala e, ao chegarem aos meus quadros mais recentes, se voltaram para mim, acusatórios.

– É disso que eu estou falando. O que é essa merda? Um gato astronauta?

Tive o bom senso de ficar envergonhada.

– Você é uma artista supertalentosa. E olha só essa porcaria que você anda pintando. Você *escolheu* isso.

Soltei um suspiro. Ela tinha razão. Em relação a tudo.

– Faça coisas que te deixem feliz. Por que não pinta algo de que gosta? Pinta o Rango. – Ela balançou a cabeça. – E esse cara? Você devia subir nele como se ele fosse uma árvore. Ou pelo menos chacoalhar os galhos. Ver que tipo de fruto cai desse pé.

Eu ri. Depois, mordi o lábio.

– Tá. Você tem razão. Eu vou *tentar*.

– Você precisa transar. Encontrar um cara que vai te comer como se tivesse acabado de sair da prisão. Ah! Vamos marcar uma depilação! – disse ela de repente. – Vamos enfeitar a sua vagina! Deixá-la nova e reluzente!

Eu me encolhi horrorizada, e seu olhar se encheu de malícia.

– Meu Deus! *Não*.

– Sim. Eu pago. Quero as teias de aranha arrancadas disso aí.

Senti um tremor na pálpebra.

– Você é terrível!

– Eu dei à luz um pequeno ser humano. A minha vagina ainda não se recuperou. Preciso viver indiretamente através da sua.

Nós duas rimos.

– Se eu concordar, você para de falar "vagina"?

KRISTEN FICOU NA MINHA CASA até umas onze da noite. Eu tinha mandado uma mensagem rápida para Jason perguntando se eu tinha entrado na equipe de sobrevivência dele. Ele respondeu que sim. Foi nossa última troca de mensagens do dia.

Na manhã seguinte, Rango me acordou às sete e meia. Era só mais uma das vantagens de estar com ele: ele me tirava da cama. Ele sempre queria sair antes das oito e dava um jeito de me avisar. Depois de levá-lo para passear, eu não conseguia voltar a dormir, então ficava acordada e começava o meu dia. Antes dele, eu dormia até meio-dia, às vezes até mais. Passei a gostar da rotina matinal. Eu tinha mais horas de sol, e o sol me animava.

Para minha surpresa, meu celular vibrou exatamente às nove. Era Jason.

Eu me perguntei se ele tinha esperado até as nove de propósito, para não mandar mensagem muito cedo. Sorri ao pensar que ele estava atento à hora, esperando o momento exato em que seria aceitável mandar uma mensagem.

Jason: Está acordada?

Sloan: Estou. Seu cachorro não dorme até tarde. Que horas são aí?

Jason: 2 da manhã, quinta. Acabei de voltar pro hotel. Aí é quarta, né?

Sloan: É. Você chegou tarde.

Jason: Eu estava ensaiando. E aí, quem foi que te visitou?

Ele estava tentando conseguir informações. Abri um sorriso.

Sloan: Minha melhor amiga, Kristen.

Jason: Vocês falaram de mim?

Fiquei branca. Em seguida, entrei em pânico. Como eu ia responder a essa pergunta? Sim, falamos sobre você? Minha melhor amiga me aconselhou a subir em você como se você fosse uma árvore em busca dos seus frutos? E depois falamos sobre a minha vagina? É claro que eu ia mentir. Mas eu estava me sentindo culpada demais para pensar em algo verossímil assim de repente. Estava pensando no que responder quando chegou mais uma mensagem.

Jason: Vocês falaram de mim, tenho certeza.

Meus dedos entraram em ação.

Sloan: Não falamos.

Jason: Mentirosa. Se vocês não falaram de mim, falaram do quê?

Sloan: Talvez eu tenha mencionado você, de um jeito bem casual e platônico. De passagem.

Jason: Você contou pra ela do nosso encontro?

Sloan: Não é um encontro.

Não era. Era?

Jason: O que você diria que é?

Ergui a mão, irritada.

Sloan: Um compromisso.

Jason: Hum. Como é que eu mudo de compromisso pra encontro?

Sloan: Não tem como.

Roí a unha. Os pontinhos saltaram na tela, e esperei para ver o que ele tinha a dizer em resposta à minha rejeição.

Jason: Quando eu contar pros meus amigos, vou chamar de encontro. Você não pode me impedir. Não tem nada que você possa fazer.

Eu ri. *Esse cara...* Ele com certeza era muito confiante.
Para manter a promessa que fiz a Kristen, decidi falar de um detalhe bem pequeno.

Sloan: Eu tenho 26 anos.

Jason: Mais uma resposta de brinde! Eu tenho 29. Em que escola você estudou?

Sorri. Ele era sorrateiro.

Sloan: Bela tentativa. Aí você pesquisa o anuário da minha escola no Google e descobre o meu sobrenome.

Jason: Eu digo o meu sobrenome se você disser o seu.

Sloan: Não.

Jason: É um sobrenome incrível.

Sloan: Acredito. Mas nada feito.

Jason: Verdade ou desafio?

Sloan: Não.

Jason: Jogo da garrafa?

Sloan: Não!

A essa altura, eu estava rindo.

Jason: Banco Imobiliário???

Sloan: Tá, eu jogo Banco Imobiliário com você um dia.

Jason: Agora as coisas estão ficando interessantes.

Ele não estava enganado.

7

JASON

▶ Talk Too Much | COIN

A enorme diferença de horário entre Melbourne e a Califórnia estava me matando. Eu queria poder dizer que o problema era o cansaço, mas, na verdade, era o fato de ter que adiar as mensagens para Sloan por medo de acordá-la no meio da noite. Cutucá-la tinha se tornado meu passatempo favorito.

Conversamos e trocamos mensagens o dia todo na quinta, no meu fuso horário, mas na sexta fiquei preso em ensaios e passagens de som o dia todo. Ela me mandou uma foto do Rango, e eu respondi só com uma palavra. Depois disso, não consegui tirar um segundo para respirar até depois do jantar. Às sete da noite, horário da Austrália; para Sloan, era uma da manhã.

Quando acordei no sábado de manhã, tateei a mesa de cabeceira procurando o celular. Digitei uma mensagem ainda meio dormindo.

Jason: Já é outro dia, e eu posso fazer mais uma pergunta.

Os pontinhos não aparecerem, e, quando o celular tocou na minha mão, era Ernie ligando.

– Bom dia, Hemisfério Sul. Imagino que você ainda não tenha aberto seu e-mail hoje?

Pelo barulho de vento, percebi que ele estava no carro conversível com a capota abaixada.

– Vou precisar que você se controle e não surte. Até a Austrália são quinze horas de voo, e eu não vou estar aí pra te tirar de um parapeito com uma chave de braço.

Merda. Sentei na cama e coloquei o celular no viva-voz. Abri o e-mail, dei uma olhada no anexo e balancei a cabeça.

– Não. Eu escrevo as minhas músicas. Eu *canto* as minhas músicas, Ernie.

– Eu sei, eu sei. E é um monte de merda, mas já conversamos sobre isso.

– Conversamos sobre outra pessoa escrever as minhas músicas? – falei, semicerrando os olhos. – Que merda é essa? Parece uma música pop. Rimaram *querida* com *vida*. Eu não vou cantar essa porcaria.

Ouvi uma buzina, e ele mandou alguém para aquele lugar. Ernie dirigia feito um lunático.

– Olha só, você precisa de um hit forte, que misture gêneros. Eu gosto de indie rock. É gostoso de ouvir enquanto fumo um baseado quando estou me escondendo da minha esposa, mas não rende discos de platina. Se quer ficar famoso nível Don Henley, como você *disse* que queria, hits pro mercado de massa são o caminho.

– É, eu sei – falei. – Mas era pra *eu* escrever a música.

– Bom, a gente tentou do seu jeito. Faz seis meses que você não escreve nada, e a gravadora está ficando impaciente. Eles querem ter retorno do investimento. Você responde a essas pessoas, agora é hora de agradar um pouco. *Mente* pra elas. Diz o que elas querem ouvir, que vai cantar o que elas quiserem, aí escreve alguma coisa pra arrebentar a boca do balão e joga a isca pra gravar o que você quer. Pronto.

Passei a mão no rosto.

– Merda – resmunguei. – E se eu não conseguir escrever alguma coisa pra arrebentar a boca do balão? O que eu faço?

– Aí vão ser duas músicas em um álbum com dez, e você faz o que quiser com o resto. Olha só, você e a gravadora têm o mesmo objetivo. Vender discos. Se você não conseguir material pra isso, eles vão conseguir pra você. É uma parceria. Sei que você é artista, que essa é a sua obra e que sugerir que você cante uma música que não escreveu é como escolher qual IST quer ter, mas você decidiu brincar com gente grande, e agora é a hora. Você vai ter que agir como adulto. – Duas buzinadas rápidas. – Sorria e aguente. Sabe por quê? Porque você é *profissional*. – Mais uma buzinada, longa, desta vez.

Olhei para o meu reflexo na TV preta na cômoda aos pés da cama. Eu não estava conseguindo escrever. Passava por uma espécie de bloqueio criativo. Nunca tive que compor sob demanda, e saber que isso era o esperado estava sugando as minhas energias. Eu tinha conseguido produzir a trilha sonora, mas foi por pouco, e as melhores músicas do álbum eram as três que eu tinha escrito com Lola Simone – e ela compôs praticamente *sozinha*. Tirei duas semanas para fazer trilhas na Nova Zelândia na esperança de que a solidão reativasse a minha criatividade, mas nem isso ajudou.

Eu não era contra colaborações. Não era nem totalmente contra cantar algo que eu não tivesse escrito – mas a música tinha que ser boa. Tinha que combinar comigo e tinha que ser incrível. E aquela *não* era.

Pressionei as têmporas.

– Odeio isso.

– É, bom, que o dinheiro e a fama te consolem.

Dei mais uma olhada na letra e estremeci. Eu não gostava nem da *ideia* de dizer que cantaria aquilo. Mas que escolha eu tinha? Eu não queria parecer intransigente e também não tinha nada para oferecer no momento.

– Tá.

Cuspi a palavra como se ela tivesse deixado um gosto ruim na minha boca.

– Bom garoto. Ah, e eles também vão colocar pirotecnia e fumaça nos seus shows.

– O quê?

– Espero que goste de confete. Vou dizer pra eles que você está dentro e que não vê a hora! Ei! Escolhe uma pista e…

Ele desligou.

Soltei um suspiro longo. Eu cantava no palco apenas com um holofote, um banquinho e um microfone. Não usava adereços nem nada muito teatral, e com toda a certeza não cantava uma merda pop que não fui eu que escrevi.

Ernie me alertou quanto a isso. Quando assinei o contrato, eu sabia que esse dia podia chegar e que eu teria que abrir mão da visão que eu tinha da minha obra. Mas agora parecia mais que isso. Parecia que eu estava vendendo a minha alma.

Joguei o celular na cama, me levantei e fui tomar banho. Em seguida, preparei um café preto na pequena cafeteira que tinha no quarto e fui beber na varanda.

Meu quarto dava para o Marvel Stadium, onde eu tocaria no dia seguinte. As pessoas caminhando lá embaixo pareciam formiguinhas sob a garoa leve, e só tinha vidro e concreto até onde o olhar alcançava. Nenhuma árvore. Só o cheiro do asfalto molhado.

O hotel era bom. Tinha todas as comodidades. Não que eu fosse exigente. Eu conseguia dormir em um sofá com o braço cobrindo o rosto. Essa foi uma mudança boa – que veio com a gravadora grande que me deu um produtor de turnê pessoal. Diárias para serviço de quarto, estúdios de primeira, adiamentos substanciais, voos de primeira classe – eu abria mão disso com alguma frequência, mas não deixava de ser um agrado.

Soltei mais um suspiro resignado. Ernie tinha razão. Era uma via de mão dupla. Eu tinha sido um músico independente durante tanto tempo que não estava acostumado a ter outras pessoas me dizendo o quê e como fazer.

Eu teria que me acostumar com isso.

Sloan ainda não tinha respondido.

Eu me recostei no parapeito e olhei a tela do celular mais uma vez, me perguntando se tinha tocado e eu não tinha ouvido. Conferi se a mensagem tinha sido entregue. Estava marcada como lida.

Ela nunca demorava tanto tempo para responder.

Quando recebi uma foto da Lola lambendo o mamilo, fiquei ainda mais irritado. Ela estava com um número novo. *De novo*. Eu já tinha bloqueado os dois anteriores. Provavelmente ia ter que trocar o *meu* número, já que bloquear o dela não estava fazendo diferença.

Apaguei a foto, irritado, e decidi ir para a academia.

Eu não tinha nada na agenda. Na verdade, estava ansioso por aquele dia, quando estaria livre para incomodar Sloan o quanto quisesse. Não imaginei que ela pudesse não estar disponível – ou interessada.

Entre isso, a mensagem da Lola e a ligação do Ernie, a manhã foi um balde de água fria. Eu não tinha percebido o quanto estava ansioso para discutir com Sloan todos os dias até parecer que ela podia deixar de aceitar os meus desafios. Ela era engraçada. Eu gostava de conversar com ela. Também gostava de saber o que Rango andava fazendo, embora tivesse acabado de me ocorrer que eu perguntaria muito menos dele se ele ainda estivesse com a Monique.

Eu estava amarrando o tênis de corrida quando o celular apitou. Virei a tela para mim e sorri.

Sloan: Não pensa que você vai poder fazer duas perguntas só porque não fez nenhuma ontem.

Tirei o tênis e voltei para a cama, onde me sentei, encostado na cabeceira, com um sorriso largo.

Jason: Você tá com tempo pra uma ligação?

Os pontinhos saltaram na tela. Caramba, como eu amava aqueles pontinhos.

Sloan: Claro.

Apertei o ícone do telefone e coloquei o celular na orelha.

– Quer dizer que você vai me roubar uma pergunta porque eu fui cavalheiro e não liguei à uma da manhã? – falei em tom de provocação quando ela atendeu.

– Acho que um cavalheiro que quisesse mesmo me conhecer melhor arranjaria tempo pra mandar uma mensagem com a pergunta em um horário razoável.

– Eu estava muito ocupado ontem.

– Parece que você não estava devidamente *motivado* ontem. Mandar uma mensagem leva um segundo. Agora eu não tenho escolha a não ser te penalizar.

O tom era de brincadeira, mas ela não ia aliviar para mim. E será que... talvez... quem sabe... ela não estava só um pouquinho irritada por eu não ter dado mais atenção a ela no dia anterior? Pensar nessa possibilidade me fez sorrir.

– O que é que eu posso fazer pra me redimir? Me dá seu endereço pra eu te mandar flores. Qual é sua favorita?

– Girassol. E de jeito nenhum.

– Imaginei que você fosse dizer isso.

– Você *sabia* que eu ia dizer isso. E aí, qual é a pergunta?

Eu nem precisei parar para pensar.

– O que foi que você disse pra sua amiga Kristen sobre mim?

Ela resmungou.

– Acho que prefiro te mandar uma foto.

– É tão vergonhoso assim, é?

– Se eu te devolver a pergunta perdida, você muda a atual?

– De jeito nenhum.

Ela soltou um suspiro, e eu ri. Em seguida, resolvi aliviar para o lado dela.

– Que tal o seguinte: se você concordar que a caminhada com o Rango vai ser um encontro, eu pergunto outra coisa. Ou você pode continuar chamando de compromisso e me contar tudo que vocês falaram ontem. *Ou* pode me mandar uma foto. De qualquer jeito, é uma vitória pra mim. Eu nem sei dizer de qual opção gosto mais, já que todas são ótimas.

Ela riu.

– Você não vai desistir mesmo, né?

– Não.

– Quer saber? Eu *vou* te contar o que eu disse. Porque *eu* falei muito pouco, na verdade. Eu mostrei a sua foto. Disse que estamos trocando mensagens e conversando. E falei que você vem buscar o Rango. Só isso. Você fez a pergunta errada. Devia ter perguntado o que *a Kristen* disse em resposta ao que eu disse. Essa foi a melhor parte.

– Você mostrou a minha foto? – perguntei, sorrindo.

– Mostrei.

– Por quê?

– Ela é minha melhor amiga, e nós estávamos falando de você – respondeu ela.

– Quer dizer que você concorda que é útil ter uma foto de alguém?

– Já vi pra onde você está indo com isso e não vai funcionar.

– Eu também tenho um melhor amigo, sabia? Cooper, o barman lá no térreo, também gostaria de ver uma foto quando eu falo de você.

– Bom, então o Cooper vai ter que te ajudar a pensar em perguntas melhores, né?

Coloquei o braço atrás da cabeça e sorri.

– Coloca a minha foto como fundo de tela.

– O quê? Não!

– Vai! Eu duvido.

– Não. O Rango é o meu fundo de tela. Eu *gosto* de ter o Rango como fundo de tela. Ao contrário do pai, o *Rango* sabe se comportar.

– Bom, o Rango tem um encontro em vista, não um compromisso.

Ela riu.

A camareira bateu à porta, e eu me levantei para abrir e fazer sinal de que não era necessário, pendurando a placa de *Não perturbe* na maçaneta. Peguei uma garrafa de água no frigobar e voltei para a cama.

– E aí, o que foi que você fez ontem que te deixou tão ocupado a ponto de perder a pergunta do dia? – perguntou ela.

– Tive passagem de som e ensaio. Depois jantei com o grupo – respondi, abrindo a garrafa.

– Ah, você tem um grupo?

– Não, sou um lobo solitário. Jantei com o grupo com quem vou trabalhar amanhã à noite.

– E que grupo é esse?

Eu ia abrir para o The Black Keys no domingo, mas, para Sloan, essa era uma informação proibida. Eu tinha decidido não contar a ela quem eu era e o que eu fazia. Não queria distraí-la da tarefa de me conhecer como pessoa. Aprendi algumas lições com o tempo que passei com Monique. Eu não ia mentir, exatamente, só ia guardar informações sempre que possível.

– Você não deve conhecer – falei. E mudei de assunto. – Então, minha mãe ficou muito entusiasmada quando eu disse que conheço A Esposa do Caçador.

– Sério? Ela usa o meu site?

– Religiosamente. Já comi vários dos seus pratos. Onde foi que você aprendeu a cozinhar?

– Minha mãe tem uma empresa de bufê. Ela tem um *food truck* na Warner Bros. Eu cresci ajudando.

– E ela serve muita carne de caça?

Eu quase consegui imaginar o sorrisinho que ouvi nos lábios dela. *Quase*. Eu queria muito ter uma foto.

– Não, mas, quando conhecemos o sabor da carne, não é difícil trabalhar com ela – respondeu Sloan.

Balancei a cabeça.

– É, sim. Por isso o seu blog é tão popular.

– É mesmo?

– Você está brincando, né? Todo mundo que eu conheço usa. Por que você não atualiza mais?

Ela fez uma pausa.

– Eu preparava a carne que o Brandon, meu noivo, trazia pra casa. Ele morreu em um acidente de moto há dois anos. Foi atingido por um motorista bêbado. Foi aí que eu parei de atualizar o blog.

Quase dava para ouvir a tensão nas suas cordas vocais, e um senso de proteção em mim foi ativado – e foi estranho. Eu mal a conhecia. Mas não gostei de saber que ela tinha passado por aquilo. Por que coisas ruins acontecem com pessoas boas?

– Você ainda cozinha outras coisas? – perguntei, desviando do assunto.

– Na verdade, não. A coisa meio que perdeu o encanto, pra mim.

– Então, se você não cozinha, o que foi que comeu hoje?

– Hummm. Bom, ainda estou gastando os cartões-presente que ganhei de Natal, então tomei café na Starbucks – respondeu ela. – Depois fui à piscina na casa da Kristen. Ela tem um bebê. Comemos melão e macarrão com queijo no almoço. Foi a Kristen que preparou, então o macarrão com queijo estava *bem* empapado.

– E onde estava o Rango? Sozinho em casa, de coração partido enfiado em um armário minúsculo?

– Ah, você quer saber se eu o deixei em um caixote?

Eu ri desse ataque.

– Não, ele foi comigo e também entrou na piscina. E ganhou um puppuccino na Starbucks.

Franzi o cenho.

– Ganhou o quê?

– Um puppuccino. Um copinho com chantili pra cachorros.

– Isso existe?

– Existe. Tem um monte de coisas pra cachorros nos restaurantes. Quase todas as sorveterias oferecem sorvetes pra eles, só não pode ter favas de baunilha. E tem uma loja de cupcakes chamada Nadia Cakes, aonde eu levo o Rango, que tem cupcakes pra cachorros que eles mesmos fazem.

Arqueei as sobrancelhas.

– Uau, ele está *mesmo* de férias.

– Tem um motivo pra você estar me pagando uma nota pra cuidar do seu cachorro.

– Eu pagaria mais.

– Eu faria por menos.

Sorri e coloquei mais um travesseiro nas costas.

– Vou te colocar no viva-voz. Espera aí – disse ela. – Eu tenho que trabalhar um pouco e preciso das mãos livres.

Ouvi um barulho.

– O que você está pintando?

– Quer ver? – perguntou ela, parecendo um pouco mais distante do que antes.

– Claro.

– Espera, vou te mandar uma foto. É bem bobo. Você vai dar risada. Foi.

Coloquei o celular no viva-voz e abri a foto que ela mandou.

– É um… gato astronauta?

– Eu disse que era bobo.

Aproximei a imagem.

– Está muito bem-feito. É… a cabeça de um gato no corpo de um astronauta?

– É. Eu trabalho como freelancer pra uma empresa que pega a cara do pet e coloca em fundos variados. Depois manda pra um artista pra ele produzir um quadro. Não são só gatos astronautas. Às vezes são cachorros jogando pôquer.

Ela riu.

Inclinei a cabeça para analisar a foto.

– Mesmo assim, é impressionante. Eu adoraria ver o que você pinta por vontade própria. Está claro que você é muito talentosa.

Não era mentira. Estava mesmo *muito* bom.

– Ficou mais fácil pintar algo que me pedem do que encontrar inspiração. Também tenho uma lojinha no Etsy. É tudo meio sem pé nem cabeça.

– Você devia pintar o Rango. Caçando patos no barco – sugeri, pegando o cardápio do serviço de quarto da mesa de cabeceira e começando a procurar opções de café da manhã.

– A Kristen falou a mesma coisa. Você tem sotaque, sabia?

Ergui a cabeça.

– Tenho?

– Tem, dá para perceber quando você fala "barco". É bonito. Gostei.

Ela nunca tinha me elogiado. Agora eu ia forçar ainda mais o meu sotaque de Minnesota.

– E aí, o que você faz enquanto pinta? Ouve música? – perguntei.

– Assisto à TV. Programas de crimes reais.

– Ahhhh, por *isso* você está tão convicta de que eu sou um stalker.

– Quantos hectares de terra de caça você tem mesmo?

– Minha família tem 80 hectares no norte de Minnesota – respondi. – Por quê?

– Olha só. O lugar perfeito pra esconder um corpo. Aposto que você tem uma cabana de caça que tranca por fora.

Dei uma risadinha e cruzei as pernas na altura dos tornozelos.

– Eu pareço psicopata pra você?

– Ted Bundy era um cara bonito. E carismático.

– Vou aceitar como um elogio, já que, pelo jeito, você está dizendo que eu sou bonito e carismático. Mas a maioria dos assassinos em série não é cruel com animais? Acho que o Rango te diria que eu nunca levantei a mão pra ele.

– Hummm. Bom, isso vai *mesmo* contra o perfil típico do assassino em série. A não ser que você use o Rango pra atrair as vítimas.

Abri um sorriso.

– Ele é mesmo um ímã de gatinhas, não é?

– Aposto que vocês formam uma dupla matadora.

– Que nada, até agora ele só conseguiu uma garota e está guardando pra ele.

A pausa que se seguiu deve ter envolvido um revirar de olhos.

– Está pronto pra minha pergunta do dia? – perguntou ela, parecendo sorrir.

– Manda.

– Qual foi a coisa mais gentil que você já fez pra um desconhecido?

Ela fazia boas perguntas, e essa era fácil.

– Doei a minha medula.

– Uau. Sério? É um gesto importante. Como foi que *isso* aconteceu?

Rango caminhou por ali, e ouvi o barulhinho característico das unhas no piso.

– Estou ouvindo o Rango – falei.

– Ah, é, as unhas dele estão bem compridas. Vamos à PetSmart amanhã pra cortar. Ele também já está ficando sem comida.

– Guarda o recibo pra eu te reembolsar.

– Sim, sim – respondeu ela. – A medula, conta.

– Tá. Eu cresci em uma cidadezinha bem pequena no norte de Minnesota. Três mil habitantes. Então, todos se conhecem. Uma garotinha teve leucemia, e o povo da cidade...

– Povo da cidade? – disse ela, parecendo achar aquilo divertido.

– É, "povo da cidade", a gente realmente fala assim.

Ela riu. Eu gostava da risada dela. Era musical.

– O *povo da cidade* se cadastrou no banco de doadores porque ela precisava de um transplante. E acabou conseguindo. Não foi de alguém que ela conhecia. Mas eu fiquei no banco, e acabou que eu era compatível com um cara que tinha linfoma. E aí eu doei.

– Eles sobreviveram? – perguntou ela.

Assenti.

– Sobreviveram, sim. Sou amigo do cara no Facebook. Faz quatro anos que ele está em remissão. E a Emily acabou de terminar o ensino médio.

– Uau. Isso é... muito generoso.

Dei de ombros.

– Eu não conseguia imaginar ficar tão doente e não ter opção, sabe? E talvez um dia alguém faça isso por mim. Ou por alguém que eu amo.

Houve uma pequena pausa, e ela estava sorrindo quando voltou a falar.

– E aí, o que vocês fazem pra se divertir nessa cidadezinha de 3 mil habitantes?

Fui falando e contando nos dedos.

– Pesca no gelo, passeio de trenó no inverno. Canoagem. Eu trabalhei como guia de turismo na região de Boundary Waters durante dez anos. Meu pai é dono de uma loja de equipamentos esportivos.

– E a sua mãe? O que ela faz?

– É dona de casa. Trabalhava na loja no verão, quando tinha muito movimento.

Ela deu uma risadinha.

– Você é mesmo do norte, né? Já viu um alce?

– Já vi alces, lobos, a aurora boreal…

– Ah, eu ia *amar* ver a aurora boreal. Está na minha lista de desejos.

– É? O que mais está na sua lista de desejos?

Ela soltou um "humm", pensando.

– Quero comer caranguejo de casca mole. Ah, e quero conhecer a Irlanda. Esse é o meu maior desejo. O que está na sua lista?

Se alguém me perguntasse a mesma coisa no dia anterior, eu teria respondido "Tocar no Hollywood Bowl". Mas… naquele momento?

– Um encontro com você.

8

SLOAN

▶ This Charming Man | The Smiths

Rango amava a PetSmart. Ele começava a chorar para eu soltá-lo da coleira assim que chegávamos ao estacionamento. Pulava do carro e me puxava em direção à loja, quase se enforcando no caminho. Seu entusiasmo me fazia rir, mas ele não era a única coisa que estava me fazendo sorrir naquele dia. Jason tinha me deixado de bom humor.

Passamos o dia anterior inteiro conversando. *Inteiro.* Quando *Clube da Luta* começou a passar na TV do quarto do hotel dele, procurei o filme na Netflix e assistimos juntos, conversando. A bateria do meu celular acabou três vezes, e me vi deitada na cama, presa ao carregador, até desligarmos um pouco depois da meia-noite.

Era oficial. Eu estava de quatro por ele.

Ele cresceu andando pela floresta, e eu estudei em uma escola cujo número de alunos era o mesmo que o número de habitantes da cidade dele. Ele trabalhava no verão levando turistas para fazer canoagem, e eu participava de concursos de beleza até os 18 anos e trabalhava no shopping. Mas, por algum motivo, a gente parecia se encaixar. Nós nos dávamos tão bem que parecia loucura.

E era assustador.

Eu tinha passado a *detestar* o fato de ele não saber como eu era. E se ele não me achasse bonita? E se ele só soltasse um "Ah" quando finalmente me visse pela primeira vez? Eu queria ceder logo e mandar uma foto minha, mas agora estava com medo. E ele tinha passado a ligação inteira do dia anterior me convidando para um encontro.

Era uma da tarde e eu ainda não tinha notícias dele, mas ainda era cedo em Melbourne. Passei a manhã toda preocupada com a minha aparência. Senti uma vontade urgente de desfazer dois anos de negligência.

Jason voltaria para a Califórnia dali a uma semana. Isso me dava apenas sete dias para me preparar. Fazia tanto tempo que eu não me importava com a minha aparência que não sabia nem por onde começar. Eu sempre prendia o cabelo em um coque, não fazia as unhas do pé, a minha pele não via nada além de um pouco de água e sabão duas vezes por dia. E agora aquele homem estava praticamente me extorquindo para receber uma foto minha, e eu não estava preparada para ser analisada.

– Você está sendo dramática – tinha dito Kristen pela manhã quando liguei, meio em pânico. – Seu cabelo nunca esteve melhor. Não sofre com o calor do secador há anos. Você está bronzeada e sempre teve o corpo perfeito. Relaxa, você é um arraso. Acredita em mim, eu avisaria se você estivesse acabada.

Isso *realmente* fez com que eu me sentisse um pouco melhor. Ela diria *mesmo*. Kristen não tinha filtro.

Naquela manhã, fiz a sobrancelha e marquei hora no salão para cortar o cabelo. Fiz clareamento dental caseiro e apliquei uma máscara de argila, e depois disso me senti um pouco menos desanimada. Mas eu ainda estava *muito* nervosa. Eu não me importava com a opinião de um homem sobre mim desde o Brandon, e de repente eu estava obcecada. A sensação era de que eu estava tirando a poeira de um vestido de festa que tinha deixado embolado no fundo do armário durante dois anos, na esperança de que ainda servisse e não tivesse sido destruído pelas traças.

Levei Rango até o setor de banho e tosa nos fundos da loja e fiquei esperando para ser atendida, pensando em Jason e mordendo o lábio.

Uma mulher com uma camiseta da loja me recebeu.

– Posso ajudar?

– Sim, ele precisa cortar as unhas.

Ela se aproximou e olhou para Rango.

– Tudo bem. Como é o nome dele?

– Rango.

A expressão da mulher mudou de repente. A tosadora que estava atrás dela ergueu a cabeça e olhou para mim, depois as duas se entreolharam.

– Você é a Sloan? – perguntou a mulher que estava me atendendo.

– S... sou – respondi, olhando de uma para a outra, sem saber o que estava acontecendo.

– Só um instante – disse ela, abrindo um sorriso e erguendo o dedo. – Espera aqui.

E saiu por uma porta lateral. Quando voltou, trazia um vaso gigante de girassóis.

– Ai, meu Deus – sussurrei. – Ele *não* fez isso.

A mulher colocou o vaso no balcão.

– São pra você – disse ela, radiante.

Fiquei olhando para o vaso, chocada.

– *Como?*

– Seu namorado ligou hoje de manhã e disse que queria fazer uma surpresa quando você viesse. Passamos o dia te esperando. Isso foi muito fofo!

Senti um frio na barriga quando ela disse "namorado". Ele não era, claro, mas minha barriga não se importava com isso.

As flores eram deslumbrantes. Havia rosas vermelhas misturadas às enormes flores amarelas, e ramos floridos deixavam o arranjo mais alto. Era o maior arranjo que eu já tinha ganhado, com certeza. Devia ter custado uma *fortuna*.

– Tem um cartão – disse a mulher, virando o vaso para mostrar o envelopinho branco.

Peguei o envelope e passei o dedo trêmulo sob a aba.

Havia dois quadradinhos desenhados no papel, com as palavras "sim" e "não" acima.

Sloan, você gosta de mim? Marca uma das opções. Jason

Eu ri alto e tive que levar a mão à boca para me segurar.

Entreguei Rango para que cortassem suas unhas e liguei para Jason. Ele atendeu sonolento, mas percebi que estava sorrindo.

– Boa tarde, Sloan.

– Você é demais. Como é que você sabia pra onde mandar as flores?

Ele pareceu estar se espreguiçando.

– Você disse que ia levar o Rango à PetSmart. Sei mais ou menos onde você mora. Pesquisei a loja mais próxima no Google.

– São lindas.

– Uma vez eu fui acusado de não estar motivado, por isso tive que elevar o nível.

– E elevou mesmo – falei, olhando para as flores. – Mas você não precisava ter feito isso.

– Você leu o cartão?

Fiquei vermelha.

– Li.

– Assinalou uma opção?

– Talvez.

– Vai me contar qual?

– Claro que não.

– Então essa é a minha pergunta do dia – disse ele, e deu para ouvir pelo telefone que ele estava sorrindo.

Soltei um suspiro.

– Eu marquei sim.

– Que bom – disse ele. – Eu também gosto de você.

9

SLOAN

▶ A Beautiful Mess | Jason Mraz

Descobri uma pequena mancha de umidade nos azulejos da cozinha.

– Acho que tem um cano vazando aqui – falei para Jason ao telefone.

Comecei a tirar todos os produtos de limpeza que guardava embaixo da pia e passei o dedo na superfície úmida.

– Argh, o armário está muito molhado embaixo.

– Posso dar uma olhada pra você quando eu voltar – ofereceu ele, com um tom de esperança na voz.

Jason ia chegar no dia seguinte. Ele estava fazendo a mala enquanto conversávamos e ia pegar o voo dali a algumas horas. Meu estômago revirou mais uma vez. Fazia dias que estava agitado por causa da ansiedade de encontrá-lo pessoalmente. Eu estava uma pilha. Minha pálpebra tremia de estresse, impiedosa.

– Não, você não vai vir aqui em casa – falei, mais uma vez. – Eu vou te encontrar, como combinamos.

– Por favor, pelo menos vamos nos encontrar em um restaurante. Que tipo de encontro acontece na Starbucks?

– Não é um encontro – falei, colocando uma tigela embaixo do vazamento.

– Ah, é mesmo. É um *compromisso*.

Fazia duas semanas que nos conhecíamos e tínhamos passado a última conversando todos os dias, durante horas. Trocávamos mensagem de texto o tempo todo quando não estávamos conversando. Eu gostava tanto dele que era ridículo. Acho que o conheci melhor em uma semana do que conheci Brandon em seis meses – Jason era bem menos tímido. Mas eu não consegui aceitar um encontro de verdade. Não enquanto não nos conhecêssemos pessoalmente.

– Eu não quero que as coisas fiquem estranhas – falei, me virando e deslizando até o chão com as costas apoiadas na lava-louças.

Fechei os olhos e coloquei o dedo na pálpebra que tremia.

– Por que as coisas ficariam estranhas?

Porque você nunca me viu? Porque passamos a última semana conversando sem parar e você nunca nem esteve no mesmo cômodo que eu?

Não respondi.

Pelo telefone, ouvi o som de um zíper comprido de mala fechando.

– Coloca o Rango no telefone – disse ele.

– O quê?

– O Rango, coloca ele no telefone.

– Tipo, colocar o celular na orelha dele?

– Isso.

Eu me levantei e encontrei Rango dormindo no sofá.

– Deixo vocês sozinhos?

– Sim, agora é só entre nós, rapazes.

– Tá, lá vai.

Segurei o celular na orelha do Rango. Na mesma hora, ele se levantou ao ouvir a voz do Jason. Ele inclinou a cabeça, ouvindo, depois saltou do sofá e correu pela sala, latindo.

Voltei a colocar o celular na minha orelha, rindo.

– O que foi que você disse pra ele?

– Pedi pra ele te mostrar o quanto estou animado pra te conhecer. Na verdade, eu falei que tem um esquilo lá fora, mas acho que ele ilustrou bem o que eu queria.

Abri um sorriso. Em seguida, afastei o celular da boca e engoli em seco.

– Eu fiz uma coisa pra você.

– Sério? O quê?

– Uma coisa. Vou te mandar agora. Espero que goste.

Colei um link em uma mensagem e meu dedo pairou sobre a flechinha que o libertaria para o universo. Respirei fundo, nervosa, e enviei.

Agora não tinha mais como voltar atrás. Estava feito.

– Vou dormir mais cedo – falei. – Boa viagem. Acho que nos vemos amanhã…

10

JASON

▶ Soul Meets Body | Death Cab for Cutie

Sloan me mandou o link de um vídeo do YouTube. Eu me sentei na beirada da cama e assisti, maximizando a tela.

Alguém segurou um papel em frente à câmera que dizia *Minhas férias com Sloan*. Em seguida, começaram a passar vídeos do Rango. Rango em caminhadas, Rango nadando em uma piscina. Rango na Starbucks lambendo chantili de um copinho de papel, e Rango na PetSmart com uma boneca azul de pelúcia na boca. Depois ele apareceu em uma banheira, tomando banho, com o pelo espetado formando um moicano. Rango correndo atrás de uma bolinha de tênis verde na grama e brincando com outros cachorros em um parque.

Se eu já não gostasse da Sloan, aquele vídeo teria bastado. Rango era o caminho para me conquistar. Era como se ela estivesse *me* mimando; o efeito era o mesmo.

Sorri para a tela enquanto assistia a um vídeo do Rango deitado de barriga para cima ganhando um carinho. Aí o quadro mudou e ele apareceu sentado em um sofá ao lado de uma mulher. Fiquei em estado de alerta e puxei o celular mais para perto.

A mulher sorriu para ele, e ele lambeu o rosto dela. Dava para ver as tatuagens no braço. Ela olhou diretamente para a câmera e saiu do quadro. E o vídeo terminou.

Meu coração martelava dentro do peito. *Aquela* era Sloan. *Aquela* era a mulher com quem eu vinha conversando.

E ela era *linda*.

Assisti ao vídeo de novo. E de novo. Pausei o vídeo e fiz várias capturas de tela para poder olhar bem para ela. Aproximei a imagem e fiquei analisando. Ela tinha um daqueles sorrisos largos que irradiam. Lábios carnudos, olhos grandes e castanhos, cabelo comprido loiro-dourado. Meu Deus, como ela era maravilhosa.

Eu ainda estava assistindo ao vídeo quando entrei no Uber. Liguei para ela. Caixa postal.

EU TINHA MANDADO MENSAGEM para Sloan na noite anterior, dizendo o quanto ela era linda, mas tudo que recebi de volta foi um emoji sorridente, e eu não sabia como interpretar aquilo. Acho que o nervosismo do nosso encontro estava tomando conta dela.

Também estava tomando conta de mim.

Mesmo antes de saber como ela era fisicamente, eu já gostava mais da Sloan do que de qualquer outra pessoa que tinha conhecido havia *muito* tempo. Eu ia dormir e acordava pensando nela. Eu *sonhava* com ela. Eu nem tinha olhado para outra mulher desde que começamos a conversar. E tudo isso por uma mulher que eu nunca tinha visto.

Agora eu estava preocupado que *eu* não correspondesse às expectativas dela – o que era loucura. Ela tinha visto fotos minhas e sabia o que esperar, e eu não era uma pessoa insegura, nem de longe. Mas conhecê-la pessoalmente era importante demais.

Meu voo foi tranquilo, e dormi o máximo possível para estar descansado para o nosso "compromisso".

Deixei a mala em casa, tomei banho, vesti uma camiseta e uma calça jeans e demorei mais tempo do que gostaria de admitir fazendo a barba e arrumando o cabelo. Depois, fui até a Starbucks em Topanga Canyon.

Esperei na área aberta, sacudindo os joelhos, abrindo e fechando as mãos, como sempre fazia antes de tocar diante de uma multidão. Cheguei meia hora antes do horário combinado e fiquei lá sentado, percorrendo o estacionamento e as calçadas com o olhar, nervoso e rindo para mim mesmo porque eu *nunca* agia assim – por nada nem *ninguém*.

Eu não sabia o que significava o fato de eu já estar me sentindo assim. Eu só sabia que *estava*.

Ela estava oito minutos atrasada quando ligou.

– Oi – falei, atendendo no primeiro toque. – Você disse Topanga Canyon, nã...

– Jason, eu não posso ir, a minha cozinha está inundada!

Ouvi o caos pelo telefone. Rango latindo ao fundo e o som de água jorrando.

– O cano embaixo da pia?

– É! Meu Deus, é um desastre!

Eu já estava indo em direção à minha picape.

– Me dá o seu endereço.

Uma pausa.

– Eu... mas...

Tive que rir. Ainda com isso? Num momento como aquele?

– Sloan, a sua *cozinha*.

Ela resmungou.

– *Tá*.

Ela deu o endereço e disse que eu não precisava bater.

O Google Maps informou que eu estava a duas quadras de distância; cheguei em três minutos e entrei correndo.

Meu olhar percorreu a sala, registrando brevemente que eu estava no espaço pessoal da Sloan. Cheirava a baunilha. Estava limpo. As flores que eu tinha mandado estavam ao lado de um cavalete com uma tela de um pug vestido de Napoleão. Corri em direção ao som da confusão e entrei na loucura que estava a cozinha.

Sloan estava em frente à pia, encharcada e ofegante, em uma poça de uns 3 centímetros de profundidade.

Nossos olhares se encontraram, e o golpe foi forte. A reação do meu corpo a Sloan foi instantânea. Eu quase senti as pupilas dilatando enquanto olhava para ela.

Ela teria me deixado paralisado em qualquer lugar. Era absolutamente deslumbrante.

Eu me permiti ficar admirando-a por um instante, depois desviei o olhar para dar uma espiada no que estava acontecendo ao redor. Ela não estava brincando, era *mesmo* grave.

Toalhas e o que devia ser o conteúdo do armário estavam espalhados pelo chão. As portas do armário embaixo da pia estavam abertas e a água jorrava. Rango latia e se coçava, preso atrás de uma porta do outro lado da cozinha.

Vasculhei rapidamente a caixa de ferramentas aberta sobre o balcão, o tempo todo sentindo o olhar de Sloan em mim. Em seguida, me abaixei para olhar embaixo da pia, ajoelhando em uma poça de água gelada, e a água espirrou bem na minha cara.

Sloan tinha uma pressão de água incrível. Fiquei impressionado.

O registro de água estava emperrado. Foram necessários alguns puxões firmes, mas consegui fechá-lo. Quando consegui interromper o fluxo de água, eu já estava encharcado.

Saí de dentro do armário e me levantei, ensopado, com água pingando das pontas dos dedos. Eu me virei para ela e passei a mão no cabelo molhado. Ela olhou para mim, com os olhos arregalados, e ficamos assim por um tempo.

Uau. Essa é a Sloan.

– Oi – disse ela baixinho.

– Oi.

O vídeo curto e a foto minúscula no site *A Esposa do Caçador* não tinham me preparado para encontrar Sloan pessoalmente. Ela parecia uma pinup dos anos 1950. Toda cheia de tatuagens e curvas. Cabelo comprido, solto sobre os ombros, molhado nas pontas.

Inteligente, engraçada e agora *isso*. Eu tinha ganhado na loteria. Não consegui entender por que ela não me mandava fotos a torto e a direito. Será que ela não queria que eu soubesse o quanto ela era linda pelo mesmo motivo que eu minimizei a minha profissão? Eu não saberia dizer, mas aquela com certeza era uma surpresa muito boa.

Seus olhos castanhos desceram pelo meu peito e voltaram até o meu rosto. Os únicos sons eram da água ainda pingando embaixo da pia e do meu coração batendo nos ouvidos.

O canto dos lábios dela se contraiu. Em seguida, ela começou a rir, e eu associei aquela imagem a cada momento sorridente que imaginei ao telefone.

Linda.

– Que bom que as coisas não ficaram estranhas no nosso primeiro compromisso – falei. – Só uma *inundação* básica e corriqueira.

Ela olhou para a água no chão da cozinha.

– Que bagunça – disse, ainda rindo.

– Você tem um aspirador de água?

– Não sei. – Ela levou a mão à testa. – Brandon talvez tivesse um.

– Onde fica a sua garagem?

Ela apontou para a porta. Entrei na garagem e na mesma hora percebi o ambiente de homem das cavernas. Ferramentas profissionais e uma bancada de trabalho impressionante. Alguns letreiros de cerveja em neon nas paredes. Havia uma jaqueta masculina empoeirada pendurada em um gancho ao lado da porta e uma garrafa de cerveja aberta vazia na bancada.

Um Corolla velho estava estacionado no meio das duas vagas, com um dos espelhos laterais colado com silver tape e uma porta que não combinava com o resto do carro.

Após vasculhar um pouco o lugar, encontrei o aspirador de água. Quando voltei para a cozinha, Sloan estava empurrando a água para fora pela porta dos fundos com uma vassoura.

Passei a meia hora seguinte aspirando a água enquanto Sloan torcia toalhas e ligava ventiladores à porta da cozinha. Trabalhamos sem conversar. O barulho do aspirador era alto demais. Mas às vezes trocávamos olhares.

Ajudei Sloan a levar um monte de toalhas até a máquina de lavar. Quando a porta da lavanderia se abriu, Rango escapou, e eu derrubei as toalhas e me agachei, rindo e deixando que ele lambesse o meu rosto. Meu Deus, eu estava com muita saudade dele. Ele ganiu um pouco ao me ver, e eu só consegui pensar *Esse carinha vai receber uma recompensa e tanto mais tarde*.

Sloan ficou nos observando com um sorriso e começou a encher a máquina. Quando fechou a tampa e se virou para mim, eu me apoiei no batente da porta de braços cruzados. Rango ficou entre nós dois, olhando de um para o outro com a mesma expressão de orgulho que fazia quando buscava um pato e deixava aos meus pés.

– Obrigada pela ajuda – disse ela, olhando para mim com aqueles cílios compridos. – Essa casa é um problema. Ela é muito antiga. As coisas vivem quebrando.

Ela parecia não saber o que fazer, agora que a crise estava resolvida.

Abri um sorriso.

– Deixa eu te levar pra jantar.

Ela piscou surpresa.

– Jantar, hoje, um *encontro*. Não um compromisso, um encontro.

Ela analisou o meu rosto.

– Eu quero te levar pra sair – falei. – Aceita.

Se ela dissesse não, eu tinha certeza de que ia implorar.

– Tá.

Abri um sorriso largo. *Ótimo. Finalmente.*

– Eu espero você se arrumar – falei. – Deixamos o Rango aqui e eu busco ele quando vier te trazer de volta.

– Mas e você? Você está encharcado.

– Eu espero você se arrumar, e depois a gente vai até a minha casa pra eu trocar de roupa.

Ela me olhou como se eu pudesse ser um desconhecido perigoso, e eu ri. Então *essa* era a cara que ela fazia sempre que ouvia minhas perguntas investigativas ao telefone.

– Aqui. – Peguei a carteira molhada e tirei a habilitação. – Tira uma foto do meu documento e manda pra Kristen.

Entreguei o documento e ela deu uma olhada.

– Você é *mesmo* doador de órgãos.

– E não sou stalker nem pirata. Espero que você não esteja decepcionada.

Sloan riu, e eu não conseguia tirar os olhos dela.

Ela sorriu para mim.

– Vou trocar de roupa rapidinho.

11

SLOAN

▶ Name | The Goo Goo Dolls

— Este lugar não é tão ruim quanto eu imaginava — falei, alto o bastante para que Jason me ouvisse do outro lado da porta.

Ele morava em um trailer Airstream prateado estacionado atrás da mansão de um executivo da música em Calabasas. Uma piscina olímpica reluzia a dez passos da porta do trailer, rodeada de estrelícias e arbustos. O lugar era todo verde.

Fiquei imaginando quanto devia custar para irrigar tudo nas épocas de seca. Quem usava muita água tinha que pagar multa. Meu gramado estava morto. Eu gostaria de poder dizer que o motivo era meu apoio à conservação da água, mas os irrigadores estavam quebrados e eu não tinha dinheiro para consertá-los *nem* água para trazer o gramado de volta à vida. Quem quer que fosse o dono daquele lugar devia ter muito dinheiro.

O trailer era pequeno, mas arrumado e confortável. Sem frescuras. Exatamente como eu imaginava a casa dele. Considerando o que dizia nas nossas conversas, ele era meio minimalista.

Tínhamos ido até lá na picape preta dele, que também era prática e funcional. Era mais velha, mas limpa. Não como o meu carro. Fiz uma observação mental de *nunca* deixar que Jason entrasse no *meu* carro.

Ele riu.

— E por que você esperava um lugar ruim? — perguntou ele, do outro lado da porta do quarto.

– Porque você disse que o Rango mastigava tudo.

Peguei um porta-retrato no balcão e analisei a foto do Jason com roupas grossas de inverno, sorrindo com o cachorro. Um fundo coberto de neve até onde era possível enxergar se estendia atrás dos dois. Não era minha foto favorita dele. Eu gostava das que mostravam um pouco mais de pele. Larguei o porta-retrato rapidamente quando ele abriu a porta do quarto.

Meu Deus, como ele era bonito. Senti o rosto corar. *De novo.*

Quando ele entrou na minha cozinha, meu corpo ficou ligado como uma casa voltando de uma queda de energia de dois anos. Tudo se acendeu, o lugar se iluminou e todos os aparelhos funcionaram. Coração, rosto, pulmões, olhos, as pontas dos dedos, o frio na barriga, o zumbido nos ouvidos, as pernas bambas. *Tudo* vivo, *tudo* zumbindo de eletricidade.

Ele olhou para mim e depois para o porta-retrato.

– É em Minnesota – disse, recostando-se no balcão, o braço quase tocando no meu.

Engoli em seco. O cheiro dele era bom. *Muito* bom. Algo fresco e limpo, como pinho e roupa recém-lavada. Minha vontade era chegar mais perto dele e respirar fundo.

A bagagem dele estava na pequena área de estar, e havia um estojo de violão apoiado em um banco perto da mesinha. Eu lembrei que fazia pouco tempo que ele tinha voltado. Ele chegou de avião, teve cerca de uma hora para se organizar e já foi me encontrar.

– Você não está cansado? – perguntei, olhando para ele. – Acabou de sair de um voo de quinze horas.

– Eu durmo em quase qualquer lugar. Descansei muito no avião.

Ele se aproximou, invadindo o meu espaço pessoal. Acho que fez de propósito. Deu para sentir o calor que seu corpo irradiava. Meu lado conservador, aquele que não conseguia esquecer que eu tinha sido noiva de outro homem, quis que eu desse um passo para trás. Mas o lado que tinha uma voz muito parecida com a da Kristen ficou sem fôlego de tanto gritar para eu não arredar o pé.

Não arredei o pé.

Eu era solteira e *podia* sentir tudo aquilo. Eu podia paquerar e sentir frio na barriga quando outro homem se aproximava assim de mim. E eu *definitivamente* estava com frio na barriga naquele instante.

– Você vai morar aqui definitivamente? Em Los Angeles? – perguntei, tentando evitar que a voz entregasse a minha reação àquela proximidade.

– Por enquanto. Eles queriam que eu estivesse na cidade pra trabalhar na trilha sonora. O estúdio da minha gravadora fica aqui, e era mais fácil coordenar tudo se eu morasse aqui. Além disso, eu fico mais perto dos eventos de que tenho que participar.

– Que eventos?

– Bom, tem a estreia do filme – disse ele. – E eu fui ao Grammy.

– Você foi ao *Grammy*?

– Fui, foi um convite meio geral que eu consegui – disse ele, fazendo pouco-caso. Ele olhou para os meus lábios. – Quer dizer que você gostou da minha casa? – perguntou, meio distante, com os olhos fixos na minha boca.

– Eu não sabia o que eu esperar. Talvez só uma rede entre umas árvores ou algo do tipo.

Ele riu, e os cantos de seus olhos azuis penetrantes ficaram enrugadinhos. Eu não tinha me preparado para aqueles olhos. Há certas coisas que as fotos simplesmente não capturam.

– Quando a minha gravadora me trouxe pra Los Angeles, eles incluíram um valor pra moradia. Mas eu gosto do trailer. Meu agente, Ernie, me ofereceu um espaço na casa dele. Ele tem uma academia na edícula, e eu uso a lavanderia de graça.

Abri um sorriso.

– Este lugar é um complexo – falei. – Aquele portão tem o quê? Uns quatro metros de altura? Tem certeza de que não quer se esconder aqui quando o apocalipse zumbi começar?

Ele riu.

– Eu te dou a senha do portão caso você queira dar uma passada por aqui. – Ele apontou com a cabeça para os fundos do trailer. – Vem ver o meu quarto.

Eu estava *mesmo* interessada em ver todo o trailer. Ele me deixou ir primeiro, e eu parei à porta, olhando para dentro. Não tinha colcha, só um lençol cinza e um cobertor que parecia macio dobrado aos pés da cama. Ele devia sentir calor enquanto dormia. Deus sabe quanto calor o corpo dele irradiava.

Havia cortinas bege simples penduradas nas janelas, e um carregador de celular estava conectado na mesa de cabeceira. O quarto tinha o cheiro dele, e o fato de eu estar em um espaço tão íntimo fez meu coração palpitar. Foi estranho passar tanto tempo conversando com alguém por telefone e depois me dar conta de que ele era uma pessoa de carne e osso, com um cheirinho gostoso e uma *cama*.

Jason veio atrás de mim e apoiou a mão no batente da porta, acima da cabeça.

– Olha só, eu consegui te trazer pro meu quarto no primeiro encontro – disse ele, em tom de provocação, e eu lancei um olhar sério para ele por sobre o ombro.

– É ali que o Rango dorme, na sua pequena masmorra? – perguntei, apontando para um caixote entre a cama e a parede.

Ele deu uma risadinha.

– Fico imaginando o que ele vai achar de voltar pro caixote, agora que ficou mimado por dormir com uma mulher bonita durante tanto tempo.

Eu me virei para ele.

– Você vai ficar flertando comigo descaradamente, agora que estamos no encontro que você tanto queria?

– Claro – respondeu ele, com um sorriso largo.

O quarto era pequeno e, com ele parado à porta, eu estava pressionada contra o colchão. Com as mãos acima da cabeça, os músculos dos braços e do peitoral se destacavam na camiseta.

Ele tinha um corpo *incrível*. Não era corpulento. Era ágil e tonificado e pelo menos 30 centímetros mais alto que eu. Ele preenchia o ambiente com sua presença, mesmo estando parado à porta.

Meu olhar desceu de repente. A barra da camiseta dele tinha subido, e dava para ver a fileira de pelos que descia pela barriga até o cós da calça. Perdi o fôlego e voltei rapidamente a olhar para o rosto dele, torcendo para que ele não tivesse percebido os meus olhos errantes.

Sua expressão me disse que ele *tinha* percebido.

Não me passou despercebido o fato de que até uma hora antes eu me recusava a encontrá-lo em qualquer outro lugar que não a Starbucks, e agora, se ele desse um passo à frente, eu teria que me sentar na *cama* dele.

Pigarreei.

– E aí, e se eu não tivesse aceitado este encontro? – perguntei, olhando para ele.

Ele ergueu as sobrancelhas, cheio de malícia.

– Eu ia ter que partir pro plano B.

– Qual era o seu plano B?

– Igual ao plano A, só que com mais subterfúgios.

– Subterfúgios? – repeti, inclinando a cabeça.

– É. Eu ia te levar pra sair de qualquer forma, deixar você chamar de compromisso e não dizer que, na verdade, era um encontro.

Eu ri.

Ele apontou para trás com a cabeça.

– Vem. Vamos comer.

JASON QUIS QUE EU ESCOLHESSE O LUGAR, então indiquei um restaurantezinho mexicano modesto de que eu gostava, na rua da minha casa. Era um lugar pequeno, com bancos estofados vermelhos, música *ranchera* com muito trompete e quadros de toureiros nas paredes. Eles nos levaram até uma mesinha silenciosa em um canto com um *sombrero* pendurado logo acima.

– Imagino que faz um tempo que você não come comida mexicana – falei. – A Austrália não deve ser lá muito famosa pela *carne asada*.

Um garçom colocou duas águas geladas à nossa frente.

– Em Minnesota, a comida mexicana também não é tão boa – disse ele. – É uma das coisas de que mais gosto em Los Angeles.

– Do que mais você gosta na Califórnia?

– Bom, as babás de cachorro são lindas – respondeu ele, piscando para mim por sobre o cardápio laminado.

Semicerrei os olhos fingindo irritação e tirei o celular do bolso, porque ele estava vibrando.

– Ah, não – falei, olhando para a tela. – Sete chamadas perdidas da Kristen. Espera, pode ser alguma coisa com o Oliver.

Acho que não senti o celular vibrar na picape do Jason. Levei o aparelho à orelha.

– Kristen? Tudo bem?

– Por favor, me diga que você pesquisou o Jason no Google.

– O quê?

– Você *pesquisou*, né? Você sabe com quem está saindo?

Senti um frio na barriga. *Ai, meu Deus.* Eu mandei uma foto do documento do Jason para a Kristen. Ela obviamente o encontrou na internet. Será que ele era um abusador condenado? Um *criminoso*? Olhei para Jason, que olhou para mim do outro lado da mesa, aparentemente preocupado.

Pigarreei.

– Hum… eu preciso falar com ela. Já volto, tá?

Eu me levantei antes que ele pudesse responder. Fui praticamente correndo até o banheiro e me tranquei em uma das cabines.

– Tá, estou sozinha. O que você descobriu? Ele não quis me dar o sobrenome se eu não dissesse o meu, então não pude pesquisar!

Meu coração martelava no peito. O que eu estava *fazendo*? Ele sabia onde eu morava e tudo. Eu tinha dado meu endereço a um desconhecido, como uma idiota! Fiquei andando de um lado para o outro dentro da cabine. Eu quase merecia ser assassinada de tão idiota que tinha sido.

– Você está me dizendo que não sabe mesmo quem ele é? Vocês não conversam o dia inteiro? Como é que isso nunca veio à tona?

– Kristen, isso o *quê*?

– Que ele é o Jaxon Waters? O cantor? Do clipe animado de "Wreck of the *Edmund Fitzgerald*" que você viu umas duzentas vezes?

Meu. Coração. Parou. *Morri.*

– *Como é que é?* – falei baixinho.

– Só ele mesmo pra conseguir deixar essa música minimamente descolada – disse Kristen, bufando. – Estou na página dele na Wikipédia. Indie rock. Ficou famoso com aquele cover. Aí o álbum independente ganhou o disco de ouro, e ele conseguiu um contrato com uma gravadora grande. Está produzindo toda a trilha sonora daquele filme *A floresta chama*, com Jake Gyllenhaal. Ganhou o prêmio de Artista Revelação do Grammy no ano passado. Jason Larsen, cresceu em Ely, Minnesota, nascido no dia 7 de novembro, 1,85 metro de altura. Mãe Patricia, pai Paul, um irmão chamado David… como é que logo você não descobriu tudo? Você é a pessoa mais paranoica que eu conheço.

Soltei um suspiro trêmulo.

– Ah, ele me disse que era músico, mas achei que ele fosse *backing vocal* ou algo do tipo. Ele não me contou tudo isso!

– Uau. Grande falha pra uma stalker digital profissional.

Ouvi a voz do Josh no fundo.

– Diz pra ela que eu espero que ela tenha depilado as pernas pra esse encontro.

– É, você precisa ir pra cama com esse homem – acrescentou Kristen.

Eu abanei o rosto.

– Ai, meu Deus. Eu estou surtando. Como é que eu vou agir normalmente, agora? Eu tenho umas sete músicas dele na minha playlist, *neste momento*. Eu sou fã! Quase uma groupie! Não tem como eu ser indiferente, Kristen!

– Tá, mas você depilou as pernas?

– *Não!* Eu *não* depilei! Não depilei nada! Porque eu não vou pra cama com ele, nem tinha planos de fazer isso! Como é que eu volto pra lá agora, Kristen? Eu vou ter um ataque de pânico!

Jason tinha acabado de ser catapultado de homem por quem eu estava interessada para homem por quem eu era fascinada.

– Não estou conseguindo respirar. Eu roubei o cachorro dele. Ele me mandou flores – foi tudo que eu consegui dizer.

Meu cérebro estava em curto, disparando diversas conclusões enquanto aquela informação reposicionava Jason na minha cabeça.

– Ah, não. Bom, você só tem a si mesma pra culpar. Você devia ter usado o Google. Agora volta pra mesa.

– Divirta-se! – gritou Josh no fundo, e os dois riram.

Soltei um gemido patético e desliguei. Em seguida, pesquisei "Jaxon Waters" no Google e fui em Imagens.

Ali estava ele.

Fotos dele de smoking no tapete vermelho. Uma foto dele sentado em uma pedra na floresta, tocando violão. Ai, meu Deus. Uma foto dele segurando um Grammy. Simplesmente um *Grammy*.

Eu cresci alimentando celebridades no *food truck* da minha mãe. Elas não me deixavam afobada daquele jeito. Eu raramente ficava nervosa perto delas. Mas Jaxon Waters era diferente. Eu era *obcecada* pela música dele. Ela falava com a minha *alma*. Era etérea e linda, e eu não tinha como agir com indiferença.

Saí da cabine com as mãos tremendo e fiquei em pé em frente à pia.

– Calma – sussurrei, desejando que o meu corpo obedecesse.

Mas ele não me ouviu. Acho que eu teria ficado menos apavorada se descobrisse que estava em um encontro com um condenado fugitivo.

Quando finalmente voltei para a mesa, Jason sorriu; havia uma expressão de alívio em seu rosto ao me ver voltar. Ele devia estar se perguntando se eu não tinha fugido pela janela do banheiro, pelo tempo que passei lá.

– Tudo bem? – perguntou ele quando eu me sentei. – Temos que ir embora?

– Não, tudo bem – respondi, com a voz meio estridente.

Ele ergueu uma das sobrancelhas.

– Tem certeza? O que a Kristen queria?

Minha boca estava seca. Peguei o copo de água e bebi tudo. Ele ficou me olhando com um misto de curiosidade e preocupação, e eu me perguntei se Jason acharia sexy uma mulher que precisasse respirar fundo e se deitar no banco estofado do restaurante.

Larguei o copo e pigarreei.

– Eu acabei de ficar sabendo de uma coisa.

– O quê? Me conta.

– Você é o Jaxon Waters – deixei escapar.

O sorriso que surgiu no rosto dele confirmou a minha acusação.

– Você já ouviu falar de mim?

– Você disse que tocava *baixo* – falei, olhando furiosa para ele, com a pálpebra tremendo.

– Eu toco – disse ele, dando de ombros. – Também toco violão, canto…

O sorriso dele foi crescendo conforme os meus olhos se arregalavam.

– Mas… mas eu estive na sua casa! – falei, sem fôlego. – Onde estava o seu Grammy?

Ele deu de ombros mais uma vez.

– Na despensa…?

– Jason!

Ele riu.

– O que foi? É um trailer. Eu não tenho estantes.

Ai, meu Deus.

– Por que você não me disse? – perguntei. – Eu… eu… *por quê*?

Ele fez de propósito. Escondeu de propósito. Eu tinha caído em um golpe. Só que o golpista era ridiculamente bonito e famoso, e eu estava impressionada.

Aquilo era demais.

Agir como uma lunática quando estava nervosa era a minha marca registrada, e eu não decepcionei naquele momento. Minha pálpebra deu início a uma rebelião, tremendo diante do estresse da situação. Soltei um suspiro exasperado e levei o dedo ao olho. Meu rosto devia estar branco como papel ou vermelho vivo. Talvez as cores estivessem se revezando. Eu não saberia dizer. Eu estava tão envergonhada. Acho que não conseguiria parecer tão louca nem se tentasse.

– Minha pálpebra treme quando fico nervosa – falei, desolada, tentando explicar a esquisitice.

Jason analisou o meu rosto.

– Você acha que eu não estou nervoso?

Olhei para ele com um olho só.

– Eu gosto de você. E fico nervoso quando estou perto de uma mulher bonita que desperta o meu interesse.

É claro que ele sabia que não era a mesma coisa, nem de longe. O homem tinha *fãs*. Fiz cara de quem achava que aquilo era conversa fiada, e os olhos dele brilharam como se aquela fosse a situação mais divertida do ano.

Ficamos nos encarando em um jogo do silêncio no meio do restaurante mexicano e, em uma cena quase cômica, a garçonete largou uma cesta de tortilhas e molho na mesa. Aquilo rompeu a tensão, e eu comecei a rir como uma maníaca. Isso fez com que ele risse também e, quando resfoleguei, fazendo aquele barulhinho de porco, nós dois caímos na gargalhada.

Ficamos um minuto rindo descontroladamente.

– Jason, eu ouço as suas músicas – falei logo depois, mordendo o lábio. – Ouço muito. Eu amo. O último álbum me ajudou em um momento muito difícil da minha vida.

Ele enxugou os olhos, ainda se recuperando.

– E eu comi as receitas do seu blog. Devo ser mais seu fã do que você é minha.

– Duvido. E pelo menos eu te *contei* sobre o blog.

– Bom, você teve que contar, senão eu não te deixaria entrar na minha equipe de sobrevivência ao apocalipse zumbi.

Soltei uma risada pelo nariz.

– Eu não te disse quem eu era porque isso não tem importância. Até dois anos atrás, eu era barman. Meu sucesso é uma coisa nova, e eu queria que você me conhecesse sem essa interferência. Além do mais, eu não sou *tão* famoso assim.

Fiz um barulhinho que dizia que eu discordava. Em uma escala de fama de um a dez, ele devia ser um sete. E, de qualquer forma, não era o que os outros achavam dele que estava me fazendo surtar. Era o fato de *eu* amar tanto a música dele. Meu Deus, é claro que eu amei o som da voz dele desde a primeira ligação. *Argh.*

Apoiei o cotovelo na mesa, ainda segurando a pálpebra que tremia.

– Eu só preciso de um tempinho pra me acostumar com a ideia.

– Quer que eu cante uma música pra você? – perguntou ele, abrindo um sorrisão.

– Só se você quiser me ressuscitar depois.

Ele riu.

– É forte assim, é?

– Ah, é. É forte. Eu devo ser uma das suas maiores fãs, de verdade.

– Mas você não fazia ideia de como eu era? – perguntou ele, impassível.

– Seu vídeo que viralizou é uma animação com massinha. E você não aparece na capa do álbum! É só uma foto daquele pato estranho com o olho vermelho.

– O mergulhão? – disse ele, rindo. – Você podia ter pesquisado sobre mim no Google.

– Ah, por favor. Quem é que procura a imagem de um cantor no Google? A aparência de alguém não tem nada a ver com a capacidade de fazer música boa.

– Assim como a aparência de alguém não tem nada a ver com a capacidade de ser uma boa babá de cachorro?

– Exatamente.

QUANDO A COMIDA CHEGOU, as coisas já tinham quase voltado ao normal – tão normal quanto um primeiro encontro com seu cantor favorito pode ser.

A margarita que eu tinha pedido estava ajudando muito.

Minha estratégia para lidar com a novidade de que ele era Jaxon era tentar esquecer isso. Jason me garantiu que não era reconhecido com frequência, então quem sabe isso me ajudasse. Se outras pessoas desmaiassem, eu também desmaiaria em solidariedade a elas.

Fiquei feliz por ele não ter me contado. Ele tinha razão – talvez isso mudasse as coisas, principalmente porque, se eu soubesse antes, minha reação talvez o fizesse se afastar, assustado.

– E aí, eu ainda posso fazer uma pergunta por dia? – perguntou ele e deu uma mordida no taco.

– Claro, por que não?

Ele engoliu e limpou a boca com o guardanapo.

– O que a Kristen acha do nosso encontro?

Fiquei branca.

– Por onde eu começo? Tem certeza que está preparado? Ela é bem vulgar.

Ele pegou a cerveja.

– Já gosto dela.

– Ela me disse para subir em você como se você fosse uma árvore.

Ele quase engasgou com a Corona.

– Também fui aconselhada a chacoalhar os galhos. Estou com medo de tentar entender essa. E tudo isso *antes* de ela saber quem você era.

Ele abriu um sorrisão.

– E agora?

– Vamos dizer apenas que ela e o marido estão torcendo por você – respondi, levando o copo de margarita aos lábios.

Ele pareceu gostar da resposta.

– Ela está me mandando mensagem sem parar há meia hora – comentei.

Ele apontou para o meu celular com a cabeça.

– O que dizem as mensagens?

Larguei a bebida e peguei o celular.

– "Pergunta se você pode tocar no violão dele."

Ele balançou a cabeça.

– Essa não é tão ruim assim.

– "Violão" está entre aspas.

Ele gargalhou tão alto que chamou a atenção das pessoas das outras mesas.

– Ela quer saber se você tem cheiro de pinhas e flanela. – Inclinei a cabeça olhando para ele. – Está vendo o que eu tenho que aguentar?

Ele sorriu de novo.

– Quando é que eu vou conhecer a Kristen?

– Espero que nunca. Ela vai passar o tempo todo te interrogando. Aí o Josh vai dar um jeito de ficar sozinho com você dizendo que precisa de ajuda com a churrasqueira ou sei lá o quê e vai fazer ameaças sobre o que vai acontecer se você me magoar. É melhor você não conhecer nenhum dos dois. Vai por mim.

Ele riu.

– Não vejo a hora. É só me avisar o dia. Mas não pode ser neste fim de semana, porque eu vou pra Minnesota rapidinho na sexta.

– Ah. – Fiquei um pouco decepcionada. – Mas você acabou de chegar.

– Vai ficar com saudade? – perguntou ele, com os olhos brilhando.

Contive um sorriso.

– Quem é que vai ficar com o Rango?

– Ele ia comigo… a não ser que a minha babá de cachorro esteja disponível. – Ele deu outro sorrisão. – Mas na turnê ele vai comigo.

Franzi o cenho.

– Você vai sair em uma turnê? *Quando?*

– Primeiro de junho. Quatro meses, cinquenta cidades.

Ele ia viajar dali a *três semanas*? E passar *quatro meses* fora? Bom, *isso* era uma droga.

– Você vai me visitar quando eu estiver na estrada? – perguntou ele.

– Neste momento, estou apenas tentando sobreviver a esta refeição sem hiperventilar.

– AGORA VAMOS PRA NOSSA PRÓXIMA AVENTURA – disse Jason depois do jantar, dando a partida na picape.

– Aonde vamos? – perguntei, abrindo o vidro.

– Home Depot.

– Home Depot? Pra fazer o quê?

– Comprar peças pra consertar a sua pia – disse ele, saindo do estacionamento.

Balancei a cabeça.

– Não. De jeito nenhum.

– Não? – perguntou ele, olhando para mim.

– Não. Eu não posso deixar você consertar a minha pia. Isso é… não.

Ele sorriu.

– Você prefere que um desconhecido faça isso? Logo você, que não queria nem me dizer onde era a sua casa antes da inundação na sua cozinha?

Ele olhou para mim de um jeito engraçado, com os olhos arregalados, e voltou a olhar para a rua com um sorriso largo.

Semicerrei os olhos.

– Além do mais, tem um bônus. Se você me deixar consertar a sua pia, o Rango vai ficar mais tempo na sua casa.

Ele deu um sorrisinho, porque sabia que isso ia me convencer.

– Tá bom – falei, levando a mão à boca, porque não queria que ele visse que eu estava sorrindo.

– Mais alguma coisa que precisa de conserto? – perguntou ele.

– A casa inteira – resmunguei.

– Ela não está em bom estado?

A casa estava começando a parecer um castelo de areia na maré alta. Estava desmoronando à minha volta.

– Não. Quando Brandon e eu compramos a casa, ele ia reformar. Ele era bom com essas coisas – falei, hesitante, sem saber se devia estar falando sobre o meu noivo morto em um encontro. Mas a expressão do Jason continuou neutra.

– Faz uma lista. Eu arrumo tudo – disse ele, virando na Roscoe Boulevard.

Abri um sorriso.

– Além de ser Jaxon Waters, você é faz-tudo?

– Somos autossuficientes, em Ely. Eu poderia construir uma casa nova pra você, se quisesse. E aí, o que você precisa que seja feito na casa?

– Jason…

– O que foi? Eu gosto de consertar coisas. Além disso, o meu cachorro gosta de você. Aposto que ele ia gostar de ir até lá. Pensando bem, *eu* gosto de você e *eu* ia gostar de ir até lá.

Aquele flerte implacável ia me causar um ataque cardíaco. Mas eu não tinha como discordar. O cano *precisava* ser consertado. Josh fazia turnos de dois dias no corpo de bombeiros, então, se ele tivesse que trabalhar no dia seguinte, eu ficaria sem a pia da cozinha pelo menos até quarta-feira – isso se ele largasse tudo, no seu dia de folga, para me ajudar, o que eu detestava. E, para falar a verdade, eu não tinha como pagar um profissional. Já estava com o dinheiro contado.

O corpo de bombeiros do Brandon fez uma vaquinha para mim quando ele morreu. Isso me ajudou a segurar as pontas até me sentir pronta para voltar a trabalhar. Eu ganhava um bom dinheiro com os gatos astronautas por causa do volume – sempre fui rápida –, mas tinha acabado de trocar o aquecedor de água velho e, no mês anterior, foi o ar-condicionado. Agora a minha cozinha tinha alagado, e eu não sabia se o piso ia sobreviver aos danos. Se eu tivesse que comprar outro piso para a cozinha, não ia conseguir pagar a hipoteca daquele mês.

Eu devia ter vendido a casa quando Brandon morreu. Eu não conseguia mantê-la sozinha. Mas também não consegui fazer isso, assim como não consegui esvaziar o armário dele nem a garagem.

– Tá. Mas eu posso pagar pelo seu tempo? – perguntei. – E obviamente vou pagar pelos materiais.

– Eu não quero que você me pague. Ah, falando nisso...

Ele estendeu a mão à minha frente e abriu o porta-luvas. Seu braço roçou no meu joelho, e os cantos de seus lábios estremeceram. Ele me entregou um envelope.

– Aqui. O dinheiro por cuidar do Rango. Eu sei que você ainda não me passou os recibos, mas eu fiz uma estimativa. E acrescentei uma recompensa.

Fiquei olhando para o envelope nas minhas mãos. Eu precisava daquele dinheiro. Mas agora parecia estranho aceitá-lo. Uma coisa era aceitar dinheiro de um desconhecido por cuidar do seu cachorro, de um homem que ia levar Rango embora. Era um acordo comercial. Outra coisa era aceitar dinheiro de um cara com quem eu meio que estava saindo e queria me ajudar a consertar coisas na minha casa.

Tentei devolver o envelope.

– Por que você não fica com isso? Você pode consertar a pia e ficamos quites.

Ele não pegou.

– Eu insisto. Não estou aberto à negociação. – O tom definitivo na voz dizia que estava decidido. – Quanto aos materiais, você tem muitas ferramentas e peças na garagem. Duvido que eu vá precisar de muito mais do que isso. Posso fazer muita coisa com o que já tem lá.

Não respondi. Ele parou a picape no estacionamento da Home Depot e puxou o freio de mão.

– Chegamos.

– Você não acha meio estranho? Você consertar a minha pia?

– Estranho seria eu não consertar sabendo que posso fazer isso. Vamos – disse ele, abrindo a porta. – Quero colocar as mãos nos seus canos.

JASON ANDOU PELA HOME DEPOT com a precisão cirúrgica de um especialista em reforma. No caixa de autoatendimento, ele não me deixou pagar.

– Faz parte do nosso encontro.

– Não faz, não – respondi, tentando tirar as coisas das mãos dele.

Ele se virou e segurou tudo acima da cabeça, onde eu não alcançava. Cruzei os braços e fiquei olhando furiosa para ele. Os olhos azuis brilhavam e pela milésima vez fiquei maravilhada com aquela beleza toda. As fotos que ele tinha mandado eram ótimas, mas Jason era muito mais bonito em movimento.

– Se eu tivesse te levado a um parque de diversões e ganhado um urso de pelúcia pra você, faria parte do encontro, não é? Ou se eu tivesse comprado flores ou pagado pelo cinema?

– Sim. Mas são coisas típicas de um encontro. Comprar peças pra consertar a minha pia não é.

– Então você quer que eu seja típico? – perguntou ele, com um sorriso largo.

Ele sabia como me encurralar. Deu as costas para mim e continuou com a compra, lançando um olhar de vitória por cima do ombro quando o recibo foi impresso.

– Mais uma parada – disse ele ao pegar a sacola.

– O que você vai fazer agora? Trocar o meu óleo?

– Eu *posso* trocar o seu óleo se você quiser – disse ele, rindo.

Em seguida, ele pegou a minha mão e entrelaçou os dedos nos meus enquanto saíamos da loja.

Eu *morri*. Tive que recorrer à força interna que as mulheres devem ter para ajudar no parto só para manter os dedos entrelaçados nos dele, porque seu toque me fez perder o controle das mãos.

Jaxon Waters está segurando a minha mão.

Eu nem me lembro do caminho até a picape. Acho que desmaiei.

– Você vai gostar da parte divertida do encontro – disse Jason após alguns minutos, parando em um posto de gasolina. – Vamos entrar e pegar uma sobremesa.

Escolhemos sorvetes no freezer horizontal, e eu peguei um café descafeinado pequeno e fiquei um tempo na estação dos cafés, observando os sachês de essência. Jason surgiu atrás de mim enquanto eu pegava sete pacotinhos de avelã, colocando-os dentro da bolsa. Eu me virei para ele, que me olhava com as sobrancelhas arqueadas.

– O que foi? Quem compra o café tem direito ao aromatizante. E eu adoro esses. Sempre tenho na bolsa pra emergências.

– Emergências? – repetiu ele, sorrindo para mim.

Ele estava invadindo o meu espaço pessoal mais uma vez. Um pouco mais perto do que a maioria das pessoas ficaria. Quase perdi o fôlego.

– É – respondi, engolindo em seco. – É sempre bom estar preparada.

– E você tem emergências desse tipo com frequência? – perguntou ele.

Os olhos dele desceram até os meus lábios mais uma vez, e ele inclinou a cabeça para o lado, como se estivesse analisando-os.

– No mínimo uma por dia.

Seus olhos voltaram a subir até os meus, e ele deu um sorriso.

– Vamos.

Ele pegou a minha mão e me levou até o caixa. Pagou pelas sobremesas e pelo café e comprou vinte dólares em raspadinhas.

De volta à picape, Jason foi até o lava-rápido.

– Pronta? – perguntou ele, estendendo o braço para fora para digitar o código na estação de autoatendimento.

– Pronta pra quê?

– Pra diversão. Lava-rápido arco-íris.

Eu ri.

– Meu Deus! Eu *amo* lava-rápido arco-íris! Faz muito tempo que eu não faço isso!

– Você não lava o seu carro? – perguntou ele, entrando no lava-rápido.

Chegando ao lugar determinado, ele se recostou no assento e abriu o sorvete. Abri a tampa do meu e comecei a cutucá-lo com a colher.

– Você não viu o meu carro.

– O Corolla? Eu vi na garagem quando estava procurando o aspirador de água.

– Bom, então você entende por que eu não me dou o trabalho de lavá-lo – falei, olhando para o para-brisa quando a água começou a jorrar.

As tiras de tecido começaram a bater no capô, e o cheirinho cítrico nostálgico da lavagem da carroceria entrou pela saída do ar-condicionado.

– Precisamos de uma trilha sonora.

Ele mexeu no rádio. Um miado da Lola Simone ressoou, e ele logo trocou de estação. Eu também odiava as músicas dela. Era muito Courtney Love para mim.

Ele parou em uma rádio de rock alternativo. Quando o arco-íris de sabão começou a jorrar na picape, trocamos olhares e sorrimos. Ele manteve os olhos fixos nos meus por um bom tempo antes de voltar a olhar pelo para-brisa.

Eu sentia tão profundamente a presença dele que mal conseguia prestar atenção. Era quase como se nenhum de nós estivesse assistindo de fato à lavagem do carro. Como se os nossos olhos estivessem voltados para aquilo, mas a nossa atenção estivesse focada um no outro. Pelo menos a *minha* estava focada nele.

Quando a lavagem terminou, Jason parou em frente ao posto e me deu dez dólares em raspadinhas.

– Se ganharmos alguma coisa, decidimos o que fazer com o dinheiro juntos – disse ele, enfiando a mão no porta-copos e tirando uma moeda para eu usar.

– Como é que você tem essas ideias? – perguntei, sorrindo e esfregando a moeda na raspadinha. – Acho que é o melhor encontro que eu já tive. Primeiro o cara me salva de uma inundação. Depois, ele revela que é meu cantor favorito. Aí me dá um envelope cheio de dinheiro e compra peças pra consertar a minha casa, e ainda providencia um espetáculo e uma jogatina.

– Consigo pensar em algumas coisas que deixariam o encontro ainda melhor – disse ele, com um sorrisinho malicioso.

– Só pra você ficar sabendo, eu nem beijo no primeiro encontro – falei, terminando a raspadinha.

Ganhei dois dólares e ergui o cartão para mostrar para ele, com um sorrisinho.

– E eu aqui, pagando o lava-rápido mais caro pra *nada*.

Eu ri.

Eu não conseguia acreditar no quanto estava me divertindo. Sempre imaginei que o primeiro encontro depois do Brandon seria um marco difícil. Um Band-Aid a ser arrancado. Mas não foi. Jason fez com que fosse fácil.

Jason fez com que fosse muitas coisas.

– Posso te ver amanhã? – perguntou ele.

Abri um sorriso.

– Você quer me ver de novo?

– Eu não quero nem te levar pra casa.

Corei. *Mais uma vez.*

Mas aí me lembrei que dia seria. Aniversário de dois anos da morte do Brandon. O dia em que desligamos os aparelhos. Eu tinha planos para o dia seguinte, uma lista de coisas positivas que tinha decidido fazer em homenagem a ele.

– Não posso. Já tenho planos. Que tal depois de amanhã?

Ele pareceu um pouco decepcionado, mas assentiu.

– Tá bom, depois de amanhã, então. Um segundo encontro.

Não me opus a que ele chamasse de encontro, e ele olhou para a raspadinha no próprio colo com uma expressão de triunfo. Tinha ganhado cinco dólares.

– E aí, o que vamos fazer com o dinheiro? – perguntou ele.

Mordi o lábio, pensando. Seus olhos desceram até a minha boca mais uma vez, e eu sorri.

– Com sete dólares? Que tal comprar um brinquedinho pro Rango?

– Ótima ideia. Podemos levar o Rango até a PetSmart no nosso próximo encontro.

Ele colocou as raspadinhas no porta-copos.

Uma introdução de violão que eu reconhecia tocou no rádio.

– Ai, eu adoro essa música – falei. – É "Name", do The Goo Goo Dolls, né?

Ele pegou o meu sorvete de framboesa.

– É. Posso experimentar? – perguntou ele.

Apontei para o sorvete dele com a cabeça.

– Me dá o seu.

Ficamos ali sentados ouvindo a música e tomando o sorvete um do outro. O dele era de menta com chocolate. Usamos a colher um do outro. Saber que aquela colherzinha de plástico já tinha estado na boca do Jason fez meu coração acelerar.

Eu não estava acreditando naquele dia.

Ficamos ali, olhando abertamente um para o outro. Meus olhos viajaram das suas íris azuis até seus lábios. Eu me perguntei se a barba me faria cócegas se ele me beijasse. Eu nunca tinha beijado alguém que tivesse barba. Desci até o pescoço dele e vi o pomo de adão subir e descer quando ele engoliu. Observei a pulsação no pescoço e a depressão na clavícula, o modo como o peito dele esticava a camiseta, subindo e descendo no ritmo da respiração.

Quando voltei a olhar para os olhos dele, nenhum de nós dois estava se mexendo. Fiquei ali sentada, com a colher virada para baixo na língua, e todo o sorvete que estava na minha boca já tinha sido engolido. Ele segurou o sorvete no colo e ficou olhando para mim.

Jason tinha um jeito de me observar. Isso me fazia lembrar de como as pessoas olhavam para os meus quadros, antes dos gatos astronautas. Um fascínio concentrado que se aproximava e analisava as pinceladas. Ele nem piscava. Fiquei constrangida, mas eu tinha quase certeza de que isso significava que ele estava gostando do que via, o que era bom. Porque eu estava gostando do que via. Gostando *muito*.

E de repente ele se mexeu.

Sem romper o contato visual, ele colocou o sorvete em cima do painel. Tirou o meu sorvete e a minha colher das minhas mãos e os dedos dele tocaram nos meus em uma fração de segundo eletrizante antes que ele largasse o sorvete em algum lugar. Em seguida, ele deslizou pelo assento e colocou as mãos quentes no meu rosto, enfiando os dedos no meu cabelo, e me *beijou*.

Ele mal encostou em mim. Só o toque leve dos lábios nos meus, a leve sensação da respiração no meu rosto.

Aquilo tomou conta de mim em milissegundos. A eletricidade estática entre nós se acendeu, e eu fiz exatamente o que Kristen disse que eu devia fazer.

Subi nele como se ele fosse uma árvore.

12

JASON

▶ Electric Love | BØRNS

– Arrumem um quarto!

Uma mão bateu no capô da picape e Sloan saiu de cima de mim e se recostou na porta do passageiro de olhos arregalados. Ficamos ali sentados olhando um para o outro, ofegantes.

Puta merda.

– Jason, acho que você precisa me levar pra casa – disse ela, mordendo o lábio.

Eu queria mesmo levá-la para casa. Queria levá-la para casa e carregá-la até o quarto. Mas infelizmente não era disso que ela estava falando.

– Tem certeza?

Ela assentiu.

Arrastei o olhar até o para-brisa e dei a partida na picape.

A tensão entre nós dois era como a seta de uma bússola virando para o norte; assim como aconteceu no lava-rápido, foi difícil *não* olhar para ela. Eu ficava olhando de relance e, sempre que fazia isso, ela também estava olhando para mim.

– Acho que não é uma boa você me levar até a porta – disse ela, quando parei em frente à casa. – Sério. Nem sai do carro.

Desliguei a picape.

– E a sua pia?

O rosto dela estava vermelho.

– Você pode consertar a pia depois, sei lá. Fica aqui enquanto eu vou buscar o Rango.

Sloan saiu da picape com tanta pressa que o suéter ficou preso na porta. Ela se virou para se libertar, e eu estendi a mão e a coloquei sobre o pulso dela.

– Sloan...

– Eu não confio em mim mesma perto de você neste momento – disse ela, apressada.

Fiquei sorrindo por um bom tempo, olhando para os olhos arregalados dela, e soltei o suéter. Ela correu até a casa. Derrubou a chave *duas vezes* antes de conseguir abrir a porta.

Quando ela reapareceu, esperei até que estivesse quase à porta da picape e saí. Ela parou na mesma hora e soltou a coleira do Rango. Ele correu na minha direção. Apontando, falei:

– Entra no carro, amigo.

Ele pulou no banco da frente e eu fechei a porta, sem tirar os olhos dela.

As luzes com sensor de movimento não estavam funcionando. Ela parecia um anjo sob a iluminação fraca da rua. O céu estava escuro e sem nuvens. Sem estrelas. Só ela, o cabelo como uma auréola. A rodovia respirava em algum lugar longe dali, e uma brisa carregava o cheiro suave do asfalto sujo e quente.

Eu não queria sentir o cheiro do asfalto, queria sentir o cheiro *dela*.

Queria me aproximar o bastante para sentir seu aroma mais uma vez. Fui em direção a ela e, a cada passo que eu dava, ela dava um para trás.

– Eu me diverti muito hoje à noite – disse ela, mordendo o lábio.

Ela bateu as costas na garagem e olhou para mim como se fosse um coelho paralisado diante de uma raposa, tentando decidir se fica parado ou foge.

Parei a dois passos de distância, sem querer encurralá-la.

– Eu queria te dar um beijo de boa-noite, Sloan.

Ela não se mexeu, mas seus olhos desceram até os meus lábios.

O ar entre nós parecia carregado.

Eu ainda sentia a pele dela na minha. A pressão das coxas, o peso do corpo macio. O perfume grudado em mim como dedos agarrados à minha camiseta, me puxando para si.

– Vem aqui – falei, baixinho.

O comando a ativou. Ela *voou* para cima de mim.

Eu a segurei em um redemoinho do aroma floral, e ela praticamente me escalou. Meus lábios tocaram os dela um segundo depois. Quentes e doces, o sabor de menta e framboesa na língua. O cheiro da pele dela me deixou louco. O aroma doce de madressilva me envolveu e nos abrigou.

Enganchei a mão na perna que ela tinha erguido e a levantei para que ela montasse na minha cintura. Ela passou as mãos no meu cabelo e, quando arquejou, eu deixei que ela respirasse um pouco e fui descendo com os lábios pelo queixo e pelo pescoço dela.

Ela inclinou a cabeça para trás e deixou escapar um gemido baixinho, e eu quase perdi a cabeça.

O cara no posto de gasolina tinha razão, a gente precisava *mesmo* de um quarto.

Fui cambaleando com ela em direção à porta da frente. De repente, ela se desvencilhou de mim, colocando os pés no chão. Ela colocou a mão no meu peito, impondo uma distância entre nós. Ela estava ofegante, e seus olhos voltaram a descer até os meus lábios, e por um segundo parecia que ela ia reconsiderar, mas então se afastou, se virou e correu a toda a velocidade para dentro de casa.

A porta bateu, e eu ouvi a tranca e logo em seguida a corrente. Fiquei ali parado por um instante, com a camiseta amassada e o cabelo bagunçado, recuperando o fôlego.

Meu Deus. O que tinha acabado de acontecer?

A sensação era que eu tinha sido sugado por um tornado de um magnetismo animal, jogado de um lado para o outro e cuspido para fora sozinho na frente da casa dela.

Tive que ajeitar a parte da frente da calça.

Caramba, aquela mulher me dominou. Não era só físico. Ela me *dominou*. Eu nem queria ir embora. Minha vontade era arranhar a porta como um cachorrinho pedindo que ela me deixasse entrar.

Rango choramingou olhando para a casa pela janela aberta da picape.

– É, eu sei, amigo – falei baixinho. – Eu também queria estar lá dentro.

Fui para casa e me servi uma dose de bourbon.

Sloan.

Ela gostava das minhas músicas. Eu nem tinha me dado conta do quanto isso era importante para mim. Eu queria que ela gostasse das minhas músicas. Sua opinião era importante. Eu queria que ela gostasse de tudo em mim.

Ela não era uma mulher qualquer. Eu já tinha minhas suspeitas quando estávamos só conversando por telefone, mas agora eu sabia. Era forte, diferente de tudo que eu já tinha sentido. Como a primeira vez que peguei um violão; eu tinha a mesma certeza.

Tirei a roupa para me deitar, entrei embaixo das cobertas e fiquei sentado, recostado na cabeceira, com o celular na mão. Rango era sempre o assunto mais seguro. Comecei a escrever.

Jason: O Rango está com saudade de você.

Ela não me fez esperar.

Sloan: Ele só está claustrofóbico aí nessa caixinha. Solta ele.

Eu ri.

Jason: Eu gostei muito do nosso encontro.

Sloan: Eu também.

Então, decidi arriscar.

Jason: Você não está irritada com o beijo? Sei que você tem suas regras pro primeiro encontro.

Houve uma pausa longa antes que ela respondesse. Quando os pontinhos saltaram na tela, eu me endireitei para esperar a mensagem, virando de uma vez só o resto do uísque.

Sloan: Estou começando a achar que as minhas regras não se aplicam a você. Boa noite, Jason.

13

JASON

▶ Make You Mine | PUBLIC

Eu não conseguia tirar Sloan da cabeça, infelizmente, porque também não conseguia convencê-la a atender o telefone. Ela só respondeu a minha mensagem de bom dia à uma tarde, e tudo que mandou foi uma carinha sorridente.

Desfiz a mala e coloquei as roupas para lavar. Liguei para a minha nova assessora de imprensa, Pia, para marcar uma reunião. Eu tinha muita divulgação para fazer antes da turnê. TV, rádio, entrevistas para revistas. A Sirius XM queria uma versão *a cappella* até o fim da semana para o canal Coffee House. O *Saturday Night Live* estava me procurando, e eu precisava fazer testes para escolher um baterista para a turnê. O que gravou o álbum comigo não ia poder viajar. Depois disso, seriam ensaios e mais ensaios até a hora de cair na estrada.

As semanas seguintes seriam exaustivas. Mas aquele dia estava parecendo um desperdício. Eu não tinha nada marcado e poderia ter passado o dia todo com Sloan.

Demorei 29 anos para conhecer alguém que chamasse tanto a minha atenção e, quando finalmente aconteceu, não poderia ter sido em um momento pior. Dali a três semanas, eu partiria para passar quatro meses viajando.

Eu estava falando sério quando sugeri que ela devia me visitar durante a turnê. Mas eu já sabia que não seria suficiente. O *dia anterior* não tinha sido bastante. Eu já estava acostumado a falar com ela e trocar mensagens o tempo todo, e isso não era nada perto de estar com ela agora que nos conhecíamos pessoalmente. Aquele afastamento repentino parecia uma abstinência.

Brinquei com Rango durante uma hora, sentado em uma poltrona reclinável perto da banheira de hidromassagem, jogando uma bolinha de tênis dentro da piscina. Ele parecia deprimido, e pensei em levá-lo até a Starbucks para animá-lo com um daqueles puppuccinos. Acho que ele estava com saudade da Sloan, um sentimento que eu estava começando rapidamente a compartilhar.

Mandei uma mensagem para ela com uma foto do Rango triste, a cabeça apoiada nas patas. Ela demorou mais de uma hora para responder.

Sloan: Aaah. Que saudade. Dá um beijo nele por mim.

Digitei a resposta sorrindo.

Jason: Ele está pedindo pra EU dar um beijo em VOCÊ por ELE. E aí, o que você está fazendo hoje?

Sloan: Só resolvendo umas coisas na rua.

Não era o que parecia. Ela estava distraída demais, quase evasiva.

Por um breve instante, eu me perguntei se ela não estaria saindo com outra pessoa.

Ciúme *instantâneo*.

Nunca falamos sobre isso. Ela se opôs tanto à ideia de sair *comigo* que eu simplesmente imaginei que ela não estivesse interessada em sair com ninguém. Mas e se eu estivesse enganado?

Jason: Que tipo de coisa?

Ela não respondeu.

Usei a academia da edícula, tentando me distrair dos pensamentos relacionados a Sloan saindo com outras pessoas. De repente, senti uma gratidão descarada por ela achar o meu lado cantor tão impressionante. Eu precisava de todas as vantagens possíveis.

Algumas horas mais tarde, eu estava sentado em uma cadeira de jardim em frente ao trailer experimentando um capotraste novo quando Ernie veio na minha direção.

– Como vai meu invasor favorito? – perguntou ele, me jogando uma cerveja e sentando na cadeira ao lado da minha.

Rango estava tão deprimido que nem ergueu a cabeça para cumprimentá-lo.

Ernie afrouxou a gravata.

– Passei a manhã com aqueles advogados sanguessugas. Ela quer ajustar a pensão.

Abri a cerveja.

– Qual esposa mesmo?

– A número quatro. – Ele abriu um sorrisinho sarcástico. – Mas levei a número cinco só pra deixá-la irritada.

Dei uma risadinha.

Ele tirou os sapatos e as meias e colocou os pés na grama.

– Animado com a turnê?

O engraçado é que eu *estava* animado antes. Mas agora?

– Ei, o que você acha de levar namoradas em turnês? – perguntei.

– Namorada? Desde quando você tem namorada? – perguntou ele, bebendo um gole de cerveja.

– Não tenho. É só uma garota de quem eu gosto. Gosto muito, na verdade.

– Eu achava que você queria ser famoso – disse ele. – Agora quer ter uma namorada?

Eu ri.

– O que foi? Eu não posso ter as duas coisas?

Ele se recostou na cadeira.

– Não. Não se quiser fazer uma das duas direito. Não é hora de se prender a uma namorada, meu amigo.

Dei de ombros e bebi um gole de cerveja.

– Eu já fui atração principal de turnês.

– Não desse jeito. Agora você está em turnê com uma gravadora. Sua vida inteira está prestes a mudar, de maneiras que você nem imagina. Namoradas têm ciúme e são uma distração, além de sugarem a energia da sua alma. Acredita em mim. Você não vai ter tempo pra *você*.

Ele afastou uma abelha que zumbia ao redor.

– Quem é essa garota? Monique ou Monica ou sei lá quem? Ai, meu Deus, me diz que não é a Lola. Cara, nessa você enfiou mesmo os pés pelas mãos. Quer dizer, ela é gostosa, mas é maluca. – Ele tomou um gole de cerveja e olhou para mim. – Ela continua ligando?

Dei uma risadinha.

– Continua.

– Ela nunca vai desistir. Você vai acabar recebendo um mamilo decepado pelo correio ou acordando acorrentando em uma cama no porão da casa dela.

Bufei.

– Não tem graça nenhuma.

Ele apontou a cerveja para mim.

– Você soube que ela quebrou o para-brisa do Kanye com um taco de golfe na semana passada? Subiu no capô e fez xixi pelo buraco no vidro. Ela *enlouqueceu*. É muito talentosa, mas perdeu totalmente o controle.

– É, eu vi – respondi, balançando a cabeça. – O que você acha que aconteceu com ela?

Ele deu uma risada.

– Ela é uma estrela, foi isso que aconteceu. O preço da fama. Se deixar, eles sugam cada gota de sangue de você e, quando você estiver seco, tentam foder o seu cadáver.

Olhei para ele.

– Você acha que é droga?

– Droga, álcool, um colapso mental. Quem sabe? Faz um tempo que ela está se acabando, se quer saber a minha opinião. Ela sempre foi muito midiática, meio Lindsay Lohan. Mas é uma pena que isso tenha acontecido. Um desperdício.

Soltei o ar pelo nariz. Eu era obrigado a concordar que era um desperdício mesmo – apesar da minha relação com ela. Lola era brilhante. Um *gênio* lírico. Eu nunca conheci uma pessoa com tanto talento musical na *vida*.

– Você sabe que ela toca uns sete instrumentos? E tem um alcance vocal de quatro oitavas? Sem esforço nenhum. – Balancei a cabeça. – E a gente se dava bem. Ela era bacana... eu *gostava* dela.

Ele bufou.

– Claro que gostava. Isso é o que acontece quando confundimos a química criativa com a química *real*. Eu fiz isso uma vez e acabei casado com a esposa número três. Piores nove dias da minha vida.

Dei uma risada.

– Bom, dizer que eu me arrependi a essa altura seria eufemismo.

Balancei a cabeça, olhando para a piscina. Eu tinha passado uma semana com Lola na casa de praia dela, escrevendo, e ela foi ótima o tempo todo. Focada, educada. Encantadora, até. Nós nos demos bem logo de cara. Um dia, fizemos uns drinques para comemorar o término da trilha sonora, uma coisa levou à outra... foi como se um interruptor tivesse sido acionado. Ela me obrigava a ficar acordado até as cinco da manhã enquanto ela ficava escrevendo besteira em uns bloquinhos, me arrastava até a praia para nadar pelada, não comia nada. Depois, dormia o dia todo, e eu não conseguia tirá-la da cama.

Balancei a cabeça mais uma vez.

– Eu fiquei tão preocupado que liguei pro empresário dela, pra ele ir buscá-la. Isso a deixou *muito* irritada. Ele chegou lá e ela perdeu a cabeça, começou a atirar móveis pela varanda.

Ernie bufou.

– Bom, sendo justo com ela, aquele cara é um babaca. – Ele balançou a cabeça. – E o Kanye também.

Dei uma risadinha.

No dia seguinte à coisa dos móveis, o assédio começou e não parou mais. Eu não sabia o que fazer. Ela era implacável. Ligava a noite inteira, deixava mensagens de voz chorando e gritando, depois ligava de novo para pedir desculpa, mandava mensagens sem parar, aparecia no estúdio onde eu estava gravando e fazia uma cena quando eu não a deixava entrar. Nada que eu fazia conseguia afastá-la. Comecei a ignorá-la, na esperança de que ela acabasse ficando entediada, mas ela sempre dava um jeito de conseguir um número novo.

– Meu Deus, o que eu estava pensando? – resmunguei.

– Você *não* estava pensando. E aquela *música*... Não sei se fico com pena de você ou dou os parabéns pelas suas proezas sexuais. – Ernie ergueu o indicador. – Você transou com ela *uma vez*, e ela imortalizou a trepada em um Top Dez.

Ele se recostou na cadeira e riu, levando a cerveja aos lábios.

Minha mandíbula se retesou.

– Que bom que *alguém* acha engraçado.

Lola tinha escrito uma merda de uma música horrível sobre termos transado na praia. Aquela música estava em todo lugar. Tinha tocado até quando eu estava na picape com Sloan, no lava-rápido.

Ela não usou meu nome. Ela me chamou de "pássaro da neve" e nunca confirmou publicamente que a música era sobre mim, mas conseguiu me deixar *furioso*. Era a versão musical de ter um vídeo de sexo vazado. Só de pensar o meu rosto se contorcia. Foi nesse momento que a minha preocupação por ela finalmente se transformou em irritação. Já fazia seis meses que eu estava naquela merda, e eu estava de saco cheio.

Ernie abriu o primeiro botão da camisa.

– E aí, quando foi que você conheceu essa garota que está pensando em levar na turnê?

– Há duas semanas. A gente se viu pessoalmente pela primeira vez ontem.

Ele se empertigou.

– Você está *maluco*?

Dei de ombros.

– O que foi? Eu gosto dela.

Ele largou a cerveja e olhou bem para mim.

– É o seguinte. Presta muita atenção, porque eu levei cinco casamentos pra descobrir o que vou te dizer agora. Uma mulher leva seis meses pra mostrar que é maluca. Seis meses, meu amigo. Eu recomendo *nunca* levar namoradas em turnês, mas, se você acha absolutamente necessário, precisa ser alguém que você conhece há mais de dez minutos.

Eu ri.

– Eu não estou brincando. Escuta, você está pensando como o Jason. O Jason gosta dessa garota e quer levá-la na turnê e o Jason está todo apaixonadinho. Você não pode ser o Jason neste momento da sua carreira. Precisa ser o *Jaxon*. O Jaxon é um filho da puta com um coração de pedra que quer vender *discos*. O Jaxon não tem tempo pra bagagem emocional que vem com essas coisas. A fama é uma amante ciumenta. Ela não gosta de compartilhar. – Ele balançou a cabeça. – *Não* convida essa mulher pra ir com você. Na verdade, talvez seja melhor você parar de sair com ela.

– É, eu não vou fazer isso – falei e virei a cerveja.

Ele soltou um suspiro.

– Bom, não posso dizer que eu esteja surpreso. Você vai fazer o que quiser. E eu por acaso sou especialista no assunto? – Ele estava levando a cerveja aos lábios, mas parou no meio do caminho. – Só, por favor, faz uma droga de contrato de confidencialidade, além da camisinha. Não vai terminar como aquele último idiota. Que caos.

Dei uma risadinha.

– Você ainda está puto com aquele cara, né?

– Ei, fui *eu* que demiti aquele babaca.

Eu ri mais uma vez. Eu amava Ernie. Ele era um dos melhores empresários da cena musical. Também foi um grande nome da música nos anos 1980, então já tinha visto de tudo. Mas era um pouco cínico no que dizia respeito às mulheres.

Olhei para o celular. Sloan ainda não tinha respondido. Fiquei olhando para a piscina.

– Essa garota parece diferente.

– Todas elas parecem diferentes. Vê se você vai continuar pensando assim no ano que vem, quando estiver em turnê de seis meses pelo exterior e ela estiver aqui enchendo seu saco ou com você na estrada enchendo seu saco. Você não precisa dessa merda, estou te falando.

Franzi o cenho.

– Espera aí, que turnê pelo exterior?

Ele ergueu uma das sobrancelhas.

– Você não recebeu o e-mail com as datas? Ai, meu Deus, meu assistente é um bosta. – Ele balançou a cabeça. – Eles vão estender a sua turnê pro Reino Unido. E acrescentar dois meses aqui, oito meses lá. A Pia está trabalhando na divulgação agora mesmo. Você vai passar cinco semanas em casa, nas festas de fim de ano. – Ele olhou para mim. – De nada, aliás. Eles queriam que você cantasse em Paris no Natal e eu mandei todos praquele lugar, pra você poder ficar com a sua família. Talvez eles até cumpram essa promessa, mas eu não contaria muito com isso – resmungou ele. – Eles não querem registrar em contrato. Depois você vai pra Dublin e pra Londres e sei lá mais pra onde. – Ele apontou com a cerveja para mim. – Parabéns e vida longa à rainha.

Eu me recostei na cadeira, com a cerveja entre os joelhos.

– Meu Deus, quatorze meses na estrada?

Eu nunca tinha passado mais de três meses sem uma pausa longa entre as turnês.

– Eu te falei. Não é uma boa hora pra arranjar uma namorada. Eles vão te esfolar vivo. Você disse que queria ser famoso nível Don Henley, e essa é a gravadora que vai te ajudar a alcançar isso, mas eles *não* brincam em serviço.

Passei a mão no rosto. Bom, era o que eu queria. Eu sonhava com isso desde que tinha 5 anos e me dediquei muito para chegar aonde estava. Mas Ernie tinha razão, o momento era péssimo. Péssimo *mesmo*.

Ele olhou para o relógio.

– Tenho que ir – falou, se levantando e olhando para mim. – Ei, não quero ser estraga-prazeres com essa coisa da namorada. Tenho certeza que vai dar tudo certo e vocês vão cavalgar felizes em direção ao pôr do sol. Mas já passei por isso algumas vezes e sei o quanto é difícil manter um relacionamento nesse meio. – Ele me deu um tapinha nas costas. – Mas vocês são diferentes. Vai dar tudo certo. Só não leva essa garota na turnê.

Eu ri, e Ernie voltou em direção à casa, com os sapatos pendurados nos dedos.

– Não leva essa garota na turnê, Jaxon! – gritou ele por cima do ombro.

Caramba, eu não ia conseguir mesmo se quisesse. Quatorze meses, tirando a pequena pausa para as festas de fim de ano – era mais de um ano na estrada. Era um compromisso. Um compromisso *e tanto*. Um compromisso do tipo deixa-a-sua-vida-para-trás.

Mas eu estava colocando o carro na frente dos bois. No momento, eu não conseguia nem fazer com que ela respondesse às minhas mensagens.

Passei as horas seguintes tocando violão, com o celular por perto caso Sloan ligasse – ela não ligou. Finalmente, às oito da noite, dei o braço a torcer e liguei para ela, embora ela não tivesse respondido à minha última mensagem.

A ligação foi para a caixa postal.

Eu comecei a me sentir mal por todas as mulheres que eu tinha deixado no vácuo, esperando uma ligação. Isso é uma merda.

Rango e eu estávamos formando uma dupla e tanto. Eu estava taciturno e irritado, e ele nem se levantava, só erguia a cabeça de vez em quando e choramingava.

Quando meu celular finalmente tocou, às dez e meia, eu pulei para pegá-lo. Era Sloan. A ideia de importuná-la por ter me deixado esperando o dia todo saiu voando pela janela.

– Ei, você está viva – falei, sorrindo, ao telefone.

Mas ela não respondeu. Em seguida, ouvi um choro.

Eu me levantei.

– Sloan? Está tudo bem?

– Jason – disse ela, fungando.

Ela estava bêbada. A voz arrastada não deixava dúvida.

– Sloan, onde você está?

– Em casa.

Soltei um suspiro de alívio por ela não estar dirigindo ou em algum lugar que não fosse seguro.

– Jason? Eu passei o dia pensando em você.

Senti um alívio no peso que estava no meu peito o dia todo.

– Eu também passei o dia pensando em você – falei com delicadeza.

– Você não me quer, tá?

– O quê?

– É sério. Acredita em mim. Você não me quer. Eu sou complicada. Uma bagunça. Estou perdida.

Abri um sorriso.

– Eu gosto da sua bagunça.

Ela não respondeu.

– Sloan?

– Você pode vir até aqui?

Antes mesmo que ela terminasse a frase, eu já estava me preparando para sair. Peguei uma mochila e comecei a jogar coisas dentro, segurando o celular com o ombro.

– Estou a caminho. Sloan? Você precisa deixar a porta aberta. Faz isso enquanto eu estou no telefone.

– Tá bommm – respondeu ela.

Logo depois, ouvi o barulho da fechadura.

– Estou entrando na picape. Chego aí em dez minutos.

Rango entrou na cabine com um entusiasmo que só podia vir do fato de que ele sabia para onde estávamos indo.

– Jason? – disse ela, enquanto eu saía da garagem. Estava chorando de novo. – Você me faz querer cozinhar pra você.

Sorri ao ouvir o elogio. Eu sabia o que dizer aquilo significava para ela. Em seguida, a linha ficou muda.

Ela não atendeu quando liguei de volta.

Dez minutos depois, parei na entrada da casa dela e corri até a varanda. Rango ficou com o focinho enfiado na porta e, quando ela se abriu, ele entrou correndo na casa como se estivesse indo buscar um pato. Mas eu parei à porta, boquiaberto.

Parecia que um tornado tinha passado pela sala. Havia sacos de lixo pretos por toda parte e pilhas de roupas masculinas pelo chão. Um abajur caído e uma pilha de cabides, sapatos masculinos espalhados no carpete.

As roupas de Brandon.

Havia um copinho em um espaço aberto no meio da bagunça com uma garrafa de tequila vazia e maços de lenços de papel amassados.

Segui os ruídos de entusiasmo do Rango, atravessando o quarto até chegar ao banheiro. Sloan estava jogada no chão ao lado do vaso, sobre um tapetinho branco, com o celular ao lado. Eu me agachei ao lado dela e coloquei a mão no seu ombro.

– Sloan? Está me ouvindo?

Ela soltou um gemido, mas não abriu os olhos. Soltei um suspiro e cocei a barba. *Completamente* bêbada.

Peguei uma toalha úmida e limpei seu rosto. Ela tinha vomitado pelo menos uma vez. Dei descarga e limpei o assento com papel higiênico.

Ela tinha vomitado no cabelo. Eu a levantei e a coloquei sentada, encostada na banheira, e abri a cortina do chuveiro. Havia uma bolinha de algodão presa na parte interna do cotovelo, como se ela tivesse tirado sangue. Tirei o algodão e joguei fora. Meu Deus, o que ela tinha aprontado?

Consegui lavar o cabelo dela com uma caneca, deixando-o cair sobre a borda da banheira. Rango ficou sentado à porta do banheiro, assistindo à atividade. Ele parecia saber que eu estava ajudando Sloan. De repente, ela começou a tossir, e eu a virei para o vaso e segurei seu cabelo enquanto ela vomitava de novo.

Ela resmungou um pedido de desculpas, vagamente consciente da minha presença. Depois, voltou a apagar.

Sequei o cabelo dela com a toalha e o penteei para trás o melhor que pude, prendendo-o em um rabo de cavalo bagunçado e levando-a até a cama. Ela aninhou o rosto no meu pescoço e agarrou a minha camiseta, e o meu coração bateu forte. Eu tive que rir. Mesmo bêbada e largada, aquela mulher me dominava.

Rango pulou em cima da cama e se aconchegou ao lado dela enquanto eu a cobria. Ela o abraçou e soltou baixinho:

– Rango...

Não era de admirar que ele estivesse decepcionado por estar em casa comigo. Se eu dormisse daquele jeito todas as noites, também ficaria irritado por ter que voltar para a minha casa.

Andei pela casa e tranquei a porta, apaguei as luzes e juntei a garrafa vazia e o copo, contornando as pilhas de pertences do noivo falecido. Peguei um balde na garagem e um copo de água para ela, e deixei os dois ao lado da cama. Peguei o celular dela no chão do banheiro e coloquei para carregar na mesinha de cabeceira, deixando uns comprimidos ao lado da água, para a manhã seguinte. Ela ia precisar.

Depois, fui até a picape pegar as peças que eu tinha comprado para arrumar a pia. Comecei o conserto para poder lavar os pratos e fui dar uma olhada em Sloan ao terminar. Ela dormia tranquila.

Havia uma fotografia grande de Sloan pendurada em cima da cama. Por um bom tempo, não consegui tirar os olhos daquela foto. Era um retrato dela de lado, nua e se equilibrando na ponta dos pés, com o braço tatuado cobrindo os seios. Parecia uma foto profissional, de uma revista de tatuagem. Talvez ela já tivesse trabalhado como modelo. Era bonita o bastante para isso. Era uma foto incrível.

Havia várias fotos em cima da cômoda. Principalmente dela e de outra mulher, que imaginei que fosse Kristen. Sloan parecia ser a mais animada das duas, embora eu soubesse que ela era mais reservada que a amiga. Em uma das fotos, elas estavam na Disney com orelhas de Mickey Mouse. Em outra, diante do Teatro Pantages, um pôster de *Wicked* atrás.

Também havia fotos de Brandon. Reconheci pela foto do blog *A Esposa do Caçador*. Era um cara bonito. Os dois combinavam.

Ele tinha uma tatuagem do Corpo de Fuzileiros Navais no braço. Em uma das fotos, usava uma camiseta que dizia CORPO DE BOMBEIROS DE BURBANK. Em outra foto, ele e Sloan estavam em uma praia, em pé na arrebentação. Em outra, em uma moldura da competição Tough Mudder, ele e Sloan com números de competidores presos nas camisetas. Ela estava com meias que iam até os joelhos e o cabelo preso em marias-chiquinhas, sorrindo, coberta de lama.

Era ridículo sentir ciúme de um homem que tinha morrido havia dois anos, mas eu senti. Eu me perguntei se estava à altura dele. Eu era muito diferente do cara. Só por aquelas fotos, percebi que levávamos vidas muito distintas.

Voltei para a sala e me deitei no sofá para passar a noite lá caso ela precisasse de ajuda.

Quem eu queria enganar? Eu fiquei porque queria ficar.

Alguma coisa devia ter mexido muito com ela naquele dia, e eu me perguntei se tinha alguma coisa a ver com isso. Ela tinha dito que passara o dia pensando em mim. Pensei no que ela disse ao telefone, que estava perdida. Não me importava onde ela estava.

Eu queria estar lá com ela.

14

SLOAN

▶ Maybe You're The Reason | The Japanese House

Acordei com a sensação de que seria melhor ter morrido enquanto dormia. Minha cabeça parecia um tomate que alguém tinha jogado do segundo andar de um prédio.

Tateei às cegas a mesinha de cabeceira em busca do celular para ver as horas. Meus olhos estavam inchados de tanto chorar, e meus dedos bateram em um copo de água. Abri um olho.

Havia dois comprimidos de analgésico na mesinha. Meu celular estava no carregador, com 100% de bateria. Havia um balde no chão ao lado da cama.

Rezei para que tivesse sido Kristen. Vasculhei a minha memória vazia e nebulosa de ressaca tentando encontrar uma ligação para ela enquanto eu estava bêbada. Caramba, eu aceitaria até ter ligado para Josh. Mas aí eu vi Rango deitado do outro lado da cama e soltei um gemido. Procurei a última ligação que tinha feito, semicerrando os olhos por causa da claridade da tela. Eu tinha ligado bêbada para Jason.

Eu. Tinha. Ligado. Bêbada. Para. *Jason*.

Eu me recostei no travesseiro e cobri o rosto com o braço.

Ele não deixaria o cachorro ali. Pelo menos eu *achava* que não, já que tinha acabado de recuperá-lo, então era quase certo que Jason estava em algum lugar na minha casa.

Eu me sentei com cuidado, tentando não balançar a cabeça. Tomei os comprimidos e bebi toda a água, segurando o copo com as duas mãos. Depois, fui até o banheiro cambaleando e fiz o xixi mais demorado da vida. Escovei os dentes três vezes, praticamente bebi o enxaguante bucal e liguei o chuveiro. Quando soltei o cabelo do rabo de cavalo, percebi, horrorizada, que ele estava úmido.

Alguém tinha lavado o meu cabelo.

Jason tinha lavado o meu cabelo.

Meu Deus, eu quero morrer.

Depois de tomar uma ducha, só para adiar o encontro inevitável e constrangedor com Jason após ele ter lavado o meu cabelo, abri a torneira e preparei um banho de banheira com sais.

Agradeci a Deus pelo aquecedor novo.

Dobrei uma toalhinha molhada com água fria, coloquei sobre os olhos e fiquei sentada na banheira com Rango deitado no tapetinho do banheiro.

Alguém bateu à porta.

– Sloan? Você se importa se eu entrar? Eu trouxe café pra você.

Jason.

A fechadura do banheiro estava quebrada, como tudo naquela casa idiota. *Argh.*

– A porta está aberta – resmunguei.

As bolhas me cobriam do pescoço para baixo. Tirei a toalha molhada dos olhos e virei a cabeça em direção à porta.

Jason entrou, estendendo um copo da Starbucks.

– Imaginei que você não ia querer esperar pelo café – disse ele, olhando para a parede.

– Obrigada – falei, com a voz rouca. – Pode olhar. Eu estou coberta.

Ele se virou para mim e colocou o café na minha mão. Então, em vez de sair, abaixou a tampa do vaso e se sentou, sorrindo para mim.

Senti o cheirinho do café. Não me importava de que tipo era. Era café. Eu já sentia a enxaqueca que viria com a ressaca e teria aceitado qualquer coisa que tivesse cafeína. Tomei um gole, fechando os olhos. Doce néctar dos deuses, era a *minha* bebida! Um latte triplo de baunilha. Como é que ele sabia?

– Vi um copo velho ao lado do cavalete. Estava escrito qual era a bebida – explicou ele. – Quando ouvi você ligar o chuveiro, corri pra comprar um pra chegar aqui com ele ainda quente.

Acho que me apaixonei um pouco por ele naquele momento. Na minha cabeça, vi uma cena embaçada: eu contando para os nossos netos sobre o dia em que a vovó quase bebeu até morrer e o vovô a salvou com café espresso.

– É a melhor coisa que eu já bebi – falei, com a voz rouca de quem tinha vomitado.

– Como é que você está se sentindo?

Morrendo? Envergonhada? Triste?

– Já estive melhor.

Jason usava uma camiseta cinza do Muse e uma calça jeans. Ele inclinou o tronco para a frente, apoiando os cotovelos nos joelhos, com os olhos azuis percorrendo o meu rosto. Eu estava inchada e de ressaca, e aquele homem sexy e talentoso tinha acabado de trazer meu café favorito depois de ter passado a noite lavando vômito do meu cabelo.

Jaxon Waters lavou vômito do meu cabelo.

Eu estava me sentindo tão mal que a vergonha nem se instalou. Aceitei essa informação com uma compreensão superficial do quanto aquilo tudo era um vexame e com a certeza de que pensaria a respeito obsessivamente mais tarde, sentindo toda a devida vergonha.

Era o fim para nós dois, eu tinha certeza. Ele só ficou para garantir que eu não morresse engasgada no próprio vômito. Agora que tinha visto que eu estava viva, ele ia pegar o cachorro e ir embora, e eu nunca mais o veria.

Eu era um desastre, estava destruída, completamente perdida, e agora ele sabia disso na prática. Minha sala estava coberta pelas roupas do meu falecido noivo, porque, sim, depois de dois anos, eu *ainda* tinha todas as roupas dele. Eu tinha ligado para Jason enquanto estava bêbada, e só Deus sabia o que eu tinha dito. Como ele poderia gostar de mim depois disso?

– Vou preparar um café da manhã pra você – disse ele, se levantando. – Não precisa se apressar.

Em seguida, para meu absoluto choque, ele se abaixou e, com um sorriso enorme, ergueu o meu queixo e me deu um beijo.

– Você tomou os comprimidos? – sussurrou ele, com o rosto pairando sobre o meu, me olhando e ainda sorrindo.

– É... tomei...?

– Ótimo.

E ele me beijou mais uma vez, um beijo um pouco mais demorado. Em seguida, ele piscou para mim e saiu do banheiro.

– Ai. Meu. *Deus* – falei baixinho, pegando a toalhinha e colocando-a de volta no rosto.

Meia hora depois, eu finalmente saí, usando um moletom e uma legging, sem maquiagem, enrolada em um cobertor e carregando o balde que Jason tinha deixado ao lado da minha cama, sem fazer nenhum esforço para que a minha aparência não refletisse como eu estava me sentindo. Já que eu tinha ido tão longe, por que não apostar tudo?

Jason estava sentado no sofá, esperando. Seu rosto se iluminou quando me viu.

A cena era quase irônica. Eu teria dado risada se não estivesse me sentindo tão mal. Ali estava Jason, rodeado por um oceano de coisas do Brandon, tentando fazer parte do meu universo triste e ridículo. E o mais engraçado era que aquele caos todo era por causa *dele*.

Depois do nosso encontro e do beijo – que, vou ser sincera, foi uma coisa de outro mundo e provavelmente me estragou para todos os outros homens –, eu me dei conta de que, em algum momento, eu ia querer convidá-lo para ir até a minha casa. Que, se eu quisesse chamá-lo para entrar, ele passaria a noite no meu quarto e usaria o meu banheiro.

Foi aí que eu olhei para a minha vida pelos olhos do Jason e só vi Brandon. As roupas do Brandon no armário, a escova de dentes do Brandon ainda no banheiro. A última cerveja que ele bebeu, ainda na bancada da garagem, evaporada e vazia. E pensei no que Kristen disse, sobre a minha vida ser um santuário para ele, e me dei conta de que eu ainda estava morando com outro homem.

E esse outro homem nunca mais ia voltar para casa.

Então, no aniversário de dois anos da morte dele, eu fiz o que era saudável. Visitei o túmulo, doei sangue em homenagem a ele e comecei uma limpeza. Coloquei uma música animada e tentei transformar em algo positivo.

As coisas tinham começado bem. Juntei todo o equipamento de caça do Brandon e levei para Josh. Essa parte foi fácil. Eu sabia que era isso que Brandon ia querer. Em seguida, joguei fora os produtos de higiene pessoal e esvaziei o armário de medicamentos.

Mas, quando comecei a mexer nas roupas, tudo mudou.

Algumas peças ainda tinham o cheiro dele e me fizeram lembrar dos lugares aonde fomos juntos. Como a camiseta que ele comprou em Venice Beach no nosso segundo encontro, e o casaco que ele usou quando alugamos um chalé em Big Bear no inverno. Comecei a fazer uma pilha de itens que eu queria guardar, coisas que tinham valor sentimental para mim, e depois de um tempo essa pilha ficou maior que a pilha de doações.

Foi aí que eu peguei uma tequila, tomei uma dose de coragem líquida e comecei a colocar os itens da pilha de coisas que eu queria guardar em sacos de lixo. E estava indo bem até encontrar um recibo no bolso da calça favorita dele. Um recibo do Luigi's, o restaurante italiano idiota em Canoga Park de que a gente gostava. O último lugar onde comemos juntos.

Foi nesse momento que eu surtei. O resto da noite se resumiu a muita bebida, choro e, conforme evidenciado pela presença de Jason na sala da minha casa, uma ligação embriagada.

Sentei sobre as pernas cruzadas ao lado dele no sofá. Rango subiu e deitou a cabeça no meu colo.

Jason sorriu e me entregou uma embalagem prateada estranha que estava em cima da mesinha de centro.

– Café da manhã.

Franzi o cenho.

– Isso é… comida de acampamento?

A embalagem dizia *Despensa do mochileiro, granola com leite e bananas*. Estava quente.

Ele me entregou uma colher.

– É o meu mingau favorito. Compro em caixas. É ótimo pra ressaca. E não precisa de prato.

Não precisar de prato era bom, já que a minha pia não estava funcionando. A embalagem era fechada por um zíper. Abri e experimentei.

– Nada mau – admiti. – Eu nunca comi comida de acampamento.

– Você nunca foi acampar?

– Ah, já. Mas a gente vai de carro. Tem até eletricidade e água corrente. Carregamos um cooler com comida, levamos a chapa e cozinhamos nela.

Ele pareceu achar engraçado.

– Isso não é acampar de verdade. É ficar ao ar livre.

– Ah, esqueci. Você é um purista de acampamento.

Abri um sorriso fraco, porque a minha cabeça estava latejando. Fechei os olhos quando uma leve onda de náusea percorreu o meu corpo e soltei o ar pelo nariz.

– Você vai se sentir melhor daqui a algumas horas – disse Jason, do outro lado da escuridão rodopiante das minhas pálpebras.

– E aí, o que mais você sabe cozinhar? – perguntei, voltando a pegar a embalagem de mingau.

– Grelhar e ferver água pra preparar comida desidratada é tudo que eu tenho a oferecer.

– Ah. Bom, se você sabe ferver água, sabe passar café.

– Meu café é incrível – disse ele. – Eu uso uma prensa francesa.

– Aaah, agora você está falando a minha linguagem do amor. Repete "prensa francesa" – murmurei.

Ele aproximou os lábios do meu ouvido.

– Prensa francesa – sussurrou ele.

Olhei para ele de lado. Se a ressaca não me matasse, aquele flerte descarado ia acabar com tudo.

– Ei, obrigada – falei, depois de um tempinho.

Ele sorriu para mim.

– Pelo quê?

– Por ter vindo. Por cuidar de mim. Por não deixar... – Olhei para a bagunça ao redor. – Por não deixar *isso* mudar as coisas entre a gente.

Ele não olhou para as roupas. Não tirou os olhos dos meus.

– Bom, a gente tem um encontro hoje. Ontem eu esperei o dia todo por isso. Eu não ia permitir que nada atrapalhasse.

– Jason, eu não consigo ir a lugar nenhum, hoje. Estou me sentindo péssima.

– Não, o encontro é *aqui*. Já estamos nele. Vamos assistir a programas de investigação criminal e relaxar.

Eu ri, e os músculos doloridos da minha barriga me lembraram que eu tinha passado a noite vomitando.

Jason pegou o controle remoto e ligou a TV.

Meu Deus, como ele era *maravilhoso*.

QUATRO HORAS ASSISTINDO À TV e relaxando, e tudo que Jason fez foi pegar na minha mão. Além dos beijos rápidos na banheira, ele não tinha tentado nada. Não sei se foi por causa da minha ressaca ou do exagerado instinto de fuga que demonstrei na noite em que nos beijamos pela primeira vez, mas ele manteve uma distância segura. Acho que ele desconfiava que, se viesse para cima, eu o mandaria embora. Ele tinha razão. E o estranho é que seu comportamento reservado só me deixou mais à vontade e meio que me fez querer ir para cima *dele*.

Eu me perguntei se não seria uma estratégia...

A ressaca já estava muito melhor. Eu estava sentada com as pernas cruzadas ao lado dele no sofá, e meu joelho estava encostado na coxa dele. Era um contato leve, mas lançava raios de eletricidade por todo o meu corpo na última hora.

Estar com ele pessoalmente era tão natural e confortável quanto falar com ele pelo telefone – exceto pela tensão sexual.

Era impossível passar mais de alguns minutos sem nos olharmos. Ficávamos virando o rosto um para o outro e acabamos meio que desistindo: ignoramos a TV e passamos a conversar. Ele não parecia se importar com minha aparência naquele momento e aparentemente estava satisfeito por só estar ali comigo, e não em um encontro de verdade, fazendo alguma coisa mais interessante.

O celular dele tocou. Ele pegou o aparelho e franziu o cenho.

– Tudo bem? – perguntei.

– Tenho muito trabalho de divulgação pra fazer. O Ernie mandou o cronograma da semana. Vou encontrar a minha assessora amanhã, e ele conseguiu um assistente pra minha turnê.

– Quer dizer que você vai estar ocupado amanhã?

– Tenho uma reunião às onze e um ensaio fotográfico logo depois. Mas eu adoraria tomar café da manhã ou jantar com você. Ou as duas coisas.

– As duas coisas, é? – falei, tentando não entregar o quanto aquela sugestão me deixava satisfeita.

Um canto de seus lábios se curvou, e ele colocou a mão no meu joelho. Meu estômago deu uma cambalhota.

– Se eu quiser te ver, eu vou pedir pra te ver.

– E você quer me ver duas vezes no mesmo dia? – perguntei, em tom de provocação.

– Não. O que eu quero mesmo é passar o dia *todo* com você.

Nessa hora, fiquei vermelha.

– Ei, eu gostei muito daquela foto em cima da sua cama – disse ele, se recostando no sofá e abrindo um sorrisinho.

Ergui uma sobrancelha.

– Eu estou pelada naquela foto.

– Eu sou um entusiasta da arte da fotografia. Meu interesse pela foto é puramente por razões artísticas.

– Aham, sei.

Curvei os lábios em um sorriso satisfeito. Eu tinha orgulho daquela foto, mas por motivos que ele não pareceu perceber. Decidi não contar, por enquanto. Talvez ele descobrisse. O fato de ele ter gostado sem saber o que era foi um elogio enorme.

Eu me espreguicei.

– Quer beber alguma coisa?

Tínhamos pedido uma pizza, e eu estava sendo uma péssima anfitriã. Não tinha saído do sofá desde que demos início à maratona de assassinatos.

– Quero, sim. Só uma água.

Eu me levantei, entrei na cozinha e fiquei paralisada. A cozinha estava em ordem. Os ventiladores guardados, os armários e o chão limpos.

Boquiaberta, fui até a pia e dei uma olhada no armário embaixo dela. Estava tudo guardado, e um cano novinho tinha sido instalado. Fechei as portas e abri a torneira. Água. A louça estava lavada. Meu copo de tequila estava virado para baixo, secando no escorredor.

Um sentimento de gratidão percorreu o meu corpo.

Quando voltei, entreguei a água a Jason e cutuquei seu joelho com o meu.

– Você consertou a cozinha.

– Eu disse que ia consertar.

Ele pousou o copo sobre um descanso.

– Eu quero preparar um jantar pra você amanhã – falei.

Aquele belo rosto se iluminou com um sorriso.

– Eu adoraria.

Ele ficou olhando radiante para mim.

– O que foi? – perguntei.

– Você me disse uma coisa ontem no telefone.

– Ai, meu Deus, *o quê*? – perguntei, horrorizada.

Ele deu um sorrisinho.

– Me conta.

– Você disse que eu te faço querer cozinhar pra mim.

Argh. A Sloan bêbada não tinha nada que ficar entregando a Sloan sóbria. Que fofoqueira.

Eu me joguei no sofá ao lado dele.

– Bom, graças a Deus que foi só *isso*.

– O que mais poderia ter sido?

– Não faço ideia. Eu não tenho acesso à mente da Sloan bêbada. Aquela mulher é uma desconhecida pra mim.

– E o que foi que você fez ontem? – perguntou ele, colocando a TV no mudo.

Eu esperava não ter que comentar aquele dia. Até então, parecia que íamos só ficar ali sentados entre os restos da vida do Brandon e ignorar essa questão. Era o que eu preferia. Mas não tive essa sorte. E Jason tinha feito mais que o suficiente para merecer o direito de perguntar.

– Ontem fez dois anos que o Brandon morreu – falei. – Eu visitei o túmulo. Doei sangue. E depois vim pra casa e decidi finalmente separar as coisas dele.

Encontrei compreensão nos olhos de Jason.

– Deve ter sido muito difícil pra você.

– Foi. É. Mas está na hora.

15

JASON

▶ I Want It All | COIN

Sloan me expulsou de lá às sete da noite. Disse que tinha algumas coisas que precisava fazer. Acho que ia terminar de separar as roupas do Brandon. Eu teria me oferecido para ajudar, mas não parecia ser meu papel.

Não gostei de ter que ir embora. Eu sabia que era loucura, mas queria muito dormir no sofá dela de novo, só para ficar por perto. A sensação que eu tinha era que *devia* estar perto dela.

Dali a dois dias, eu ia viajar para Minnesota e ia passar o fim de semana inteiro longe dela. Merda.

Eu me comportei o máximo que pude quando estava lá, evitando beijá-la como queria, porque sabia que, se as coisas avançassem como tinha acontecido na noite do nosso primeiro encontro, ela ia me expulsar. A última coisa que eu queria era perder o recém-conquistado privilégio de estar na casa dela. Decidi que só a beijaria na varanda, ao chegar e ao ir embora, até que ela estivesse pronta para mais do que isso.

Não foi fácil.

Ela não aceitou tomar café da manhã comigo, mais uma decepção. Disse que tinha algumas coisas para fazer. Mas fiquei ansioso para o jantar. Um jantar preparado pela Esposa do Caçador era uma honra e tanto.

Fiquei uma hora e meia no trânsito brutal do centro de Los Angeles. Liguei para Sloan depois de avisar à recepcionista da minha assessora que eu estava ali.

Sloan atendeu, conversando com alguém no fundo.

– O quê? Ah, *não*. Mas obrigada.

Parecia bem-humorada.

– Com quem você estava falando? – perguntei, imaginando que talvez ela estivesse com Kristen.

Eu estava sentado na sala de espera bebendo uma água Fiji. O lugar era todo branco. Até a recepcionista estava de branco. Fotos emolduradas de Pia com seus clientes famosos eram os únicos toques de cor nas paredes.

– Eu não faço ideia de quem era. Acho que um cara acabou de dar em cima de mim – respondeu ela, parecendo não acreditar.

– O que foi que ele disse?

– Foi estranho.

Eu me endireitei no sofá.

– Ele foi inconveniente?

– O quê? Não. – Ela riu. – Ele pediu o meu número. Aí disse que, se eu não desse, ele e os amigos iam cantar "You've Lost That Lovin' Feelin'"? Não entendi nada.

Soltei uma risada pelo nariz.

– Por acaso ele estava com aquele uniforme militar branco?

– Como é que você sabe?

– Você nunca viu *Top Gun*?

– Não.

Balancei a cabeça e ri.

– Bom, agora eu já sei o que *nós dois* vamos ver mais tarde. E aí, o que você está fazendo hoje? – perguntei, apoiando o tornozelo sobre o joelho e voltando a me recostar no sofá.

Dei uma olhada no relógio. Ainda faltavam dez minutos para a reunião.

– Agora estou no lava-rápido. Depois vou até o mercado comprar as coisas pro jantar...

– E qual vai ser o cardápio?

– Estou pensando em fazer um frango à provençal. Preciso ver se os ingredientes vão estar bons. E depois tenho que ir até o shopping.

– Shopping? Fazer o quê?

Ela fez uma pausa.

– Ah... uma *coisa*.

Ela estava sendo evasiva, então o meu interesse disparou *imediatamente*.

– Uma coisa?

– Eu não vou te contar. Isso é entre mim e o Rango. Ele e eu *não* somos amigos, no momento.

Eu tinha deixado Rango na casa da Sloan, já que ia passar o dia todo fora e depois ia para lá de qualquer jeito. Além disso, ele preferia ficar lá, e eu não o culpava por isso.

– É mesmo? Eu achei que ele fosse um anjo.

Ela bufou.

– Pelo jeito, eu estava enganada.

– O que foi que ele fez? Me dá uma pista.

– Ele... comeu uma coisa que não devia.

Poxa, Rango.

– Posso pagar pela substituição?

Ela riu.

– Não, de jeito nenhum. Pode deixar. Ele vai passar algumas horas na prisão de cachorro pensando no que fez.

– Prisão de cachorro?

– A lavanderia. Não é A Baía de Guantánamo como o caixote, mas serve.

Ela nunca mais ia parar de jogar o caixote na minha cara.

– Tá, agora você vai ter que me contar.

Ela soltou um suspiro no telefone.

– O seu cachorro...

– O *meu* cachorro? Achei que a gente tinha guarda compartilhada.

Pela pausa, percebi que ela estava sorrindo.

– Não, hoje ele é o *seu* cachorro. O *seu* cachorro comeu umas vinte calcinhas minhas.

Minha gargalhada fez a recepcionista tirar os olhos da mesa branca.

– Ele foi pegando uma por uma do cesto de roupa suja todos os dias, mastigou e escondeu embaixo da cama. Achei a pilha hoje de manhã. Eu estava estranhando o sumiço...

Eu estava rindo demais para responder.

Ela bufou.

– Seu melhor amigo é um pervertido, e eu acho que você não está levando isso a sério.

– Bom, não posso dizer que ele está errado. Ele tem muito bom gosto – falei, beliscando a ponte do nariz, ainda rindo. – Em que loja você vai comprar calcinhas novas?

– No departamento de lingerie da Nordstrom.

Olhei para cima e arqueei uma sobrancelha.

– Como sou um dono de cachorro responsável, acho que você devia permitir que eu substituísse os itens danificados. Vou ter que aprovar tudo, claro, por questão de segurança. Fotos no provador seriam o ideal. Na verdade, talvez o mais indicado fosse a gente fazer uma chamada de vídeo.

– Sabe, eu já perdoei o Rango por qualquer coisa que ele possa fazer. Já você...

– O quê? O que foi que *eu* fiz? Estou só tentando ajudar...

– Aham.

– A propósito, eu gosto de vermelho.

Ela bufou.

– O que te faz pensar que *um dia* você vai ver a minha calcinha?

Abri um sorriso.

– Uma persistência inabalável e implacável?

– Falando em persistência... – resmungou ela.

– O oficial continua aí? – perguntei, acenando para Jennifer Lawrence, de legging, que estava saindo da sala da Pia pela porta de vidro jateado que ia do chão ao teto.

– Continua. Ele está sorrindo pra mim, parado ao lado de uma máquina gigante de chiclete.

– Diz pra ele que você tem namorado – falei.

– Talvez funcione melhor se eu disser que tenho *namorada* – sussurrou ela.

Uma imagem de Sloan beijando outra mulher surgiu na minha mente.

– Isso *com certeza* não vai funcionar melhor.

Ela riu.

Minha sugestão me fez perceber que, apesar dos nossos dois encontros, Sloan *não* tinha namorado. Eu era só um cara com quem ela andava conversando. Ela poderia dar o número do telefone para aquele cara e eu não teria o direito de dizer nada.

Não gostei *nada* disso.

– Uau, estão chegando mais deles – disse ela. – Ai, meu Deus, será que eles vão mesmo cantar? Eles parecem estar se reunindo. Agora são uns cinco e estão agrupados. Deve ter um posto de recrutamento da Marinha por aqui.

– Isso acontece sempre? – perguntei.

– O quê? Encontrar oficiais da Marinha?

– Darem em cima de você.

– O pior é que, ultimamente, sim. É estranho.

Afastei o celular dos lábios. Também não gostei de saber disso. E não tinha nada de estranho. Ela era linda. Claro que outros homens viam isso.

Mudei de assunto.

– Então, o Rango destruiu alguma outra lingerie? Estou sentindo que ele deve ter destruído, e vamos precisar comprar novas.

– Ah, ra-rá!

Depois, ela soltou um resmungo.

– Os marinheiros continuam por aí?

– Aham.

– Você não pode sair? Se afastar deles?

– Posso, mas vou ter que desligar. Tá muito barulho aqui.

– Não, não desliga – falei.

– Eles estão se virando. Acabaram de olhar pra mim – sussurrou ela. – Um deles acabou de acenar.

Passei a mão no rosto.

– Você está *tentando* me deixar com ciúme?

– Não – respondeu ela, rindo. – Por quê? Você *está* ficando com ciúme?

– Claro – falei, como se estivesse brincando, mas não estava.

– Não precisa se preocupar – disse ela.

– Por quê? Oficiais da Marinha não fazem o seu estilo?

– Não, na verdade, ele é bem bonito. Mas eu estou muito a fim de outro cara.

– Ah, é?

Meu coração acelerou.

– É. Ele é incrível. Atencioso. Cuidou de mim ontem, quando eu passei mal. Tem um sotaque sexy do norte. Não se assusta com facilidade, e eu preciso disso em um homem.

– Passou mal? É assim que você está chamando?

Eu estava radiante. E sabia que ela estava percebendo.

– Aham. Passei mal. Não precisamos elaborar. Ah, não...

– O que foi?

– Eles estão vindo. Ai, meu *Deus...*

... *Cantando.*

16

SLOAN

▶ Girlfriend | Phoenix

Quando abri a porta, às 18h15, Jason estava com o braço apoiado no batente, *ainda* rindo.

Coloquei as mãos na cintura e olhei para ele com uma irritação fingida.

– Que bom que um de nós está achando engraçado. Foi a coisa mais constrangedora que já me aconteceu.

E, ultimamente, os constrangimentos estão abundantes...

Jason riu tanto no telefone durante a performance vergonhosa que até quem estava a meio metro do meu celular ouviu.

– Desculpa, você tem razão. Posso entrar? – perguntou ele, ofegante.

Ele estava tããããão lindo. Mesmo um pouco irritada por ele ter rido da minha cara, fui obrigada a morder o lábio. Ele estava com uma camisa de flanela verde com as mangas dobradas, e os olhos azuis brilhavam.

Brilhavam às minhas custas, mas tudo bem.

Apoiei o braço no batente, bloqueando a passagem.

– Eu fui agredida musicalmente por um grupo *a cappella* itinerante, vestindo uniforme branco da Marinha, e você acha isso *divertido*?

Ele se jogou em cima de mim, me abraçando pela cintura. Protestei ficando com o corpo mole, deixando os braços caírem ao lado do corpo, e ele riu mais ainda.

– Você não sabe o efeito que provoca nos músicos, Sloan Monroe. E aí... quando é que *eu* vou poder te agredir musicalmente?

Semicerrei os olhos, mas ele me beijou, sorrindo com os lábios nos meus, que não corresponderam, em protesto. Em uma situação normal, aquela proximidade toda me faria derreter, mas a risada me deixou indignada o bastante para eu continuar o protesto.

– Eu trouxe presentes – sussurrou ele, os lábios a poucos centímetros dos meus, ainda rindo.

– Acho bom eu gostar. Estou prestes a te jogar na lavanderia com o Rango.

Ele me soltou, pegou a sacola que estava no degrau e me entregou, com os olhos brilhando. Olhei dentro da sacola e ofeguei. Eram sachês de essência para colocar no café.

– Tive que comprar cinco cafés pra ganhar tudo isso – disse ele. – Quando cheguei ao balcão das essências, eu estava me sentindo como um viking em um saque.

Abri um sorriso.

– Jason, você saqueou por mim? Que fofo! – falei, mas virei o rosto quando ele se aproximou. – Cadê os meus cinco cafés?

– Café de posto de gasolina? Pra uma especialista como você? Eu não ousaria.

Em seguida, ele se abaixou, estendendo o braço atrás do vaso de flores com gerânios secos, de onde tirou um copo quente da Starbucks.

Olhei para o copo e, por um instante, parei de respirar.

– Que atencioso – falei, olhando nos olhos dele. – Mas eu não posso ingerir cafeína tão tarde.

Ele abriu um sorriso.

– Eu sei. É descafeinado.

Fui obrigada a levar uma das mãos ao coração.

– Você sabe que ficar trazendo o meu café favorito toda hora é tipo alimentar um gatinho de rua, né? Talvez você nunca mais se livre de mim.

– Ótimo – disse ele, me puxando para me dar um beijo, com um sorriso enorme. – Era isso mesmo que eu estava esperando.

DEPOIS DO JANTAR, ASSISTIMOS A *Top Gun*. Revirei os olhos na hora certa.

Jason me abraçou e ficamos aconchegados no sofá com um cobertor. Rango estava deitado ao meu lado, dormindo.

A sala estava arrumada. Eu tinha passado a noite anterior carregando tudo até o carro. Pela manhã, levei para doação, me preparando para a sensação de soco no peito, mas ela não veio. E me dei conta de que, na verdade, era um alívio deixar aquilo para trás, como se estivesse carregando tudo nas costas aquele tempo todo.

Depois lavei o meu carro, porque, sabe, *meu carro*. Eu não podia deixar que Jason visse mais uma coisa desagradável em mim. Eu tinha certeza de que ele tinha um limite, e o meu Corolla era capaz de fazer qualquer homem sair correndo e gritando da minha garagem – não que Jason parecesse se importar com a catástrofe que eu era. Ele nunca conheceu a minha melhor versão e, por algum motivo, ainda parecia querer estar ao meu lado. Eu era um fantasma, vagando pelos cômodos de um museu da pessoa que um dia fui, e Jason era como um dos vivos que, por algum motivo, conseguia me ver e tinha decidido vagar pelo lugar comigo.

Eu *gostava* do fato de ele estar disposto a vagar pelo lugar comigo.

Jason entrelaçou os dedos nos meus por cima do cobertor, e eu apoiei a cabeça no seu ombro. Ele beijou a minha testa, e eu senti que ele ficou olhando para mim por um tempo. Isso me fez sorrir.

Estar com Jason na casa onde eu vivia com Brandon não era estranho. Eu tinha morado ali sozinha quatro vezes mais tempo do que com Brandon. Mas acho que o mais importante era que, mesmo quando todas as coisas dele estavam lá, a casa não parecia ser do Brandon. Não parecia nem ser *minha*.

Eu tinha me dado conta de uma coisa naqueles dois dias. Aquela casa era um mausoléu. E não do homem que eu perdi – mas *meu*.

Depois que tirei todos os pertences de Brandon, só sobraram restos de mim – e não da Sloan do presente, mas da Sloan do passado. A Sloan feliz, que pendurava artes pela casa e cozinhava. Que produzia obras de arte de verdade, que eu tinha orgulho de pendurar nas paredes. Essas pequenas recordações estavam por toda parte, pequenos lembretes de uma mulher que eu já não era mais, desde que Brandon saíra de moto naquela manhã e não voltara para casa. E eu *queria* voltar a ser inteira. Eu tinha *saudade* de mim.

Tinha saudade de ser *feliz*.

Aquela noite era a primeira vez, em dois anos, que eu preparava uma refeição que exigia algum esforço – e isso fez com que eu me perguntasse por que eu não tinha feito isso antes. Eu *amava* cozinhar para os outros. E amei ver Jason gostando de algo que eu fiz tanto quanto eu gostava do que ele colocava no universo.

Kristen tinha razão. Eu tinha escolhido aquela vida. E já estava farta dela. Eu ia me esforçar para sair daquele não lugar em que estava presa. Eu ia buscar a felicidade. Ia voltar a cozinhar. Talvez voltasse a atualizar o blog. Eu tinha muitas encomendas para conseguir me dedicar mais a pintar o que realmente queria pintar, mas com o tempo talvez eu também voltasse a fazer isso. E eu ia começar *naquele instante*. Não pelo Jason. Não porque ele estava lá para colher os frutos. Por mim. E eu devia ter feito isso muito antes.

Quando os créditos começaram a rolar, eu me espreguicei, e Jason se endireitou no sofá e desligou a TV.

– Eu preciso te perguntar uma coisa – disse ele, se virando para mim.

– Se você me perguntar mais uma vez se eu esqueci o que é amar…

Ele riu.

– Não é isso – falou, e seu rosto ficou um pouco mais sério. – Eu não estou saindo com mais ninguém. E me dei conta de que você pode estar saindo com alguém. Eu só queria deixar claro que só estou saindo com você.

– Isso foi uma pergunta? – falei, enrolando um pouco enquanto assimilava o que tinha acabado de ouvir.

Embora ele nunca tivesse dito nada, eu sabia que ele só estava saindo comigo. Eu simplesmente *sabia*. Mas achei que talvez fosse bom falarmos sobre isso.

Ele abriu um sorrisinho.

– *Você* está saindo com mais alguém?

Soltei uma risada pelo nariz.

– Não, claro que não.

A ideia era quase risível. Eu? *Saindo com alguém?* Além do mais, eu gostava muito dele para ficar procurando outras opções. Mas Jason pareceu… aliviado, talvez?

– Eu gostaria que nós só saíssemos um com o outro – disse ele, olhando para mim, sério.

Dei de ombros.

– Tá.

– Você concorda?

– Concordo. Eu não vou sair com mais ninguém. Só com você.

Ele ficou me olhando por um tempo, com uma expressão doce e sorrindo. Em seguida, se aproximou e me deu um beijo. Foi um beijo suave, um selinho, e, quando acabou, ele acariciou o meu rosto com o polegar, olhando nos meus olhos. Meu coração acelerou. Foi então que o meu celular vibrou no meu colo e nós dois olhamos para baixo, lendo a mensagem ao mesmo tempo.

> **Kristen:** Amanhã. Chega às cinco. Quero ajuda com os acompanhamentos. TRAZ O JASON.

Soltei um gemido.

– O que foi? – perguntou Jason.

– A Kristen está conspirando pra te conhecer. Amanhã é aniversário dela, e o Josh vai assar uns filés. Ela quer que eu leve você.

– Claro – disse ele.

Balancei a cabeça.

– Não. Vai ser horrível. Eles vão te deixar muito constrangido. Eles não têm vergonha nenhuma. Não.

– Quer dizer que você vai me esconder da sua melhor amiga? Pra sempre?

– Sim. Esse é o plano. Você não está entendendo, eu não posso nem contar pra ela que você está aqui agora. Ela vai aparecer só pra mostrar fotos minhas no baile da escola.

Ele riu.

– Que horas eu venho te buscar?

– Você quer mesmo fazer isso? Vai ser um teste pro nosso relacionamento.

– Então você admite que temos um relacionamento – disse ele, sorrindo para mim.

Semicerrei os olhos, desconfiando de uma armadilha.

– Bom, do que *você* chamaria?

– Eu chamaria exatamente assim. Mas você tem mania de negar os rótulos que eu mereço.

– Por *exemplo*?

– Por exemplo, quando você chamou o nosso primeiro encontro de compromisso.

Revirei os olhos.

– Tá bom. Estamos… em um *relacionamento* – falei, forçando a última palavra a sair.

Era cedo demais para isso, mas meio que era mesmo um relacionamento, eu acho. Ele não estava errado.

– Um relacionamento monogâmico – acrescentou ele.

– *Tá*, nós não vamos sair com mais ninguém, então acho que isso também é verdade.

– E isso faz de você a minha namorada.

Eu engasguei.

– Jason!

– O que foi? Que outro nome isso teria?

Ele pareceu achar a minha aflição muito engraçada.

– Sei lá…? Estamos saindo exclusivamente um com o outro. Eu diria isso.

– E isso faz de mim o seu namorado – disse ele, sorrindo com os olhos.

Ele tinha razão. E eu estava apavorada.

– A gente só se conhece há duas semanas – falei. – É o nosso terceiro encontro.

Ele balançou a cabeça.

– Eu nem ligo.

Mordi o lábio.

– Jason, eu levo esse título muito a sério.

– Espero que sim, porque eu também levo. Olha só, eu não estou nem aí pro que as regras dizem que a gente devia estar fazendo agora. Eu gosto de você. Você gosta de mim. A gente concorda em sair exclusivamente um com o outro. E eu quero poder dizer a um cara aleatório de um grupo *a cappella* que der em cima de você que você tem namorado.

Em seguida, ele se aproximou e me beijou.

– E o seu namorado *com certeza* tem que conhecer a sua melhor amiga.

17

JASON

▶ I Feel It | Avid Dancer

Eu podia ter escrito uma canção de amor sobre o frango que Sloan preparou para o jantar. Caramba, eu *devia* escrever uma canção de amor sobre o frango que Sloan preparou para o jantar. Seria melhor que a merda que a gravadora me mandou, mesmo no estado de bloqueio em que eu estava.

Quando chegou a hora de ir embora, mais uma vez eu quis ficar. Pensei até em pedir para passar a noite no sofá, mas imaginei que, se ela quisesse que eu ficasse lá, não estaria me expulsando, então engoli em seco e fui embora. Passar pela porta, me despedir dela com um beijo de boa-noite e sair com a picape pareceu a coisa mais ilógica que eu já fiz, tipo deixar meu violão para trás em uma calçada.

Nenhum cara em sã consciência teria feito qualquer coisa que pudesse estragar uma oportunidade como aquela.

Aquela oportunidade era uma falha no sistema. Eu tinha entrado depois que o portão fechou. Ela estava isolada, de luto, e nenhum outro homem conseguia chegar perto dela. Eu *sabia* o quanto era sortudo. E, a cada momento que passava com ela, eu tinha mais certeza disso.

Eu queria fazer as coisas por ela. Levar presentes que a faziam sorrir, segurar as portas para ela passar. Tirar o lixo da cozinha, vê-la pintar. Eu queria ser útil para ela e ver como ela era pouco antes de ir para a cama, e vê-la rir de alguma coisa na TV.

Eu com certeza não queria ir para casa sem ela, isso era certo.

Quando voltei para o trailer, o lugar estava vazio e frio. Soltei um suspiro e joguei as chaves em cima do balcão da cozinha, tirando o casaco. Olhei ao redor e não senti nenhuma conexão com aquilo tudo. Era a minha casa, cheia das minhas coisas, mas não parecia o meu lar. Por mais estranho que parecesse, a casa da Sloan parecia o meu lar, e eu tinha a sensação de que isso tinha mais a ver com a companhia do que com a casa.

Rango, o Ladrão de Calcinhas, pulou na cama, e eu deixei. Nada de caixote naquela noite. Estávamos juntos na mesma canoa furada. Por que deixá-lo mais triste do que ele já estava, preso ali, comigo e não com Sloan, cheirando o meu cesto de roupa suja, e não o dela?

Tomei banho. Estava secando o cabelo com a toalha quando ouvi as batidas. Rango saltou da cama e correu até a porta, arranhando-a e choramingando. Olhei para o relógio. Era quase meia-noite, um pouco tarde para Ernie estar andando pelo quintal.

Vesti uma calça de moletom, abri a porta e dei de cara com Sloan, esfregando os braços de frio. Rango saiu do trailer e correu ao seu redor, feliz, pulando em cima dela.

– Hum… será que eu devia ter ligado? – disse ela, acariciando a cabeça de Rango e com o olhar fixo no meu peito nu. Ela mordeu o lábio, insegura, e eu abri um sorriso.

– Entra.

Ela entrou, e eu a abracei.

– Eu… eu fiquei com saudade – disse ela, olhando tímida para mim depois que eu a cumprimentei com um beijo.

– Você não devia ter me deixado vir embora – falei. – Eu teria dormido na sala.

– Você faria isso?

– Ah, faria, sim.

Eu me inclinei e beijei Sloan mais uma vez, ali mesmo na porta do trailer. Um beijo de agradecimento. Ela tinha aparecido à minha porta como um presente.

– Você vai passar a noite aqui, né? – perguntei, com um sorriso radiante.

Eu não estava sugerindo nada mais do que dormir. Se ela nem beijava no primeiro encontro, eu sabia que não íamos transar no terceiro, por mais que *eu* fosse encantador. E eu jamais insistiria.

– Só se for só pra dormir mesmo – disse ela, olhando para mim com cautela.

– Claro.

– Você pode vestir uma camiseta? – perguntou ela, olhando para o meu peito.

Eu ri.

– Posso.

– E você jura que vai se comportar?

– Juro.

Ela sorriu, parecendo aliviada, e assentiu. Eu teria concordado com qualquer exigência que ela fizesse se isso significasse que ela ia ficar. Eu teria dormido em uma boia na piscina se fosse preciso.

Contra a minha vontade, eu me afastei.

– Quer uma água?

– Quero.

Enquanto eu enchia o copo, ela foi até a geladeira e pegou o itinerário da turnê, que eu tinha afixado na porta.

– Essa é a agenda da sua turnê?

– É.

Eram as datas dos Estados Unidos. Eu ainda não tinha contado a ela sobre os dois meses extras nem sobre a turnê no Reino Unido. Dizer algo como "Aliás, vou passar quatorze meses fora" parecia um pouco pesado para o primeiro dia oficial do nosso relacionamento.

Ela me seguiu até o quarto e se sentou na beirada da cama, estudando a folha impressa enquanto eu vasculhava a gaveta atrás de uma camiseta.

– Uau. Você consegue ter alguma folga? – perguntou ela, olhando para mim. – Essas datas parecem tão próximas.

Rango enfiou a cabeça embaixo do braço dela, e ela o abraçou, me observando enquanto eu vestia a camiseta. Observando *mesmo*. Seus olhos não estavam nem perto do meu rosto. Abri um sorriso. Ela estava mordendo o lábio, e aquele tom de vermelho que eu amava subia pelo seu pescoço.

Também olhei para ela. Sloan estava usando uma regata branca e um short cor-de-rosa. O cabelo estava preso em uma trança bagunçada. Parecia que estava pronta para ir dormir antes de ir até lá. A regata era decotada.

Droga. Eu ia ter que colocar um travesseiro entre nós dois para não encostar em nada indesejado nela. Isso ia ser um problema.

– Turnês são um trabalho pesado – falei, tirando o papel das mãos dela e jogando em cima do caixote de Rango.

Entrei embaixo da coberta e ergui o outro lado para que ela se juntasse a mim. Ela se deitou e apoiou a cabeça no meu peito. Estendi a mão, apaguei a luz e puxei Sloan mais para perto.

Não era perto o bastante.

Encostei o nariz no cabelo dela e inspirei fundo, e ela deslizou a perna por cima da minha coxa e se aconchegou em mim. Eu me perguntei se ela estava ouvindo o meu coração martelar. Devia estar.

Pigarreei.

– "You never close your eyes anymore…" – cantei.

Ela me bateu, e eu ri e beijei sua cabeça.

Rango se acomodou aos pés da cama e eu fechei os olhos, sentindo uma calmaria, como se tudo de que eu precisava estivesse bem ali.

18

SLOAN

▶ The Wreck Of The *Edmund Fitzgerald* | Jaxon Waters

Jason foi me buscar às 16h45 em ponto para irmos à casa da Kristen, para o julgamento de fogo. Eu tinha esperança de que ele ficasse preso em algum compromisso como Jaxon Waters e tivesse que cancelar, mas não tive essa sorte. Sugeri que fôssemos em carros separados, para que ele pudesse fugir se precisasse, mas ele nem quis saber.

Minha pálpebra estava tendo um ataque de pânico. Meu dedo já não bastava para segurá-la no lugar. Eu precisava da *mão* inteira.

Jason olhou para mim ao volante da picape e riu.

– Ah, ela não *pode* ser tão ruim assim.

– Jason, deve ter um clone dela guardando os portões do inferno.

As ruguinhas ao redor dos olhos dele me fizeram sorrir apesar do nervosismo.

– Eu nunca sei o que ela vai fazer. Ela está sempre aprontando alguma. E o bebê está na casa da avó hoje, então só Deus sabe o que ela planejou.

– Aprontando, é?

Ele deu uma risadinha.

– É, ela adora me provocar. Eu não sei nem como explicar, Jason. Ela é muito esquisita.

Quando batemos à porta da casa de estuque bege da Kristen, lancei um último olhar de "desculpa mesmo" para Jason, e ele piscou para mim.

Kristen abriu a porta com tudo, sorrindo para Jason como uma lunática.

– Você deve ser o Jason!

Ela esbarrou em mim, exagerada, e foi logo abraçando o meu acompanhante.

Balancei a cabeça para ela por cima do ombro dele, e ela me olhou como uma doida.

Quando foi libertado das garras da Kristen, Jason entregou as flores que tinha comprado, e ela reagiu com exagero, fazendo sinal para entrarmos logo na casa, onde Josh estava à espera, como um cúmplice, com duas cervejas.

Dublê Mike saltou nas canelas do Jason, que se abaixou para acariciá-lo.

Kristen se aproximou e cochichou no meu ouvido.

– Ele *tem* cheiro de flanela.

– Você prometeu que ia se comportar – falei, ciciando.

– O quê? O que foi que eu fiz? – disse ela, piscando para mim com uma falsa inocência.

Jason se levantou e pegou a cerveja que Josh ofereceu, apertando a mão dele e se apresentando. Jason não parecia nem um pouco desconfortável. Talvez estivesse acostumado com fãs excessivamente zelosas e levemente inconvenientes que o agarravam?

– Ei – sussurrou Kristen, cutucando as minhas costelas. – Eu falei pro Josh perguntar se ele sabe quais são os sintomas da "clamídia". Se ele souber, vai ser jogado porta afora.

Fiquei branca, e ela saiu praticamente saltitando pela sala e entrelaçou o braço no do Jason.

– Vem, vou te mostrar a casa.

– Eu também vou – anunciei.

– Não. Só pode uma pessoa por vez. Estamos lotados – disse ela, empurrando as flores no meu peito. – Coloca as flores na água, por favor. E, Josh, você pode levar a Sloan até a cozinha, pra ela finalizar a salada de batata? *Obrigada.*

Jason pareceu estar se divertindo muito com a minha angústia e deixou que ela o levasse.

Bufando, me virei para Josh, que estava sorrindo da esposa maluca.

– Você sabe que não tem nada que a gente possa fazer quando ela enfia uma ideia na cabeça – disse ele.

– De que ideia você está falando, Josh?

Ele tomou um gole de cerveja.

– Eu não vou te contar nada. Sou eu que moro com ela.

Fui até a cozinha pisando firme para finalizar a droga da salada de batata. Dez minutos depois, enquanto eu colocava maionese em uma tigela e picava aipo, Jason e Kristen voltaram, rindo e conversando como velhos amigos.

Jason se sentou em uma das banquetas de couro, colocando a cerveja pela metade no balcão. Olhei bem para Kristen e depois para Jason, tentando descobrir se eu ainda tinha um namorado ou se ele tinha decidido desistir depois de passar alguns minutos sozinho com a minha melhor amiga.

– A Kristen estava me contando que você foi Miss Canoga Park – disse Jason. – Eu não sabia que você tinha participado de concursos de beleza. Por que não me disse nada?

Parei de picar o aipo e olhei de um para o outro, incrédula.

– Era *disso* que vocês estavam falando? Ela não te mostrou nenhum álbum? Nenhuma foto minha com freio de burro?

Jason sorriu com os olhos e levou a cerveja aos lábios.

Kristen bufou, dramática.

– E eu por acaso ia entregar o ouro? – disse ela, inclinando a cabeça. – Estou guardando essas fotos pros calendários que vou mandar fazer pro Natal.

Jason riu de um jeito tão inesperado que teve que passar a mão no queixo para enxugar a cerveja. Voltei a olhar para Kristen com os olhos semicerrados.

– O que foi? – disse ela. – Eu mostrei as nossas fotos no Coachella há três anos.

Fiquei olhando para ela. Sério? As fotos do Coachella? Eu estava com um biquíni branco de macramê, uma bermudinha jeans que cortei de uma calça e com flores no cabelo… eu estava incrível.

Bom, quem diria. Ela estava me ajudando. *Inacreditável.*

– Eu toquei no Coachella ano passado – disse Jason, ainda rindo um pouco. – Queria que você tivesse ido. Eu teria visto você do palco. A gente teria se conhecido antes.

Soltei uma risada pelo nariz, jogando o aipo na tigela.

– Tinha umas duzentas mil pessoas no Coachella. Você nem teria me visto.

Ele olhou bem nos meus olhos.

– Eu teria visto você no meio de uma multidão de um *milhão* de pessoas.

Ele manteve os olhos fixos nos meus, e eu senti o olhar da Kristen nos observando.

A porta de vidro de correr abriu e Josh enfiou a cabeça dentro da cozinha.

– Ei, Jason, quer me ajudar com a grelha?

– Claro – respondeu Jason, sorrindo para mim de um jeito que dizia que ele se lembrava da minha profecia de um interrogatório ao lado da grelha, e indo atrás do Josh.

– Divirtam-se – falei antes que ele fechasse a porta.

Ele fez uma saudação confiante com dois dedos e desapareceu no quintal.

Kristen olhou para mim e disse baixinho:

– Ai, meu Deus.

– Né?

– Ele está muito a fim de você. Acho que está apaixonado. Não estou brincando. Está escrito na cara dele. Ele está enfeitiçado.

Revirei os olhos.

– Você já transou com ele? Foi incrível? Me conta tudo.

Fiz que não com a cabeça.

– Não, não transamos. Mas eu dormi na casa dele ontem.

Ele tinha me abraçado tão forte. Não tinha me soltado nem por um segundo. Comecei a sorrir para a salada de batata ao me lembrar disso.

Ele também tinha colocado um travesseiro entre nós em algum momento. Isso também me fez sorrir.

– Quer dizer que vocês só ficaram de agarra-agarra? – perguntou ela.

– Na verdade, não. Até agora, não passamos dos beijos.

Ela me olhou como se eu tivesse duas cabeças.

– Você nem encostou no pênis dele? *Por quê?*

– Fala baixo! – sussurrei, olhando para a porta.

– Eu juro por Deus, se você não pegar no pênis dele no futuro próximo, a nossa amizade está acabada. É isso que eu quero de presente de aniversário.

– Que eu pegue no pênis do Jason?

– Isso.

– Droga. Eu comprei uns cremes da Bath & Body Works pra você – falei, fazendo um beicinho.

A verdade era que manter as mãos longe dele estava ficando cada vez mais difícil. O esforço era absurdo. Eu não queria nem admitir para mim mesma a rapidez com que decidi ir a uma loja boa e não simplesmente ao mercado para repor as calcinhas que Rango tinha mastigado. E eu *definitivamente* não queria admitir quantas peças vermelhas tinha comprado.

– Eu gosto dele – declarou Kristen.

Voltei a picar o aipo.

– Eu também gosto dele. – Larguei a faca. – Kristen? Eu gosto *muito* dele. Muito mesmo. Ah! E ele é oficialmente meu namorado.

Ela deu um passo para trás.

– Você está namorando um cara que conhece há menos de um mês? Uau. Por acaso o Jason sabe que está fazendo história? Como foi que ele te convenceu a fazer *isso*?

Semicerrei os olhos.

– Foi uma falação daquelas. Eu fiquei meio confusa.

Ela abriu um sorriso largo.

– A estratégia do caos. Minha favorita. Foi assim que o Josh me convenceu a casar com ele.

Soltei uma risada pelo nariz.

Ela pegou um pedaço de aipo e apontou para mim.

– Bom, funcionou. Você está até parecendo a namorada de uma estrela do rock.

Abri um sorriso.

– Eu preparei o jantar pra ele ontem. E o café da manhã hoje.

Ela arregalou os olhos.

– Sério? Você voltou a cozinhar?

– Voltei – respondi, enrugando o nariz. – Eu meio que fui obrigada, senão vamos comer comida de acampamento toda manhã.

Ela riu e pareceu genuinamente feliz.

Respirei fundo.

– Eu estou tentando, Kristen. *De verdade.*

O olhar dela ficou mais brando.

– Ótimo. Continua assim. Fica caidinha por ele. E, quando isso acontecer, faça questão de se pendurar em todos os galhos na queda.

DURANTE O JANTAR, JASON estendeu a mão por baixo da mesa e entrelaçou os dedos nos meus. Eu fiquei me perguntando o que tinha acontecido lá fora. Estava torcendo para que as perguntas do Josh não tivessem sido muito invasivas. Parecia que o meu namorado ainda gostava de mim, mas a noite estava só começando.

Kristen jogou um pacotinho de Doritos para mim, e eu abri e despejei no meu prato. Mas, quando amassei a embalagem, ela me repreendeu.

– Nada disso. Não é assim que a gente faz.

Olhei furiosa para ela.

Ela esvaziou o pacote dela e o virou do avesso na mão, como uma luva de alumínio. Acenou para mim, esperando que eu fizesse o mesmo.

Argh.

– Se o Jason te aceita nos seus melhores dias, ele também vai te aceitar com o pacote de Doritos – disse ela.

Josh soltou uma gargalhada e voltou a comer a espiga de milho. Jason olhou para mim, e eu dei um suspiro. Teoricamente, Jason nunca me vira nos meus melhores dias. Então, por que começar agora, não é mesmo?

Virei o pacote do avesso na mão e esperei que Kristen começasse. O mínimo que ela podia fazer era dar o pontapé inicial para aquela prática ridícula. Fazíamos aquilo desde o sexto ano. Era meio que uma tradição. Quando ela começou a lamber o pacote, eu também comecei a lamber o meu.

– O lado de dentro do pacote é a melhor parte – falei para Jason, sem muita convicção. – E é aniversário dela. Eu tenho que fazer isso.

Ele riu e segurou a minha mão mais uma vez, e desta vez a beijou na frente de todo mundo.

– Ah, eu esqueci de contar! – disse Kristen, erguendo o pacote como uma idiota. – Temos uma atividade hoje. Karaokê!

Ela olhou do Jason para mim com aquela cara de "Viva!".

– Era só o que faltava – falei, amassando o pacote e jogando nela.

Kristen parecia orgulhosa de si mesma, e Josh balançou a cabeça, limpando a boca com um guardanapo, exibindo sua melhor cara de eu-não--vou-me-meter-nisso.

– Kristen, *não*. Tenho certeza que o Jason não quer ouvir a gente cantar. Tenho certeza que o Jason não quer cant...

– Eu adoro karaokê – disse Jason.

– Ele adora karaokê! – repetiu Kristen, com um sorriso radiante para Jason.

– Eu vou te matar – falei baixinho, e não era totalmente brincadeira.

Depois do jantar e de tirarmos os pratos, Kristen e Josh foram ligar os microfones, e eu encurralei Jason na cozinha.

– Me *desculpa* por isso – falei, encostando a testa no peito dele. – Eu te disse. Eu *avisei* que isso ia acontecer.

Ele sorriu para mim.

– O quê? O karaokê?

– É! – falei, olhando para ele. – Ela está tentando te obrigar a cantar!

– Bom, é a minha *profissão*. Não fico nem um pouco estressado com isso.

– Mas *eu* fico!

Se ele virasse Jaxon Waters na minha frente, eu ia desmaiar.

– Por quê? – perguntou ele, erguendo meu queixo. – Não quer que eu cante pra você? Ainda está traumatizada com o grupo *a cappella* no lava-rápido?

Ele sorriu, fazendo aquilo de deixar a boca bem pertinho da minha, e eu não consegui mais me concentrar. Ele reservava esse tipo de comportamento para o nosso beijo de boa-noite na varanda. Era uma distração e tanto.

– Aham – murmurei, sem nem lembrar qual era a pergunta.

Ele se afastou um pouquinho, permitindo que eu voltasse a raciocinar.

– Eu estou me divertindo. Relaxa. O Josh me avisou do karaokê. Ele disse que falaria com ela se eu não quisesse. Está tudo bem.

– O Josh te avisou?

– Avisou. Além do mais, eu não faço nem ideia de quais são os sintomas da clamídia.

Soltei uma risada pelo nariz.

Ele se aproximou e voltou a sussurrar com os lábios perto dos meus.

– No caminho pra sua casa, você vai me contar *tudo* que a Kristen disse, né?

– Ah… ela me disse pra chacoalhar os seus galhos e pegar no seu… *Não* – falei, sacudindo a cabeça e saindo do estupor.

– Pegar no meu *o quê?* – perguntou ele, com um sorrisão.

"Love Shack" começou a tocar. Josh começou a cantar, e Kristen gritou:

– Loooove SHACK!

Revirei os olhos.

– Esses dois vão cantar até amanhecer.

Jason sorriu.

– Vamos entrar antes que eles achem que saímos pra dar uma rapidinha.

– A Kristen está torcendo pra eu partir pra cima de você. Eu não ficaria surpresa se as nossas cervejas estivessem batizadas com ecstasy. Aliás, não bebe nada que vier dela.

– Eu não preciso de droga nenhuma pra dar uma rapidinha com *você* – disse ele, deslizando as mãos por dentro da barra da minha camiseta para me abraçar tocando na pele nua da minha cintura. Ele aproximou os lábios do meu ouvido. – Quer ir pra Minnesota este fim de semana?

Eu literalmente me engasguei com a saliva.

– Pra Minnesota? Tipo, conhecer os seus pais? *Amanhã?*

– É, conhecer os meus pais. E o babaca do meu irmão, David.

O "babaca" me fez rir. Logo em seguida, minha pálpebra começou a tremer.

Ele encostou o nariz no meu.

– Eu não sei quando vou pra lá de novo e quero que você vá comigo. Não é nada sério. Os meus pais são muito tranquilos.

Eu não queria passar três dias sem ele. Mas conhecer os pais dele? Já? E em Minnesota não fazia muito, muito frio?

– Jason, faz cinco minutos que eu sou sua namorada.

– É, e eu já contei pra eles.

Afastei o rosto para olhar para ele.

– *Contou?* O que foi que você disse?

– A verdade. Que você sequestrou o meu cachorro e só devolveu quando eu aceitei sair com você.

Bati nele, e ele riu.

– Vamos lá. Não me obriga a ficar três dias sentindo saudade de você. Vai ser divertido. Vem comigo.

Ele disse que ia sentir saudade de mim. Derreti.

– Tá – falei.

Ele ficou radiante.

– Sério?

– Sério. *Tá bom.* Me leva pra Minnesota.

Que se dane. Por que não? O que eu ia ficar fazendo enquanto ele estivesse fora além de querer estar com ele?

Ele sorriu e encostou a testa na minha, me puxando mais para perto.

– Quero mais uma coisa – disse ele, olhando nos meus olhos.

Arqueei a sobrancelha, mas ele só riu.

– Não é isso. Embora eu também queira *isso* – acrescentou ele. – Quero que você cozinhe com a minha mãe. Ela ia ficar muito feliz.

Encostei meu nariz no dele.

– Você não conseguiria me impedir de fazer isso nem se tentasse com toda a força.

Ele sorriu e estava se aproximando para me beijar quando Kristen enfiou a cabeça na cozinha. Pulamos como dois adolescentes flagrados se pegando no sofá.

– Ei! Arrumem um quarto! – disse ela, falando no microfone e fazendo a fala reverberar pela casa inteira. Em seguida, ela sussurrou, também no microfone: – Sério, o quarto de hóspedes está arrumado. Podem ficar à vontade.

Ela mordeu o lábio, ergueu as sobrancelhas e desapareceu, voltando para a sala.

Jason e eu encostamos a testa uma na outra e rimos.

– Vamos lá. Eu quero cantar um dueto com você – disse ele.

Soltei um gemido.

– Você precisa de uma dose de coragem? Aposto que a Kristen tem tequila – disse ele, abrindo um sorriso largo.

– Tequila tem o gosto do dia em que eu quase morri. Vou ter que fazer isso sóbria mesmo.

Ele riu e me arrastou em direção à sala pela mão.

Quando "Love Shack" acabou, Kristen me convenceu a cantar "Hopelessly

Devoted to You" com ela. Morri de vergonha, mas era aniversário dela, e Kristen estava feliz e era isso que importava.

Foi aí que o inevitável aconteceu: chegou a vez do Jason.

– O que você quer que eu cante? – perguntou ele a Kristen. – Algum pedido?

– "The Wreck of the *Edmund Fitzgerald*" – respondeu ela sem nem pensar.

O pedido era para mim. Sem dúvida. Eu ia *matar* Kristen.

Jason apontou com o polegar por cima do ombro.

– Quer saber, meu violão está na picape. Posso ir buscar?

Kristen arregalou os olhos.

– Sério? Claro, pode pegar. Você está brincando? Vai!

Jason se levantou e foi até a picape. Josh e Kristen ficaram empolgados. E por que não ficariam? Um músico ganhador do Grammy ia fazer uma serenata no churrasco deles. Já eu senti uma gota de suor escorrer pela testa.

Eu estava começando a me acostumar à ideia de ter um namorado. Ainda levaria meses – talvez até *anos* – para me acostumar à ideia de que esse namorado era Jaxon Waters. A única maneira de lidar com isso era me esforçar para esquecer. Eu definitivamente não estava pronta para aquilo.

Kristen e Josh me ensanduicharam no sofá, cotovelo com cotovelo. Jason voltou com o estojo do violão, e eu senti um turbilhão de emoções só de vê-lo pegar o instrumento. Eu era uma groupie, e isso era vergonhoso. Fiquei me perguntando se ele conseguiria perceber.

Peguei uma revista que estava na mesinha de centro e comecei a me abanar quando Jason ficou em pé em frente à TV, afinando as cordas. Só essa cena já foi suficiente para o meu coração começar a palpitar. Mas, quando ele começou a tocar… Foi surreal. Estava tudo acabado para mim. Eu estava oficialmente apaixonada.

Ele era *incrível*.

A voz do Jason era como mel e pó de café: doce e cheia de textura. Era muito melhor ao vivo do que no álbum. Nem parecia possível ser tão bom assim. Ele era tão talentoso. Eu queria me bater por não ter deixado que ele cantasse para mim antes – e, ao mesmo tempo, eu sabia que, se *tivesse* deixado, eu teria confundido os meus sentimentos por *ele* com os meus sentimentos por Jaxon Waters.

Ele ia ser famoso. Famoso de verdade. Ele tinha tudo. Beleza, talento, presença. Eu via isso claramente.

E *aquele* era o *meu* namorado. Fiquei repetindo isso na cabeça. Aquele homem queria ficar *comigo*.

Eu me senti lisonjeada e sortuda. E, logo na sequência, nervosa e indigna daquilo tudo. Senti um turbilhão de emoções enquanto ele tocava, e ele cantou sorrindo para mim o tempo todo, como se estivesse feliz por eu estar vendo aquele lado dele.

E eu também estava feliz. Porque Jason e Jaxon *definitivamente* eram o mesmo homem.

QUANDO PULEI, ENCAIXANDO AS PERNAS ao redor da cintura dele, o sensor de movimento foi ativado e os holofotes iluminaram a minha varanda. Antes, eles estavam quebrados.

Maldito Jason, consertando as coisas na minha casa, exatamente como disse que faria.

Passava da meia-noite. A vizinhança estava silenciosa, mas eu não gostei muito daquelas luzes de palco. Ele pressionou o corpo contra o meu, imprensando as minhas costas na porta da frente enquanto me beijava. Suas mãos agarraram as minhas coxas por baixo e seu quadril se encaixou entre as minhas pernas, se esfregando em mim.

Meu Deus, como seria quando estivéssemos na horizontal?

A tensão foi se acumulando entre nós dois no decorrer da noite. Nem mesmo as baboseiras da Kristen e o dueto terrível que Jason me obrigou a cantar com ele aliviaram as coisas. Ele passou a noite toda me tocando e me beijando na frente da Kristen e do Josh. Eles não se importavam. Devem até ter dado uma camisinha para ele quando saímos.

Assim que ficamos sozinhos na varanda, partimos para o ataque.

A luz apagou e eu sorri, com os lábios nos dele. Aí ela voltou a acender, nos inundando com o brilho de dez mil sóis, e eu fiz uma careta.

– A gente pode entrar… – sussurrou ele e olhou nos meus olhos, ofegante.

Ah, que se dane.

Assenti e enlacei seu pescoço. Com a outra mão, procurei a maçaneta atrás de mim e, quando a virei, a porta cedeu e quase caímos no chão.

Ele cambaleou alguns passos antes de recuperar o equilíbrio. Rimos um pouco, mas não paramos de nos beijar. Ele fechou a porta com um chute e me deitou no sofá, se deitando em cima de mim na escuridão, pressionando o corpo contra o meu.

Todo o corpo dele contra o meu.

Segurei a barra da camiseta dele e puxei para cima.

– Tira isso – falei, sem fôlego.

Eu precisava passar as mãos no peito dele, sentir o contorno do tanquinho com os meus dedos, traçar a trilha de pelos que descia até a calça.

Ele arrancou a camiseta e voltou para cima de mim em menos de dois segundos. Fiquei impressionada.

– Nunca vi um homem tirar a camiseta tão rápido – falei baixinho enquanto ele beijava o meu pescoço.

– Você precisa ver a rapidez com que eu consigo tirar a sua.

Soltei uma risada pelo nariz e as mãos dele levantaram a barra da minha camiseta. Eu não o impedi. Ele puxou a minha perna ao redor da cintura dele, e eu passei a mão na curva dos ombros largos e nus.

Eu queria sentir a minha pele na dele. Eu me sentei e tirei a camiseta, e os dedos dele percorreram as minhas costas, abrindo o meu sutiã antes mesmo que a camiseta caísse no chão. Ele se deitou sobre mim, me puxando de volta para baixo.

Meu corpo ganhou vida, o sangue pulsando no meu rosto, nas minhas orelhas, meu coração martelando no peito.

As mãos dele estavam por toda parte. Cheguei a olhar para baixo para ver se eram mesmo só *duas*.

Eu queria Jason. Meu Jesus Cristinho, como eu queria aquele homem. Ele saberia o que fazer comigo. Dava para perceber. Ele me afinaria e me tocaria como se eu fosse seu maldito violão. Meu Deus, cada centímetro dele era tonificado e firme. Ele era tão forte e tinha um cheiro *tão* bom.

– Eu tomo anticoncepcional, tá? – falei baixinho. – Pra regular a menstruação.

– Eu fiz todos os exames no mês passado. Não tenho nada. E a Kristen me deu uma camisinha. O Josh também.

Soltei uma risada, que foi abafada quando seus lábios voltaram aos meus.

Aquilo era real. Estava *acontecendo*.

Com a respiração irregular, levei as mãos ao cós da calça dele, e ele arquejou quando puxei o cinto. O barulho metálico familiar da fivela me trouxe de volta à sala da minha casa.

Brandon. A última vez que eu fiz isso foi com Brandon.

Parei na mesma hora. Toda a paixão se esvaiu de mim. Eu me deitei nas almofadas com o corpo mole.

– Jason, eu não consigo.

As mãos dele pararam imediatamente. Todas as doze.

– Não estou pronta. Desculpa – sussurrei.

Ele pairou sobre mim, encostou a testa na minha e fechou os olhos, recuperando o fôlego. Seu peito encostou nos meus seios nus, e eu senti o tamanho exato do desejo dele por mim, quase abrindo um buraco na minha perna.

Meu Deus, eu me senti péssima. Eu não devia ter deixado Jason entrar. A varanda era um lugar seguro. Claro demais, mas seguro. A varanda não criava expectativas.

Possibilidades.

Ele ficou ali respirando por um tempo, e eu senti que ele estava se acalmando.

– Eu só preciso de mais tempo. É cedo demais. – Mordi o lábio. – Não fica com raiva de mim.

Ele abriu um dos olhos e me olhou com carinho.

– Eu não estou com raiva. Eu *jamais* ficaria com raiva de você por isso. Olha pra mim. – Ele olhou nos meus olhos. – Eu entendo. E quero que você esteja pronta. Não vai ser bom pra nenhum de nós dois se você apressar as coisas. Está bem?

Ele foi tão sincero que o meu coração derreteu.

– Está bem.

Ele abriu um sorriso e beijou a minha testa. Em seguida, estendeu a mão, pegou uma manta e me cobriu, enfiando-a sob os meus braços. Depois, se levantou e vestiu a camiseta.

Eu me sentei no sofá e segurei a manta no peito, vendo Jason ir até a lavanderia para soltar Rango. O cachorro veio saltitando na minha direção e pulou no meu colo, me lambendo.

Jason se aproximou, com uma das mãos apoiada nas costas do sofá, e me beijou.

– Eu venho te buscar às cinco e meia. Dorme um pouco.

Ele sorriu para mim.

– Obrigada por entender.

Ele balançou a cabeça.

– Você vale a espera. Você vale qualquer coisa.

Ele piscou para mim e foi embora, e Rango foi atrás dele, grudado nos calcanhares.

19

JASON

▶ Misery Business | Paramore

Hora de me mudar. Lola Simone estava sentada na porta do meu trailer.

Bati a porta da picape.

– O que é que você está fazendo aqui?

Rango rosnou baixinho ao meu lado.

Ela estava sentada na escada de metal, iluminada pelas luzes da piscina, apoiada na porta, fumando um baseado. Estava com um vestidinho prateado e abriu as pernas em resposta à minha pergunta, equilibrando-as nos saltos dos sapatos. Estava sem calcinha.

– Ah, meu Deus, por favor – falei, desviando o olhar. – Já chega dessa merda, Lola. Levanta.

Voltei a olhar para ela.

Ela nem se mexeu.

– Lola, agora. *Vai embora.*

– Já? Mas eu acabei de chegar – disse ela, sorrindo para mim, com as pálpebras pesadas. – Isso, sim, é uma rapidinha – resmungou.

– Quem foi que te deu o endereço? Eu não quero você aqui. Pra mim *chega*. Sai, senão eu mesmo vou te tirar daqui.

Seus olhos brilharam, e ela fez que não com a cabeça.

A raiva foi se acumulando dentro de mim. Eu estava farto daquilo. *Farto.*

Eu tinha sido muito paciente até então. Fui um santo enquanto ela me assediava durante meses a fio e arrastava a minha reputação e a minha privacidade pelas paradas musicais – mas agora era diferente. Agora eu precisava pensar em *Sloan*.

E se ela tivesse voltado comigo? Ou aparecido de repente, como na noite anterior? Como é que eu ia explicar aquela merda? Nosso relacionamento era novo demais para isso.

E o que Lola teria feito se Sloan estivesse aqui...

Minha mandíbula se retesou.

– Eu quero que você vá embora daqui. Vem.

Eu a peguei pelo cotovelo e a coloquei em pé. Eu só queria tirá-la do caminho para poder entrar, mas senti que seu corpo cambaleou e soube que, se eu a soltasse, ela ia cair. Meu Deus, ela estava muito acabada.

Apontei com a cabeça para o SUV que estava estacionado em frente ao portão.

– Fala pro seu acompanhante vir te buscar.

Ela deu uma risadinha sem graça.

– Aaaaah, você está com raiva de mim?

– Você escreveu uma droga de música sobre mim – respondi, ríspido. – Onde é que você estava com a cabeça? Estava tentando destruir a minha carreira? Eu tenho uma imagem a zelar, e você escreveu que eu estava bêbado e nu em uma droga de uma praia!

Ela abriu um sorriso preguiçoso, tragando o baseado com os olhos fechados, as pulseiras tilintando no pulso.

– Bom, você me inspira, Minnesota. Eu nunca tinha tido nada tão puro... – respondeu ela, com a fala arrastada.

Balancei a cabeça.

– Não sei o que foi que aconteceu com você. Não sei qual é a desse fascínio por mim, o que você andou usando nem qual é o seu problema, mas queria que você tomasse jeito e me deixasse em paz.

Ela soltou a fumaça de lado e sorriu como uma cobra venenosa.

– Então não vai rolar, é?

Minhas narinas se dilataram.

– Não, *não vai*.

– Você é inacreditável, Jaxon. Você estalou os dedos e eu vim até aqui... – Seus olhos se arrastaram pelo meu corpo e se fixaram no meu pau. – Pelo menos me deixa fazer aquela coisa que você gosta.

Ela voltou a olhar nos meus olhos e mordeu o lábio inferior.

Eu a encarei.

– *Nunca mais* vem aqui. Está entendendo?

Ela abriu um sorrisinho malicioso e puxou o braço. Assim que soltei, ela cambaleou nos saltos como um filhotinho de cervo. Perdeu o equilíbrio e caiu de costas no gramado, rindo. Vi o guarda-costas dela entrando, bem nessa hora. Ela estava gargalhando e me mostrando o dedo do meio quando subi os degraus com Rango e entrei, batendo a porta. Duas pancadas fortes, que imaginei serem seus sapatos, atingiram a lateral do trailer.

Liguei para Ernie. Ele atendeu meio grogue no terceiro toque.

– Se está me ligando porque tem um carro de polícia te seguindo, você vai ter que engolir as drogas – disse ele, brincando.

– Lola estava no quintal.

Ele soltou um gemido.

– Ah, merda. Me dá cinco minutos.

Quando Ernie me encontrou no quintal, Lola já tinha ido embora. Os sapatos dela estavam abandonados no gramado.

– Eu dei uma olhada nas câmeras de segurança – disse ele, me encontrando ao lado da piscina, com uma samba-canção e um roupão aberto. – Ela usou o código do portão para entrar. Não foi você quem deu, imagino.

– Não. E também não falei pra ela onde eu estava morando – expliquei, passando a mão na boca.

Ele soltou o ar pelo nariz e olhou ao redor do quintal.

– Bom, eu posso mudar a senha. Não é problema nenhum. Mas temos problemas maiores que esse. Você não vai gostar.

Ele voltou a olhar para mim.

– O que foi?

Ele respirou fundo.

– Em razão do compromisso financeiro que a gravadora está assumindo com a turnê internacional, eles querem acrescentar uma atração principal. É normal. Já vi isso acontecer. Não é que eles não acreditem em você, é mais como um seguro pra garantir que eles não vão perder nada.

– Tá...

– Eles querem a Lola.

Meus braços desabaram ao lado do corpo.

– Não. De jeito nenhum.

– Eles gostam da combinação. Você tem três potenciais sucessos com ela na trilha do filme. Eles querem você em uma pegada mais comercial, e a Lola é o que tem de mais comercial, então colocar vocês dois juntos vai ser bom. E podem dizer o que quiserem sobre ela, mas tudo que a Lola toca vira ouro. E, Jason, ela quer. Ela quer *muito*. Na verdade, acho até que a ideia foi dela.

Isso não podia acontecer de jeito nenhum. Seria um show de horrores. Lola era um desastre. Estaria bêbada o tempo todo, eu teria que levantá-la do chão e levá-la até o palco, ela ficaria colada em mim.

– Eu não vou fazer isso.

– É, bom, eu imaginei que você fosse responder isso. Eu fiz o que achei que você ia querer: mandei todo mundo pro inferno com a maior delicadeza possível. Disse que não se mexe em time que está ganhando. Os shows nos Estados Unidos estão vendendo bem, e você não precisa de ajuda. E falei que a Lola é um desastre e que está a uma overdose de passar noventa dias em uma clínica de reabilitação.

Assenti.

– Ótimo. O que foi que eles disseram?

– Agradeceram o feedback e disseram que vão levar em consideração.

Eu o encarei.

– Eles podem fazer isso?

– Eles podem fazer o que quiserem. Eles estão pagando. É como a máquina de fumaça e a droga da pirotecnia. São eles que decidem.

Passei a mão no cabelo.

– Não. – Olhei nos olhos dele. – Se eles jogarem ela pra cima de mim, estou fora.

– Agora vem a parte divertida. – Ernie foi falando e marcando nos dedos. – Se você cair fora, eles te processam por quebra de contrato. Você vai ter que devolver o adiantamento, as custas e a renda prevista da turnê. O prejuízo é da ordem de milhões. Esses caras não brincam em serviço. Mesmo que você esteja com o filho no hospital, eles esperam que você esteja no palco, conforme programado. A não ser que você tenha uma droga de colapso nervoso ou uma doença fatal, você vai estar lá. Mesmo estando em *coma* é capaz que você esteja no palco. Eles não veem nenhum problema em enfiar a mão na sua bunda e te manipular como uma marionete. – Ele baixou a cabeça e olhou bem para mim. – E a cobertura desse bolo de merda. Se você cancelar uma turnê por qualquer motivo que não seja uma emergência de saúde, pode dar adeus à sua carreira, porque ninguém vai querer se envolver com você depois disso.

Senti o sangue se esvair do meu rosto.

– Eu não entendo – falei, baixinho. – Não entendo por que ela está insistindo nisso. Por que *eu*?

Ele soltou uma risada.

– Você deve ter sido o único cara que não quis cheirar uma carreira na bunda dela nem ser agressivo antes de transar com ela. Ela tem que sair em turnê com alguém, por que não com o cara que abre a porta pra ela? – Ele balançou a cabeça. – Estamos entre a cruz e a espada, meu amigo. Vou te falar: se você tivesse me perguntado há um mês quem é a pior pessoa pra levar em uma turnê, eu teria respondido uma namorada. Mas a Lola? Ela é um maldito pesadelo. Você viu o que saiu nos portais de fofoca hoje de manhã? Ela jogou uma garrafa de cerveja *na cabeça* de um fotógrafo. Ela é como todas as minhas ex-esposas em uma só, sob o efeito de cocaína.

Sloan.

Uma nuvem de desgraça se abateu sobre mim quando me dei conta de todas as possíveis consequências daquilo.

Eu não ia poder levar Sloan na turnê. Não ia poder nem pedir a ela que fosse me *visitar*. Na melhor das hipóteses, seria constrangedor para ela. Na pior, seria simplesmente perigoso. Lola tinha um histórico de instabilidade e violência, além de uma estranha obsessão por mim. Quem sabe o que ela seria capaz de fazer? Nem portões trancados conseguiam contê-la. Mesmo que eu arrumasse um guarda-costas para Sloan, eu não teria como garantir que Lola nunca ia se aproximar dela tendo mais de um ano para tentar. Caramba, Kanye também tinha guarda-costas, e isso não ajudou em nada. Sem falar em todas as obscenidades que eu sabia que ela jogaria na cara da minha namorada só para me irritar. Eu não podia sujeitar Sloan a isso.

Quatorze meses. Quatorze longos meses com Lola e sem Sloan.

– E se eu conseguir uma ordem de restrição? – perguntei, desesperado. – Eles não podem colocar a Lola na minha turnê se ela não puder chegar perto de mim.

Ele soltou outra risada.

– E você vai alegar o quê? Que ela jogou sapatos de stripper no seu trailer? Mencionou você no Twitter? Por acaso ela fez alguma ameaça? Te machucou de alguma forma? – Ernie colocou a mão no meu ombro. – Olha só, eu não quero que você se desespere por enquanto. Estou tentando resolver isso. Vou envolver os advogados se for preciso. Eu nem ia te contar nada enquanto não tivesse uma resposta definitiva, mas, com essa merda que aconteceu hoje...

– Merda. Foi por isso que ela apareceu aqui.

Belisquei a ponte do nariz. Lola devia ter esperança de uma reconciliação, assim eu não resistiria quando descobrisse o que ela estava tentando fazer.

Mas eu ia resistir, *sim*. Ia fazer tudo que estivesse ao meu alcance para evitar aquilo. Porque podia me custar a Sloan.

20

JASON

▶ Superposition | Young The Giant

Meus pés pisaram no chão de Minnesota pela primeira vez desde o Natal. E eu amei o fato de Sloan estar lá comigo. Apesar da noite de merda por causa da Lola, passei o dia todo sorrindo. A irritação só durou até eu ir buscar Sloan e ela se jogar nos meus braços.

Caminhamos com Rango até o balcão de aluguel de carros no pequeno aeroporto de Duluth. Sloan riu ao ver a única esteira de bagagens.

– Qual é a distância daqui até Minneapolis? – perguntou ela, se abaixando para acariciar Rango. Ele estava sentado, apoiado na perna dela, olhando para ela.

– As Cidades Gêmeas ficam a duas horas e meia daqui no sentido sul.

– E nós vamos...

– Duas horas no sentido norte. Vou te mostrar. – Peguei o celular e abri o Google Maps. – Estamos aqui. E Ely fica aqui.

Ela se aproximou e senti o perfume quando o ombro dela tocou no meu braço. Algo pareceu ser ativado entre nós. Ela virou um pouco o rosto na minha direção, olhando para os meus lábios, e eu senti o mesmo impulso que quase nos arrastou na noite anterior me puxando para ela mais uma vez.

Sloan estava avançando mais devagar no relacionamento do que eu. Eu não levei isso para o lado pessoal. Falei sério quando disse que esperaria por ela. Esperaria o tempo que fosse necessário. Ela me avisaria quando estivesse preparada. E, se eu fizesse meu papel de namorado, fazendo-a se sentir segura – e garantindo que ela me desejasse o suficiente –, uma hora tudo ia se resolver. Não havia motivo para pressa.

Era só uma fase, e há beleza em todas elas. Mesmo quando *estamos* ansiosos pela chegada da fase seguinte.

– Tem tanto verde ao redor – disse ela, pigarreando, e nós dois parecemos sair do torpor.

– Fica nos limites da Área de Proteção Ambiental de Boundary Waters.

– E você costuma ir até lá?

– Eu cresci lá – respondi, guardando o celular no bolso.

Ela me olhou com aqueles olhos castanho-escuros e colocou as mãos no meu peito.

– Obrigada por me trazer.

Ela ficou na ponta dos pés e me deu um beijo rápido.

Quando nos afastamos, ela encostou o nariz no meu.

– E tem certeza que os seus pais não vão se incomodar por eu ter vindo? – perguntou mais uma vez.

– Absoluta. Minha mãe já deve ter limpado a casa várias vezes, de tanta ansiedade. Você é a primeira namorada que eu levo pra casa desde o baile da escola.

Ela jogou a cabeça para trás e ficou me olhando por um tempinho.

– Por favor, me diz que você está brincando.

– Faz dez anos que eu não levo uma garota pra casa.

O pânico tomou conta do rosto de Sloan, e ela se desvencilhou dos meus braços.

– Por quê?!

– Hum, porque não tive nenhuma que valesse a pena levar?

Provocar Sloan estava se tornando um dos meus passatempos favoritos. Eu entendia por que Kristen fazia isso. Sloan ficava tão linda quando corava e mordia o lábio.

– Mas… você teve outras namoradas. E aquela que você namorou por três anos?

– Jessica? É. Nós fomos ao baile da escola juntos.

– Jason!

– O que foi? – perguntei, rindo.

– Que merda é essa? Não foi bem essa a história que você me contou!

Eu ri e coloquei as mãos nos braços dela.

– Eles vão te amar.

Ela segurou a pálpebra com um dedo e ficou olhando para mim, desolada.

Balancei a cabeça.

– Você seria péssima no pôquer, sabia?

– Jason, você fez parecer que não era nada de mais.

– Você teria vindo se eu tivesse dito a verdade?

– Não.

– Pois é.

Ela olhou séria para mim.

– Você preferia ser só mais uma em uma longa lista de mulheres que eu levei pra casa?

Ela semicerrou os olhos.

– Não.

– Pois é – falei, mais uma vez, provando o meu argumento.

Ela tirou o dedo do olho e abraçou a própria cintura.

– E se eles não gostarem de mim?

Impossível.

Ergui seu queixo.

– É bem provável que eles gostem mais de você do que gostam de mim.

Minha mãe estava enlouquecida. Não só porque Sloan era A Esposa do Caçador, mas porque eu não tinha o costume de levar mulheres para casa.

E levar Sloan queria dizer *exatamente* o que a minha mãe imaginava.

21

SLOAN

▶ White Winter Hymnal | Fleet Foxes

Jason colocou sua playlist para tocar no SUV que alugamos. No avião, compartilhamos o fone dele, para que pudéssemos ouvir e conversar ao mesmo tempo. Passamos o voo inteiro com a testa colada. Acho que decorei todas as manchas das suas íris.

Jason olhou para mim.

– Então, só pra te avisar, a minha mãe vai colocar a gente em quartos separados. Ela é meio à moda antiga.

– Sábia.

Era mais seguro mesmo nos manter separados, ainda mais depois do que tinha acontecido na noite anterior.

– A gente pode ir pra um hotel – sugeriu ele, com um olhar cheio de malícia. – As pessoas não *param* de sugerir que a gente arrume um quarto mesmo.

Meu rosto ficou quente.

Eu podia contar nos dedos de uma das mãos com quantos homens eu tinha ido para a cama, e ainda sobrariam dedos. E a última pessoa dessa lista era o único com quem eu planejava fazer isso pelo resto da vida. Embora *nada* do que tinha acontecido com Jason na noite anterior parecesse um equívoco, lembrar do Brandon foi um balde de água fria.

Mas eu duvidava muito que fosse hesitar de novo.

Jason estava afastando aos poucos tudo que tinha me deixado parada no tempo. Ele estava me descongelando daquele inverno nuclear de fora para dentro – e já estava quase alcançando o núcleo.

Ele sorriu para a estrada, e eu fiquei admirando seu perfil. As linhas que se formavam nos cantos dos olhos, o desenho do nariz, uma pintinha no rosto, o queixo quadrado e a barba bem aparada com manchas vermelhas, o pomo de adão.

Meus olhos foram descendo pelo pescoço até o braço dele. Observei os músculos do bíceps, os pelos no antebraço, a mão no volante. Pensei na voz dele cantando, na sensação dos calos causados pelas cordas do violão na minha pele, no talento que havia naqueles dedos. Aquelas mãos queriam tocar em *mim*.

Não, na próxima vez, *nada* ia me segurar.

– Estamos em Ely.

O rosto dele se iluminou quando entramos na cidadezinha.

Meu Deus, eu queria ficar entusiasmada assim por ir para casa.

Fazia anos que a minha mãe tinha vendido a casa onde eu cresci, logo depois do divórcio, e comprado um apartamento de um quarto com o marido novo. Meu pai morava em San Diego com a esposa nova. Eu era filha única. Acabei me afastando da família do Brandon depois que ele morreu. Eu ainda era amiga da irmã dele, Claudia, no Instagram, mas não nos encontrávamos desde o velório. Kristen era a coisa mais próxima que eu tinha de uma irmã. Deve ser muito bom poder voltar para casa como Jason estava voltando.

A rua de duas pistas atravessava o coração da cidade. Restaurantes e lojas surgiram dos dois lados da rua. Nenhuma Starbucks, mas eu podia aguentar três dias.

Passamos pela loja da família do Jason, e ele apontou. Era fofa. Uma casa feita de toras com *Ely Outfitting Company* escrito na lateral. Uma canoa fazia as vezes de floreira embaixo de uma janela, e o corrimão da escadaria era feito de remos.

Atravessamos a cidade e seguimos por quinze minutos, depois viramos em uma estrada de terra estreita com uma caixa de correio na entrada.

Estiquei o pescoço para ver a casa que surgiu lá na frente. Não havia nenhuma outra à vista, e passamos por poucas após sair da cidade. A casa térrea feita de toras ficava no meio das árvores, cercada por uma floresta tão densa que não dava para enxergar o outro lado. O telhado era verde, sobre troncos cor de mel, e uma varanda com corrimão feito de troncos se estendia por toda a frente da casa. O cheiro de lenha queimada preenchia o ar fresco.

Jason estacionou e deu a volta até o meu lado do carro enquanto eu tirava o cinto.

– Preparada? – perguntou ele quando desci do carro. Ele apoiou a mão no teto do SUV, me impedindo de sair de trás da porta aberta. – Vou precisar de um último beijo daqueles. Talvez não tenhamos outra oportunidade até irmos embora, no domingo. Tenho a sensação de que não vamos passar muito tempo sozinhos.

Ele sorriu, olhando para os meus lábios.

– Ah, eu estava *mesmo* me perguntando por que você teria me encurralado aqui. Está se despedindo de mim por alguns dias.

– Só estou me despedindo dos seus lábios.

O SUV estava obstruindo a visão de quem estivesse na casa, então eu abracei o pescoço dele e o beijei, sorrindo sem afastar os lábios dos dele. Em seguida, uma voz grave invadiu o nosso momento particular.

– Ei! Arruma um quarto, babaca!

Jason fechou os olhos e sorriu.

– *Merda*!

Eu me virei, olhei pela janela do carro e vi um homem vindo na nossa direção.

– David está aqui – disse Jason, sorrindo.

Jason encontrou o irmão em frente ao SUV. Era um homem robusto, com camisa de flanela, e carregava um feixe de lenha. Ele largou a lenha e abraçou Jason enquanto Rango saltitava aos pés deles.

David parecia ter uns 30 anos e uns vinte quilos a mais que Jason. Era alto e usava barba, como o irmão, e parecia um lenhador. Só faltavam os suspensórios.

– Olha só pra você, figurão de Hollywood – disse David, segurando Jason à distância de um braço. – A Califórnia te transformou em um almofadinha. Você fez bronzeamento artificial?

– Não acredito que a Karen te deixou sair este fim de semana. Você trocou as suas bolas pela liberdade? – respondeu Jason com um sorriso largo.

– Aah, vai se foder – disse David, bem-humorado. Depois, olhou para mim. – Você deve ser a Sloan. É um prazer. – Ele estendeu a mão e apertou a minha com firmeza. – Esse cara disse que estava namorando. É claro que ninguém acreditou. Pelo jeito, eu perdi cinquenta pratas lá no trabalho. – Ele deu um tapinha nas costas de Jason. – Me conta: o que uma mulher bonita como você está fazendo com o cara que ganhou o concurso de Homem Mais Feio de Ely três anos seguidos?

Sorri e canalizei minha Kristen interior.

– É só sexo.

Jason soltou uma risada pelo nariz, e David uivou.

– Uuuuuu, gostei dessa garota!

Ele abraçou o irmão e deu um soco no peito dele.

Jason abriu um sorriso radiante.

– E as crianças?

– Estão doentes. A Karen ficou com elas. Resfriado, infecção no ouvido... Sei lá. Eles pegam de tudo naquela escola.

David abriu o porta-malas e pegou a minha mala e a mochila do Jason. Jason pegou do chão a lenha que o irmão estava carregando e fez um gesto para eu o seguir até a casa. Rango parecia saber onde estava. Correu até a porta da frente e começou a choramingar e arranhar a porta.

– A mãe está irritada com você – disse David, à nossa frente, brandindo a minha mala pesada como se não pesasse mais do que um galão de leite. – Era pra você ter chegado há horas.

– Fizemos uma parada em Duluth – respondeu Jason.

Duluth foi incrível. Caminhamos ao longo do Lago Superior. Foi muito legal. Mas eu não sabia que o passeio tinha custado tempo dele com a família. Ele não me disse que eles estavam esperando que chegássemos mais cedo.

David abriu a porta, e Rango entrou correndo.

– Mãe, eles chegaram! – gritou David, tirando as botas pisando nos calcanhares.

Jason fez o mesmo, sem largar a lenha.

Fechei a porta e comecei a tirar os sapatos.

Uma mulher surgiu. Usava um avental e uma luva de cozinha vermelha na mão. Rango foi até ela e dançou aos seus pés. O cabelo castanho estava preso em um coque solto, e seus olhos eram castanhos e gentis. Ela olhou para Jason com uma careta fofa.

– Jason! Por que você não ligou avisando que ia chegar tão tarde? – perguntou ela, parecendo mais preocupada do que irritada, como David tinha dito.

A entrada da casa era uma salinha com ganchos para pendurar os casacos nas paredes e um degrau que levava ao corredor. A mãe do Jason estava em cima do degrau, com as mãos na cintura, e ainda assim tinha que inclinar a cabeça para cima para olhar para o filho. Ela colocou a mão enluvada no ombro dele, e ele a cumprimentou com um beijo. Os olhos dela encontraram os meus por cima do ombro dele, e ela sorriu para mim.

– Mãe, eu disse que o avião *pousava* à uma. Avisei que a gente ia chegar pro jantar. E você sabe que nunca tem sinal na estrada.

– Não importa – disse ela, descartando os argumentos com um aceno da mão. – Quero conhecer Sloan agora. Lido com você depois.

Jason se virou para mim com um sorriso no rosto.

– Mãe, essa é a Sloan. Sloan, essa é a minha mãe, Patricia.

Depois de nos apresentar, Jason passou pela mãe com o feixe de lenha, nos deixando sozinhas.

Patricia desceu o degrau para me cumprimentar, com os olhos brilhando.

– Ah, como você é linda – disse ela, me abraçando. – Graças a Deus temos mais uma mulher na casa neste fim de semana. Estamos em menor número. – Ela me segurou à distância de um braço e abriu um sorriso caloroso. – Acredita que nunca tive uma filha? Só eu no meio de todos esses homens.

– Aposto que eles comem muito – comentei.

– Alimentar esses monstrinhos é um trabalho de tempo integral – respondeu ela, rindo. – Vem, vamos entrar. Fiquei tão feliz quando o Jason avisou que você viria. Tive a sensação de que a visita seria só pra mim. Os garotos vão passar o fim de semana fazendo coisas de garotos, é sempre assim.

Ela me levou para dentro.

A decoração da casa era cuidadosa, com tapetes macios sobre piso de madeira. A sala era confortável e rústica. Uma fogueira crepitava na lareira, e uma cabeça de veado pendia logo acima. Uma janela enorme dava vista para um lago.

Jason e David já estavam na cozinha quando chegamos lá.

Um homem estava de pé em frente à pia lavando a louça. Quando olhou para mim, eu soube *exatamente* quem ele era. Parecia uma versão mais velha do Jason. A barba e o cabelo eram grisalhos, mas os olhos tinham o mesmo tom de azul-claro que os do filho.

– Pai, essa é a Sloan – disse Jason. – Sloan, esse é o meu pai, Paul.

Eu esperava um aperto de mão, mas ganhei um abraço e um beijo no rosto. Fui pega de surpresa. Jason me olhou sorrindo por cima do ombro do Paul.

Paul sorriu para mim.

– Ouvimos muito sobre você, Sloan. A Esposa do Caçador! Muito impressionante. Já preparamos muitas das suas receitas ao longo dos anos.

– Eu também ouvi muito sobre vocês – respondi, aturdida com aquela recepção familiar.

O que os homens da família Larsen tinham que me deixava sempre assim?

– E o que você achou do nosso estado? – perguntou Paul.

– É lindo. Entendo por que o Jason canta sobre este lugar.

Paul sorriu para o filho.

David se sentou à mesa, e Jason olhou para uma panela e abriu a tampa.

– O que é que a gente vai comer? – perguntou, pegando uma colher e experimentando o conteúdo.

– Almôndegas suecas – respondeu Patricia, batendo nele com a luva. – Sai daqui – disse, expulsando-o.

Eu ri.

– Quer beber alguma coisa? – perguntou Jason.

– Não, obrigada. Quer ajuda? – perguntei a Patricia, me juntando a ela em frente ao fogão.

Jason sorriu para mim, pegou uma cerveja da geladeira e se sentou com o irmão.

– Você se importaria de cortar um pouco de salsinha? – perguntou ela, apontando para a tábua. – Está na gaveta da geladeira.

Entrei em ação, amarrando o cabelo e lavando as mãos. Procurei a salsinha na geladeira e uma faca e comecei a cortar. Patricia me lançou um olhar de aprovação. Eu estava de frente para os irmãos enquanto Patricia se movimentava atrás de mim, jogando almôndegas em uma frigideira.

– O pai quer ajuda com o cais amanhã – disse David para Jason.

– Já? – perguntou Jason, abrindo a cerveja.

Sem parar com a louça, Paul disse:

– O gelo já derreteu. Este ano está quente.

– Como está o cais? – perguntou Jason.

David olhou para os pais, que estavam de costas para eles, e só mexeu os lábios:

– Ferrado.

– O cais está ótimo. Só precisa de remendos – disse Paul, sem tirar os olhos dos pratos.

– Ei – disse David. – O Jason e eu nos oferecemos pra comprar um novo. Com rodas. Que dá pra empurrar. Que não racha.

Jason jogou a tampinha da cerveja no irmão. Ele foi acertado no peito e mostrou o dedo do meio. Eu ri sozinha.

– Vocês conhecem o seu pai – disse Patricia, sem virar. – Ele não gosta de comprar coisas novas se pode consertar o que já tem. E é para isso que ele tem dois filhos.

– Tudo bem, mãe. A gente ajuda com o cais. Sempre ajudamos – disse Jason. – O que mais precisa ser feito por aqui?

Paul recitou uma lista de coisas. Entendi o que Patricia quis dizer com "coisas de garotos". Eles estavam lá para *trabalhar*. Eu não via problema nenhum nisso. Queria conhecer Patricia melhor mesmo. Queria ver fotos do Jason pelado quando bebê antes que o fim de semana chegasse ao fim.

Patricia e eu servimos o jantar como se fizéssemos isso juntas havia anos, empratando coisas e conversando o tempo todo. Sentei ao lado dela para continuarmos conversando. As almôndegas estavam incríveis.

Quando Paul falou sobre a longa lista de tarefas do dia seguinte, ninguém reclamou. Ninguém falou nenhum palavrão na frente do Paul e da Patricia, e Jason e David se abstiveram das provocações na presença dos pais. Gostei do David. Ele trabalhava com TI e morava em St. Paul. Não ia sempre para a casa dos pais, aparecia principalmente nos feriados. Tinha três filhos pequenos em casa, e a esposa, Karen, também trabalhava em tempo integral.

Durante o jantar, Paul tratou a esposa com uma adoração que me fez sorrir. Ele segurou a mão dela sobre a mesa durante a sobremesa e deu um beijo em seu rosto nas duas vezes em que ele se levantou. Era muito fofo. Na verdade, lembrou muito como Jason agia comigo. Sempre me tocando. Sempre prestando atenção em mim de alguma forma.

Depois do jantar, os homens tiraram a mesa e lavaram a louça enquanto conversavam sobre pescar percas e uma isca nova que Paul tinha.

Patricia e eu tomamos café na sala enquanto eles terminavam. Rango se deitou entre nós duas no sofá, como se não conseguisse decidir de quem gostava mais. Nós estávamos conversando, cada uma com uma das mãos nas costas dele, quando os homens se juntaram a nós na sala. David jogou mais uma lenha na fogueira, e eu sorri para Jason quando ele se largou no sofá ao meu lado.

– É seu? – perguntei, apontando para o violão ao lado da lareira.

– Não. É do meu pai. Ele também toca. Foi ele que me ensinou.

– E a voz? – perguntei. – Você herdou de quem?

Jason tinha um alcance vocal impressionante.

– A voz é toda dele – disse Patricia, olhando para o filho orgulhosa. – Não faço ideia de onde veio. Um dom de Deus. Aliás, Jason disse que *você é* uma artista talentosa – acrescentou ela, levando a xícara de café aos lábios.

– Ah, é mesmo? – perguntei, olhando para ele com a sobrancelha erguida. – Você mentiu pra sua mãe?

Ele sorriu para mim.

– Nunca vi os quadros originais da Sloan. Mas gosto muito dos que ela faz por encomenda.

– Quer dizer que você gostou do gato astronauta? – provoquei.

– Claro. Quem não gostaria de um gato astronauta?

– Eu trabalho pra algumas empresas que terceirizam obras de arte encomendadas – expliquei. – Também vendo algumas coisas no Etsy. Peças rápidas. Bétulas, animais. Esse tipo de coisa. Mas, Jason, você viu, *sim,* um quadro original meu. E gostou muito. Só não sabia que era meu – falei, olhando para ele.

– Quando? – perguntou ele, com as sobrancelhas franzidas.

– O autorretrato que você gostou – falei, com cautela, olhando bem para ele, para que ele soubesse do que eu estava falando sem que eu precisasse dizer *Aquele em que estou nua? No meu quarto, em cima da cama?* A família dele não precisava dessa imagem mental.

Quando o choque se espalhou pelo rosto dele, eu soube que ele tinha entendido.

– Aquilo é um *quadro*? – perguntou ele, boquiaberto. – Não é uma foto?

Senti uma onda de orgulho com essa reação. Eu já tinha me esquecido dessa sensação, da satisfação que eu sentia quando o meu trabalho tocava as pessoas.

– Não – falei, amando a surpresa no rosto dele. – Eu pinto quadros hiper-realistas.

Ele se endireitou no sofá, me encarando.

– Sloan, aquilo é... é incrível. Eu fiquei olhando aquele quadro de perto por um tempão. Não fazia ideia de que era uma pintura.

– Um tempão? De perto? – perguntei, com um sorrisinho.

Em seguida, eu me virei para a família dele, pois não queria deixá-los de fora da conversa.

– Este aqui é um dos quadros que vendi há alguns anos – falei, abrindo a galeria do celular.

Quando encontrei o quadro que tinha batizado de *Garota no campo de papoulas*, passei o celular para eles.

– Eu não pinto mais esse tipo de coisa – falei. – Dá muito trabalho. Tenho que tirar umas cem fotos do objeto, que servem de base, e cada quadro leva uns dois meses. Mas era isso que eu fazia.

Eu não mostrava a minha arte assim com frequência, mas senti que Jason queria impressionar a família, e eu não tinha muito orgulho do meu trabalho atual, para ser sincera.

– Sloan, é incrível. Você *tem* que continuar pintando – disse Patricia, com uma admiração genuína. – Você tem um dom. Não é de admirar que vocês tenham se dado bem. Os dois são tão criativos.

Ela tinha razão, eu nunca tinha pensado nisso. A voz de Jason era incrível, mas as músicas que ele escrevia... Era com as letras que ele brilhava de verdade. Lindas e profundas, eram o que eu mais amava na arte dele.

Jason foi o último a ver o meu quadro. Quando me devolveu o celular, ele olhou bem para o meu perfil. E ficou encarando.

22

JASON

▶ Everywhere | Roosevelt

– Onde fica o banheiro? – perguntou Sloan.

– Segunda porta do corredor – respondeu meu pai.

– Eu te levo – ofereci, me levantando do sofá.

Eu queria ficar sozinho com ela. Assim que saímos de vista, encostei Sloan contra a parede e dei um beijo nela.

– Jason, os seus pais vão pegar a gente aqui – sussurrou ela, com um sorriso, olhando em direção à sala.

– Não me importo – falei baixinho, sem afastar os lábios dos dela. – Me beija.

Eles amaram Sloan. Eu sabia que isso ia acontecer antes mesmo de levá-la até lá. Ela me fazia ter orgulho de conhecê-la, como se o fato de uma mulher como ela gostar de mim fosse, por si só, uma espécie de conquista. Quando ela e minha mãe foram para a sala após o jantar, meu pai disse que ela era incrível e David perguntou onde foi que eu a encontrei.

Quando eu me afastei, nós dois estávamos sem fôlego.

– Por que você não me contou do quadro? – perguntei.

Meu Deus, como ela podia ter parado de criar a própria arte quando tinha tanto talento? Ela me fazia querer desvendar tudo a respeito dela, levá-la para um canto e desmontá-la.

– Eu queria ver se você ia descobrir. Além do mais, você não me disse que era Jaxon Waters, então estamos quites – respondeu ela, mordendo o lábio e olhando para a minha boca. Depois, ela voltou a olhar nos meus olhos. – Ei, o que é rifa da carne? – sussurrou ela.

Dei uma risadinha.

– É uma rifa em que os prêmios são carnes.

– Ah, eu fiquei me perguntando por que seus pais "traçaram uma carne no bar". Agora faz sentido.

Eu estava amando ver Sloan vivendo no meu mundo. Eu queria mostrar tudo a ela. Mas era mais do que isso. Eu queria *compartilhar* tudo com ela. Não queria que existisse nada de que ela não fizesse parte. Eu não teria ido para casa naquele fim de semana se ela não fosse comigo. Teria ficado na Califórnia com ela.

Ficar longe dela estava começando a parecer a tensão em uma corda de bungee jump. Quanto mais longe eu estava, mais forte era o ímpeto de voltar para ela. E a corda parecia estar ficando mais curta. Como se o meu limite para ficar longe dela estivesse diminuindo.

O que eu ia fazer se não pudesse vê-la quando estivesse em turnê? Eu ia morrer. E como explicar por que ela não podia me visitar? Eu fiquei com uma mulher instável e violenta com quem estou sendo obrigado a fazer uma turnê? Ela pode te machucar e eu não tenho como te proteger? Olha só a música que ela escreveu sobre transar comigo e que está no Top 10? Meu Deus, isso tudo me fazia estremecer. Decidi esperar para ver se Ernie ia conseguir tirar Lola da turnê antes de falar sobre a situação com Sloan. Eu não ia contar tudo isso a ela sem ter uma espécie de plano de ação.

– É melhor você ir – sussurrou ela. – Eles vão pensar que está acontecendo alguma coisa entre a gente.

Abri um sorriso largo.

– E não está?

Ela se espremeu, se desvencilhando de mim, e seguiu para o banheiro, e eu fiquei vendo ela avançar pelo corredor. Ela parou à porta e, antes de entrar, fez um gesto me enxotando dali, sorrindo e balançando a cabeça.

Continuei olhando para o mesmo ponto muito depois de ela já ter fechado a porta e me perguntei se foi assim que o meu pai se sentiu quando conheceu a minha mãe…

De alguma forma, eu sabia que a resposta era sim.

23

SLOAN

▶ Into Dust | Mazzy Star

Jason entrou cambaleando na cozinha às sete da manhã com Rango e me encontrou não só acordada e já cafeinada, mas de banho tomado, vestida e cozinhando com a mãe dele.

Patricia e eu tínhamos combinado o horário do café da manhã na noite anterior, e eu levava meus deveres culinários *muito* a sério. Pelo jeito, estávamos esperando uma multidão.

– Bom dia, senhoras.

Ele abriu a porta dos fundos para que Rango saísse. Em seguida, se serviu de uma xícara de café preto, incrivelmente fofo com o cabelo bagunçado caindo nos olhos.

A calça de pijama xadrez e a camiseta cinza que ele vestia me faziam querer abraçá-lo pela cintura e sentir o cheirinho do seu peito. Meu coração acelerou um pouco ao pensar nisso.

Com a caneca na mão, ele foi até o fogão e beijou Patricia no rosto. Depois, se virou pra mim. Eu estava na pia cortando um melão.

– Dormiu bem? – perguntou ele.

Antes que eu pudesse responder, ele se aproximou e me beijou também, só que na boca. Na frente da *mãe* dele.

Derrubei uma vasilha inteira de mirtilos.

O beijo não foi escandaloso. Foi fofo, na verdade. Mas eu achei que não fôssemos fazer nada na frente dos pais dele. Ele tinha me dado um beijo de boa-noite na noite anterior, mas só depois de me levar até o meu quarto, com o corredor vazio.

Patricia sorriu, sem tirar os olhos da frigideira.

Ele sorriu vitorioso por me pegar desprevenida, o que era bem a sua cara. Ele jogou um mirtilo na boca sorridente e, parecendo decidir que já tinha me envergonhado o bastante, pediu licença e foi tomar banho.

– Desculpa – falei para Patricia, catando os mirtilos do balcão, com o rosto quente. – Parece que ele tem que me deixar alvoroçada uma vez por dia, senão um coelhinho morre em algum lugar. Ele se empenha muito nessa tarefa.

Ela riu com vontade.

– Ele aprendeu com o pai. Acho que eles gostam da cor que aparece no nosso rosto.

Abri um sorriso. Conversar com Patricia era muito divertido. Eu amei conhecê-la.

Meia hora depois, Jason voltou e ajudou com a louça e a limpeza enquanto Patricia e eu cozinhávamos. Ele aproveitava todas as oportunidades de colocar a mão nas minhas costas ou ficar perto de mim. Patricia com certeza percebeu. Ela não parava de sorrir para nós.

As pessoas começaram a chegar para o café da manhã às oito e meia. Dois primos do Jason, três amigos e um vizinho iam se juntar aos homens da família Larsen para arrumar algumas coisas na propriedade, e o acordo pela mão de obra gratuita incluía a comida.

Depois que os homens foram trabalhar, eu ficava arranjando desculpas para sair e ver o que Jason estava fazendo. Encontrei-o no telhado puxando telhas.

Ele estava sem camiseta.

Fiquei à espreita. Seu corpo sem camisa me obrigava a ficar olhando para ele escondida entre as árvores. Eu teria usado binóculos se tivesse como fazer isso sem que ninguém percebesse. Ombros largos e fortes, barriga tanquinho, o peito definido cujos contornos eu queria traçar com os dedos. Eu era stalker do meu próprio namorado.

Quando os homens vestiram o macacão impermeável e começaram a montar o cais, já era quase hora do almoço. Gostei do cais porque dava para ver Jason através das portas de vidro de correr da cozinha, embora agora ele estivesse de camiseta, então era um pouquinho menos excitante.

Quando Patricia e eu levamos os sanduíches, colocamos os pratos sobre as tábuas de madeira, para que eles pudessem ficar no lago e usar o cais como mesa. Eles atacaram a comida. Jason pegou dois sanduíches e uma cerveja, fomos até o fim do cais, longe de todos, e eu me sentei com as pernas cruzadas para ficar ao seu lado enquanto ele comia. Ele estava com a água na altura da barriga.

– Está se divertindo? – perguntei, com o queixo apoiado na mão.

– Agora estou – respondeu ele, sorrindo para mim e mordendo um pedaço do sanduíche de peru.

Eu queria beijá-lo. Ele parecia especialmente vigoroso e lindo naquele dia. Precisaríamos de ajuda divina se ele fizesse mais alguma coisa máscula e sexy. Se ele tirasse a camiseta e começasse a cortar lenha, eu provavelmente o arrastaria até um arbusto e deixaria que fizesse o que bem entendesse comigo.

– A água está muito fria?

Ele deu de ombros.

– Uns sete, oito graus?

– Uau. Está fria. Mas você está seco aí por dentro? – perguntei, espiando dentro do macacão camuflado.

– Quer colocar a mão aqui dentro pra ver?

Seus olhos brilharam.

Coloquei as pontas dos dedos no lago e salpiquei água nele. Jason riu.

O sol aquecia as tábuas do cais. Em algum lugar, uma caixinha de som tocava Journey, e Rango corria encharcado de um lado para o outro com meia dúzia de cachorros. Cada picape que tinha parado na propriedade naquela manhã tinha um cão de caça no banco do carona.

– Preciso confessar uma coisa – falei, tamborilando os dedos na bochecha. – Eu estava te olhando no telhado mais cedo. Eu não precisava buscar nada no carro três vezes.

Ele abriu um sorrisão por cima do sanduíche.

– E eu tive que me segurar pra não ir até o seu quarto ontem à noite. A única coisa que me impediu foi pensar que a minha mãe podia nos pegar no flagra.

– Eu tranquei a porta. Imaginei que precisava te proteger de você mesmo. Sei o quanto você gosta de correr riscos. – Fui falando e marcando nos dedos. – Me beijou no primeiro encontro, se ofereceu pra conhecer Kristen e Josh, me beijou no corredor com os seus pais na sala. Você não tem instinto de autopreservação.

– Com você, não tenho mesmo.

Eu ri.

Jason terminou de comer, e eu me levantei e peguei mais uma cerveja para ele no cooler.

– Você monta o cais pra eles toda primavera? – perguntei, voltando a me sentar na frente dele.

Ele colocou a mão na minha coxa e me acariciou distraído com o polegar.

– Eu tento. Eles estão envelhecendo. Precisam de ajuda – disse ele e tomou um gole de cerveja. – Sabe, o meu nome artístico surgiu de um dia em que estávamos montando o cais.

– Ah, é?

– É. Faz alguns anos. A filha mais velha do David, Camille, tinha 3 anos e não conseguia dizer Jason. Ela me chamava de Jaxon. Eu estava em pé no lago e ela apontou pra mim e disse "Jaxon na água". Eu gostei e comecei a usar.

Abri um sorriso.

– Eu tinha mesmo essa dúvida. Não tinha nada sobre o seu nome na página da Wikipédia. Eu ia perguntar.

– Ninguém sabe, só a minha família. E você.

Sorri mais uma vez, e ficamos um tempinho nos olhando.

– Eu queria poder te beijar – falei baixinho. – Eu passei o dia inteiro querendo te beijar.

Um sorrisinho lento se abriu no rosto dele. Jason largou a cerveja.

– Bom, eu não tenho como recusar *esse* pedido.

Ele se aproximou, o lago fazendo espirais ao seu redor, e seus dedos passearam do meu queixo até o meu cabelo. Ele fez uma pausa breve, sorrindo a poucos centímetros dos meus lábios, e eu inalei seu cheiro masculino, o lúpulo no hálito, o aroma levemente inebriante do perfume misturado com o suor. Em seguida, ele fechou os olhos e me beijou.

Os gritos e assovios começaram quase no mesmo instante. Até os cachorros uivaram.

– Vou ouvir um monte de merda por causa disso – disse ele, soltando um suspiro nos meus lábios sorridentes, de olhos fechados.

– Bom, espero que tenha valido a pena.

Ele respondeu me beijando mais uma vez, e, embora os gritos tenham ficado mais altos, acho que nenhum de nós dois prestou atenção neles.

Ao se afastar, ele colocou a mão no meu rosto e olhou bem nos meus olhos.

– Segundo a previsão, temos grandes chances de ver a aurora boreal hoje à noite.

– É mesmo?

– É – respondeu ele, olhando para os meus lábios. – É tarde, então acho que vamos precisar de uma barraca, sacos de dormir. Vou preparar tudo.

Ele voltou a olhar nos meus olhos.

Meu coração bateu forte. Eu sabia o que ele estava me dizendo.

Ficaríamos sozinhos.

DEPOIS DO JANTAR, ASSIM QUE Jason saiu do banho, tomei uma ducha rápida. Ele me instruiu a usar roupas quentes, então vesti quase tudo que tinha levado.

Ele inspecionou as minhas camadas e resmungou com um sorriso que a namorada da Califórnia ia passar frio. Não satisfeito, me obrigou a vestir um moletom grosso do Minnesota Twins. Nós nos despedimos, deixamos Rango com Patricia, e partimos em direção ao suporte de canoas ao lado da garagem.

Ele me entregou uns remos para que eu levasse, depois ergueu uma canoa nos ombros, virada para baixo, e levou-a até a água. Jogou uma mochila verde grande lá dentro.

Vê-lo carregar aquela canoa sem nenhum esforço era muito, *muito* sexy.

– Aonde vamos? – perguntei, quando ele me colocou na canoa e me deu um colete salva-vidas.

– Um lugar especial.

Ele também vestiu um colete e entrou na água gelada com as botas impermeáveis.

Deslizamos pelo lago quando o sol começou a se pôr. A casa sumiu de vista, e não havia nada além da natureza ao nosso redor. As árvores se erguiam como sentinelas ao longo da costa, uma parede impenetrável de folhagem. Não havia o menor indício de nada feito pelo homem, nenhuma casa, nenhum cais ou barco. Nenhum lixo nem um avião atravessando o céu. Só a calmaria e o som do remo agitando a água. De vez em quando, ele apontava para uma barragem feita por castores ou uma águia voando no céu. Mas, tirando isso, nenhum de nós dizia uma palavra.

Após um longo passeio, ele parou perto de umas pedras em uma ilha, virando a canoa de lado com destreza. Ele pegou a mochila, me ajudou a sair e tirou a canoa da água, deixando-a à margem.

Caminhamos pela floresta e subimos uma colina, até chegar a uma clareira rochosa com vista para o lago.

– Chegamos – disse ele, abrindo a mochila e tirando uma barraca de dentro.

– É aqui que nós vamos dormir?

– É – respondeu ele, estendendo uma lona. – Estamos em Boundary Waters. Oitocentos mil hectares juntando o lado canadense e o americano… uma das áreas de natureza mais protegidas do mundo.

Eu o ajudei a montar a barraca sorrindo. Enchemos uns travesseiros e colchões de ar, juntamos os sacos de dormir para que pudéssemos deitar juntos e jogamos dentro da barraca. Ele montou duas cadeiras de acampamento e acendeu uma fogueira, e ficamos observando as chamas saltando enquanto o que restava da luz do dia ia embora.

Dava para ver todas as estrelas do céu. Eu nem sabia que existiam tantas. Aquilo não tinha nada a ver com os acampamentos que eu já tinha feito. Era remoto de verdade. Nenhum som de carro, nenhuma luz piscando ao longe. Nada além do que tínhamos levado até lá.

A madeira se mexeu, faíscas estalaram e subiram, e eu enfiei as pernas dentro do moletom, abraçando-as. Jason ficou sentado com os cotovelos apoiados nos joelhos e as mãos juntas, olhando para as chamas. Estava quieto. O ar cheirava a pinho e fumaça. O frio aumentava a cada segundo. Olhei para o lago escuro, em direção ao som distante das ondas lambendo a costa.

– Eu faria um quadro deste lugar. É de tirar o fôlego – falei.

– Você precisa ver no outono e no inverno – disse ele, aninhando mais uma lenha na fogueira e voltando a se sentar. – O que me lembra: tenho uma novidade pra te contar.

– Boa ou ruim?

– Boa. Quer dizer, pra minha carreira, é ótima. Ainda não contei pra ninguém, nem pros meus pais. A gravadora vai estender a turnê. Dois meses a mais aqui e oito meses no exterior. Vai ser mundial.

Abri um sorriso radiante.

– Jason, isso é maravilhoso! – exclamei. Então, assim que as palavras deixaram os meus lábios, eu me dei conta do que aquilo significava. – Espera… você vai ficar um ano fora?

Ele deu de ombros, olhando para o fogo.

– É. Mas com um intervalo de cinco semanas pras festas de fim de ano. E a primeira parte da turnê é local.

Local. O que queria dizer qualquer lugar nos Estados Unidos. Seguido pelo quê? Oito meses durante os quais ele estaria indo dormir quando eu estivesse acordando? Senti um aperto no peito e escondi a expressão triste atrás dos joelhos.

Eu estava preparada para quatro meses. Imaginei que, se as coisas estivessem indo bem quando ele partisse, continuaríamos como quando ele estava na Austrália. Não era uma ideia que me alegrava, mas era factível. Na pior das hipóteses, a diferença de fuso horário seria de três horas. Talvez eu pudesse ir vê-lo de carro quando ele estivesse tocando na Califórnia e em Las Vegas, ou de avião para passarmos alguns dias juntos uma vez ou outra.

Mas isso? Era diferente. Era *muito* diferente. Era mais de um ano. E durante oito meses eu teria que pegar um voo internacional de mais de dez horas se quisesse vê-lo. Diferenças enormes de fuso horário e uma agenda extenuante. Eu tinha visto o itinerário – era ridículo. E ele já tinha me falado que essa turnê seria muito diferente da anterior em termos de carga de trabalho. Que ele era a atração principal, o que significava que seria responsável por toda a promoção da turnê, e que os shows e ensaios seriam mais longos. Ele teria encontros com fãs e saltaria de um avião para o próximo.

Meus pais se relacionaram à distância durante anos quando o meu pai foi mandado para o exterior. Kristen também, com o cara que namorou antes do Josh. Eu sabia *exatamente* como era. Era a morte lenta para um relacionamento. Uma separação física que corroía todo o resto, pouco a pouco, até não restar mais nada, apenas dois desconhecidos, solitários e presos a uma pessoa invisível.

Eu passei dois anos solitária e presa a uma pessoa invisível. Eu me recusava a passar por isso de novo. Eu não *aguentaria* passar por isso de novo.

Não que Jason *quisesse* isso. Fazia só duas semanas e meia que nos conhecíamos, então eu não esperava que ele me convidasse para ir com ele – e, mesmo que convidasse, eu não iria. Era cedo demais. Não era do meu feitio avançar rápido assim. Namorei Brandon durante quase três anos antes de ir morar com ele. Namorei Brandon um ano antes de *sair de férias* com ele.

Agora eu estava me perguntando se Jason não vinha me preparando para isso durante aquela última semana. Sempre que falávamos da quantidade absurda de trabalho que ele teria na turnê, será que ele estava me preparando para me dar um fora com gentileza quando chegasse a hora? Ele devia saber tão bem quanto eu que isso colocaria um fim em tudo.

Continuamos ouvindo o som assombroso dos mergulhões na escuridão. Ele não avançou com a discussão, e eu fiquei feliz com isso. Eu não queria falar sobre o término à beira daquela fogueira, e, a julgar por seu silêncio, ele também não. Provavelmente queria aproveitar o momento. Eu também.

Quando Brandon morreu, tudo que eu queria era mais um dia. Só mais um dia para estar com ele, feliz. E Jason e eu ainda tínhamos alguns dias. Caso eu só tivesse mais algumas semanas, queria saboreá-las, mesmo sabendo que tudo ia acabar.

Uma estrela cadente atravessou o céu, e eu olhei para ele, que também estava me olhando. Suas mãos estavam entrelaçadas, o rosto apoiado nos nós dos dedos.

– Você está pensando no quê? – perguntei.

Após uma pausa, ele respondeu:

– Em você. Tenho feito muito isso, ultimamente. – Mais um silêncio longo. – Como era o Brandon?

– O Brandon?

Jason nunca tinha perguntado sobre ele. Soltei um suspiro demorado e apoiei o queixo nos joelhos.

– Ele era firme. Forte. Era o tipo de pessoa em quem a gente pode confiar. Leal. – Abri um sorriso discreto. – Ele sempre se servia por último. Quando estávamos em um churrasco ou uma festa, ele esperava todo mundo se servir antes de fazer o próprio prato. Sempre queria garantir que tinha comida suficiente pra todos antes de pensar em si mesmo. – Minha expressão ficou mais suave com essa lembrança. – Ele era bom. Era uma pessoa boa.

Jason olhou para mim.

– O que aconteceu com a motorista bêbada?

Eu bufei.

– Quase nada. Ela foi condenada a dois anos de prisão. Vai sair nos próximos meses. Nunca nem pediu desculpas.

Nós nos entreolhamos à luz da fogueira.

– Jason, eu nunca te contei isso. Talvez você tenha percebido. Mas você foi a única pessoa com quem eu me relacionei depois do Brandon. A *única*. Isso é muito importante pra mim. *Você* é importante pra mim.

Ele não disse nada. Ficou analisando o meu rosto, o fogo lançando um brilho quente que refletia nos seus olhos. Eu sabia que ele entendia o que eu estava dizendo. Fazia dois anos que eu não me relacionava com ninguém. Em nenhum nível.

– Você também é importante pra mim – disse ele depois de um tempo, olhando nos meus olhos.

Ficamos nos olhando, e uma eternidade se passou naqueles segundos.

– Está com frio? – perguntou ele. – Quer entrar na barraca? Eu abro o teto pra gente poder ver o céu.

Assenti.

Jason jogou água na fogueira e entramos na barraca, tirando os sapatos. Ele pendurou uma lanterna e fechou a abertura. Em seguida, tiramos as camadas mais pesadas de roupa em silêncio.

Jason parou na camiseta e na calça térmica. Acho que ele não queria tirar conclusões precipitadas. Mas *eu* não parei por aí.

Tirei tudo, menos a regata e a calcinha. Tirei a roupa sem olhar para ele. Se olhasse, talvez ficasse nervosa demais para ir até o fim. Mas senti seu olhar no meu corpo quando tirei a calça e fiquei em pé no meio da barraca usando um fio-dental vermelho. Eu estava usando aquela calcinha de propósito. Para *ele*.

Depois de tirar tudo que ousei tirar, entrei rapidamente no saco de dormir, batendo os dentes. O tecido liso estava gelado.

– Rápido, está muito frio – falei, tremendo.

Ele obedeceu, tirou a camiseta e a calça térmica, apagou a luz e entrou no saco de dormir só de cueca. Ele me abraçou imediatamente, me envolvendo com os braços e as pernas como uma manta térmica humana.

– Melhor assim? – perguntou ele, me olhando na escuridão.

Assenti, mordendo o lábio.

– Melhor.

Ele estava tão quentinho. Cheirava a sabonete, pasta de dente de menta e um leve toque de fumaça. Senti a aspereza dos pelos das pernas dele se esfregando na maciez da minha pele nua. Os músculos fortes das coxas dele me prendiam em um abraço firme. A ereção, mais dura a cada respiração, pressionando a minha barriga.

Ele acariciou o meu rosto com o polegar.

– Você está tremendo – sussurrou ele.

Com delicadeza e cuidado, ele beijou o meu queixo, a barba roçando na minha pele. Inclinei a cabeça para trás e ele foi descendo, arqueando o corpo sobre o meu ao beijar a minha clavícula.

Ele não avançou. Embora eu sentisse que estava excitado, parecia que queria que eu soubesse que eu é que estava no comando e que ele não faria nada se eu não deixasse bem claro o que queria – isso era *a cara* dele.

Jason sempre respeitou muito as minhas necessidades. Eu tinha a sensação de que, se eu surtasse e pedisse para ele dormir do lado de fora da barraca, ele aceitaria. Nem questionaria. Só me daria um beijo de boa-noite e sairia. Ter esse nível de controle fazia com que eu me sentisse segura com ele, que só faríamos o que eu estivesse preparada para fazer, e por ele tudo bem.

Ele não sabia o quanto isso falava por ele.

Seus dedos percorreram o meu cabelo e tiraram o elástico, soltando a minha trança. Ele passou os dedos entre as mechas até elas se soltarem e caírem ao redor do meu rosto. Ele pairou sobre mim, me beijando devagar até o tremor ir embora.

A floresta suspirava ao nosso redor, e eu explorei o corpo dele. Acariciei o pomo de adão com o nariz. Passei a mão no seu peito, nos ombros largos, na nuca e no cabelo grosso. Desci pela lateral do tronco dele e envolvi a cintura, passando os polegares no tanquinho. Eu adorei o roçar da barba e a firmeza do corpo dele contra a maciez do meu. Ele era tão másculo – firme e quente e viril. Sempre que se mexia, seu cheiro mudava, um feromônio inebriante que me atraía mais para perto, fazia com que tudo ao meu redor fosse só *ele*.

Era como me acostumar à água gelada. Entrando aos poucos até mergulhar, com o corpo aquecido e pronto para nadar.

E eu estava mergulhando...

Quando as minhas mãos percorreram a lombar dele, eu o puxei mais para perto e impulsionei o quadril contra a extensão que pressionava a minha barriga. A respiração dele ficou irregular.

Uma tensão instantânea vibrou entre nós. Tudo mudou. Os beijos suaves ficaram sérios, e eu senti um calor surgir entre as minhas pernas. Tirei a regata, e seus lábios tocaram na minha pele nua antes mesmo que a regata tivesse passado pela minha cabeça.

Uma mão calejada deslizou pela lateral do meu corpo e segurou o meu seio. Em seguida, ele voltou os lábios até os meus e a língua mergulhou na minha boca. Mordisquei o lábio dele, e ele também me mordeu, me soltando só para me devorar de novo.

O foco era maior do que na última vez que estivemos tão próximos um do outro. Aquele dia na sala da minha casa tinha sido uma brincadeira. Isso era outra coisa. Havia uma fome. Um anseio.

Eu desejava Jason.

Abri as pernas e deixei que ele se acomodasse entre elas. Ele baixou o quadril, e a ponta dele me pressionou através das roupas de baixo. A provocação era enlouquecedora – e acho que ele *sabia* disso. Ele fez pressão em mim exatamente no ponto onde entraria sem nenhum esforço se não houvesse nenhuma barreira entre nós, quase como se dissesse "se tirarmos o resto da roupa, isso pode ser seu".

Ele não precisou dizer duas vezes.

Enganchei os polegares no cós da cueca, puxando-a para baixo. Ele tirou a cueca e enfiou os dedos sob o cós da minha calcinha. Fez uma pausa, sem fôlego, esperando a minha permissão, e eu assenti, sem afastar os lábios dos dele, erguendo o quadril.

Eu nunca fiquei tão excitada ao sentir o cetim descendo pelas minhas pernas. Havia algo de muito carnal no fato de ser Jason tirando a minha calcinha. As unhas dele arranharam a minha pele na pressa, e eu fiquei ainda mais excitada ao perceber o quanto *ele* estava excitado, como se não visse a hora de me deixar nua.

Ele baixou a mão para guiá-lo para dentro de mim, e eu não via a hora de senti-lo. Prendi a respiração esperando pelo momento em que ele deslizaria para dentro – mas ele pairou sobre mim e só fez uma espécie de círculo na umidade do lado de fora, olhando bem nos meus olhos. Ele colocou só a pontinha e tirou, me provocando por uma fração de segundo, no ponto exato. Dentro e fora. Círculo, repete. Círculo, repete.

A sensação era incrível – e estava me levando à *loucura*. Minha vontade era agarrar as costas dele e puxá-lo para dentro de mim.

Círculo, repete. Círculo, repete.

Ele ficou me observando enquanto fazia isso, como se quisesse saber se eu estava gostando.

Minha respiração acelerou, e comecei a ficar ofegante.

Passei as mãos no peito dele, e ele baixou a cabeça e sugou um dos meus dedos. O desejo se alastrou pelo meu corpo como um incêndio.

De repente, eu me dei conta de que, assim como ele tinha feito com a coisa do Jaxon Waters, Jason tinha escondido o jogo em mais uma das suas habilidades. Quando nos beijamos no meu sofá, eu percebi que ele sabia das coisas, mas, *meu Deus,* como ele sabia das coisas. Ele sabia *exatamente* como me tocar.

Círculo, repete. Círculo, repete.

Um orgasmo foi se aproximando, mas sempre que eu sentia que estava perto de gozar, ele se afastava só o suficiente para interromper o impulso. Ele devia saber o que estava fazendo. E, sempre que fazia, eu me perguntava se aquela seria a vez em que ele entraria até o fim ou se ele voltaria a se afastar e começaria tudo de novo, me deixando um pouquinho mais louca por ele que da última vez. A expectativa estava deixando as minhas pernas trêmulas.

Eu achava que já estava pronta para ele um pouco antes, mas me dei conta de que não sabia *o que era* estar pronta. Eu estava encharcada. Não fazia ideia de como ele estava se controlando. Dava para ver o quanto ele me desejava, para sentir o quanto ele estava duro. Tudo que ele precisava fazer era se soltar.

– Não precisamos fazer nada se você não quiser, Sloan – disse ele, com a voz rouca. – Podemos parar a qualquer momento.

Eu não podia parar, ele *sabia* que eu não podia parar. Ele estava me provocando, me deixando à beira da insanidade. Eu me sentia uma jovem alucinada por sexo.

Era o tipo de tesão que afeta o juízo. O nível de tesão que faz com que uma garota engravide na noite do baile da escola no banco de trás do carro. Eu sempre me considerei imune a esse tipo de furor – principalmente porque ficava constrangida demais, ainda mais na primeira vez com alguém. Minhas primeiras vezes sempre foram lentas e cuidadosas, para conhecer o corpo da outra pessoa. Sempre foi um pouco constrangedor e estranho, então eu esperava que *esta* vez fosse um pouco constrangedora e estranha – mas tudo isso já tinha sido superado. Eu já não me incomodava mais com os barulhos nem com as caras que poderia fazer, não me incomodava com o fato de ele estar pairando sobre mim, olhando abertamente para o meu corpo nu. Ele me fez superar a inibição – e talvez esse fosse o objetivo. Agora eu queria que aquela pontinha entrasse de vez.

Aquela pontinha...

Eu queria fazer coisas com ela. Sentir o sabor da gota de umidade que eu sabia que estava ali. Colocá-la na boca, senti-la cutucando a minha garganta. Eu já estava fazendo planos para a próxima vez, imaginando todas as formas de deixá-lo louco como ele estava *me* deixando louca.

Por que ele estava fazendo isso? Por que estava me deixando mais molhada e mais frustrada se sentia e via que eu estava pronta? O que ele queria de mim?

– Quero você dentro de mim – falei baixinho.

E era isso que ele estava esperando. Vi Jason perder o controle. Ele tomou os meus lábios nos dele e deslizou para dentro de mim.

O prazer foi *instantâneo*. Uma recompensa maior do que eu jamais poderia imaginar, uma espera que valeu muito a pena.

O primeiro impulso atingiu uma parede interna que eu nem sabia que tinha. Disparou ondas de êxtase pelo meu corpo inteiro. Depois ele fez de novo. E de novo. E de novo.

Eu ofegava embaixo dele, impulsionando o quadril contra o dele, frenética.

Eu gostava do jeito como ele rebolava entre as minhas pernas. Coloquei as mãos nas costas dele para sentir o movimento e fui tomada pela ideia de que devia ter feito aquilo dias antes. Que eu tinha dormido ao lado daquele homem no trailer dele e não tinha aproveitado o que ele podia fazer com o meu corpo se eu simplesmente deixasse. Eu queria voltar no tempo e arrancar aquele travesseiro que ele colocou entre nós dois e subir no colo dele e cavalgá-lo. Queria voltar e deixar que ele me tomasse no sofá da minha casa, que me carregasse para dentro no nosso primeiro encontro, assim como queria voltar no tempo e deixar que ele cantasse para mim antes. Quantos momentos como aquele eu já tinha perdido por causa da hesitação, das regras e das reservas idiotas?

E de repente me ocorreu que tinha sido por isso que ele me levou até o limite. Por isso ele me fez desejá-lo a ponto de perder a sanidade, até que a resposta só pudesse ser sim. Porque ele *sabia* como eu era e estava se adiantando antes que eu começasse a pensar demais.

Eu teria caído na risada se não estivesse tão enlouquecida.

Ele enganchou o cotovelo por trás do meu joelho e, de algum jeito, conseguiu ir ainda mais fundo. Emiti um som que me fez agradecer por não haver ninguém em um raio de cinco quilômetros que pudesse ouvir, e ele também soltou um gemido. Eu sabia que ele estava quase lá. O corpo dele ficou rígido quando ele se aproximou do fim, e o orgasmo que ele vinha estimulando em mim foi se avolumando. Então, quando ele gemeu e eu senti o calor pulsando dentro de mim, meu clímax explodiu e me *arrasou*.

Foi como os fogos de artifício do Dia da Independência, o rompimento de uma barragem, uma *bomba* atômica. Eu estava destruída. Não tinha mais nada a oferecer. Não conseguia nem me mexer.

Fiquei ali deitada, olhando para o céu através da cobertura telada da barraca, vendo estrelas que não tinham nada a ver com a galáxia.

O nariz dele roçou no meu pescoço.

– Tudo bem? – sussurrou ele, ainda sem fôlego.

Soltei um barulhinho estridente, e ele riu. Depois, se aproximou e me beijou com delicadeza, fechando os olhos, sorrindo sem afastar os lábios dos meus.

Percebi uma reverência no modo como ele me abraçou e só consegui pensar no quanto gostava do peso do corpo dele sobre o meu. No quanto me sentia segura, ancorada e aterrada.

Valorizada.

Eu não queria sair dali.

Não havia mais nada além daquela barraca. Nada.

Nenhum lugar onde eu devesse estar, nenhum celular para atender. Nenhuma luz para apagar ou porta para me perguntar se eu já tinha trancado. Nem mesmo o ruído branco leve que vem com a civilização. A única pessoa que eu queria comigo estava ali, e a serenidade do lago e da floresta combinada com o carinho do Jason me fez relaxar de um jeito que eu nem sabia que era possível. Como se eu tivesse passado a vida toda tensa e nem tivesse percebido.

Só havia nós dois.

Existia um mundo vasto e assustador em algum lugar, onde coisas ruins aconteciam e as pessoas de quem gostávamos morriam – ou nos deixavam para sair em turnês de quatorze meses pelo mundo. Mas, naquela noite, só havia aquela barraca. E eu estava feliz e *grata* por aquele momento.

Mesmo que não durasse.

NA MANHÃ SEGUINTE, RANGO nos encontrou à beira do lago quando atracamos nas margens do Campo Larsen. Jason agarrou a minha bunda antes de tirar a canoa da água e pegar a mochila, e eu ri e bati nele.

Íamos voltar para Los Angeles naquele dia e já tínhamos decidido que ele ia passar a noite na minha casa.

Ele levou tudo até a garagem, e eu entrei junto para guardar os remos, nós dois rindo. Ele não parava de sorrir desde que abrira os olhos naquela manhã. Nem eu.

Não vimos a aurora boreal. Estávamos um pouco distraídos – a noite *toda*. Eu estava dolorida e cansada e não poderia estar mais feliz.

Bom, a não ser, é claro, que ele não fosse me deixar. Mas isso era algo em que eu não queria pensar naquele momento.

Segui Jason pela garagem com Rango, olhando para todos os brinquedos. Os Larsens gostavam mesmo da vida ao ar livre. Tinham *tudo*. Caiaques presos ao teto, três quadriciclos cobertos, uma parede cheia de artigos de pesca. Tinha até uma motocicleta estacionada à esquerda.

– Seu pai pilota? – perguntei, olhando para uma caixa cuidadosamente organizada de iscas de pesca.

– Ah, a moto? – perguntou ele, soltando a mochila enorme na caçamba da picape do Paul. – Não, é minha.

Olhei para a moto e pisquei.

Dele? Jason, de moto? Eu não sabia que ele…

Areia.

Grãos invisíveis de areia começaram a encher os meus pulmões. A cada respiração, mais areia. Escorria pela minha garganta, pesada e grossa, se espalhando pelo meu peito, me roubando o ar, secando a minha boca.

Não consigo respirar.

Nada atravessava o peso de toda aquela areia. Ofeguei. Lágrimas escorreram pelo meu rosto. O pânico se espalhou, a areia correndo nas minhas veias. Eu não consegui fazer aquilo parar.

A areia me afogou.

24

JASON

▶ Burn Slowly/I Love You | The Brazen Youth

Eu tinha acabado de pôr a mochila na picape do meu pai e fechado a porta quando ouvi os ganidos de Rango. Dei a volta até a porta do motorista e vi Sloan com as mãos na boca, sem ar. Eu a envolvi nos meus braços na hora.

– Ei, ei, o que foi?

Eu a abracei e tentei erguer seu queixo, mas ela enterrou o rosto no meu peito e soluçou.

Seu corpo inteiro tremia. Ela estava apavorada.

Meu coração começou a martelar.

– Sloan, o que aconteceu? – perguntei, percebendo o pânico na minha voz. – Me diz o que aconteceu.

Ela não respondeu.

Olhei por cima do ombro dela, meus olhos encontraram as rodas pretas da moto e foi então que percebi…

– É por causa da moto?

Ela conseguiu assentir.

Sem dizer uma palavra, eu a peguei no colo e corri com ela para fora.

Dois anos tinham se passado desde o acidente do Brandon. Ela já devia ter visto milhares de motos desde então. Só havia um motivo para ela ter ficado tão abalada. A moto era *minha*.

Quando coloquei Sloan em pé no gramado, segurei seus braços e baixei a cabeça, olhando nos seus olhos.

– Sloan, vamos nos concentrar na sua respiração, está bem? Olha nos meus olhos. Inspira e expira devagar. Você consegue fazer isso?

Ela assentiu e soltou o ar devagar pela boca, com os lábios tremendo.

– Escuta – falei, sem tirar os olhos dos dela. – Não vai acontecer nada comigo – continuei, devagar. – Vou vender a moto. Agora mesmo. Está me ouvindo, Sloan? Eu nunca mais vou pilotar.

Ela expirou pelos lábios, tremendo, e lágrimas escorreram pelo seu lindo rosto. Rango encostou o corpo nas nossas pernas, olhando para ela, preocupado.

– Desculpa – disse ela, baixinho.

Balancei a cabeça.

– Não me peça desculpa. Shhhhhhh…

Ela respirou mais algumas vezes e, quando voltou a falar, a voz saiu tão baixa que eu quase não consegui ouvir.

– Tinha sangue nos olhos dele, Jason. A pele dele foi arrancada pelo asfalto. Até o osso.

As palavras dela me atingiram como um soco no estômago. *Meu Deus.* O que a gente responde ao ouvir isso?

Eu odiava aquilo tudo. Só queria protegê-la, impedir que ela tivesse que suportar qualquer outra dor pelo resto da vida. Eu queria poder tirar aquela dor dela. Se pudesse pegá-la para mim, eu pegaria.

Cada suspiro e cada soluço que saíam dos seus lábios me cortavam como navalhas.

Era como se o meu coração estivesse partido ao meio – eu estava com uma metade, e Sloan, com a outra. Eu não tinha dúvida de que, daquele momento em diante, eu teria que cuidar mais dela do que de mim mesmo – porque eu jamais ficaria bem se *ela* não estivesse.

Demorou alguns minutos, mas ela se acalmou.

Quando a tremedeira passou, beijei a testa dela e coloquei as mãos no seu rosto. O cabelo estava grudado nas bochechas molhadas, e eu o afastei, colocando-o atrás das orelhas.

– Não posso ver outro homem morrer em uma moto – disse ela. – Por favor. Nunca ande de moto. Você tem que me prometer isso, Jason.

– Nunca. Eu prometo – sussurrei. – Eu não vou te deixar, Sloan. Isso não vai se repetir.

Ela assentiu, respirou fundo e deixou que eu a acompanhasse até a casa, e durante todo o caminho a minha mente ficava voltando para o mesmo pensamento.

Eu me sentia grato por ter estado ao lado dela com a minha música quando ela mais precisou. Por ter chegado até ela e tê-la tocado e abraçado durante anos – embora ainda nem nos conhecêssemos.

Eu queria me aproximar dela e tocá-la e abraçá-la para sempre.

Porque eu estava total e *completamente* apaixonado por ela.

25

SLOAN

▶ 26 | Paramore

Fazia três dias que tínhamos voltado de Minnesota, e desde então era uma façanha tirar Jason da cama e convencê-lo a ser Jaxon Waters.

– Você não precisa se arrumar? – perguntei, rindo. Ele parecia um polvo naquela manhã. – Zane vai chegar às sete.

Ele soltou um grunhido másculo e desdenhoso e traçou meu peito nu com os lábios, balançando os ombros nus embaixo do lençol. Abri um sorriso.

A nova assistente do Jason, Zane, tinha começado a trabalhar na segunda-feira. Uma mulher de aparência durona e direta, que usava um topete alto, calça jeans com punho e tinha a tatuagem de uma mulher nua no antebraço. Ela falava espanhol, era experiente, conhecia Los Angeles muito bem e era *incrível*.

Ela o levava para os compromissos para que ele não precisasse se preocupar com o trânsito e garantia que ele estivesse alimentado e chegasse aos lugares na hora certa. Zane era exatamente o que ele precisava, porque sua agenda agora era ridícula.

A trilha sonora seria lançada naquela sexta-feira, e ele tinha entrevistas no rádio e na TV e ensaios fotográficos todos os dias naquela semana. A música-tema do filme prometia estourar. No fim de semana, ele ia tocar no *Saturday Night Live*.

Jason começou a tirar a minha calcinha. Eu me contorci, batendo no ombro dele.

– Não, não, não. Vai tomar banho.

A cabeça dele saiu de baixo do lençol e ele me lançou um olhar triste, como o de um cachorrinho.

Sorri para ele.

– Eu não vou colaborar com a sua delinquência. Você tem aquele compromisso com a rádio hoje.

Jason soltou um suspiro e me rolou para cima dele, colocando um dos braços sobre o rosto.

– Você me deixa louco. Não consigo tirar as mãos de você.

Meu celular apitou e, com um sorriso, estendi o braço para pegá-lo.

– Quem é? – perguntou ele.

Não eram nem 6h15 da manhã.

– Sua mãe.

– Minha mãe? Ela não manda mensagem de texto.

– Para *mim* ela manda – falei, mostrando a tela para ele rápido e começando a digitar uma resposta.

– Inacreditável.

– Bom, ela não vai me ligar e ler uma receita pelo telefone, como se fosse maluca – falei. – São 8h15 lá. Ela encontrou uma receita de sanduíche de carne moída em uma revista e acha que você pode gostar. E quer saber se eu sei fazer compota.

– E você sabe?

Bufei, irônica.

– *Claro* que eu sei.

Ele se apoiou no cotovelo e me olhou, e eu pousei o telefone no peito, sorrindo.

– O que foi?

– Sai comigo hoje à noite.

– Você quer *sair*?

Desde que voltamos de Minnesota, passávamos o tempo todo na cama. Ele tinha dormido na minha casa nas três noites anteriores. Eu estava amando aquilo. Eu adorava dormir nos braços dele e acordar com ele.

– Eu quero te levar pra jantar e tomar um vinho – disse ele. – Caminhar com você pela praia de mãos dadas.

Coloquei os braços ao redor do pescoço dele.

– Tudo bem, eu saio com você, meu músico.

Ele me beijou profundamente e, por um segundo, eu achei que ia ter que lembrar a ele mais uma vez do horário. Mas ele se afastou e roçou o nariz no meu.

– Ei, o que você acha de eu usar aquela última gaveta da cômoda que está vazia? Talvez até desfazer a minha mochila? Pendurá-la no armário?

O pedido foi como um balde de água fria. Minha reação foi tão instintiva que eu não tive tempo de me controlar. Mordi o lábio e fiz que não com a cabeça.

– Não. Não posso.

O brilho dos olhos dele se apagou um pouco, mas ele sorriu para mim.

– Está bem.

Ele me deu um beijo rápido, saiu da cama, foi para o banheiro e fechou a porta.

Eu me sentei e levei as mãos ao rosto. Vários sentimentos me invadiram, disparando em todas as direções.

Por que ele estava fazendo isso comigo? Fingindo que o nosso relacionamento ia poder progredir como qualquer outro? O que estávamos vivendo não era a vida real. Tinha data para acabar. Ele não podia colocar coisas em gavetas.

Ele logo iria *embora*.

Eu estava fazendo de tudo para tentar aproveitar o tempo que ainda tínhamos. Era tão pouco. A data de início da turnê se aproximava como uma onda. Estava chegando, e seria o fim. Então, por que me fazer passar por aquilo? Esvaziar uma gaveta de novo? Eu já tinha feito isso naquele ano, e tinha sido bem difícil.

Afastei os lençóis, vesti o roupão e me sentei na beirada da cama, olhando para o violão que ele tinha apoiado em uma cadeira e mordendo o lábio. Os canos fizeram barulho quando Jason ligou o chuveiro, e eu liguei para Kristen. Era cedo, mas Oliver sempre a acordava às seis da manhã, e ela atendeu no segundo toque.

– Jason quer uma gaveta – sussurrei.

O bebê resmungou no fundo.

– Hum, então dá uma gaveta pra ele.

– Kristen, ele vai *embora*. É *normal* que as coisas dele fiquem em uma mochila. É exatamente essa a natureza da nossa situação. Este relacionamento não é uma casa. É uma barraca. Por que deixar as coisas aqui e agir como se tudo isso não fosse acabar daqui a duas semanas?

– Isso vai *mesmo* acabar daqui a duas semanas? Quer dizer, vocês já conversaram sobre isso?

Mordisquei a pele do polegar.

– Não, na verdade, não. Mas conversar não vai mudar nada. Não vou manter um relacionamento à distância durante quatorze meses.

– E se ele estiver pensando em te convidar pra ir junto? Por que ele te pediria em namoro e te levaria pra conhecer a família dele se não estivesse levando o relacionamento a sério?

Balancei a cabeça.

– Não sei. Ele só me disse que a turnê tinha sido estendida quando a gente já estava em Ely, então pode ser que ele tivesse acabado de descobrir. Ele deve ter começado isso tudo com a melhor das intenções, mas as circunstâncias claramente mudaram. E eu não vou com ele mesmo que ele me *convide*. Faz uma semana que estamos namorando. Eu não vou sair em uma turnê com ele, e conversar sobre isso só vai estourar a bolha. Eu só queria viver essa felicidade desavisada por mais alguns dias, mas ele tinha que falar da droga da gaveta.

Acho que Jason e eu estávamos fingindo que a turnê não existia. Quem ia querer jogar um balde de água fria no que estávamos vivendo?

– Bom, com ou sem bolha, vocês precisam conversar. E dá uma droga de uma gaveta pra ele. Ele colocou a boca em cada centímetro do seu corpo. Ele não pode colocar meias em uma gaveta?

Apoiei a testa na mão e coloquei o cabelo para trás.

– Não sei se consigo brincar de casinha com ele, Kristen. Vai ser difícil demais quando tudo acabar.

Ela bufou.

– Você não vai deixar esse cara ir embora. Você já está meio apaixonada por ele.

– Ah, eu vou deixar, sim. Eu *tenho* que deixar.

Ela bufou mais uma vez.

Eu revirei os olhos.

– Não posso ficar quatorze meses esperando um homem que só conheço há três semanas.

– Por quê? Em três semanas com o Josh, eu teria tatuado o nome dele no meu peito. Você se apega a um carro que mal anda só porque deu seu primeiro beijo nele, mas não se apega a um relacionamento à distância com um homem que te dá orgasmos múltiplos e te faz loucamente feliz?

Balancei a cabeça.

– Você sabia que eu deixei uma garrafa de cerveja dois anos na minha garagem porque o Brandon tinha bebido nela? Tipo, que loucura é essa? Eu estou *tão cansada* de ser mais sentimental com tudo e todos na minha vida do que sou *comigo mesma*. Pra variar, eu quero ser a pessoa racional, Kristen. Eu não gostava nem de perder o Brandon pro corpo de bombeiros dois dias seguidos. Ficar com um homem que vai passar um ano fora vai me deixar péssima… mesmo que eu *esteja* meio apaixonada por ele. Estou suspensa no tempo e, se eu continuar tomando decisões que me afundam cada vez mais, eu nunca mais vou conseguir sair.

Ela assoviou.

– Uau. Você está *mesmo* em uma fase de autoconhecimento. – O bebê riu no fundo. – Olha só, estou feliz por você estar se recompondo, Sloan. Estou mesmo. E, se você acha que precisa terminar tudo quando ele for embora, faz o que você acha que tem que fazer. Mas dá uma droga de uma gaveta pra ele enquanto isso. Se você está dando sua vagina, pode dar uma gaveta.

Bufei.

– Meu Deus. Eu sou mesmo maluca.

– É, mas é do tipo divertida. Por isso que esse cara está caidinho. Olha só, eu tenho que ir. O Oliver não para. Acabou de fazer xixi em mim. Me liga mais tarde.

Quando ouvi o chuveiro desligando, bati à porta do banheiro, ouvindo o barbeador do Jason. Ele me mandou entrar e eu me apoiei na pia ao lado dele, com o roupão de seda sem cinto se abrindo. Ele olhou para a fenda com interesse.

Ele não estava bravo comigo.

O banheiro estava cheio de vapor e com o cheiro do perfume dele. Ele estava com uma toalha enrolada na cintura e inclinado sobre a pia, aparando a barba.

Alguma coisa naquela cena rotineira despertou vários sentimentos em mim. Ele se encaixava tão bem ali. Sua presença nem parecia algo novo. Parecia familiar e normal, e me causava uma tristeza por antecipação que eu imaginava que só ia crescer conforme sua partida se aproximasse.

Dali a algumas semanas, ele iria embora. O banheiro estaria vazio. Rango iria com ele. Jason não iria mais à minha casa. E as roupas na gaveta que ele queria iam desaparecer.

Vazia, *mais uma vez*.

– Não se preocupa – disse ele, com uma piscadela. – Eu limpo a pia depois. Não vai dar nem pra perceber que eu estive aqui.

Ah, a ironia.

Abri um sorriso fraco. Meu Deus, eu estava maluca. O nível de loucura que mostrei a Jason naquela última semana teria afastado qualquer um. Ele me viu desmaiar de tão bêbada e lavou o vômito do meu cabelo. Ele se sentou ao meu lado, rodeado de pilhas das roupas do meu noivo morto, e assistiu à TV. Ele me abraçou enquanto eu tinha um ataque de pânico e disse que venderia a moto só para que eu não ficasse preocupada. Eu era um poço de reações emocionais, um campo minado de dias ruins e muros para derrubar, e eles surgiam do nada, sem aviso.

E ele não se importava.

Por algum motivo, aquele homem maravilhoso, que poderia estar em uma droga de um comercial de barbeador elétrico, apostava tudo em mim – apesar de estar prestes a ir embora – e eu não queria nem dar uma droga de uma gaveta para ele.

Fiquei apoiada na pia, vendo Jason passar o barbeador no pescoço; ele me olhou com aqueles olhos azuis e eu já comecei a sentir saudade ali mesmo.

– Você é um homem muito paciente, não é?

Ele percorreu o meu corpo com o olhar e ergueu uma sobrancelha.

– Bom, até agora tem valido a pena.

Expirei pela boca, decidida. Aquilo não ia durar. Tudo bem. Mas eu daria tudo de mim até o fim.

Estendi uma chave.

Jason ficou paralisado e desligou o barbeador.

Coloquei a chave no peito nu, bem em cima do coração dele.

– Usa a gaveta que você quiser – falei. – Guarda a sua picape na garagem. Nada de tocar a campainha quando chegar em casa. Combinado?

O sorriso no rosto dele partiu o meu coração. Não sei se eu já tinha visto Jason tão feliz.

– Combinado – sussurrou ele, colocando a mão sobre a minha no próprio peito.

Teríamos tudo... até não termos mais nada.

26

JASON

▶ Broken | Lund

Digitei a mensagem e ouvi o apito do outro lado da loja.

Jason: Você está muito ferrada. Uma palavra: couro falso.

Sloan: O que você acha de taxidermia?

Jason: O que você acha dos anos 1970?

Uma música dos Talking Heads tocava ao fundo, e eu olhei por cima das araras do brechó com cheiro de mofo em Santa Monica. Sloan olhou para mim do outro lado da loja e semicerrou os olhos. Eu abri um sorriso radiante para ela.
Ela pediu a Zane que me deixasse lá para que ela pudesse me desafiar para um jogo antes do nosso encontro. Cada um tinha quinze dólares para comprar algo que o outro teria que usar pelo resto da noite. Era uma ideia bem engraçada. Mas, quando ouvi Sloan rindo do outro lado da loja, soube que não ia acabar bem para mim.
— Sua coragem está prestes a ser testada — disse ela, já fora da loja, dez minutos depois.
Ela era muito fofa.
— Nada me assusta.

– É mesmo? Acho que *isso* pode te assustar – disse ela, tirando da sacola uma capa vermelha comprida com pequenos tacos estampados, segurando-a pelas pontas.

Passei a mão no cabelo, e ela riu.

– Tudo bem. É uma capa. Eu posso usar uma capa – falei, segurando a risada. – Sou homem suficiente pra isso.

– Tendo a concordar com você nessa.

– Sua vez – falei.

Eu tinha atingido o ápice da comédia. Tirei da sacola um pijama com pezinho, com um capuz que era uma cabeça de unicórnio. Tinha até um rabo. Ela ficou branca, e eu caí na gargalhada.

– Eu tenho que usar o capuz? – perguntou ela.

– Claro. *E* o cinto – respondi, e tirei da sacola um cinto de campeão de luta livre feito de plástico dourado.

Ela fez uma careta.

– Tudo bem. Mas eu ainda não acabei – disse ela. – Eu sei o que você está pensando. Você está pensando que é um cara famoso – ela agitou as mãos – e que não pode ser fotografado andando no píer de Santa Monica usando isto. Que seria péssimo pra sua imagem e que a Pia te daria uma bronca e blá-blá-blá. Mas quero que você saiba que eu tomei providências em relação a isso, porque sou uma namorada muito atenciosa.

Ela se virou e colocou alguma coisa na cabeça. Quando se virou outra vez, eu caí na gargalhada. Ela usava óculos escuros de plástico cor da pele que pareciam mãos cobrindo os olhos. Havia espaços entre os dedos para que a pessoa que estivesse usando conseguisse enxergar.

Nós dois rimos de chorar, e eu a abracei.

Eu não podia mais viver sem aquilo. Eu queria que ela fosse comigo na turnê.

Não me importava o que eu teria que fazer para que fosse possível – pagar as contas dela, subornar Kristen para ter apoio. *Implorar.*

Eu ainda estava esperando uma resposta do Ernie sobre a presença da Lola na turnê para abordar o assunto com Sloan. Mas, qualquer que fosse a resposta, eu já estava planejando vê-la enquanto estivesse na estrada. Se ela não pudesse ir comigo nem me visitar por causa da Lola, eu iria até ela sempre que possível. E tinha também o intervalo de cinco semanas para as festas de fim de ano. Conversaríamos por telefone e Skype. Já tínhamos feito isso antes. Nós nos dávamos bem por telefone. Podíamos fazer de novo.

Vestimos nossas roupas. A da Sloan exigiu algumas alterações. Pegamos uma tesoura emprestada no brechó e cortamos os pés para que ela pudesse calçar os sapatos. Ela disse que estava com muito calor, então também cortamos os braços.

– Pronto – disse ela, abrindo o zíper da frente e puxando os peitos para cima, com o chifre torto balançando no capuz. – Unicórnio sexy.

Olhei para ela através dos dedos de plástico dos meus novos óculos escuros.

– Está satisfeita? Olha só o que você aprontou com a gente.

– Estou satisfeita, *sim,* obrigada – respondeu ela, triunfante, inclinando a cabeça para o lado.

– Você é doida, sabia?

– Você também é doido – respondeu ela, me abraçando pela cintura e olhando para mim com o queixo no meu peito. – Ah! Temos que tirar uma foto e mandar pra sua mãe.

Tiramos umas selfies engraçadas e mandamos para ela. Eu adorava ver que ela e a minha mãe estavam se dando bem. Adorava muito.

Caminhamos até o calçadão da Third Street, de mãos dadas, enquanto o sol se punha. Atraímos menos olhares do que se estivéssemos em Ely com aquelas roupas. Na verdade, quase passamos despercebidos. Eu estava grato pelos óculos. Tinha levado um chapéu e óculos de sol para não ser reconhecido. Eu vinha fazendo muitas aparições públicas e era comum isso acontecer. Santa Monica era bem turística. A última coisa que eu queria era acabar dando autógrafos no meu encontro com Sloan. Mas acho que a capa e os óculos de dedos foram mais eficazes para esconder a minha identidade do que meu plano original. Ninguém esperava ver Jaxon Waters com uma capa com estampa de tacos.

Sloan parou em frente à vitrine de uma loja e eu a abracei por trás, envolvendo-a com a capa.

– Ei. Eu quero conversar com você sobre uma coisa.

Beijei a lateral da cabeça dela, e ela sorriu para mim pelo reflexo no vidro.

– Onde você vai querer passar as minhas férias de cinco semanas? Podemos ficar o tempo todo aqui se você quiser, mas sei que a minha mãe ficaria feliz se fôssemos pra lá no Dia de Ação de Graças.

Vi o sorriso dela se desmanchar.

Ela se virou de frente para mim.

– Jason…

Havia um tom de pesar na voz. Fiquei *arrasado*.

– Jason, eu acho que precisamos ser realistas – disse ela, com a voz suave. – Você vai passar mais de um ano fora. Vai estar na estrada o tempo todo, em vários fusos horários diferentes…

– Espera… – falei, piscando, sem acreditar no que estava ouvindo. – Você quer *terminar*?

Os olhos dela ficaram mais gentis.

– Eu não *quero* terminar. Mas também acho que isso não vai dar certo.

Balancei a cabeça.

– Sloan, a gente já fez dar certo antes.

– Por duas semanas. E você não era a atração principal. Mas agora vai ser. Vai estar tão ocupado que nem vai ter tempo de pensar em mim, muito menos de me ligar. Mesmo *antes* você às vezes não tinha tempo pra me ligar.

Tirei os óculos de dedos idiotas e dei um passo à frente, me aproximando dela.

– A gente não vai terminar – falei. – Não.

– Jason – disse ela, baixinho. – Eu não quero que isso que a gente tem seja soterrado. Não quero ter que me esforçar pra me lembrar de dias bons como este.

Coloquei as mãos nos braços dela.

– Isso não vai acontecer. Vamos ter muitos dias bons. Vamos conversar por Skype, e eu vou te ligar. Vou te visitar sempre que puder. Vai ser difícil, mas temos que nos esforçar. – Balancei a cabeça. – Sloan, o que você acha que estamos fazendo? Você acha que isso é só uma aventura pra mim?

– *Claro* que não. Também não é uma aventura pra mim – disse ela e lambeu os lábios. – Mas as circunstâncias mudaram, Jason, e eu sei como essas coisas funcionam. Meu pai trabalhou fora do país quando eu era criança. Isso destruiu o casamento dos meus pais. Primeiro, vamos passar um dia sem conversar. Depois, dois. Depois, uma semana. Depois de um tempo, você não vai nem conseguir se lembrar da última vez que nos falamos, porque esse é o novo normal. E eu me conheço, Jason. Vou passar o tempo todo arrasada. Você não vai gostar da pessoa que eu vou me tornar. Vou ficar paranoica porque não vou saber o que você vai estar fazendo e ressentida por você não arranjar um tempo pra mim, e você vai ficar frustrado por eu querer a sua atenção mesmo você estando tão ocupado. Não vamos mais nos reconhecer, e nós dois vamos estar solitários, mesmo estando juntos. – Ela colocou as mãos no meu peito e olhou para mim, com os lindos olhos castanhos tristes. – Jason, eu passei muito tempo solitária e infeliz. Não posso passar por isso de novo. Não depois do que estamos vivendo. Não posso. E não vou fazer isso.

O momento em que eu deveria ter dito "Então vem comigo na turnê" pairou entre nós e passou. Lola garantiu que eu não tivesse escolha, a não ser deixá-lo passar.

– Sloan, não faz isso – falei, implorando com o olhar. – *Por favor*.

Analisei o rosto dela. O maxilar determinado, os olhos firmes colados nos meus. Ela estava decidida – e o pior era que eu sabia que ela estava certa.

Uma coisa era eu querer insistir. Eu também não estava feliz com o modo como as coisas seriam à distância, mas estava disposto a continuar porque a alternativa era saber que ela estaria vivendo a vida sem mim, saindo com outras pessoas. E a culpa disso seria *minha*, porque o *meu* trabalho ia nos separar.

Mas não era justo pedir a ela que lidasse com essa situação terrível. Ela tinha passado muito tempo arrasada, e eu não *queria* que ela tivesse que passar por aquilo. Eu queria que ela fosse feliz.

Mas eu esperava que estar *comigo* fosse o caminho para essa felicidade.

Engoli o nó na garganta.

– Se você precisar fazer isso por você, faz. Mas eu vou esperar você e, quando a turnê acabar, vou voltar pra você – falei, dando mais um passo para perto dela. – Me diz que você vai me aceitar de volta. Se você não estiver com alg... – Tive que fazer uma pausa para me recompor. Fechei os olhos e soltei o ar antes de voltar a olhar para ela. – Por favor, diz que você vai me deixar voltar quando a turnê acabar.

– Jason, não me pede pra prometer isso. E você também não devia me prometer que vai ficar solteiro.

– Por quê?

– Porque vamos ficar os dois só esperando um pelo outro.

Balancei a cabeça.

– Então vamos esperar. Melhor ainda, não vamos terminar.

– Eu pensei muito nisso – disse ela, depois fez uma pausa longa. – Eu não posso substituir o santuário que fiz pro Brandon por um santuário novo pra você.

As palavras pairaram entre nós dois, e ela sustentou o meu olhar.

– Vamos só curtir o tempo que ainda temos e terminar bem. E você tem razão. Pode ser que depois a gente volte a se encontrar. Não vai ser um adeus. Vai ser uma despedida temporária. Está bem?

Era incrível o quanto isso doía. A dor quase me deixou sem fôlego. A sensação era de que tinham acabado de me dizer que eu só tinha duas semanas de vida.

Mas eu poderia esperar algo diferente? Quem eu era, afinal? Um cara que ela conhecia havia menos de um mês?

Sloan sempre esteve dois passos atrás em relação a mim no relacionamento. Eu sabia disso. Mas, se ela conseguia suportar a ideia de me perder, talvez fosse *mesmo* uma coisa unilateral. Porque, se ela sentisse por mim metade do que eu sentia por ela, não suportaria abrir mão de tudo aquilo.

E ela *estava* abrindo mão de tudo aquilo.

Ela não era mais a mulher reclusa e enlutada que eu conheci por telefone. Aquela mulher ia conhecer alguém na academia ou em uma galeria de arte e, quando eu voltasse, eu não teria a menor chance. Eu já estava perdendo Sloan.

E não havia nada que eu pudesse fazer.

Jantamos em um restaurante italiano e depois caminhamos pelo calçadão em direção ao píer, parando em algumas das lojas mais interessantes. As árvores estavam iluminadas com luzinhas cintilantes agora que o sol tinha se posto. Jogamos moedas na fonte e observamos as sebes esculpidas. Compramos sorvete, assistimos à performance de um cantor de rua e jogamos cinquenta dólares no estojo do violão dele. Sloan comprou para a minha mãe um livro de receitas para a hora do chá.

Eu tentei curtir. Ri quando era esperado e abri sorrisos largos que chegavam até os meus olhos. Mas tudo que eu via agora era o fim.

Paramos em frente a uma faixa de pedestres a caminho do píer. Sloan me abraçou de lado, encostou o queixo no meu peito e, quando olhei para baixo, para o capuz com chifre, de repente eu quis dizer que a amava pela primeira vez, bem ali naquele cruzamento.

Não tinha nada a ver com o que acontece nos filmes. Não era um cenário romântico, não tinha nenhuma música suave tocando. Tinha um morador de rua de regata com um copo de refrigerante tamanho família a metros dali. Uns adolescentes tiravam selfies enquanto um cara com um avental de pizzaria manchado de molho apertava sem parar o botão para travessia de pedestres, impaciente. Não estávamos caminhando na praia nem sentados no topo de uma roda gigante. Ela só abraçou a minha cintura, usando aquela roupa ridícula, e eu só conseguia pensar no quanto a amava.

Mas agora nós íamos terminar. Qual era o sentido de dizer a ela o que eu estava sentindo? Fazê-la se sentir culpada? Ou que tinha que responder com algo que não estava preparada para dizer ou talvez nem sentisse?

O sinal ficou verde, atravessamos, e o momento passou, e ela provavelmente nem imaginou que aquilo tinha acontecido. Mas *tinha*. E ia continuar acontecendo. Sempre que eu olhasse para ela, ia acontecer.

Ia acontecer mesmo quando eu não pudesse mais olhar para ela.

27

JASON

▶ Blood In The Cut | K.Flay

Lola chegou com sua Harley rugindo em frente ao Grauman's Chinese Theatre, e as câmeras dispararam, famintas. Ela adorava chegar chamando toda a atenção e atrasada. Era muito irritante.

– Quarenta e cinco minutos – resmunguei para Pia, olhando para o relógio.

Eram 18h47. Meu Deus, como eu odiava aquela mulher.

Ernie estava ao lado do tapete vermelho, falando ao celular com um dedo no ouvido. Fazia quase uma hora que estávamos esperando Lola se dignar a aparecer. Eu era obrigado por contrato a promover o filme como o estúdio achasse melhor, e Lola e eu tínhamos colaborado na trilha sonora, então infelizmente, naquele momento, fazíamos parte do mesmo pacote. Eles queriam fotos de nós dois juntos no tapete vermelho, então fui obrigado a ficar do lado de fora, no calor escaldante de Hollywood, até ela chegar. Fazia trinta graus à sombra. O suor escorria pelas minhas costas. Enfiei o dedo no colarinho e puxei a gravata, irritado.

Tive que dizer a Sloan que não consegui um ingresso para ela tão em cima da hora – o que era *verdade*. O mapa de assentos já estava definido. Mas eu poderia ter dispensado Ernie. Em vez disso, tive que deixar Sloan em casa porque Lola estaria lá, em cima de mim, e eu não sabia que tipo de merda ela poderia aprontar.

Fazia três dias que Sloan tinha dito que queria terminar quando eu partisse para a turnê. Tínhamos treze dias até lá, e cada minuto contava. Eu não queria estar ali sem ela, vestindo aquele terno, esperando por Lola. Eu queria estar de cueca, na cama com a minha namorada, assistindo à TV. O fato de Sloan não poder estar ali e a consciência de que a culpada por isso era Lola me deixou enfurecido. Isso sem falar que seria um dia inteiro longe da Sloan e que o nosso tempo juntos estava quase acabando – e isso também era culpa da Lola.

Eu não estava bem.

Eu não estava bem desde que Sloan terminou tudo antecipadamente. Eu não conseguia dormir e não tinha apetite.

Todos os meus sonhos mais loucos estavam se realizando. Eu estava em um tapete vermelho com estrelas do cinema, promovendo um filme importante com a *minha* trilha sonora. Eu estava prestes a fazer uma turnê mundial. Estava alcançando todos os meus objetivos profissionais e, de algum jeito, estava prestes a perder aquilo que mais importava para mim. Cheguei a ponto de me *ressentir* do sucesso, de querer simplesmente abandonar tudo aquilo ou aceitar menos só para poder ficar com ela.

Eu não me importava com o que Sloan tinha dito sobre não querer que eu esperasse por ela – eu não ia sair com ninguém enquanto estivéssemos separados. Eu nem conseguiria fazer isso. Saber que ela *talvez* conseguisse estava me matando. Eu tentava não pensar nisso. E agora estava ali, perdendo o tempo precioso que ainda tinha com ela e tendo que lidar com Lola.

Olhei irritado para ela naquela moto. Ela estava com um salto vermelho de uns dez centímetros e uma calça preta de couro falso bem justa. Os mamilos pressionavam a faixa vermelha de tecido que ela chamava de blusa. Ela tinha ido de moto até lá vestindo aquilo.

Ela tirou o capacete, e o cabelo vermelho caiu ao som dos gritos dos fãs atrás das grades de proteção; os flashes dispararam como luzes estroboscópicas.

Soltei um suspiro controlado, me esforçando para manter o rosto neutro.

Pia colocou a mão no meu braço.

– Preparado?

– Vou fazer o que me mandarem – falei, sem nenhum entusiasmo, desviando o olhar da minha inimiga posando em sua Harley.

Pia tinha me treinado à exaustão para o evento. Ela sabia dos meus problemas com Lola. Meu relacionamento com a minha assessora era como o relacionamento com um médico ou um advogado. Eu precisava ser sincero, senão ela não teria como me ajudar.

– Lembra de ser diplomático – disse Pia com discrição. – Nem tem como voltar atrás quando uma foto é tirada. Se ela tocar em você, não reaja. Sorria e finge que está relaxado. Não dê motivo nenhum pra especulação. E não deixe ela te irritar.

Assenti; os punhos cerrados eram a única coisa que revelava o meu humor.

Ernie finalizou a ligação e veio na minha direção. Ele estava radiante.

– Você me ama? Me diz que você me ama – disse ele, esfregando as mãos uma na outra.

– O que foi? – resmunguei, vendo Lola descer da moto com uma coordenação motora trêmula que me disse que aquele *não* era um momento de sobriedade.

– Acabei de falar com a gravadora.

Virei a cabeça para ele com tudo.

– Ela está fora.

Demorei um tempinho para processar o que estava ouvindo.

– O quê? O que isso quer dizer? Ela está fora da turnê?

– Argumentei que ela te causa um estresse excessivo e que você vai desenvolver uma úlcera com duas semanas de turnê se eles te obrigarem a viajar com ela. Talvez eu *também* tenha sugerido que denunciaria Lola por invasão de propriedade por ter entrado na minha casa sem ser convidada naquela noite se eles insistissem na questão. Ela já está ferrada com as consequências da confusão com Kanye, e eles precisam evitar que ela seja presa.

Fiquei olhando para ele por uns dez segundos antes de começar a rir. Eu não conseguia acreditar. Foi a melhor notícia que eu recebi em anos. Abracei Ernie, e ele me deu um tapinha nas costas.

– Mas, escuta – disse ele baixinho, colocando um braço no meu ombro. – E eu preciso que você preste atenção, porque eles têm exigências. Enquanto você encher shows, pode seguir sozinho. Mas tive que concordar que, se tivermos dificuldades, eles podem colocar a Lola na turnê, sem reclamações e sem perguntas. E não consegui fazer com que desistissem da máquina de fumaça e da pirotecnia. Eles gostam *muito* de fogos.

– Tudo bem, tudo bem. Sem problemas.

Eu estava radiante.

Eu ia convidar Sloan para ir comigo assim que chegasse em casa. Ia implorar. Caramba, eu ia *sequestrar* Sloan se fosse preciso. Tudo tinha mudado. *Tudo*. A turnê que eu temia tanto quanto uma temporada em uma prisão estrangeira agora parecia uma viagem dos sonhos de quatorze meses.

– Vou convidar a Sloan pra ir comigo.

Ernie olhou para mim.

– Você vai mesmo seguir em frente com essa coisa de namoro, é?

Abri um sorrisão.

– Ah, vou. Vou, sim.

Ele soltou um suspiro longo e assentiu.

– Tudo bem. Eu meio que já imaginava. Bom, eu gosto dela. Ela é das boas, você tinha razão.

Pia entrou na conversa sem tirar os olhos do celular.

– Namorada na turnê? Não é fácil – disse ela, balançando a cabeça enquanto escrevia uma mensagem. – Já viu o seu pacote de mídia? – Ela me olhou por sobre os óculos. – Você vai estar bem ocupado, mocinho. Sua atenção vai estar dividida.

Ernie ergueu a mão, dispensando o comentário dela.

– Ele não vai se deixar convencer. Não é?

Ele me deu um tapinha nas costas.

Abri um sorriso largo.

Lola percebeu que eu estava olhando para ela e enfiou o papel que autografava no peito do coitado do fã e veio na minha direção. O guarda-costas, o assistente, o estilista e o infeliz do assessor vieram logo atrás.

– Jaxon – disse ela, lançando um olhar ligeiro para Pia e Ernie e logo voltando os olhos de gata na minha direção.

– Lola – respondi, com um sorriso forçado. Não consegui evitar.

– Jason, precisamos ir – disse Pia, olhando para o relógio e apontando com a cabeça para o local das fotos oficiais.

Lola se manteve ao meu lado enquanto avançávamos pelo tapete vermelho em direção aos fotógrafos, entrelaçando o braço no meu. Eu não sabia como me livrar dela sem chamar a atenção e, caramba, eu nem me importava mais. Aquela era a *última* vez que eu teria que lidar com ela. Eu não conseguia parar de sorrir.

Eu me perguntei se ela já sabia – provavelmente não, a julgar pelo seu comportamento. Eu não conseguia imaginar Lola recebendo a notícia com delicadeza. Era melhor que ela não soubesse. Ela simplesmente ia dar um chilique.

Chegamos até um grupo de atores coadjuvantes do filme esperando a vez em frente às câmeras. Uma maquiadora que reconheci de um ensaio para a *GQ* no início da semana se aproximou e começou a passar pó no meu rosto, e eu aproveitei a oportunidade para soltar o meu braço. Lola pairou por cima do ombro da mulher para ficar olhando para mim, parecendo entediada.

– Ei, Jaxon. Quanto tempo – disse a maquiadora, olhando para a minha testa enquanto aplicava o pó com um pincel ligeiro. – E a namorada? Não veio?

Uma expressão quase predatória surgiu no rosto da Lola.

– Ela não pôde vir – resmunguei, olhando para Lola, tentando decifrar o brilho que vi nos olhos dela.

– Aaah, que pena – respondeu ela, terminando. – Prontinho, gato. Divirta-se.

Ela saiu, e Lola se aproximou.

– Namorada, é? – perguntou ela, mordendo o lábio e passando a mão na minha lapela. Os olhos desceram pelo meu corpo, depois voltaram para os meus e ficaram semicerrados. – Aproveita enquanto durar.

Ela me puxou pela gravata, me beijou na boca e passou a outra mão no meu pau.

Eu me afastei e tirei a mão dela de cima de mim.

– Meu Deus, Lola! – falei, olhando por cima do ombro.

Estávamos no meio das nossas duas equipes. Felizmente, ninguém parecia estar prestando atenção. Os fotógrafos estavam ocupados fazendo as fotos oficiais, e até Pia e Ernie mexiam no celular.

Olhei para ela de cara feia, limpando a boca na manga.

A expressão dela ficou vazia.

– De nada.

SENTI MUITA SAUDADE DA SLOAN NAQUELA noite. No cinema, quando a minha voz ressoou ao nascer do sol na cena de abertura do filme, tudo que eu queria era que ela estivesse ali comigo.

Eu não ia suportar se tudo acabasse com o início da turnê. De jeito nenhum. O alívio que senti com a notícia que recebi de Ernie foi como uma tonelada sendo tirada de cima do meu peito.

Pia e Ernie passaram a noite toda perto de mim. Peguei uma sacola de brindes para Sloan e tirei fotos do bufê porque ela pediu. Socializei como era esperado, tirei selfies, cumprimentei pessoas, dei autógrafos, agradeci às pessoas e fiquei apenas o tempo necessário para cumprir com a minha obrigação contratual.

Lola manteve distância de mim depois do tapete vermelho. Na verdade, não a vi durante a maior parte da noite, para meu alívio.

Voltei para a casa da Sloan por volta das duas da manhã, me deitei na cama com ela e apaguei. Dormi como uma pedra. Parecia que eu não relaxava de verdade desde a conversa sobre o término. Na verdade, acho que eu não tinha relaxado *mesmo*.

Quando acordei e olhei para o celular, já eram quase nove da manhã. Sloan estava sentada, apoiada na cabeceira, olhando para o celular. Eu sorri olhando para ela, depois me aproximei e beijei a coxa dela.

– Ei, eu queria te perguntar uma coi...

– Jason, o que é isto?

Ela virou o celular para mim. Minha respiração ficou presa na garganta. TMZ. Um site de fofocas sobre celebridades.

Sloan ficou olhando para mim, com a testa franzida, confusa. Eu me sentei e peguei o celular.

Alguém tinha tirado uma foto da Lola me beijando no tapete vermelho, com a mão bem no meu pau. Era como se a câmera estivesse fixa em mim, tirando várias fotos, de algum lugar atrás do cenário montado para as fotos oficiais.

Em outra foto, nós dois estávamos de braços dados, como se tivéssemos chegado juntos, e eu estava sorrindo como um idiota.

Mas essa não era a pior parte. Nem de longe.

Em uma foto granulada, eu segurava Lola pelo cotovelo em frente ao meu trailer na semana anterior. O ângulo dava a impressão de que eu estava me aproximando para beijá-la. Uma legenda breve embaixo da foto dizia: "Lola Simone e Jaxon Waters na maior intimidade em frente à casa dele na semana passada em Calabasas."

Ela deve ter sido seguida por paparazzi. *Merda.*

Com o coração batendo forte, passei os olhos pelo artigo.

Jaxon Waters e Lola Simone pareciam muito íntimos na estreia de *A floresta chama* ontem à noite. Os dois músicos foram vistos abraçados durante boa parte do evento.

Mas a agitação começou mesmo quando Lola foi vista agarrando o remo do nativo de Minnesota no tapete vermelho.

Desde a colaboração na trilha sonora do filme, circulam boatos sobre a dupla, principalmente depois do lançamento do single "On the Water", de Lola, uma música sobre o relacionamento sexual com o nortenho. Embora Lola não confirme nem negue que a música explícita seja sobre Jaxon, a intimidade de ontem certamente dará o que falar quando os dois estiverem em turnê internacional juntos.

Minha boca ficou seca.

– Que monte de bobagem – falei, baixinho.

– Ah, concordo que é bobagem. Principalmente a parte em que você *mentiu* pra mim e dormiu com outra mulher pelas minhas costas.

O tom dela me deixou mudo por uns dez segundos, encarando-a.

– Sloan, você não pode acreditar nisso. É o TMZ.

Peguei a mão dela, e ela a arrancou de mim como se os meus dedos queimassem.

– Você está brincando comigo? Tem *fotos*. Você beijou essa mulher, Jason. Eu estou vendo com os meus próprios olhos.

– O qu... eu não beijei a Lola na frente do trailer, é o ângulo da foto. E também não beijei a Lola ontem. Ela *me* beijou, e fez isso só para me irritar.

– Ela vai participar da sua turnê? E você a levou na estreia? Foi por isso que *eu* não pude ir? Ela esteve na sua *casa*? Na noite em que a gente foi na casa da Kristen? E no dia seguinte você me levou pra Minnesota como se nada tivesse acontecido?

Ela estava arfando.

– Eu cheguei da sua casa e ela estava lá – falei, cauteloso. – Estava bêbada e não queria ir embora. Eu não te contei o que aconteceu porque não quis que você ficasse chateada. Sloan, eu *jamais* te trairia.

Ela balançou a cabeça.

– Mas você escondeu essa mulher de mim. Escondeu *tudo* isso de mim. Tem umas sete mentiras em *uma* notícia – disse ela, com o olhar fixo em mim, quase perfurando o meu rosto. – Você transou com essa mulher?

Pronto. Fechei os olhos e soltei o ar, meio bufando.

– Uma vez. Faz muito tempo.

A decepção no rosto dela me destruiu.

– Por favor, me diz que você está brincando – disse ela, soltando o ar, trêmula. – Você está brincando, né? Você não acha que devia ter me falado isso? Minha *mãe* me mandou mensagem dizendo que o meu namorado está saindo escondido com a ex, e eu nem soube o que responder!

Merdaaaa. Merda, *merda*.

– Sloan, me desculpa. Eu fiquei sabendo desse artigo agora, senão teria feito alguma coisa. A coisa com a Lola foi só uma noite e foi um erro. Pra falar a verdade, eu tenho vergonha.

Ela pressionou os lábios um contra o outro em uma linha reta.

– Ótimo. Uma aventura qualquer que você chama de erro tinha a senha do portão da casa do Ernie. *Melhor* ainda.

Ela jogou as cobertas para o lado e correu em direção ao banheiro.

– Eu não dei a senha do portão… – Ela desapareceu no banheiro. Eu me levantei e fui atrás dela. – Eu não dei a senha do portão pra ela – falei. – Eu nem sei como ela sabia onde eu morava.

Ela soltou uma risada, arrancou um pedaço de papel higiênico do rolo, de costas para mim, e enxugou os olhos.

– Ah, tá.

Ergui as mãos.

– Sloan, o que você queria que eu fizesse? Eu não controlo o que *eles* escrevem e como *ela* se comporta. É isso que ela faz. Ela é famosa por esse tipo de merda. Ela faz isso pra chamar atenção.

Sloan se virou para mim.

– A questão aqui não é ela, Jason. Não tem *nada* a ver com ela *nem* com eles. A questão aqui é *você*. Que tal você ter um pouco de respeito por mim? Me contar quando outra mulher te beijar na frente de dezenas de fotógrafos, pra que eu possa pelo menos estar preparada pra uma notícia do TMZ. Me contar quando uma pessoa aparecer na sua casa no meio da noite pra uma rapidinha! Isso é humilhante, Jason! Você *mentiu* pra mim!

– Eu nunca menti pra você – falei com calma. – Eu só não te contei. Eu não queria te contar enquanto não tivesse resolvido as coisas. Eu não queria te causar um sofrimento desnecessário. Ela já fez isso o suficiente comigo.

Ela ficou parada ao lado da pia, olhando para mim.

– Omitir também é *mentir*. Uma mulher com quem você teve uma história, que eu nem sabia que *existia* pra você, apareceu na sua casa no meio da noite, escreveu músicas sobre você, foi com você à estreia do filme. Eles colocaram essa mulher na sua turnê e você deixou que *revistas* escrevessem a respeito antes de se dar o trabalho de me contar sobre essa vida dupla que está vivendo. E você acha mesmo que não tem mais nada a dizer sobre ter escondido isso de mim além de argumentar que estava *me* fazendo um favor ao mentir pra mim?

Olhei nos olhos dela.

– Ela foi tirada da minha turnê, e eu estava tentando te *poupar*.

Ela arregalou os olhos.

– Tá bom. Que tal o seguinte? Na próxima vez que um ex-namorado meu aparecer aqui pra transar comigo e agarrar a minha bunda, eu vou *te* poupar e guardar esse segredinho.

O ciúme percorreu o meu corpo como uma dose instantânea de adrenalina, e o meu humor despencou.

– Se *alguém* colocar as mãos em você, acho bom você me contar.

Ela me olhou boquiaberta.

– Ah, então agora você entendeu? Comigo não é legal, mas com *você* é?

– Não é a mesma coisa – falei, com os dentes cerrados. – Ela está surtada. Ela não vale nada disso. Você precisa superar.

Ela piscou.

– *Superar*? – repetiu ela e soltou uma risada irônica. – Uau. Você tem razão. Eu só tenho que "superar" e você não tem que se responsabilizar por *nada* do que fez. Que inconveniente você ter uma namorada que exige *honestidade*. Você deve estar feliz porque vamos terminar daqui a duas semanas e você vai poder continuar com a sua vida dupla sem ninguém te encher por isso!

– Foi *você* quem quis isso! Eu não quero terminar, nunca quis. O fato de você não querer ficar comigo está me *matando*!

Ficamos ali parados de frente um para o outro, os dois respirando com dificuldade.

Passei a mão no cabelo.

– Olha, eu entendo que isso te chateia. Eu também não gosto dessa situação. Essa coisa toda com a Lola tem sido uma droga de um pesadelo. Faz meses que ela está me assediando. Foi *ela* que *me* beijou. Essas merdas nos tabloides vão acontecer. Isso vem com a carreira, e eu não posso fazer nada. Nada disso aconteceu como eles disseram, e mesmo que eu te conte tudo, o tempo todo, é *impossível* te preparar pra cada história que vão inventar. Eles distorcem as coisas, é *isso* que eles fazem. Você vai precisar ser menos sensível e vai ter que confiar em mim.

Ela soltou uma risada sem alegria nenhuma.

– Sabe, eu estava pensando no que você disse outro dia. Que a gente devia esperar um pelo outro.

Pisquei para ela.

– Estava mesmo? – falei bem baixinho.

– É *claro* que eu estava. Você acha que perder você é fácil pra *mim*? Você acha que eu *quero* sair com outras pessoas? Eu estava pensando que talvez você tivesse razão e a gente pudesse concordar em se concentrar na carreira por um ano e se manter fiel e esperar. – Ela soltou uma risada bufada. – Mas eu não consigo viver assim. Eu nem sei o que você está fazendo *aqui*, e você queria que eu ficasse pra trás e te esperasse enquanto você faz Deus sabe o que por aí? Você quer *confiança*? Você nem *conversa* comigo. – O queixo dela começou a tremer. – Jason, é melhor você ir embora.

Meu coração despencou.

– Sloan...

Dei um passo na direção dela e estendi a mão. Ela empurrou a minha mão para longe.

– Preciso que você vá embora antes que eu diga algo de que vou me arrepender.

Ela abraçou a própria cintura, e seus olhos se encheram de lágrimas.

Um alarme disparou dentro de mim, e todos os meus sistemas reagiram. Engoli em seco.

– Sloan, vamos conversar. Por favor. Sem brigas, vamos conversar.

– Jason, eu quero que você escute o que eu vou dizer. Eu *não* quero te ver agora. Eu não quero conversar com você. Eu quero que você saia desta casa. E saiba que, se eu soubesse que você não teria o mínimo de respeito por este relacionamento, eu *nunca* teria saído com você.

28

SLOAN

▶ A Moment Of Silence | The Neighbourhood

Jason: Sloan, podemos conversar, por favor?

Fiquei olhando para o traço vertical piscando na caixa de mensagem vazia. Larguei o celular virado para baixo na ilha da cozinha da Kristen e apoiei a testa na mão.

– Era ele? – perguntou Kristen, escorada no balcão.

Josh estava na pia, dando banho no Oliver. Ele tinha feito um moicano no cabelo do bebê, que dava risadinhas.

Dublê Mike estava no meu colo, vestindo uma camiseta que dizia SUPORTE EMOCIONAL LUNÁTICO. Rango estava deitado aos meus pés. Jason tinha chamado o cachorro antes de ir embora da minha casa dois dias antes, mas Rango não tinha nem descido da cama, então Jason o deixou lá.

– É, era ele.

– O que foi que ele disse?

– O *mesmo* de sempre.

– Que quer conversar?

Assenti. Meus olhos se encheram de lágrimas mais uma vez e ela arrancou uma folha de papel-toalha do rolo e me entregou.

– Sloan, por que você não conversa com ele?

– Sobre o *quê*? Ele não entende, Kristen. Ele acha de verdade que não tem nada de errado em tudo que aconteceu. Ele mentiu pra mim. Minha mãe, *minha mãe*, foi quem me contou sobre a Lola. Ele só deu de ombros, como se dissesse: "Bom, eu não podia ter feito nada pra evitar isso. Às vezes, artistas famosas aparecem pra transar comigo, eu não queria te chatear com os detalhes."

Sequei os olhos com o papel.

– Bom, ele *é* um astro do rock…

Dei uma risada em meio às lágrimas.

Josh enxaguou o cabelo do bebê com uma xícara.

– Nada… ele não é um astro do rock. Ele não tem essa vibe. O cara é muito pé no chão.

Kristen olhou para mim.

– Você acha que ele te traiu com ela?

Funguei.

– Não. Eu acredito nele. Mas ele devia pelo menos ter me *contado* sobre ela.

Josh ergueu Oliver em uma toalha e o entregou a Kristen, para que ela colocasse a fralda nele. Em seguida, beijou a lateral da cabeça dela e foi até a geladeira.

– Olha só, vou ser sincero. Eu gosto dele e acho que você devia dar um desconto – disse ele, pegando uma cerveja e puxando uma banqueta. – Ele lidou mal com a situação? Sim. Mas nenhum cara quer contar pra namorada sobre as mulheres com quem dormiu, pode acreditar em mim.

Balancei a cabeça.

– Então eu devia deixar passar uma coisa dessas? Ele estava prestes a sair em uma turnê de um ano com um caso antigo e não me contou.

Josh abriu a cerveja.

– Eu sei como um cara fica quando está apaixonado por você, Sloan. Eu vi a mesma expressão no rosto do Brandon uma vez e estou te dizendo: o cara não estava nessa de brincadeira. Dá uma chance pra ele. Ele fez merda e sabe disso. Ele deve estar surtando.

Ele estava surtando? Jason parecia um desconhecido com um passado tórrido e uma vida dupla secreta. Como se o Jason que eu conhecia fosse outra pessoa, e não o homem que tinha mentido para mim e transado com Lola Simone.

Talvez esse cara fosse o Jaxon.

– Vocês ouviram a música? – perguntei, olhando de um para o outro. – Ouviram?

Quantas vezes eu tinha ouvido aquela música nojenta da Lola Simone sem saber que era sobre Jason? Era como descobrir que o meu namorado tinha atuado em um pornô artístico e todo mundo tivesse visto. A situação toda era muito desagradável.

Kristen deu de ombros enquanto prendia a fralda do Oliver.

– Eu ouvi. Ele ficou bêbado e transou com ela em uma praia. Aí ela foi lá e escreveu uma música. É uma droga, mas isso só faz dela uma megera. E não faz dele nada menos que o cara que exercitou seu direito dado por Deus de fazer escolhas duvidosas seis meses antes de te conhecer.

Soltei um suspiro.

– E a mentira?

Kristen puxou o ar com os dentes cerrados.

– Ele não *mentiu* exatamente. Só não te contou. Quer dizer, não que ele tenha feito a coisa certa, mas, pra falar a verdade, eu meio que entendo.

Fiquei olhando para ela, incrédula.

– Por que você está me olhando assim? O Jason é um cara legal – disse ela, vestindo um macacão no bebê. – Ele é o tipo de pessoa que doa a droga da medula óssea pra um desconhecido. Ele não queria te deixar insegura. Você acha mesmo que ele ia te contar que uma estrela do rock lindíssima apareceu na casa dele no meio da noite pra dar pra ele sendo que tinha só três dias que vocês estavam namorando? Como ia ser essa conversa?

Kristen tinha um pouco de razão.

Ela colocou o bebê no cadeirão.

– E quando ela agarrou ele… mesma coisa. Ele deve ter pensado que ninguém tinha visto e que estava te poupando de imaginar uma maluca famosa pegando no pau dele. E ele não é especial, acredite. Ela sempre faz esse tipo de coisa. Ela seria capaz de fazer um strip pro papa.

Ela se sentou no joelho do Josh e colocou um dos braços em volta do pescoço dele.

Limpei o nariz.

– Sabe, talvez eu não estivesse tão chateada se ele tivesse me contado tudo isso antes da revelação do TMZ.

– Os problemas de vocês não são os problemas normais de qualquer casal – disse Josh, rindo e tomando um gole de cerveja. – Só diz pra ele que, de agora em diante, ele vai ter que ser sincero, pra você não ser pega de surpresa quando esse tipo de coisa acontecer.

Amassei o bolo de papel úmido, desolada.

– Eu *falei*. Ele disse que não tem como me preparar pra tudo que as revistas de fofocas podem inventar. Mas ele podia, sim, ter me preparado pra essa – resmunguei.

Meu celular tocou. Peguei o aparelho e olhei para a tela.

Era ele.

Olhei para Kristen. Meu dedo pairou sobre o botão de Atender. Eu queria ouvir a voz dele. Falar com ele. Mas queria o Jason antigo. Aquele de antes. Pensei no fato de ele não conseguir entender que foi responsável por deixar tudo aquilo acontecer, que tinha escondido tudo de mim de propósito, menosprezado como eu me senti e não tinha demonstrado nenhum remorso.

Deixei a ligação cair na caixa postal e desliguei o celular. O que ele poderia dizer para me fazer mudar de ideia? A única coisa que poderia resolver aquilo tudo seria transparência absoluta no nosso relacionamento, e ele deixou bem claro que não tinha intenção nenhuma de aceitar isso.

Kristen balançou a cabeça.

– Você só tem dez dias, Sloan. É todo o tempo que você tem antes da turnê. Você está mesmo disposta a deixar que isso separe vocês dois? Você pode terminar tudo agora, desse jeito, ou se acalmar e dar uma chance pra ele e aproveitar o tempo que vocês ainda têm.

Foi a minha vez de balançar a cabeça.

– É mais que isso, Kristen. Não são só os próximos dez dias que estão em questão. O que está em questão é se eu pensaria em retomar o relacionamento quando a turnê acabar. Jason quer que eu espere por ele. E sabe o que é pior? Eu estava considerando a possibilidade de fazer isso. Pensei: "O que tem de mal?" Eu não vou sair namorando ninguém mesmo. Podemos só dar uma pausa no relacionamento, fazer o que temos que fazer, continuar fiéis um ao outro e retomar tudo quando a turnê acabar. E, agora, tudo que eu consigo pensar é: quanta merda eu vou descobrir sobre ele enquanto ele estiver viajando?

Limpei o nariz.

– Mesmo que eu perdoe as mentiras, as *omissões*, das quais ele nem pareceu arrependido, o que vai acontecer na próxima vez? E *vai* ter uma próxima vez. Ele tem razão, esse tipo de merda vai acontecer. Não sei se sou forte o bastante pra ficar passando por isso várias vezes enquanto ele esconde as coisas de mim de propósito. Quer dizer, se ele achou que não valia a pena mencionar Lola Simone e a música que está em segundo lugar na droga das paradas, o que mais ele não me contou? Vou ficar sabendo desse tipo de situação junto com todo mundo quando entrar no circuito das fofocas? – Balancei a cabeça mais uma vez. – Não estou preparada para uma vida assim e acho que só me dei conta disso hoje.

Kristen e Josh olharam para mim como se estivessem com pena e não soubessem mais o que dizer.

– Eu conseguia lidar com a coisa toda da fama porque nunca via o lado Jaxon. E agora, de repente, tem um holofote enorme iluminando esse lado – falei, agitando o papel-toalha.

Meu queixo começou a tremer.

– Ele não vai fazer nada pra me proteger dos ataques dos portais de fofoca. Vai continuar fazendo as coisas pelas minhas costas. Não vou receber nenhum aviso, exatamente como aconteceu agora. Aí, quando o inevitável acontecer e alguma história vazar, ele vai me dizer que não posso ser tão sensível. Vai agir como se não fosse nada de mais, se justificar por ter escondido de mim o acontecimento e não vai assumir nenhuma responsabilidade.

Isso ia me fazer perder a cabeça. Quando ele estivesse longe, eu ia passar o tempo todo agitada e preocupada, só esperando a próxima merda acontecer.

Dublê Mike olhou para mim.

Meus olhos se encheram de lágrimas mais uma vez, e eu olhei da Kristen para o Josh.

– Preciso terminar tudo – falei baixinho. – Preciso fazer isso agora mesmo.

O caráter definitivo das minhas palavras me despedaçou. As lágrimas voltaram a cair, e eu solucei no papel-toalha.

Ele tinha me deixado sem escolha.

29

JASON

▶ Mess Is Mine | Vance Joy

Ela deixou a minha ligação cair na caixa postal mais uma vez.

Levei as mãos aos olhos e soltei o ar, trêmulo. Era quase meia-noite. Eu tinha passado o dia inteiro ligando e mandando mensagem.

– Ela continua se recusando a falar com você? – perguntou Ernie, em pé na cozinha, colocando gelo em um copo.

– Eu estraguei tudo – resmunguei.

– É, você estragou tudo mesmo. Seu primeiro erro foi discutir com uma mulher irritada. Você devia ter recuado devagar e concordado com tudo que ela dissesse. Essa é a primeira regra pra lidar com uma mulher irritada.

Olhei para ele enquanto ele colocava o bourbon que tinha me servido sobre a mesinha de centro.

Ele se jogou no sofá ao meu lado e cruzou uma das pernas sobre o tornozelo, segurando o próprio copo.

Eu estava exausto. Os últimos dois dias tinham sido um *inferno*. Eu estava a ponto de pedir desculpa por ter *nascido* se isso significasse que ela ia falar comigo. Eu só queria dar fim à situação. Ela acabou comigo só de me dar aquele gelo.

– Acho que ela vai terminar comigo.

Ao dizer essas palavras em voz alta, senti um nó na garganta.

Ernie soltou um suspiro longo.

– Vocês iam terminar de qualquer forma.

Balancei a cabeça.

– Não. Não desse jeito. Não porque ela não me queria nem porque eu a decepcionei. E eu não teria aceitado. Eu teria implorado pra que ela fosse comigo. – Apoiei a testa nas mãos. – Isso não pode acabar assim.

Caramba, eu devia ter contado tudo a ela. Por que não contei tudo a ela? Eu não fazia ideia de como lidar com aquela situação toda. Lola, a turnê, a fama. Tudo parecia uma bola de neve enorme, ganhando velocidade e destruindo a minha vida no caminho.

– Sabe, talvez ela esteja fazendo um favor a vocês dois – disse Ernie.

Ergui a cabeça e olhei furioso para ele.

Ele balançou o uísque.

– Seria mesmo justo com ela? Pensa bem. Ela fica pra trás e passa quatorze meses sozinha enquanto você viaja pelo mundo. Ou vai com você e fica longe dos amigos e da família durante todo esse tempo, sem passar mais do que três noites seguidas na mesma cama. Ela não pode trabalhar, não pode nem desfazer a mala. Qualquer que fosse a escolha, ela ia viver só pra *você*, e você estaria vivendo pra sua carreira. Você quer mesmo isso pra ela? – Ele tomou um gole, o gelo tilintando no copo. – Você vai ficar famoso... e ela? É um pouco egoísta.

Desviei o olhar.

Meu destino era casar com aquela mulher. Eu soube disso no instante em que imaginei que poderia perdê-la. Ela era a pessoa certa para mim. A ideia de ficar sem ela era tão inaceitável quanto nunca mais ver a luz do dia, nunca mais pegar um violão.

Eu tinha estragado tudo e ia passar o resto da vida sofrendo por isso. Eu nunca ia superar. Eu precisava consertar tudo e colocar um anel no dedo dela para que todo homem que olhasse para ela soubesse que já havia alguém loucamente apaixonado por aquela mulher.

E eles olhavam *mesmo* para ela. Eu ia precisar de um anel enorme.

Passei as mãos no cabelo e cerrei os punhos.

– Maldita Lola. Eu odeio essa mulher.

– Vou te falar, essa merda toda com a Lola é muito estranha. Meu sexto sentido está apitando. – Ele bateu um dos dedos no copo. – E você tem certeza de que não deu a senha do portão pra ela?

– Eu não dei a senha do portão pra ela – resmunguei.

Ele ficou olhando para a lareira com os olhos semicerrados como se estivesse pensando em alguma coisa.

Que se dane. Eu me levantei.

– Eu vou até a casa da Sloan. Não posso ficar aqui sentado sem fazer nada.

Eu já tinha dado espaço suficiente para ela. Dois dias tinham se passado, caramba. Se ela ia terminar tudo, eu preferia receber o golpe logo em vez de ficar esperando. Não saber estava me matando. Eu não ia mais aguentar.

Durante todo o caminho até a casa dela, a sensação era de que eu estava indo para minha própria execução. Fiquei sentado no carro na entrada da garagem, reunindo coragem para saltar e tentar a sorte.

Era meia-noite. A casa estava escura.

Eu tinha a chave, mas Sloan sempre passava a corrente na porta. Eu provavelmente teria que tocar a campainha e acordá-la. E será que ela me deixaria entrar? Será que abriria a porta após ver pelo olho mágico que era eu?

Eu precisava me preparar para a possibilidade de ela terminar comigo naquela noite. Para a possibilidade de não ter mais nenhum tempo com ela. Imaginei Sloan me pedindo para ir embora, pegando a minha chave de volta, me obrigando a esvaziar a minha gaveta e nunca mais vê-la.

Meu coração ia ficar partido. Ia se despedaçar.

Os refletores se acenderam quando cheguei à varanda. Coloquei a chave na porta e a virei sob aquele brilho reprovador. Abri a porta um centímetro, mais um, depois o momento em que a corrente deveria ter segurado a porta chegou e passou, e Rango saiu e começou a pular nas minhas pernas.

Ela não passou a corrente na porta.

Foi o primeiro raio de esperança que senti em dias. Fiquei um minuto inteiro parado com a testa encostada na porta e a mão na maçaneta.

Ela não me trancou do lado de fora.

Torci para que isso quisesse dizer alguma coisa. Que não tivesse sido apenas um descuido. E que aquela não fosse a última vez que eu ia falar com a mulher que eu amava.

30

SLOAN

▶ Holocene | Bon Iver

A inclinação da cama me despertou. Em algum momento, em meio a tanta tristeza, eu tinha acabado pegando no sono. Mãos que eu reconhecia envolveram a minha cintura por trás e me puxaram.

Jason...

A barba arranhou o meu pescoço, depois ouvi sua voz rouca:

– Desculpa.

De repente, nada mais importava. *Nada*. A mudança no meu cérebro foi tão rápida que quase me deu um torcicolo. Todos os meus planos se desintegraram. Mudei de ideia em uma fração de segundo. Dentro do círculo que seus braços formaram, eu me virei e beijei Jason. Mesmo que ele não tivesse pedido desculpa, eu teria feito a mesma coisa. Ele estava perdoado, e eu voltei a me sentir completa no mesmo instante.

Ele segurou o meu rosto com as mãos quentes.

– Sloan, me desculpa. Eu devia ter te contado tudo. Não sei por que não fiz isso.

– Também peço desculpa – sussurrei. – Senti tanta saudade de você. Não sei o que eu estava pensando. Eu devia ter confiado em você, mas os meus pensamentos tomaram conta de mim...

– Foi culpa minha – respondeu ele. – Eu estava com tanto medo que você pensasse mal de mim ou não conseguisse lidar com a situação, e achei que estava te protegendo. Foi burrice.

Ele encostou a testa na minha.

– Você não passou a corrente na porta – sussurrou ele.

Fiz que não com a cabeça. Não, eu não tinha passado a corrente na porta. Eu não queria falar com ele, mas não podia trancá-lo do lado de fora, mesmo achando que ele não voltaria para casa. Não depois do jeito como o expulsei.

Mas Jason nunca teve instinto de autopreservação em relação a mim, não é mesmo?

Ele afastou o cabelo da minha testa na escuridão.

– Nunca mais me obriga a ficar sem você. Promete. Por favor.

Ouvi a tristeza em sua voz grave e linda. O quarto estava escuro. A única luz vinha do despertador em cima da mesa de cabeceira. Mas dava para ver as olheiras sob os olhos dele e o olhar vazio, e o meu coração se partiu milhares de vezes em uma fração de segundo. E eu soube, naquele momento, que nunca seria capaz de terminar tudo quando ele saísse em turnê. Nunca. Assim que o avião pousasse, eu ligaria para ele e imploraria para que me aceitasse de volta. Quatorze meses longe não eram nada comparados a nunca mais ter Jason.

– Jason, eu não quero terminar quando você sair em turnê. Eu não consigo – falei.

– Eu te amo.

As palavras arrancaram o ar dos meus pulmões, e eu pisquei surpresa na escuridão.

– Eu te amo, Sloan.

– Eu também te amo – falei baixinho.

Ele emitiu um som que pareceu uma mistura de alegria e alívio, e eu o abracei e enterrei o rosto na sua barba.

Ele me abraçou com tanta força que eu não conseguia respirar.

– Sloan, vai comigo na turnê. Por favor.

Eu ri no pescoço dele, de tanta felicidade.

– Vou.

– Vai mesmo?

Assenti. Aquilo era loucura. Eu não fazia coisas espontâneas assim. Mas não havia dúvida nenhuma. Eu tinha que ir.

Eu queria tanto voltar a ser a velha Sloan. Tinha prometido a mim mesma que ia atrás da felicidade, que ia sair daquele buraco, que ia ter uma vida de felicidade que valesse a pena ser vivida – e a única vida que eu queria era com *ele*.

– Eu pago a sua hipoteca – disse ele, e eu percebi um sorriso na sua voz. – Dou o quanto você precisar.

Eu me afastei para olhar para ele.

– Não, eu não posso deixar você fazer isso. E se eu alugasse a casa?

– Ela precisa de muitos reparos – respondeu ele. – Por que você não vende?

Vender?

– Quando voltarmos, podemos comprar uma casa nova – disse ele. – Uma casa melhor. Perto da Kristen e do Josh.

Abri um sorriso para ele.

– Você quer morar comigo?

Ele olhou bem nos meus olhos.

– Eu quero *tudo* com você.

Que se dane. Já que eu ia fazer aquilo, ia mergulhar de cabeça. Eu queria começar de novo. Queria começar de novo com *ele*.

Assenti.

– Tá. Vamos fazer tudo. Tudo.

Ele parou e abriu um sorriso radiante. Em seguida, me encheu de beijos. Na boca, no rosto, no pescoço, repetindo sem parar que me amava, e eu ri e me agarrei a ele.

A cada vez que ele repetia, as palavras me preenchiam, me envolviam como um abraço forte e quentinho, e faziam com que eu me sentisse segura e amada, afastando qualquer dúvida que seu passado e sua fama incitavam.

Ele me amava.

E eu o amava.

E por isso saberíamos enfrentar a fama. Por isso eu poderia confiar nele, sempre, não importava o que acontecesse. O lugar dele era ao meu lado, e íamos enfrentar tudo juntos. Como foi que eu pude duvidar disso?

Estávamos apaixonados.

31

JASON

▶ Diamonds | Ben Howard

Comprei um anel. Um anel *enorme*.

32

SLOAN

▶ Big Jet Plane | Angus & Julia Stone

– Tem certeza que não quer ir comigo? Um convite para o *Saturday Night Live* meio que só acontece uma vez na vida – disse Jason, sem afastar os lábios dos meus enquanto me dava um beijo de despedida na varanda.

Seu violão estava apoiado perto de nós, e suas mãos entrelaçadas em meus cabelos na minha nuca. Seu olhar parecia em chamas.

Era proposital, claro, porque ele sabia que eu ficava indefesa quando ele me sugava para dentro do seu turbilhão.

Eu precisava ser forte. Tinha muitas coisas para fazer.

– Se você quiser que eu esteja pronta pra deixar a minha vida inteira pra trás em menos de uma semana, eu não posso te dar mais três dias – falei, roçando o nariz no dele com os olhos fechados.

Na verdade, era bom que ele estivesse de partida para Nova York. Aquele homem era uma distração enorme. Eu não conseguia fazer nada quando ele estava em casa – bom, nada que exigisse vestir uma roupa.

– Vou ficar com saudade – disse ele, baixinho.

– Eu também – respondi e o beijei, entrelaçando os braços no seu pescoço. – Mas vou sentir mais saudade de ser a outra por alguns dias.

Ele soltou uma risada pelo nariz.

– Vou emoldurar aquilo – falei. – Quem sabe a Kristen coloque no calendário de Natal.

No dia anterior, uma foto nossa de mãos dadas no mercado saiu na capa da revista de fofocas *National Enquirer*. JAXON WATERS TRAI LOLA SIMO-NE! na frente, em letras garrafais. Eu estava de óculos escuros e com um boné, e minhas tatuagens estavam cobertas, então só eu sabia que era eu. Mas ainda assim foi bem engraçado.

– Eles me chamaram de mulher misteriosa – falei sorrindo, sem afastar os lábios dos dele. – Eu sempre quis ser misteriosa.

Ele riu.

– Eu sempre quis ter duas mulheres. Está tudo dando certo pra nós dois.

Bati nele, e ele riu, fazendo cócegas ao mordiscar o meu pescoço.

Fazia três dias que tínhamos feito as pazes, e as coisas tinham alcançado outro nível. Não havia mais prazo para acabar. Não íamos terminar, íamos sair em turnê e depois morar juntos. O futuro do relacionamento estava traçado com clareza.

E estávamos loucamente apaixonados.

Ele me contou tudo. Sobre Lola, sobre a música. Por que não tinha me convidado antes para ir com ele. *Tudo*. E eu ouvi e entendi e, no fim, senti que éramos nós dois contra o mundo.

Zane estava esperando com o carro já ligado em frente à garagem. Percebi que ele não queria me deixar, e isso deixou meu coração feliz, mas eu precisava ser prática.

– Vai, você vai se atrasar pro voo. Manda mensagem do carro.

– Olha pra mim.

Olhei para ele e me afoguei em seus olhos azuis.

Ele colocou o polegar nos meus lábios, segurando-os fechados.

– Eu te amo – disse.

Em seguida, tirou o dedo, me deu um beijo suave e desceu os degraus correndo com o violão antes que eu pudesse responder.

Meu coração quase não aguentou. Acho que eu nunca ia me acostumar a ouvir essas palavras saindo dos lábios dele. Eu me apoiei no batente da porta, com Rango aos meus pés, e fiquei observando Jason entrar no carro sorrindo. Joguei um beijo quando eles saíram, e meu celular apitou com uma mensagem dele antes mesmo que o Tesla da Zane virasse a esquina.

Jason: Já estou com saudade.

Plim.

Jason: Me manda alguma sacanagem.

Eu ri.

Meu Deus, éramos muito fofos! Eu mesma quase não conseguia aguentar.

Comecei a trabalhar. Durante os sete dias que restavam, eu precisava entrar em contato com a empresa para a qual fazia os quadros e avisar que ia parar e precisava colocar a minha lojinha na Etsy em modo férias. Eu precisava terminar três quadros. Alugar um contêiner para deixar os meus pertences, colocar a casa à venda e começar a fazer as malas. Eu também precisava organizar as coisas para fazer uma venda de garagem rápida.

E ainda precisava cumprir a tarefa mais difícil da lista: contar a Kristen.

Nunca tínhamos passado mais que três dias longe uma da outra. *Nunca*, desde o sexto ano. Eu não fazia ideia de como ela ia reagir. Eu meio que esperava que ela me pedisse para ficar. Ela era fã do Jason até então, mas aceitar sair em turnê com ele depois de duas semanas de namoro era uma loucura, até eu achava isso. E explicar que eu ia vender a casa e morar com ele? Parecia uma insanidade, por mais que *eu* sentisse que era a coisa certa.

Eu tinha combinado de encontrar Kristen e Oliver no parque, e fui até lá com Rango ao meio-dia. O bebê estava no carrinho de corrida, e Kristen já estava dando uma volta na pista quando cheguei. Fui caminhando no sentido contrário até encontrá-la. Quando a alcancei, ela logo perguntou o que eu queria.

– E aí, o que você quer me contar? – perguntou, olhando para a frente, caminhando rápido e com determinação.

Meu Deus, como é que ela faz isso? Ela sempre sabe exatamente o que eu estou pensando só de olhar para mim?

Não me dei ao trabalho de enrolar.

– Jason me convidou pra ir com ele na turnê.

Kristen não tirou os olhos da pista.

– E você aceitou?

– E eu aceitei. Mas tem mais uma coisa. Vou vender a casa. E, quando voltarmos, vamos morar juntos.

Kristen parou de caminhar tão de repente que dei três passos antes de perceber.

Ela ficou olhando para mim por um tempo, ofegante.

– Vamos sentar – disse ela com cautela, me lançando um olhar que não consegui decifrar.

Argh. Isso não era nada bom. Eu queria *tanto* que ela me apoiasse. Eu ia seguir em frente qualquer que fosse a vontade dela. Mas esperava que ela me desse uma força, porque os meus pais não tinham recebido a notícia nada bem. *Nada* bem.

Meu pai achou que fugir para uma turnê com meu namorado "rockeiro" depois de duas semanas de relacionamento era uma espécie de crise. Ele me passou um sermão sem fim sobre os perigos de namorar músicos e terminou dizendo que discordava totalmente da minha decisão. Chegou a usar a palavra "decepcionado".

Ele amava Brandon. Os dois eram ex-militares e jogavam na mesma liga de pôquer. Meu pai não queria nem conhecer Jason. Disse que apostava que ia acabar antes do próximo feriado e que, se não acabasse, talvez eles se conhecessem no Dia de Ação de Graças.

Talvez.

Minha mãe tendia a ser mais romântica, mas depois daquele pequeno escândalo nos portais de fofoca, ela achava que eu era louca só de pensar em continuar o namoro, imagine então sair em turnê e vender a minha casa para morar com ele. Ela aceitou conhecê-lo, mas o entusiasmo foi tão pouco que eu desisti.

A família do Jason me recebera tão bem que eu acho que ele ficou desolado ao ver o que a minha estava achando daquilo.

Era uma droga não ter ninguém que estivesse tão feliz quanto eu com a minha decisão.

Encontramos um banco à sombra e caminhamos até lá em um silêncio pesado. Kristen parou o carrinho e deu um copinho a Oliver antes de se sentar de frente para mim.

Não perdi tempo.

– Antes que você comece, eu sei que faz pouco tempo e sei...

– Eu acho ótimo que você vá.

Demorei um tempinho para processar o que ela disse.

– Você... você *acha*?

– Acho. E também acho ótimo que você venda a casa. Você devia ter feito isso há muito tempo.

Pisquei surpresa para ela.

– Você não está chateada porque eu vou passar tanto tempo longe? Não acha que eu sou maluca?

– Sloan, eu preciso te dizer algumas coisas.

Ela colocou o cabelo atrás de orelha e lambeu os lábios. Demorou um pouco para começar a falar. Parecia estar sem palavras. Kristen *nunca* ficava sem palavras.

– Eu sei que você vai passar um bom tempo longe. Mas já passei mais tempo sem te ver. – Ela fez uma pausa longa. – Nos últimos dois anos, a Sloan com quem eu cresci não estava aqui. Eu tive medo de que ela tivesse sido enterrada com o Brandon e eu nunca mais a visse. Aí você decidiu viver e... sabe de uma coisa? A minha Sloan voltou. – Ela balançou a cabeça. – Eu estava com saudade da minha amiga. E, se eu achasse que você só está bem porque agora tem um homem na sua vida de novo, eu te diria pra não ir. Mas eu acho que você tem um homem na sua vida *porque* está bem. Não acho que seja uma espécie de estepe pra você retomar sua vida depois. Acho que o que vocês têm é real. E, caramba, se ele quer que você vá com ele, *vai*. Porque faz *muito* tempo que eu não te vejo tão feliz.

As lágrimas começaram a cair antes mesmo que eu percebesse.

– Obrigada – sussurrei.

– Acho ótimo que ele finalmente tenha entendido o quanto seria péssimo ir sem você. Pra falar a verdade, o Josh e eu estávamos preocupados com o que poderia acontecer quando ele fosse embora e estávamos estranhando ele demorar tanto pra fazer o convite.

– Sério? Vocês falaram sobre isso?

– Somos a sua equipe de emergência. É claro que falamos sobre isso. Fizemos simulações e tudo.

Eu ri de tanto alívio e abracei Kristen. Agora era real. Ter o apoio dela legitimava a coisa toda – o apoio dos dois. Eles também viam o que eu tinha com Jason.

– Sloan, eu fico muito feliz de te ver fazendo essas escolhas. Vai, se aventura, se apaixona ainda mais, toca um tamborim, vira uma groupie e diz um monte de clichês, tipo "Estou com a banda".

Soltei uma risada pelo nariz, enxugando as lágrimas.

– Eu vou estar aqui quando você voltar. E você também vai estar aqui. Finalmente.

KRISTEN E EU CAMINHAMOS durante 45 minutos, conversando sobre a turnê e sobre Oliver. Depois, eu tive que voltar para casa e começar a executar a minha lista de tarefas. Eu me despedi dela com um abraço e subi a escada que levava ao estacionamento.

Eu estava escrevendo uma mensagem para Jason. Ele tinha acabado de cantar "Name" na minha caixa postal enquanto estava a caminho do aeroporto. A música que estava tocando quando nos beijamos pela primeira vez. Eu derreti.

Eu estava digitando, de cabeça baixa, dizendo que o amava, e só reparei no meu carro quando pisei nos cacos de vidro. Ergui a cabeça e fiquei paralisada, cobrindo a boca com a mão.

Os vidros estavam quebrados. *Todos* eles.

O para-brisa estava caído no banco da frente, como se alguém tivesse subido no capô para quebrá-lo.

Todos os quatro pneus estavam cortados. Os retrovisores estavam quebrados e tinham sido espalhados pelo estacionamento como doces caídos de uma *piñata*.

E as palavras *Puta do Jaxon* estavam pichadas na porta que não combinava com o resto do carro.

33

JASON

▶ Do I Wanna Know? | Arctic Monkeys

As câmeras do estacionamento estavam quebradas – mas *eu* sabia quem tinha feito aquilo.

Lola estava emputecida por ter sido excluída da turnê, por ter me visto nos portais de fofoca com outra mulher, e foi atrás da Sloan. Eu não tinha nenhuma dúvida de que tinha sido ela.

Eu estava furioso. Liguei para Ernie assim que Sloan me contou do carro, e ele foi buscá-la. Eu quase voltei de Nova York, mas os dois insistiram que eu ficasse e participasse do *SNL*. Ernie prometeu que a manteria em segurança e lidaria com a polícia – e foi o que ele fez.

Mas o carro não foi o fim da história. Nem de longe.

As redes sociais da Sloan foram bombardeadas por trolls. Contas falsas feitas com o único intuito de comentar as fotos e assediá-la por mensagens particulares. Foi tão grave que ela teve que excluir a conta do Instagram, e até Kristen e Josh tiveram que fechar as contas deles.

Foi quando as ligações começaram.

Mensagens vulgares de texto e de voz de desconhecidos no celular da Sloan, a qualquer hora da noite. As mensagens variavam de xingamentos a ameaças de violência. E ficou *muito* claro que era por minha causa. A puta do Jaxon, a vagabunda do Jaxon. Nada disso era rastreável. Todas as ligações vinham de números falsos.

Eu não fazia ideia de como Lola tinha conseguido o número da Sloan.

Mas também não fazia ideia de como ela tinha conseguido a senha do portão.

Era como se tivesse contratado um maldito exército para perseguir a minha namorada.

Eu nunca senti tanto ódio de alguém na *vida*.

Ernie implorou que eu não a confrontasse, que qualquer resposta só a incentivaria a radicalizar ainda mais. Ele tinha razão. E também não adiantaria nada. Ela não ouvia a voz da razão. Tudo que eu podia fazer era controlar os danos e tentar manter Sloan segura.

Eu não ia arriscar. Trocamos o número da Sloan, e eu não deixei que ela saísse da casa do Ernie sozinha nem chegasse perto da própria casa. Contratei uma empresa de mudança para terminar de embalar as coisas e coloquei Zane para supervisionar. Cancelamos a venda de garagem. Eu não queria Sloan ao ar livre lidando com desconhecidos quando alguém tinha destruído o carro dela com um taco de beisebol.

A coisa toda foi um estresse de que nenhum de nós dois precisava, porque a nossa vida já estava bem difícil.

Fazia três dias que eu tinha voltado de Nova York. A turnê começaria dali a dois. Tudo estava um caos. Tive que mergulhar direto nos ensaios um dia depois de voltar de Nova York, com a banda que contratei para a turnê. Eu trabalhava dezesseis horas por dia e equilibrava isso tudo com a divulgação da turnê. A vida me empurrava em milhares de direções diferentes, e a ela também.

E agora Ernie estava me obrigando a esperar por ele perto da piscina às seis e meia da manhã. Sloan estava dormindo com Rango no trailer. *Eu devia estar dormindo com Rango no trailer.* Mas a mensagem que Ernie me mandou dizia que o assunto era importante e não podia esperar.

Ele saiu pela porta dos fundos da casa e passou pela piscina. Estava de terno, mesmo sendo tão cedo.

– E aí, cara. Desculpa te acordar. Eu sei que você precisa do seu sono da beleza. – Ele colocou as mãos na cintura. – É importante, senão eu não teria te ligado.

– O que foi que aconteceu? – perguntei, bocejando.

– Alguém subornou a minha empregada.

Passei a mão na nuca.

– Hein?

– Alguém deu mil dólares pra ela pela senha do portão pra Lola entrar naquela noite. Faz dez anos que ela está comigo, e agora eu tenho que ir atrás de outra empregada. Estou tendo que lavar a minha roupa. E essa ainda nem é a parte louca da história. – Ele olhou bem nos meus olhos. – A pessoa que pagou não foi a Lola nem ninguém da equipe dela. – Ele fez uma pausa. – Foi da *sua* equipe.

Deixei a mão cair e fiquei olhando fixamente para ele.

– Eu tive que fazer uma investigação daquelas. Dei mais mil dólares pra Lupe abrir o bico e pedi o vídeo das câmeras de segurança dos Swansons, do outro lado da rua, mas consegui a placa do cara que ofereceu o suborno. É um empregado de baixo escalão da *sua* gravadora.

– *O quê?* – falei baixinho.

– Pois é. – Ele coçou o rosto. – É o seguinte. Acho que a sua gravadora armou aquelas fotos com a Lola. Acho que fizeram isso pra poder vazar aquela merda. Acho que a coisa toda com o TMZ foi planejada e que eles queriam a fofoca circulando pra que, quando enfiassem a Lola na sua turnê, vocês dois estivessem em todos os portais de fofocas juntos e bonitinhos.

Fiquei paralisado por um bom tempo.

– *Por quê?*

– Eles estão fabricando um hype pra você. Querem o mundo todo falando de você. Os singles Lola-e-Jaxon da trilha sonora estão com tudo. Todos te querem. A Pia não está nem conseguindo acompanhar toda a divulgação que eles querem que você faça. Foi por isso que eles estenderam a turnê por mais dez meses. Eles estão se preparando pra produzir seu trabalho em massa. Os dados estão lançados, meu amigo. Você tem tudo pra ser uma grande estrela.

Ernie não era dado a fazer esse tipo de declaração. Era mais do tipo contenha-suas-expectativas, então levei muito a sério o que ele disse. Eu devia ficar feliz por ele acreditar tanto no futuro da minha carreira, mas, em vez disso, um mau presságio muito estranho tomou conta de mim. Aquela cena com Lola quase me custou o meu relacionamento, e eles tinham dado à minha assediadora acesso ao lugar onde eu morava? Que *merda* é essa?

Ele continuou.

– A essa altura, eu não duvido que eles seriam capazes de enfiar a Lola na sua turnê por mais que a venda de ingressos pro seu show seja o maior sucesso. Funciona pra vocês dois. Ela deixa a sua imagem mais ousada e você garante uma turnê da qual ela possa participar e que vai continuar rolando mesmo que ela caia morta com uma agulha enfiada no braço.

Fechei a cara.

– Não. Eu desisto antes. Não estou nem aí, eles que façam o que quiserem.

Ele colocou as mãos nos meus ombros.

– Olha só, eu não quero que você se preocupe com a Lola. Ela não vai chegar nem perto de você, agora. Cumpre a sua parte no trato e lota os shows. E, por enquanto, se prepara. Espero que vocês tenham entusiasmo de sobra, porque essa turnê não vai ser fácil. – Ele me deu um tapinha no ombro. – Parabéns, Jaxon. Você conseguiu.

34

SLOAN

▶ Yes I'm Changing | Tame Impala

Acordei sozinha com Rango na cama do Jason. O lado do meu namorado no colchão estava gelado.

Minha casa estava vazia e à venda. Eu tinha largado o meu trabalho e liquidado a minha vida. E estava exausta. Nós dois estávamos. E por isso era tão estranho que ele não estivesse dormindo enquanto podia.

Estávamos morando no trailer do Jason até sairmos em turnê dali a dois dias. Na semana anterior, a minha vida inteira tinha sido reduzida a uma mala grande e uma de mão. Meu carro foi com Deus. O seguro declarou perda total porque, ao que parece, quatro pneus, os vidros e a pintura custariam mais do que o carro inteiro. Ganhei mil e quinhentos dólares por ele e me senti uma golpista.

Fui até o banheiro enrolada em um cobertor. Jason não estava no trailer. Espiei pela persiana e vi que ele estava perto do trailer conversando com Ernie.

Sentei no sofá com Rango para esperar por ele e liguei a TV. Eu estava sentada ali, zapeando os canais, quando o meu celular apitou com uma notificação de e-mail.

Sempre que o meu celular tocava eu ficava sobressaltada, embora tivesse mudado de número e excluído todas as contas das redes sociais. O ataque da Lola tinha sido horrível. Eu estava feliz por aquilo aparentemente ter acabado.

Abri o ícone com o envelope. Meu coração deu um salto.

Fazia mais de dois anos que eu não recebia uma mensagem naquela conta. Era a conta que eu usava quando pintava quadros hiper-realistas, a conta que estava nos cartões que as galerias de arte distribuíam – quando eu ainda fazia esse tipo de coisa.

Foi tão inesperado que, por uma fração de segundo, achei que fosse mais uma obra dos trolls, mas reconheci o nome. Era uma curadora de arte de Laguna Beach. Famosa.

Li o e-mail com atenção.

Ela tinha um cliente que tinha visto o quadro *Garota no campo de papoulas* e queria um quadro da filha dele. Queria para o Natal e estava disposto a pagar quatro mil dólares.

Uma encomenda.

Soltei uma lufada de ar.

Era o tipo de encomenda que eu *rezava* pedindo que acontecesse. Eu conseguia vender os meus quadros, mas eles ficavam meses nas galerias antes de serem vendidos. Saber que alguém tinha amado o meu trabalho o bastante para fazer uma encomenda, e vender um quadro antes mesmo que ele existisse? Meu Deus, era o meu sonho!

Foi aí que eu levei um choque de realidade.

Eu ia viajar com a turnê. E não teria como pintar no lugar para onde estava indo.

A decepção atingiu o meu coração em cheio.

Eu já estava pronta para voltar a levar a minha arte a sério. Mas estava sobrecarregada com a lojinha na Etsy e os gatos astronautas, então não tinha conseguido tentar de verdade. E, agora que tinha me livrado de todas essas responsabilidades e surgia uma oportunidade incrível, eu não podia aceitar.

Deixei o celular de lado e voltei a assistir à TV, deprimida. Talvez eu devesse estar feliz por ter chegado a ponto de querer ir atrás das coisas que despertavam a minha paixão. Mesmo que eu não pudesse fazê-las.

Jason entrou no trailer vinte minutos depois e pareceu surpreso ao me ver acordada. Ele apoiou as mãos nas costas do sofá para me beijar.

– Bom dia. Café? – perguntou, sorrindo, embora parecesse cansado.

– Quero. Ei, você viu isso? – falei, apontando com a cabeça para a TV. Eu estava vendo o E! News.

– O quê? – perguntou ele.

Em seguida, foi até a cozinha, abriu o armário e pegou o pacote de café.

– Lola está processando o empresário. Parece que ele desviou um monte de dinheiro dela.

Ele colocou o café na prensa.

– Ela devia estar bêbada demais pra perceber – resmungou, colocando água no micro-ondas. – Por falar nela, o Ernie acha que aquelas fotos foram armação da gravadora.

Franzi o cenho.

– Sério? Por quê?

– Publicidade. – Ele se escorou no balcão com os braços cruzados esperando a água esquentar. – Ele acha que eles são capazes de enfiar a Lola na turnê mesmo que os ingressos estejam esgotados.

Dei de ombros.

– Tá. Bom, ela não me assusta. Só pra você saber.

Ele sorriu e se aproximou da TV para desligá-la.

– Ei, eu comprei um presente pra você.

Abri um sorriso largo.

– Sério?

Ele abriu um dos armários da cozinha, de onde tirou um pacote embrulhado em papel de presente azul com bolinhas, que colocou no meu colo ao se sentar.

– Eu achei que você pudesse gostar disso – disse.

Abri o pacote e tirei uma luminária de mesa. A base era um câmbio de carro, o braço era um metal retorcido e a cúpula era uma placa velha e gasta, curvada.

– É do seu carro – disse ele. – Pedi pra Zane ir buscar as peças no ferro--velho e mandar pra um cara que faz luminárias com peças de carro restauradas. Tive que pedir urgência pra que ficasse pronto antes da turnê, mas eu queria muito te dar isso. Eu sei o quanto você gostava daquele carro.

Abri um sorriso radiante.

– Jason, que atencioso!

Eu *amei*.

Eu me aproximei e o abracei pelo pescoço.

– Obrigada.

Ele encostou o rosto na lateral da minha cabeça.

– Podemos deixar aqui até voltarmos da turnê e comprarmos uma casa.

Assenti, enxugando as lágrimas com o polegar. *Aquele* era Jason. Tão atencioso.

– Café da manhã? – perguntei, fungando. – Panquecas ou ovos e bacon? Ou os dois?

Ele soltou um suspiro e levou a mão à testa, massageando-a.

– Que droga a gente não poder sair pra comer.

Ele estava sendo reconhecido. *Muito.*

A floresta chama era um sucesso de bilheteria. Depois que o filme foi lançado e o *Saturday Night Live* foi ao ar, a trilha sonora explodiu. O clipe da música-tema já tinha mais de cinquenta milhões de visualizações e, ao contrário do clipe que era uma animação, nesse ele aparecia em destaque.

No último minuto, ele também saiu na capa da *GQ*, o que não foi nenhuma surpresa para mim. O homem era muito fotogênico. E o escândalo com Lola na verdade parecia ter funcionado a favor dele. O site dele chegou a cair de tantos acessos no dia em que a fofoca se espalhou, então acho que a manobra de publicidade deu certo – apesar de quase ter *destruído* a nossa vida.

Jason gostava dos fãs. Gostava de dar autógrafos. Era gentil e extrovertido. Mas acho que não esperava aquele nível de fama. Ele não tinha trégua.

Ele era um letreiro de neon ambulante. As pessoas tiravam fotos sem pedir, abordavam Jason no mercado e no posto de gasolina, o perseguiam. Um dia, saímos para jantar tarde da noite e não tivemos um segundo de paz. E, mesmo que não o abordassem, as pessoas ficavam olhando para ele. *Fixamente.*

Além disso tudo, ele estava supernervoso por causa da coisa toda com Lola. Dizia que sentia que não conseguiria me proteger com estranhos aleatórios se aproximando de nós a cada passo.

Montei no colo dele, com a camiseta enrolando em volta do meu quadril. Eu estava sem short, e a minha calcinha fio-dental era vermelha. Ele olhou para baixo e arqueou uma sobrancelha.

– A gente vai ter que mudar um pouquinho a nossa vida – falei. – Pedir serviço de quarto na cama em vez de ir a restaurantes. Esse tipo de coisa.

Eu o beijei, e ele retribuiu com um sorriso discreto, mas grato.

Jason jogou a cabeça para trás, apoiando-a no encosto do sofá.

– O que você vai fazer hoje?

Ele acariciou as minhas coxas.

– Preciso ir até a FedEx pra enviar as últimas encomendas. Aí preciso levar umas sacolas pra doação e entregar a chave da casa na imobiliária. Vou roubar a sua picape.

– Primeiro ela rouba o meu coração, depois rouba a minha picape – disse ele, cansado.

– Na verdade, primeiro eu roubei o seu cachorro.

Ele deu uma risadinha, olhando para mim sem tirar a cabeça do encosto do sofá.

– Alguma possibilidade de você dar uma de namorada e assistir ao ensaio hoje?

Abri um sorriso.

– Onde?

– Century City.

– Acho que consigo encaixar isso no meu dia.

Ele ficou radiante, parecendo feliz de verdade pela primeira vez naquela manhã, e se aproximou para me beijar – mas Jason conhecia os meus lábios bem demais. Ele se afastou.

– O que foi que aconteceu?

Soltei um suspiro.

– É que… eu recebi um e-mail… nada de ruim – completei rápido ao ver a preocupação no rosto dele. – Uma encomenda de um quadro. Um quadro de verdade. Não coisas da lojinha da Etsy.

Ele abriu um sorriso radiante.

– Isso é incrível! O que querem que você pinte?

Ajeitei o cabelo atrás da orelha.

– Uma garotinha em um balanço. E estão me oferecendo muito dinheiro.

Ele me puxou mais para perto pelas coxas e sorriu.

– É claro que estão. Você é incrível.

Abri um sorriso fraco.

– Eu sinto falta de criar. De sentir que estou atingindo o máximo do meu potencial. Eu quero muito aceitar a encomenda e não posso.

Ele franziu o cenho.

– Por que não?

Dei de ombros.

– Vamos estar em turnê. Não posso pintar no ônibus.

– Para quando é o quadro?

– Pro Natal.

– Então faz durante o recesso.

Mudei de posição no colo dele. Eu não tinha pensado nisso.

– Cinco semanas pode não ser o bastante pra terminar algo assim.

– Volta um pouco antes – respondeu ele. Em seguida, se aproximou e me beijou. – E estou feliz que esse assunto tenha surgido, porque tem outro presente no pacote – sussurrou, sem afastar os lábios dos meus. – Você não viu.

Eu me afastei e olhei para ele.

– Pega lá.

Estendi o braço e peguei o pacote de novo, tirando o papel de seda. Tinha um cartão-presente no fundo.

Era de uma loja de materiais de arte.

Um cartão de mil dólares.

– Jason! É muita coisa! – falei, arquejando. – Eu não posso aceitar isso.

Ele me abraçou e aproximou os lábios da minha orelha.

– É que você fica tão sexy quando está pintando – disse ele, beijando o meu pescoço. – E, agora que você não vai mais pintar gatos astronautas, achei que ia querer voltar a fazer a sua arte. Você vai precisar de materiais. E quero te apoiar como você me apoia.

Uma coisa dura no colo dele estava me apoiando naquele momento.

– Obrigada – sussurrei.

Ele mordiscou o meu lábio.

– De nada.

Então, Jason se levantou e me pendurou no ombro como um homem das cavernas. Ele bateu na minha bunda, e eu dei um gritinho, rindo quando ele virou para o quarto.

35

SLOAN

⏵ Little Black Submarines | The Black Keys

Quatorze semanas depois

O alarme do celular do Jason disparou. Até Rango choramingou aos pés da cama.

Jason se movimentou ao meu lado para acender a luz, e eu estremeci.

– Devia ser ilegal acordar antes do sol – resmunguei.

Ele deu uma risadinha e se apoiou no cotovelo, o cabelo bagunçado.

– Como você está se sentindo?

– Os meus ouvidos estão entupidos.

Uma mão gelada tocou no meu rosto, e eu fechei os olhos.

– Você não está quente – disse ele.

– Acho que é só alergia ou alguma coisa assim – respondi, fungando. – Eu estou bem.

Jason se apoiou nos antebraços e pairou sobre mim. Deu um sorriso divertido, o que provavelmente queria dizer que o meu cabelo estava maluco.

– Não me beija – falei. – Não quero que você fique doente.

Se Jason ficasse doente, eles o obrigariam a cantar assim mesmo.

Ele sorriu e deu uma fungada no meu pescoço.

– Em que cidade estamos? – perguntei, bocejando.

Ele se virou e olhou para a própria mão.

– Ontem estávamos em Atlanta. Então acho que... Memphis?

Zane sempre escrevia o nome da cidade na mão do Jason antes do show para que ele não agradecesse à cidade errada.

– Aah. Eu sempre quis visitar Memphis – falei, fazendo um biquinho.

Íamos embora naquela mesma noite.

– Por que você não dispensa a passagem de som e vai passear com a Jessa? – perguntou ele, olhando para mim.

Jessa era a vocalista da banda de abertura, Grayscale. Ela também era *muito* amiga da Lola. Eu não a julgava por isso. Jessa era muito simpática, e mantínhamos um acordo tácito de não falar sobre Lola, o que ajudava. Zane era muito amiga da assistente da Jessa, Courtney, então todas saíamos muito juntas. Sempre pegávamos quartos interligados para que pudéssemos entrar e sair com mais facilidade, pegar o babyliss uma da outra emprestado e ver TV juntas.

Fiz que não com a cabeça.

– Eu não vou turistar sem você. Se um de nós não pode passear em Memphis, ninguém vai passear em Memphis.

Ele beijou a minha testa e sorriu, os olhos azuis formando rugas.

Coloquei a mão no rosto dele.

– Espero que os nossos filhos herdem os seus olhos.

Seu sorriso se alargou.

– E o talento artístico da mãe.

Ele pegou a minha mão e entrelaçou na dele.

Soltei um suspiro.

– Faz um tempo que não faço nada de talentoso.

Ele semicerrou os olhos.

– Bom, talvez nada artístico. Mas *aquilo* que você fez com a boca no ônibus semana passada…

Arquejei e bati nele, e ele deu uma risadinha.

– Sabe como eu soube que você era a garota certa pra mim? – perguntou ele, me puxando mais para perto, encostando a testa na minha. – Quando te vi lambendo aquele pacote de salgadinho. Eu disse pra mim mesmo: "É ela, Jason. Ela é a garota certa."

Dei uma risadinha, e ele começou a me fazer cócegas. Soltei um gritinho e tentei me desvencilhar, e ele riu. Nesse momento, o despertador tocou mais uma vez, e toda a diversão foi interrompida de repente. Nós dois soltamos um suspiro, nos levantamos e fomos até o banheiro.

Ele me entregou a minha escova e ficamos em pé diante da pia escovando os dentes, em uma rotina afiada. Observei o meu reflexo no espelho. Meu Deus, eu estava horrível. Parecia que eu precisava ser mergulhada em hidratante corporal ou algo do tipo. Havia olheiras profundas sob os meus olhos, e eu estava pálida de novo. Embora a maioria dos hotéis tivesse piscina e spa, não tínhamos tempo para usar.

Talvez precisássemos beber mais água. Fiz uma anotação mental de obrigar Jason a fazer isso comigo – embora *ele* estivesse ótimo.

Jason tinha nascido para essa vida. Todas aquelas viagens não o abalavam. Sem falar que ele era obrigado por contrato a passar pelo menos uma hora na academia com um personal trainer quatro vezes por semana. Então, embora eu estivesse inchada e pálida, ele estava ficando ainda mais definido e gostoso do que já era. Não era nada justo.

Deixei que os meus olhos percorressem a trilha de pelos no abdômen de tanquinho do Jason até o cós da calça do pijama. Quando ergui o olhar, ele estava sorrindo para mim com a escova de dentes na boca. Ele ergueu as sobrancelhas, e eu ri e cuspi.

– Não deixa o fato de você continuar maravilhoso mesmo depois dessa maratona subir à sua cabeça.

Ele também cuspiu.

– Bom, eu tenho que fazer jus à minha linda namorada, não é?

Ele deu uma piscadinha.

Soltei uma risada pelo nariz.

– Ah, tá.

Os meus olhos estavam vermelhos de tanto tossir. Eu estava inchada e exausta.

Eu *não* me adaptava bem a mudanças. Só descobri isso quando a mudança passou a ser parte integral da minha vida.

Fazia três meses que estávamos na estrada. E *nada* correspondia às minhas expectativas. Não havia nada de glamour nem nada parecido com férias no que estávamos fazendo.

Ônibus, hotel, show, voo. Estação de rádio, de notícias, ensaios fotográficos, fast-food, seis horas de sono, quatro horas de sono, de volta ao ônibus. Movimento perpétuo, o tempo todo. Era tão constante que o meu corpo não conseguia acompanhar.

A equipe tinha dois dias de folga por semana – mas nós não. Tinha sempre alguma divulgação que Jason precisava fazer. E ele tinha medo demais de *não* fazer. Se os ingressos não esgotassem, eles chamariam Lola. Era exaustivo.

Fazia um tempão que eu estava resfriada. Meu estômago também estava muito sensível. Só comíamos porcaria – e não tínhamos muita escolha. O produtor da turnê do Jason mantinha um cronograma tão apertado que era impossível parar para qualquer coisa que levasse mais tempo que abastecer, e tínhamos que comer em restaurantes que ficassem perto do posto de gasolina. Nunca comíamos no mesmo horário. Às vezes jantávamos às cinco da tarde antes do show, outras só à meia-noite. O meu relógio biológico estava uma zona, e não tínhamos nem saído dos Estados Unidos ainda.

Eu *vivia* esperando pelo recesso de cinco semanas. Eu contava os dias. Era 4 de setembro, e ainda faltavam dez semanas. Fazia meses que eu não via Kristen. Jason sempre se oferecia para comprar as passagens para que eles pudessem nos encontrar, mas não fazia sentido. Quase nunca ficávamos mais que dois dias no mesmo lugar, e o bebê não aguentaria tantas viagens.

Então, o plano era passar uma semana em Ely com a família dele, para comemorar o Dia de Ação de Graças, e depois um mês na Califórnia para que eu pudesse pintar e ver Kristen e os meus pais. Um mês não me dava muito tempo para terminar o quadro encomendado. Mas eu não queria ir embora antes e, para falar a verdade, estava tão animada com a encomenda que não me importava se tivesse que pintar quatorze horas por dia para terminar a tempo.

A saudade que eu tinha de pintar doía na minha *alma*. Eu nunca tinha passado tanto tempo sem produzir alguma coisa. Agora, eu tinha passado mais de três meses sem um pincel na mão e ansiava por isso. Sem falar que eu queria fazer o trabalho. Tinha ganhado um bom dinheiro com a venda da casa. Tinha o meu dinheiro para gastar – não que Jason deixasse. Mas eu queria um propósito. Algo que não fosse apenas ser a namorada do Jason.

Alguém bateu à porta, e eu vesti o roupão para abrir. Tínhamos desenvolvido um sistema. Eu atendia a porta e Jason se escondia para que ninguém o visse ao passar por ali.

Tínhamos aprendido isso do jeito mais difícil. Se alguém o visse dentro do quarto, seríamos obrigados a mudar de hotel ou teríamos fãs e câmeras esperando por nós quando saíssemos – ou pior, batendo à porta e nos acordando.

Abri a porta para Zane, que trazia cafés, e o cara do serviço de quarto com o carrinho, também parado ali.

– Oi – falei, deixando os dois entrarem.

Senti o cheirinho quente de panquecas e bacon quando o carrinho passou por mim. Pelo menos eu podia contar com uma refeição mais ou menos decente quando ficávamos em um hotel com serviço de quarto. Mas até isso já tinha perdido o brilho havia meses. Todos os cardápios eram iguais. As mesmas cinco ou seis opções para todas as refeições em todos os hotéis. Eu nunca tinha pensado que ia enjoar de algo como serviço de quarto, mas foi o que aconteceu.

Eu tinha imaginado que comeríamos em restaurantes típicos das cidades que visitássemos. Churrasco em Kansas, pizza de fôrma alta em Chicago, cheesesteak na Filadélfia. Mas não visitávamos de verdade as cidades. Só passávamos por elas. Às vezes tão rápido que nem chegávamos a registrar.

Zane me entregou um café latte da Starbucks e colocou o café de Sumatra do Jason ao lado da TV. Depois, pegou uma pasta que estava debaixo do braço.

– Aqui está a agenda. Ele entra às seis.

Soltei um gemido.

– Eles não podiam ter gravado isso antes?

– Não. É ao vivo. Sinto muito.

Argh. Isso queria dizer que, em vez de sentar para jantar naquela noite, ele ia correr da estação de TV direto para o palco. De novo.

Soltei um suspiro, limpando o nariz com um lenço e examinando o resto da agenda do dia. Depois do show, faríamos uma viagem de três horas de Memphis a Nashville para um festival que aconteceria no dia seguinte. Faríamos o check-in no hotel às duas da manhã. Passagem de som às oito. Festival ao meio-dia.

Mais uma agenda horrível.

Zane pareceu perceber o meu cansaço e assinou o recibo pelo serviço de quarto por mim.

– Está tudo bem? – perguntou ela, após liberar o cara.

Jason estava no banho. Dava para ouvir o chuveiro.

Massageei a testa.

– Tudo. Só estou muito cansada.

– Vai fazer as unhas ou algo assim. Você não precisa ir a essas merdas.

Olhei para as minhas mãos e para o esmalte descascado nas unhas.

Era engraçado, porque, quando eu estava de luto pelo Brandon, eu não me cuidava, e estava acontecendo exatamente isso de novo.

– Quer que eu traga alguma coisa pra você? – perguntou ela.

Zane era ótima. Ela salvava a nossa vida em muitas situações. Estávamos muito isolados. Na maioria das vezes, Jason não podia nem descer do ônibus, senão ficaria preso distribuindo autógrafos. Ele não podia nem ir à farmácia comprar um desodorante. Zane fazia tudo por nós. Levava a nossa roupa à lavanderia, essas coisas.

– Não precisa – falei, tossindo no cotovelo. – Mas obrigada.

– Você só precisa se acostumar com a estrada – disse ela, se abaixando para pegar o saco de roupa suja que sempre colocávamos perto da porta. – Na próxima turnê, você vai estar tirando de letra.

Soltei uma risada pelo nariz.

– Pelo menos eu vou ter alguns anos pra me recuperar desta.

Ela pendurou o saco de roupa suja no ombro.

– Vai sonhando.

– Rá. Depois de Brisbane, ele vai parar – falei, limpando o nariz.

Ela pareceu confusa.

– Ele vai ter três meses de férias e vai voltar pra estrada. Ele não te falou?

Pisquei para ela.

– Não...

– Eles já estão mandando a papelada pra equipe pra estender os contratos. O meu chegou ontem. Talvez ele ainda não saiba.

Senti um frio na barriga.

– Tem certeza?

– Absoluta. Parece que ele está fazendo muito sucesso em Tóquio. Fiquei sabendo que ele vai pra lá e, depois, Brasil, Chile, Panamá, Argentina. É ótimo. Quer dizer que ele está famoso.

Murchei na mesma hora. Mais uma turnê? Três meses de folga e voltaríamos àquilo?

– Meu Deus... – falei baixinho.

Zane deu um tapinha na perna.

– Vamos, Rango. Hora do passeio.

Rango pulou da cama e deixou que Zane colocasse a coleira nele.

– Vou trazer um remédio pra gripe. Me manda mensagem se quiser mais alguma coisa.

Abri a porta para eles e me escorei nela após fechá-la.

A decepção tomou conta de mim como uma nova onda de exaustão, e a minha pálpebra começou a ter espasmos.

Não sei dizer o que eu esperava. Quer dizer, eles iam arranjar *alguma coisa* para ele fazer quando a turnê acabasse. Mas pensei que seria compor e gravar o próximo álbum, comigo, na nossa casa em algum lugar. Nunca pensei que o obrigariam a fazer tudo aquilo de novo logo em seguida.

Então ia ser assim? Em turnê, sem turnê e depois em turnê de novo? *Para sempre?*

O chuveiro foi desligado.

Fiquei mais um segundinho me recompondo e voltei para o banheiro, que agora estava cheio de vapor.

– Tudo bem? – perguntou ele, olhando para mim enquanto enrolava a toalha na cintura.

– Você sabia que estão agendando mais uma turnê pra você depois desta? – perguntei.

Ele ficou paralisado.

– Não. Onde foi que você ouviu isso?

– Zane disse que estão renovando os contratos da equipe. Você vai ter três meses de folga e depois vai voltar pra estrada.

Vi a mandíbula dele se retesar.

– Que horas são?

– Cedo demais pra ligar pro Ernie – falei, já sabendo o que ele estava pensando.

Jason pegou o celular que estava em cima da pia e ligou assim mesmo.

Ele saiu do banheiro para o quarto, e eu fui atrás.

– Jason, são quatro da manhã lá.

Ele se virou, colocou a ligação no viva voz e segurou o celular entre nós dois.

Ernie atendeu no segundo toque.

– Bom dia, crianças. Estão ligando da mansão do Elvis? – disse ele, meio grogue.

– Eles vão me colocar em outra turnê? – perguntou Jason.

Uma pausa longa.

– Ah, merda – resmungou Ernie. – Só um segundo.

Ernie resmungou alguma coisa para a esposa. Um tempinho depois, uma porta se fechou ao fundo.

– Quem te contou?

– É verdade? – perguntou Jason.

– Pensa o seguinte: você tem garantia de emprego.

Fechei os olhos por um bom tempo e, quando voltei a abrir, a expressão no rosto do Jason parecia um pedido de desculpas.

– Teoricamente, não é outra turnê – disse Ernie. – É a mesma, só que estendida. Isso é bom. Significa que querem você. Eu estava na briga por mais uma trilha sonora, pra te manter em Los Angeles, mas Patty Jenkins deu pra trás e ferrou com o contrato. Você não está compondo e não está gravando. Eles não vão deixar você ficar todo bonitão sem fazer nada, meu amigo. E você está fazendo sucesso em Tóquio.

Jason e eu nos entreolhamos, em uma conversa silenciosa. Ele passou a mão na barba.

– Ernie, eu não aguento outra turnê dessa. Essa programação é ridícula. Faz meses que não consigo descansar a voz, estamos exaustos.

Eu o encarei. *Ele* não estava nem um pouco exausto – eu é que estava. E foi a primeira vez que ele admitiu que não estava feliz com o que estava acontecendo.

– É, bom, é uma merda – disse Ernie. – Mas infelizmente você concordou com tudo isso. Se você compuser um álbum, consigo te tirar da estrada por seis meses em vez de três, pra que ele seja produzido. Eles só vão te dar três na esperança de que você escreva alguma coisa, senão vai continuar assim.

O pedido de desculpas no rosto de Jason aumentou, e ele se sentou na beirada da cama.

Ele não estava conseguindo escrever. Já estava com dificuldade antes de pegarmos a estrada, e agora era ainda pior. Não sei como eles esperavam que ele tivesse criatividade naquelas condições.

– E, já que vocês ligaram, preciso contar mais uma coisa – disse Ernie. –
E já vou avisando que vocês não vão gostar.

Jason ficou olhando para mim, esperando a notícia.

– Eles marcaram um show em Amsterdã no Dia de Ação de Graças. E
você vai pra Paris no Natal.

A pouca energia que eu ainda tinha se esvaiu.

36

JASON

▶ i don't know what to say | Bring Me The Horizon

O brilho do olhar da Sloan se apagou. Ela ficou alguns segundos piscando, sem dizer nada, depois se virou e andou lentamente até o banheiro.

– Ernie, eu te ligo depois.

Desliguei e fui atrás dela. Sloan estava sentada na tampa do vaso sanitário com o rosto apoiado nas mãos e eu me agachei à sua frente.

– Sinto muito, Sloan.

Eu não sabia mais o que dizer. Eu sentia muito *mesmo*. Todos os dias.

Aquilo não era vida. Ela estava esgotada e entediada. Com saudade dos amigos e da família. Eu fazia tudo que estava ao meu alcance para que fosse divertido para ela, mas viver na estrada era brutal.

Ela não afastou as mãos do rosto.

– Só preciso de um segundo pra processar isso – disse ela baixinho.

Ela não via a hora de voltar para casa. Estava com saudade da Kristen e queria pintar o quadro. Só falava disso. E agora isso também tinha sido arrancado dela.

Será que a minha paixão envolver viagens constantes e a dela exigir tranquilidade e quietude era uma espécie de piada cósmica?

– Ei – falei, beijando o joelho dela. – Quem sabe a gente não vai até o Louvre? – perguntei, com alguma esperança, mesmo sabendo que eu estaria correndo de um lado para o outro e que aquilo não ia acontecer.

Ela também devia saber disso. Não respondeu.

– Sloan...

Ela respirou fundo, pegou um pedaço de papel higiênico e limpou o nariz.

– Tá. As coisas são o que são – disse ela, fungando. – Não temos como mudar isso. Então, quanto tempo falta? – Seus lindos olhos estavam vermelhos. – Seu contrato vai até quando? Quando terminar, o Ernie pode renegociar os termos, certo? Podemos pedir uma programação mais tranquila? Mais controle?

– Podemos, mas...

Meu coração se partiu com o que eu precisava dizer a ela.

Quando assinei o contrato, eu estava extasiado. A maioria dos músicos conseguia uma oferta para um álbum só com a opção de renovar se fizesse sucesso. Dois álbuns se a gravadora acreditasse nele. Poucos conseguiam o que eu consegui – e eu consegui porque eles previram exatamente o que estava acontecendo comigo naquele momento: o estrelato.

Ernie me avisou que eu ficaria amarrado a eles, mas não me importei. Consegui um contrato com uma das maiores gravadoras do mundo. Eu *queria* estar amarrado a eles. Queria ser famoso nível Don Henley.

Eu não tinha medo do trabalho. Não conseguia nem imaginar um cenário no qual eu não gostaria de ser representado por uma das forças mais poderosas da indústria musical. Ernie tinha negociado ótimos royalties e outras vantagens – meu adiantamento era mais alto do que eu poderia ter imaginado nos meus sonhos mais loucos. Eu sabia que eles iam exigir muito de mim, mas estava solteiro, acostumado a estar em turnê, a estrada não me incomodava e escrever nunca tinha sido um problema, então eu não tinha dúvida de que seria capaz de produzir conforme o combinado.

E agora *tudo* estava diferente.

Eu não conseguia escrever. Precisava pensar na Sloan. Lola pairava sobre a minha cabeça como uma guilhotina. O contrato estava me espremendo, e tudo que eu queria era algo intermediário. Fama e dinheiro administráveis e que me permitissem ter uma vida – porque não era *nada* disso que estava acontecendo.

Ela esperou.

– Quanto tempo?

Balancei a cabeça.

– Não é um período definido, Sloan. Eu assinei um contrato pra quatro álbuns. A trilha sonora foi um. Preciso de mais três.

– Tá. E quanto tempo isso vai levar?

Fiz uma pausa antes de responder.

Ela lambeu os lábios.

– Seis meses? Um ano cada? Quais são as possibilidades?

– O tempo médio entre um álbum e outro pra maioria dos músicos é de três anos.

A informação a atingiu como um golpe. Ela chegou a recuar fisicamente.

– Três *anos*? – sussurrou Sloan. Ela abaixou os olhos vermelhos, olhando para o próprio colo. – Três anos, Jason? – Em seguida, voltou a olhar nos meus olhos. – *Cada um*?

– Eu sei que é muito tempo…

A cor desapareceu do rosto dela.

– E você não está conseguindo escrever – sussurrou ela, absorvendo a realidade da nossa situação. – Podem ser nove anos assim? *Talvez mais?*

Seus olhos imploravam que eu dissesse que não era verdade.

E eu não podia fazer isso.

Sem ter o que dizer, me levantei, sentindo que precisava fazer alguma coisa para melhorar aquela situação, mas não havia o que fazer.

– Vou preparar um banho pra você.

Liguei a banheira de hidromassagem e despejei os sais de banho do hotel.

– Você vai ficar aqui hoje. Você está doente.

Ela não discutiu comigo como costumava fazer quando eu tentava convencê-la a dedicar um tempinho a si mesma, e eu não sabia dizer se isso era um bom ou um mau sinal.

Eu a ajudei a se levantar e comecei a abrir o cinto do roupão dela. Sloan parecia atordoada. Não olhava nos meus olhos.

O cabelo loiro estava preso em um coque desleixado no topo da cabeça. Ela não usava mais o cabelo solto. Raramente usava maquiagem, não fazia as unhas. Eu não me importava nem um pouco com a aparência dela. Sloan era linda para mim independentemente de qualquer coisa – mas eu me importava com o que isso *significava*. Sloan não estava se cuidando.

Ela estava deteriorando. A sensação era de que eu tinha levado uma orquídea para viajar e ela não estava florescendo. Eu a via definhar, as pétalas caindo, e não havia nada que eu pudesse fazer além de levá-la de volta para casa e plantá-la. E, naquele momento, isso não seria possível.

Ela tossiu muito, e eu me senti ainda pior.

– Eu trago o café da manhã pra você aqui, e depois você vai voltar pra cama. Vem.

Ajudei Sloan a entrar na banheira e fui para o quarto, peguei a cadeira que ficava em frente à escrivaninha e levei até o banheiro para que ela pudesse usar como mesa. Depois, fui buscar a comida e arrumei tudo. O tempo todo olhando para o relógio, porque já estava atrasado. Eu precisava estar ao lado dela, cuidar dela – pelo menos estar por perto quando ela estivesse pronta para conversar sobre o que tinha acabado de acontecer –, mas, em vez disso, eu tinha que ir até a droga da estação de rádio.

Dei um beijo de despedida na testa dela antes de sair, e ela não disse uma palavra. Nem se aproximou de mim quando eu me abaixei.

Zane foi dirigindo, e eu telefonei para Ernie do carro. Segurei o celular com o ombro, tentando massagear as têmporas para afastar uma dor de cabeça invasiva.

Ele atendeu ao primeiro toque.

– Sabia que dá pra ver o sol nascer pelas portas de vidro da sala da minha casa se a minha mulher te obrigar a dormir no sofá?

Apertei a ponte do nariz.

– Eu não devia ter ligado tão cedo. E sinto muito que a sua esposa esteja brava.

– Uma das minhas esposas *sempre* está brava. É assim que eu sei que estou vivo. Como está a Sloan? Aceitando bem a situação?

Olhei para as ruas chuvosas de Memphis pela janela.

– Não está, não. Ela está doente. Está cansada. Não está feliz.

Ele soltou uma risada bufada.

– E por acaso existe algum motivo pra ela estar feliz? Viver na estrada é uma merda.

Esfreguei os olhos, cansado.

– Eu quis isso a vida inteira, e agora que consegui só quero que acabe logo.

Imaginei Ernie balançando a cabeça.

– Bom, você é uma vítima do próprio sucesso. Tem que estar em turnê enquanto as pessoas quiserem te ouvir tocar. – Ele soltou o ar longamente pelo telefone. – Sabe, você *tem* escolha, meu amigo.

– Eu não vou terminar o meu relacionamento.

– Bom, essa com certeza é uma escolha possível, mas não era o que eu ia dizer... e estou meio ofendido por você achar que eu ia sugerir uma coisa dessas a essa altura do campeonato. Estamos falando da sua primeira esposa.

Foi minha vez de soltar uma risada bufada.

– Você pode aceitar gravar as merdas que eles escreveram pra você.

Soltei um gemido.

– Ei, é uma solução. Vai acelerar as coisas. É isso ou a outra opção, e você definitivamente não quer a outra opção. Só tem duas maneiras de se livrar de um contrato. Ou você o cumpre ou eles te cortam. E eles só vão te cortar se a sua carreira estiver indo pro vinagre. Não vejo isso acontecendo no futuro próximo, a não ser que exista algum vídeo seu por aí afogando gatinhos e eu não saiba.

Fechei os olhos e apoiei a cabeça no encosto.

– Olha só – disse ele –, dá uma folga pra Sloan. Tenta convencê-la a passar algumas semanas em casa.

Ergui a cabeça. *Algumas semanas em casa?*

Só de pensar em ficar na estrada sem ela, o meu estômago revirou. Ela era a única coisa que estava mantendo a minha sanidade. Eu era um prisioneiro da fama. Preso em um ônibus ou um quarto de hotel, a não ser que quisesse dar autógrafos – e eu não queria. Fazia meses que a coisa toda tinha perdido o brilho. Eu não me importava de ser sequestrado com a Sloan, mas sem ela? Ela era o meu mundo. Minha melhor amiga. Ficar sem ela seria como ser condenado à prisão.

– O que a Sloan gosta de fazer? – perguntou ele.

Apertei as têmporas.

– Ela gosta de cozinhar. De pintar. De estar com a Kristen.

– Certo, então é isso que você precisa providenciar. Ela precisa de umas férias dessa merda. O burnout é real, e vocês ainda nem saíram do país. Se você arrastar Sloan até o Reino Unido desse jeito, ela vai ficar infeliz e com o relógio biológico todo bagunçado e vai acabar seguindo o caminho da minha segunda esposa: vai fazer as malas e te trocar pelo seu baterista enquanto você passa o som em algum lugar em Berlim.

Assenti, cansado.

– E ela está doente? – perguntou ele.

– Faz semanas que ela está doente – admiti.

Eu devia ter dado um jeito de levá-la ao pronto-socorro, mas ela não estava com febre e não era fácil escapar dos compromissos.

– Vou mandar um médico pra dar uma olhada nela.

– Como?

– Um médico dos músicos. Eles ficam de plantão para atender os músicos em turnê. Eles vão até você. Tem um cara em Memphis que é bom. Vou mandá-lo até o hotel. Ele vai cuidar dela… uns antibióticos, uma dose de B12, ela vai ficar ótima. Vou fazer isso, e você pensa em como convencê-la a ir pra casa por algumas semanas.

Soltei um suspiro longo.

– Acho que é uma boa ideia.

– Claro que é. Agora eu tenho que ir. Preciso levar uma mimosa e um cartão de crédito pra minha mulher na cama, senão a minha coluna nunca vai se recuperar de ter passado a noite no sofá.

– Por que você não desliga o celular? – perguntei, cansado.

– Porque preciso estar disponível quando os meus clientes ligam. O que vocês fazem é muito mais difícil do que o que *eu* faço. Se eu tivesse um agente que atendesse o telefone e me desse conselhos quando eu precisava, talvez ainda estivesse casado com a primeira esposa. E ela foi a *única* com quem eu devia mesmo ter me casado.

Ficamos um tempo em silêncio.

– Cuida dela, Jason. Você não vai conseguir outra.

37

SLOAN

▶ Keep Your Head Up | Ben Howard

Zane me levou antigripal diurno e noturno. Tomei o noturno. Eu precisava dormir. Precisava não pensar no que Jason tinha acabado de me contar. Era uma coisa importante e abrangente demais para que eu pudesse compreender no estado em que me encontrava.

Uma década.

Essa seria a nossa vida pela próxima *década*.

Eu não ia ver Oliver crescer. Não ia pintar. Não ia nem ter uma casa. Para quê? Não passaríamos mais do que alguns meses nela.

E não havia escolha. Eu nunca ia abandonar Jason. Essa era a minha maior certeza. Nossos destinos estavam entrelaçados – o que quer que acontecesse com ele ia acontecer comigo.

O modo como o meu corpo implorou para dormir após receber a notícia me assustou, porque tive a mesma sensação de antes, quando eu passava o dia dormindo por causa da depressão. Mas, dessa vez, eu não tinha perdido outra pessoa, mas a mim mesma, engolida pela carreira do Jason.

Esperei até que fossem seis horas da manhã na Califórnia e liguei para Kristen.

– Meu Deus, parece que você está com tuberculose – disse ela quando eu tive um ataque de tosse ao tentar dizer oi.

– Eu sei. Estou superdoente.

Limpei o nariz com um lenço. Rango enfiou a cabeça embaixo do meu braço, como se soubesse que eu precisava de apoio.

Ela riu.

– O Jason já te ofereceu pênis-cilina?

– O quê?

– Os homens acham que o pênis deles é a cura pra tudo. Juro por Deus, mesmo que eu tivesse uma doença terminal, o Josh estaria aqui, erguendo as sobrancelhas como quem diz "Garota, eu sei do que você está precisando".

Dei uma risada pelo nariz, o que me levou a mais um acesso de tosse.

– E aí, como está a vida de groupie? – perguntou ela assim que me recuperei.

Fiz um resumo da última semana, pois ainda não tínhamos conversado, e contei o que tinha acontecido de manhã.

– Caramba – disse ela. – Que droga. O que você vai fazer?

– Nada. O que é que eu *posso* fazer? É o trabalho dele.

– O cara é tipo um nômade. Você vai simplesmente explorar o planeta com ele pelos próximos dez anos?

– Não vai ser o tempo *todo* – falei, na defensiva. – Vamos ter pausas.

– Quando você me contou que o cara morava em um trailer eu devia ter imaginado que ele não era do tipo que criava raízes. – Ouvi Oliver resmungando no fundo. – E você *não* é boa de estrada. Lembra na escola, quando a minha mãe levou a gente pra Coronado e o seu nariz sangrou o tempo todo?

Soltei outra risada.

– E ela ficava repetindo "Isso é inaceitável, Sloan", como se eu estivesse fazendo de propósito?

Caímos na gargalhada, e meu humor melhorou um pouco.

– Olha só – disse ela –, se fosse o Josh, eu também viraria nômade. Se você ama o Jason, faz o que tem que fazer. Mas tenta se cuidar um pouco melhor.

– Eu nem sei *como* me cuidar na estrada – falei, engolindo o nó que tinha se formado na minha garganta. – E estou com saudade de vocês.

Ela fez uma pausa longa.

– Também estamos com saudade de você.

Conversamos mais alguns minutos, e o remédio fez efeito. Quando desliguei o celular, estava me sentindo um pouco melhor.

Talvez ela tivesse razão. Talvez Zane também tivesse razão. Eu precisava aprender a lidar com aquilo. Precisava dormir mais. Precisava me exercitar e comer melhor.

Ernie tinha insistido que viajássemos à noite e dormíssemos no ônibus. Jason também achou que era uma boa ideia, mas tentamos algumas vezes, e eu não consegui me acostumar. Minha cabeça não conseguia relaxar sabendo que eu estava de pijama em uma rodovia por aí. Era estranho. E eu sentia as freadas e as paradas e ficava acordando.

Mas, se fizéssemos isso em vez de passar todas as noites em hotéis, teríamos os dias livres para *fazer* alguma coisa. Acordaríamos na cidade em vez de sair correndo do hotel às cinco da manhã e viajar o dia todo. Talvez até conseguíssemos passear de vez em quando, ir a um restaurante. Assim comeríamos melhor, e eu poderia voltar a me exercitar.

Soltei um suspiro enquanto me deitava embaixo das cobertas e afofava o travesseiro. Quando Jason voltasse, eu ia dizer a ele que queria tentar dormir no ônibus mais uma vez. Eu não podia continuar fazendo a mesma coisa e esperando um resultado diferente.

Caí em um sono profundo por causa do remédio para a gripe. Do tipo em que temos a sensação de que estamos flutuando na escuridão e não sonhamos.

Quando acordei, Jason estava dormindo ao meu lado, abraçando a minha cintura.

Demorei um pouco para me localizar. O quarto estava um breu, mas dava para ver o sol tentando entrar pelas laterais das cortinas. Era para ele ficar fora o dia todo, divulgando a turnê e depois passando o som.

Eu me apoiei nos cotovelos. O relógio marcava meio-dia. Eu tinha dormido durante cinco horas.

Jason se revirou e abriu os olhos.

– Ei, você acordou. Como está se sentindo?

– Meio grogue. O que você está fazendo aqui?

Ele afastou o cabelo da minha testa e a beijou.

– Eu cancelei as atividades do dia.

– Você cancelou as atividades do *dia*? – Argh. A assessora dele ia ficar uma fera. – Jason...

– Não se preocupa, eu não cancelei o show. Mas vamos ficar no hotel hoje. Vamos ficar na cama e ver programas de investigação criminal. A Zane vai trazer comida do restaurante com a melhor avaliação de Memphis, e pedi pra um médico vir te ver daqui a uma hora.

Foi como um golpe no meu peito. O meu queixo começou a tremer.

– Jason...

Ele encostou a testa na minha.

– Sloan, eu não tenho cuidado muito bem de você e peço desculpas por isso. Vou melhorar.

Funguei.

– Não é culpa sua, Jason.

– É *tudo* culpa minha – disse ele, olhando nos meus olhos. – Tudo que eu mais quero é te ver feliz. Você entende? Eu faria *qualquer* coisa pra te deixar feliz.

– Eu *estou* feliz.

Mas seus olhos me diziam que ele não acreditava.

DUAS HORAS DEPOIS, O MÉDICO já tinha ido embora. Eu estava com bronquite e infecção nos dois ouvidos. Pela cara que Jason fez quando o médico falou isso, parecia que alguém tinha chutado o cachorro dele. Acho que ele se sentiu culpado por eu não ter ido ao médico antes, mas a culpa não era *dele*. Eu podia ter ido até o pronto-socorro enquanto ele fazia o que tinha que fazer, mas achei que fosse me curar sozinha.

O médico me receitou um antibiótico, uma injeção de vitaminas, xarope e um nebulizador. Depois disso, Jason e eu ficamos na cama. Meu Deus, como estávamos precisando disso. O incrível foi que, embora estivéssemos sempre juntos, a sensação era a de que fazia meses que não nos víamos. Nada do que fazíamos na estrada significava um tempo de qualidade juntos.

Ficamos deitados conversando sobre tudo que não fosse o Jaxon. Eu estava *tão* cansada do Jaxon – e acho que ele também.

Parecia que havia uma terceira pessoa no nosso relacionamento. Uma pessoa que exigia a nossa atenção o tempo todo. Passávamos o tempo todo atendendo às necessidades do Jaxon e, pela primeira vez em meses, estávamos finalmente tirando um tempinho para nós dois. Foi bom.

Talvez *esse* fosse o segredo. O que eu devia buscar. E, se dormíssemos no ônibus, talvez as horas que passaríamos acordados fossem assim, não como vinham sendo até então.

Mas, por mais que a turnê fosse exaustiva, também tinha um lado bom. Eu me apaixonei muito mais pelo Jason durante aqueles três meses. Sempre tive certo fascínio por ele – mesmo antes de saber quem ele era. Mas agora eu o amava por centenas de outros motivos.

Descobri que ele era gentil e educado com todos, desde as pessoas que faziam o check-in nos hotéis aos caixas dos postos de gasolina. Descobri que ele ficava até que todos que quisessem conhecê-lo tivessem essa oportunidade, por mais cansado que estivesse. Ele era generoso. Dava boas gorjetas e cuidava das pessoas ao seu redor. Sempre ajudava a carregar os equipamentos, embora esse fosse um trabalho da equipe de apoio. Eu sabia que ele carregava palhetas extras para dar às crianças que pedissem um autógrafo. E, o mais importante, eu sabia que ele me amava. Eu me sentia como se fosse o seu centro gravitacional. Onde quer que eu estivesse, ele estava orbitando ao meu redor. Era uma honra ser amada por ele, e isso fazia tudo valer a pena, por mais difícil que fosse.

Estávamos deitados com a cabeça no mesmo travesseiro, olhando um para o outro. Ele estendeu a mão e colocou o meu cabelo atrás da orelha enquanto eu analisava o rosto dele. Já tinha memorizado todas as manchinhas dos seus olhos. Todas as ruguinhas.

– Eu seria capaz de pintar seu rosto de memória, sabia? – falei baixinho.
– Você está gravado em mim, Jason.

Ele abriu um sorriso delicado.

– Sloan, eu fiz uma coisa pra você.

Mordi o lábio.

– O quê?

Ele soltou um suspiro.

– Você pode dizer não, se quiser, mas pensei muito nisso e acho que você devia aceitar.

– Eu também pensei muito numa coisa – falei. – Acho que a gente devia tentar dormir no ônibus mais uma vez. Você tem razão, é mais prático. Eu só preciso me acostumar...

– Eu quero que você vá pra Ely passar uns meses com a minha família.

Eu me sentei de um salto.

– *O quê?!*

Ele também se sentou e estendeu a mão para mim.

– Escuta… Não é tão louco quanto parece. Eu quero que você pinte aquele quadro – disse ele. – E acho que a casa dos meus pais seria o lugar perfeito pra isso. Você pode pintar em frente à janela que dá pro lago. Pode levar Rango com você, pra ele ter todo aquele espaço pra correr depois de ter passado tantos meses confinado com a gente. O freezer da minha mãe está cheio de carne de caça, e você pode cozinhar e talvez até voltar a atualizar o blog. Minha mãe te ama e quer te conhecer melhor. Minnesota é central, então, onde quer que eu esteja, você vai poder pegar um voo e estar comigo em três horas, e a diferença de horário não vai ser tão brusca. E eu liguei pra Kristen. Ela e o Oliver vão passar duas semanas lá com você.

Pisquei para ele.

– Você… você ligou pra *Kristen*?

Seus olhos azuis continuaram fixos nos meus.

– Liguei. Você pode ir pra Califórnia no Dia de Ação de Graças e ver os seus pais. E, se for agora, vai terminar o quadro a tempo de me encontrar em Paris no Natal. É o momento perfeito.

Eu estava sem palavras.

– Jason, eu não quero te deixar…

Ele balançou a cabeça.

– Olha só, a gente precisa dar um jeito de fazer isso funcionar pra *nós dois*. Não vai acabar tão cedo. Você precisa ter algo seu. – Ele olhou bem nos meus olhos. – Eu quero que você vá. Quero que faça isso.

Ficamos olhando um para o outro, meu peito subindo e descendo rápido demais, e ele olhando fixamente para mim. Era uma ideia tão atenciosa e fofa. De verdade. Mas eu não podia fazer isso… podia?

Depois de perder Brandon, eu não encontrava alegria em nada. Tudo parou para mim. Meu mundo era uma aquarela escorrendo na chuva. E agora era uma tela em branco, implorando que eu a pintasse – e eu estava de mãos atadas.

Eu estava mais uma vez nem aqui nem lá. Tinha erguido um novo santuário sem perceber, mas este não era para Brandon *nem* para Jason. Era para Jaxon.

Eu queria tanto pintar aquele quadro que parecia um desejo físico. E tinha que deixar a turnê para fazer isso. Essa era a verdade. Não havia opção.

E Jason tinha razão. Eu precisava de um tempo.

Se eu saísse do país daquele jeito, ia desmoronar. Eu estava fisicamente exausta, e a turnê pelo Reino Unido seria ainda mais longa, e ainda por cima eu estaria lutando contra o meu relógio biológico. Se eu já estava exausta, como ficaria depois, sem a chance de me recuperar primeiro? Eu poderia ter a chance de voltar descansada, pronta para enfrentar tudo aquilo de novo, e aí tentaríamos a coisa de dormir no ônibus, e talvez tudo fosse diferente.

E tinha mais uma coisa.

Se eu dissesse não, se recusasse aquela oferta, ele ia se sentir pior ainda. Ele precisava daquilo tanto quanto eu, para não se sentir incapaz de fazer alguma coisa para que eu me sentisse melhor. Eu não podia permitir que ele carregasse essa culpa.

Lambi os lábios.

– Quando você acha que eu devia ir?

– Hoje à noite.

Fiquei branca.

– *Hoje à noite?* Tipo, daqui a algumas horas?

– Se for rápido demais ou se você não quiser ir, pode ficar alguns dias aqui e descansar. Mas tem um voo para Duluth às sete e meia. E, se você for hoje, eu posso te levar até o aeroporto. Já combinei com o meu pai pra ele ir te buscar.

Balancei a cabeça.

– Por que eu sempre fico sabendo dessas viagens até a casa dos seus pais com menos de doze horas de antecedência?

Ele abriu um sorriso cheio de carinho e esperou a minha resposta.

Mantive o olhar fixo no dele. Meu Deus, duas semanas com Kristen e Oliver! E o privilégio de poder desfazer as malas, dormir na mesma cama até a hora que eu quisesse, sem despertadores e sem voos para pegar. Sem ônibus e sem tanto Taco Bell. *Pintar.*

– Diz que sim, Sloan.

Soltei um suspiro.

– Tá bom.

– Tá bom?

Assenti.

Ele pareceu quase aliviado. Sua expressão ficou mais serena, e ele passou o polegar no meu rosto.

Havia tanta delicadeza no seu toque que eu me esqueci de respirar. Ele olhava para mim como se eu fosse a mulher mais linda do mundo. Eu estava doente e nojenta, mas ele não se importava. Eu era tudo para ele, e ele fazia questão de me mostrar isso todos os dias.

E agora ia passar semanas sem mim. Talvez até meses. E ia fazer isso por mim. *Eu* era seu sacrifício. Do mesmo jeito que ele era o meu.

Abaixei a mão dele e fiquei olhando para ela, segurando-a entre nós dois, tocando nos calos nas pontas dos seus dedos.

– Eu amo as suas mãos.

Elas eram o instrumento dele. As mãos talentosas, capazes, amorosas.

– Fica com elas. São suas – disse ele.

Abri um sorriso.

– Você está me dando as suas mãos?

– As minhas mãos, a minha voz. As minhas costas pra carregar o que for pesado, os meus braços pra te levar pra cama quando você beber muita tequila. O meu dinheiro, o meu tempo, o meu coração. É tudo seu, Sloan.

Eu senti o amor naquelas palavras. Eram muito sinceras e fizeram meu coração doer tanto que lágrimas arderam nos meus olhos.

– Se eu não te conhecesse, diria que você canta músicas românticas.

Ele balançou a cabeça.

– É só o que estou sentindo. Eu sou seu. Por inteiro. Acho que sempre fui seu. Mesmo quando você era de outra pessoa. – Ele olhou bem nos meus olhos. – O Rango sabia. Assim que olhou pra você, ele viu a outra metade de mim aí dentro e te trouxe pra mim.

Duas horas depois, estávamos nos despedindo no aeroporto. Vi Jason fingir que não estava triste.

38

JASON

▶ Bottom Of The Deep Blue Sea | MISSIO

Cinco semanas depois

Eu ia tocar em Vegas. Estava sentado em uma cadeira dobrável gelada de metal nos bastidores, bebendo o segundo Red Bull da noite quando Sloan ligou. O barulho estava muito alto. A banda Grayscale estava quase terminando o show.

Cinco semanas tinham se passado desde a última vez que nos vimos. Eu estava com tanta saudade que a dor era física. Eu não conseguia dormir e estava sempre com dor de cabeça. Devia estar rangendo os dentes, sei lá.

Aquela situação com Sloan era uma transferência de energia. Ela estava feliz e leve e descansada, e agora *eu* é que estava só o pó. Ter que me despedir dela acabou comigo.

– Oi, amor. Como estão as coisas? – falei, massageando a testa.

– Recebeu os biscoitos?

Dava para ouvir o sorriso na sua voz. Ela estava sempre sorrindo, agora. Tentei não pensar muito no que significava ela estar muito mais feliz por *não* estar comigo.

– Recebi. Obrigado.

– Sua mãe me deu a receita – disse ela, cantarolando.

Arqueei uma sobrancelha.

– Sério?

Soltei a lata vazia e acenei para Zane, fazendo um gesto para que me trouxesse mais uma.

– Aham. Agora eu posso fazer sempre que você quiser.

Abri um sorrisinho, apesar da cabeça latejando.

– Ela deve gostar muito de você. Ela não dá essa receita pra ninguém.

Ela riu.

– Bom, eu tive que negociar. Em troca, deixei que ela publicasse a receita favorita dela de perdiz no *A Esposa do Caçador*.

– Então ela *tem* um preço.

Dei uma risadinha sarcástica.

A minha mãe amava Sloan. Todos amavam. O meu pai elogiava a minha namorada sempre que eu telefonava. Mas, para falar a verdade, eu estava meio arrependido de mandá-la para lá e não para um Airbnb na praia ou em algum outro lugar, porque os meus pais, embora bem-intencionados, eram uma distração.

Sloan não estava conseguindo trabalhar.

Eu sentia saudade dela. Sempre que falava com ela, tudo que eu queria era perguntar: "Quanto tempo?" Quanto tempo falta para ela voltar para mim?

Os quadros dela demoravam meses. Eu sabia disso. E não queria apressá-la. Ela precisava se concentrar, e eu ficar perguntando quando ela ia terminar não ia ajudar em nada. Então eu nunca a cutucava. Era a minha regra número um. Eu perguntava como estava indo, se estava ficando do jeito que ela queria. Mas nunca perguntava quanto tempo ainda faltava.

Mas ela tinha me mandado uma foto na noite anterior.

Não estava nem na metade.

Meu coração se partiu e queimou no peito.

Eu acho que ela só começou quando Kristen foi embora, então foram duas semanas sem nenhum progresso. A minha mãe a levava a antiquários e a rifas de carne. O meu pai a convidava para caminhadas e a levava até a loja. Eu tinha razão quanto à coisa de cozinhar – Sloan tinha voltado a atualizar o blog. Mas ela e a minha mãe eram uma dupla perigosa. Eram capazes de passar o dia na cozinha se ficassem sem supervisão – e elas *estavam* sem supervisão.

Em circunstâncias normais, eu ficaria entusiasmado por ela ter sido tão bem aceita pela minha família. Mas não eram circunstâncias normais. Eu queria Sloan de volta.

Eu preferia que Sloan passasse aquelas duas horas pintando e que voltasse para mim duas horas antes a receber os biscoitos da minha avó no quarto do hotel – apesar de eles *serem* os meus favoritos.

– Quer ouvir uma coisa engraçada? – perguntou Sloan. – Sua mãe disse que, na próxima vez que estivermos juntos, podemos dormir no mesmo quarto.

Ela parecia triunfante.

– Uau, isso é *incrível* – resmunguei.

O baixo lá no palco vibrava desde o chão onde eu estava até o meu cérebro, e eu fechei bem os olhos.

– Acho que ela quer que eu engravide pra poder ficar comigo.

Soltei uma risada pelo nariz.

– Eu acho um ótimo motivo – falei, cansado. – Vamos fazer isso. Para de tomar o anticoncepcional.

Ela riu.

– Nossa, a turnê te deixou oficialmente doido.

– Por quê? – perguntei, apertando as têmporas. – Você quer criar seus filhos junto com a Kristen, não é? Vamos engravidar!

Ela deu uma risadinha.

– Que romântico. Mas gravidez? E um bebê? Na turnê? É loucura.

Semicerrei os olhos, olhando para as cortinas.

– Por que é loucura?

Foi a vez dela de soltar uma risada pelo nariz.

– Você está brincando?

– Por que eu estaria? – perguntei, franzindo o cenho.

– Gravidez é um negócio difícil, Jason. Olha só como *você* está exausto, e nem está grávido. Não podemos fazer isso em turnê.

Balancei a cabeça.

– Sloan, sempre vai ter uma turnê. Já sabemos disso. Não podemos deixar que isso nos impeça de viver a nossa vida.

– Jason, não precisamos ter filhos neste momento. Podemos esperar até que as coisas melhorem.

Balancei a cabeça mais uma vez.

– As coisas *não vão* melhorar. Precisamos lidar com o que temos.

– Hum, fazendo uma maluquice tipo eu me arrastar pelo mundo grávida? E depois? Vou amamentar nos bastidores? Vamos ter um berço no camarim?

Ela parecia estar achando aquilo muito divertido.

– É, por que não?

– Você está falando sério? – Ela deu uma risada. – Você já *viu* um bebê? Você sabe que eles precisam de rotina, né?

Minha mandíbula se retesou.

– Sloan, eu não estou brincando. Se queremos ter filhos, vamos ter filhos.

Um instante de silêncio.

– Você não tem nem *dias* de folga, Jason.

De repente, ela não parecia mais estar achando engraçado.

– E daí?

– E daí que eu fico grávida e depois? Enfrento o enjoo matinal *e* o fuso horário? Quando é que eu iria ao médico? E você conseguiria estar ao meu lado com essa agenda cheia? E se eu precisar de repouso? E se eu entrar em trabalho de parto em outro país? E se o bebê ficar doente ou...

– Eu ia garantir que vocês fossem bem cuidados – falei, bem devagar. – Você *sabe* disso.

– Você não consegue cuidar nem de *si mesmo* em turnê. Faz semanas que está com dor de cabeça, não dorme. E nós dois sabemos como *eu* fico na estrada.

Tentei estabilizar a respiração.

– Então, como vai ser? Você simplesmente não vai ter filhos comigo?

– Eu não disse isso – respondeu ela, com cautela. – Só disse que não quero *agora*. Não é prático.

– Sloan, isso é o melhor que eu consigo fazer. Eu não tenho poder de mudar as coisas.

– Eu sei. Mas isso significa que você precisa ser realista a respeito daquilo que você *pode* ter... daquilo que *nós* podemos ter... até que a situação melhore. Muitos casais adiam os filhos pra se concentrar na carreira. E tudo bem.

Mas *não* estava tudo bem. Nem para mim nem para ela, independentemente do que ela dissesse para tentar fazer com que eu me sentisse melhor.

A música de fundo da banda de abertura acabou. Nós dois ouvimos. Zane me entregou o Red Bull e ergueu a mão, me avisando que eu entraria em três minutos.

Sloan passou a falar com a voz mais suave.

– Escuta, você tem que ir. A gente fala sobre isso depois, tá? Não fica se preocupando com isso antes do show.

Coloquei os dedos nas têmporas.

– Sloan…

– Me liga hoje à noite, Jason. Eu te amo.

A linha ficou muda.

Larguei o celular no colo e levei as mãos aos olhos.

A separação estava me matando. Eu estava desmoronando. Eu não podia continuar assim.

Não era nada parecido com a época em que nos conhecemos. Conversar pelo telefone não era mais suficiente, e, no ritmo em que ela estava trabalhando, passei a duvidar que fosse conseguir me encontrar em Paris. E agora isso? De quantas coisas ela ainda teria que desistir?

Eu me arrastei até o palco e fiz o que tinha que fazer, mas não consegui parar de pensar na nossa conversa.

Fiz uma pausa rápida no meio do show e liguei para ela.

– Oi – disse ela ao atender.

– Preciso saber que você vai fazer o que for preciso pra nós dois termos uma vida juntos – falei, sem introduções.

– Você quer que eu diga que vou engravidar e me arrastar atrás de você como uma groupie enquanto você faz o papel de estrela do rock? – disse ela, finalmente irritada comigo. – *Sério*? Por que você está tão determinado a brigar comigo por causa disso?

– Por que você está tão determinada a garantir que o nosso relacionamento não funcione? Eu sou *músico*, Sloan. Você aceitou isso quando decidiu ficar comigo.

– *Eu* decidi que sairia em turnê com você. *Eu*. Sem bebês que vão crescer em quartos de hotel. Sem crianças pequenas que não vão poder brincar sem ser dentro de um ônibus. Não é justo com elas. Eu não teria nem um *cachorrinho* nessas condições. Não enquanto você não tiver algum equilíbrio.

– Eu teria equilíbrio se você estivesse *aqui* – falei com os dentes cerrados.

– Eu não posso ser o seu equilíbrio, Jason. Não posso, não vou reduzir ainda mais a *minha* qualidade de vida só pra você poder riscar um desejo da sua lista – retrucou ela.

– Sloan...

Ela soltou um suspiro trêmulo.

– Jason, eu tenho que ir.

E desligou na minha cara.

Joguei o celular na parede.

Zane, que estava perto da saída de emergência escrevendo uma mensagem, foi atingida pelos estilhaços.

– Você sabe que eu não vou conseguir substituir o seu celular até amanhã, né? – disse ela, bem calma.

– *Merdaaaaa!*

Arrastei os dedos no rosto com força e direcionei a minha ira ao objeto inanimado mais próximo, chutando a máquina de fumaça.

– Chega dessa droga de *fumaça!*

A banda estava matando tempo em volta do bebedouro, esperando por mim, e todos me olharam como se eu tivesse enlouquecido.

E talvez eu tivesse *mesmo.*

Arranquei o fone de retorno do ouvido e fui até o banheiro pisando firme para jogar uma água no rosto. Fiquei um tempo apoiado na pia, tentando recuperar o fôlego.

E agora? O preço a pagar para ficar comigo tinha ficado ainda mais alto? Ela já ia ter que se arrastar atrás de mim durante anos, doente e exausta, sentindo falta dos amigos e da família, sem pintar, e agora eu também estava tirando dela a oportunidade de ser mãe?

Tudo que eu queria era que ela me dissesse que estava tudo bem. Que íamos dar um jeito. Que íamos superar, que faríamos o que tivéssemos que fazer. E ela *não* disse.

E por que ela faria isso? *Nada* daquilo era normal.

Zane entrou. Ela não se afastou depois do meu ataque de raiva, o que me fez pensar que ou ela não tinha nenhum instinto de autopreservação ou achava que um ataque de uma estrela do rock raivosa, com exaustão crônica e babaca era algo normal.

Caramba. Talvez *fosse*.

– Você pode mandar umas flores pra Sloan? – resmunguei, sem erguer a cabeça.

– Sabe o que eu acho que ela ia querer mesmo? – perguntou ela. – Que você não agisse como um babaca.

Ergui a cabeça e fiquei olhando para ela. Zane estava com os braços cruzados sobre a camiseta branca.

– Você está bem? – perguntou ela com frieza.

– Estou – resmunguei.

– Você não parece bem. Parece péssimo. Sua voz também está péssima, pensando bem.

Olhei para ela pelo espelho, com os olhos semicerrados, mas ela se escorou na parede e cruzou as pernas na altura do tornozelo, como se nada tivesse acontecido.

– Você vai tomar um remédio para dormir hoje, não quero nem saber – continuou ela, com a maior naturalidade. – E vai continuar tomando todas as noites, até a Sloan voltar. Você não tem dormido e está agindo como um babaca por isso.

Desviei o olhar e soltei um suspiro longo.

– Desculpa. Eu só... eu estou com saudade dela.

– Eu sei. Ela também está com saudade de você. Mas você precisa se recompor. Deixar a Sloan irritada não vai melhorar em nada a situação.

Nada ia melhorar a minha situação.

Na semana anterior, conversei com Sloan sobre gravar as merdas que a gravadora tinha mandado. Eu estava ficando desesperado. Precisava começar a me dedicar para cumprir o contrato e ainda não tinha conseguido escrever nada. Mas ela se recusou a permitir que eu fizesse isso. Ficou tão irritada que eu tive que jurar que nunca mais tocaria no assunto. Disse que não queria que eu cantasse "gatos astronautas", que ficaria muito decepcionada comigo se eu prejudicasse a minha música desse jeito.

Então, o que eu ia fazer? Qual era a saída? Parecia que eu ia deixá-la infeliz não importava o que eu fizesse.

Fechei bem os olhos e contei até dez. As palavras do Ernie, dizendo que eu teria que escolher entre Sloan e a fama, surgiram na minha cabeça como uma profecia realizada. Eu não sabia como consertar as coisas. Não havia solução.

– Posso usar o seu celular? – perguntei, olhando para Zane.

Ela se afastou da parede, tirou o celular do bolso e colocou na minha mão.

– Não quebra.

E saiu.

Liguei para Sloan.

Ela atendeu ao terceiro toque.

– Zane?

– Sloan, sou eu. Não desliga.

– O que você quer, Jason? – perguntou ela e começou a chorar.

Era o tipo de choro que não parecia estar começando. Parecia uma *continuação*. Meu coração se partiu em mil pedaços. Eu me senti o maior babaca do mundo. Senti um aperto no peito e tive que segurá-lo com a mão que estava livre.

– Desculpa – falei. – Por favor, me desculpa, Sloan. Você tem razão. Eu não devia pedir pra você fazer mais do que já está fazendo.

– Eu odeio isso – disse ela, soluçando. – Eu odeio brigar com você.

– Eu sei. Desculpa – repeti, com um nó se formando na garganta. – É que eu não consigo ouvir que você não vai ter filhos comigo. Eu já sinto que estou destruindo a sua vida... Eu só... eu preciso saber que a gente vai ficar bem.

A minha vontade era sair daquele banheiro e pegar o primeiro voo para Minnesota. Se eu não estivesse no meio de um show, já teria saído de lá, mesmo que só pudesse passar uma hora com ela antes de pegar o próximo avião.

– Você não está destruindo a minha vida, Jason – respondeu ela, fungando. – Eu sei o que você quer que eu diga. Você quer que eu diga que podemos ter tudo. Mas, sabe de uma coisa? Talvez a gente *não* possa. Talvez a gente precise entender que a nossa vida não é propícia a certas coisas e aceitar isso.

Como? Como é que eu ia aceitar tirar tudo dela?

Fechei bem os olhos e me obriguei a dizer uma coisa que já estava pensando havia algum tempo, que me assombrava sem cessar desde que percebi que ela não estava lidando bem com a vida na estrada.

– Sloan... você já parou pra pensar que talvez estar comigo não seja a melhor coisa pra você?

Ela ficou em silêncio do outro lado da linha por um bom tempo.

– Por que você está dizendo uma coisa dessas?

– Você está infeliz.

Ouvi Sloan engolindo em seco.

– Jason, eu não quero mais ouvir isso de você. Nós *não* vamos terminar. Como é que você pode sugerir uma coisa dessas?

Apoiei a testa na mão.

– Você quer ter filhos.

– E podemos ter. Quando pudermos oferecer mais estabilidade pra eles.

Balancei a cabeça.

– Quando? Daqui a dez anos?

– Eu vou ter 36 – disse ela. – Não vou ser uma velhinha. A vida nem sempre dá o que a gente quer, Jason. Estar em um relacionamento significa fazer concessões.

Bufei baixinho. A única pessoa que estava fazendo concessões era *ela*.

Ficamos em silêncio. A plateia começou a chamar o meu nome. Eles estavam ficando inquietos, e eu tinha que voltar.

Dane-se, que eles esperem.

– Por que você ligou do celular da Zane? – perguntou ela.

– Eu quebrei o meu – respondi, sem dar mais detalhes.

Ela soltou um suspiro.

– Jason, eu te amo. Eu *escolho* você. E eu sei que você se sente culpado pelo jeito como as coisas estão acontecendo, mas não precisa se sentir assim.

Balancei a cabeça, embora ela não pudesse ver.

– Eu quero que você tenha uma *vida*.

– Eu *tenho* uma vida. Com *você*. – Ela deu uma risadinha. – Além do mais, tenho que te dizer que o motivo principal pra eu me negar a ter filhos com você no momento é porque não somos casados. Enquanto você não fizer de mim uma mulher honesta, não estou aberta a negociar.

Dava para ouvir o sorriso na voz. Ela estava tentando me animar. Deixar tudo mais leve.

Não tinha nada de engraçado na situação.

Eu já tinha o anel, mas não tinha feito o pedido.

Eu não queria que ela ficasse como eu, presa em um contrato de longo prazo do qual acabaria se arrependendo.

39

SLOAN

▶ Ful Stop | Radiohead

Assim que desliguei, corri pelo quarto e arrumei as minhas coisas para ir embora. Peguei Rango, me despedi de Patricia e pedi a Paul que me levasse até o aeroporto em Duluth para que eu pudesse pegar o primeiro voo para Las Vegas. Não contei a Jason que estava indo. Ele estava muito para baixo, e eu queria fazer uma surpresa. Dei boa-noite quando desligamos, e ele não esperava ter notícias minhas até a manhã seguinte.

As últimas cinco semanas tinham sido uma tortura. Foi ótimo ver Kristen, e eu amava cozinhar com a mãe do Jason. Eu dormi bem, fiquei mais saudável – mas nada disso se comparava a estar com ele. Nem de longe.

Eu ia demorar pelo menos mais um mês para terminar o quadro e não ia aguentar mais um mês sem ele. Eu já estava pensando em voltar para a estrada mais cedo quando discutimos, e esse foi o fator decisivo.

O que ele tinha dito me assustou.

Eu sabia que a separação estava sendo difícil para ele. Por isso fazia questão de estar sempre feliz quando conversávamos, para que ele soubesse que o sacrifício estava valendo a pena. Mas aí comecei a pensar que talvez eu *devesse* ter demonstrado o quanto era horrível ficar sem ele. Para falar a verdade, eu não conseguia nem me concentrar no que tinha ido fazer. Passava a maior parte dos dias tentando me distrair e não pensar no fato de que eu estava triste demais para pintar.

Nós simplesmente não funcionávamos um sem o outro. A separação era a prova. Nós dois estávamos péssimos. Eu precisava voltar. Queria dormir nos braços dele naquela noite e em todas as noites dali em diante.

Cada passo que eu dava na direção de volta para ele – sair do avião, pegar um Uber, entrar no hotel – me deixava extasiada, como se eu estivesse indo para casa.

A *estrada* era a minha casa.

Era um milagre eu sentir isso depois do quanto viver na estrada me desgastou – mas era verdade. Minha casa era onde quer que Jason estivesse, e saber disso me deu o maior fôlego do mundo. Dessa vez, seria diferente. *Muito* diferente.

Muitas das minhas lutas na turnê eram mentais. Eu ficava pensando em tudo que não podia fazer e esperando pelo dia em que aquilo chegaria ao fim em vez de reconhecer que cada minuto na estrada era tempo com *ele*. E, agora que eu tinha experimentado como era ficar longe dele, minha cabeça tinha mudado totalmente.

Eu ia conseguir. Ia tirar *de letra*.

Eu ia aprender a dormir no ônibus. Era a primeira coisa na minha lista. Eu ia dar um jeito de me alimentar melhor. Iria com ele para a academia e faria exercícios quando ele fizesse. Compraria uma panela elétrica e prepararia o nosso jantar, para que pudéssemos comer comida de verdade. O ônibus tinha cozinha. Por que não?

E por que não pintar na estrada, já que viajaríamos à noite? Assim, o ônibus ficaria parado durante o dia. Eu poderia pintar durante a passagem de som. Teria que ser cuidadosa, dar um jeito de garantir que o quadro estivesse bem preso quando nos movimentássemos, mas não era impossível. Eu não precisava me perder na carreira do Jason, eu podia me *encontrar* ali. Me reinventar. Evoluir.

Ele ia ficar *maravilhado* com meu novo eu.

E sabe de uma coisa? Talvez eu pudesse, *sim*, ter filhos. Se equipássemos o ônibus com boas camas, contratássemos alguém para ajudar? Éramos capazes de fazer qualquer coisa.

Eu ia canalizar a minha nômade interior. Garantir que aquela situação funcionasse para nós dois e transformar aqueles anos nos melhores anos da nossa vida. Ia me dedicar a mim mesma e apoiá-lo ao mesmo tempo, aprender a amar aquela vida. Porque fazer Jason feliz era o único jeito de *eu* ser feliz – e eu sabia que isso também era verdade para ele. Era isso que o incomodava na situação. Ele achava que estava roubando a minha vida. Mas *ele* era a minha vida – e a gente podia, sim, ter tudo.

Eu estava na porta do quarto do Jason com Rango, radiante, pronta para compartilhar com ele todos os meus planos, pronta para começar de novo e fazer tudo certo dessa vez. Bati à porta, praticamente saltitando.

Mas, quando a porta se abriu, meu mundo desabou.

Quem abriu a porta foi *Lola*.

Fiquei paralisada. Não conseguia nem respirar. Meus olhos tiveram que se acostumar com a cena como se alguém de repente tivesse acendido a luz em um quarto escuro.

Ela estava só de calcinha e com um moletom branco do Jaxon Waters. O quarto atrás dela estava escuro. Parecia que ela estava dormindo.

– Pois não? – disse ela, preguiçosa.

Eu simplesmente a encarei. Não conseguia acreditar. Literalmente não conseguia acreditar. Talvez eu devesse ter medo. Ela tinha me assediado e destruído o meu carro, mas eu estava chocada demais para sentir medo.

O que ela estava fazendo ali?

Minha boca abriu e fechou como a de um peixe fora d'água.

Será que eu estava no quarto errado? Será que ela estava em Las Vegas por algum motivo e eles a colocaram na turnê do Jason e ele não me contou porque ainda não sabia e, de algum jeito, os quartos foram trocados e…

O fato de eu ter mandado biscoitos para aquele número menos de doze horas antes brilhou como luz neon na minha mente.

Engoli em seco.

– O Jason… está aí?

Ela olhou por cima do ombro, sonolenta.

– Dormindo – respondeu, voltando a olhar para mim.

Todo o ar foi arrancado dos meus pulmões.

Eu não conseguia entender. Por que ela estava ali? *Tudo* que fizemos foi para evitar que ela estivesse ali. Nós *odiávamos* aquela mulher. Jason não queria nem que ela chegasse perto da gente, e agora ela estava no *quarto* dele?

Rango rosnou baixinho ao meu lado, e Lola olhou para ele.

– Eu fico com ele – resmungou, pegando a coleira sem jeito.

Ela estava bêbada.

Puxei a coleira de volta por instinto.

– Não.

Encarei a mulher que estava entre mim e o homem que eu amava.

Ela era mais baixa do que eu imaginava. Mais bonita. O cabelo ruivo ondulado ia quase até o umbigo. Os olhos verdes penetrantes com cílios postiços compridos e um delineado perfeito.

Os lábios ao natural.

Um nó começou a se formar na minha garganta.

– O que você está fazendo aqui? – perguntei, com a voz trêmula.

Ela olhou para mim, entediada, e apoiou a cabeça no batente da porta.

– O que você quer?

Fiquei branca.

O que eu quero? Aqui é meu *lugar.* Meu peito subia e descia.

Aquela era a pessoa que estava por trás de tudo de ruim que tinha acontecido na nossa vida. O motivo pelo qual eu tive que desaparecer das redes sociais, mudar o número que eu tinha quando estava com Brandon. Era por causa dela que vivíamos correndo, para evitar que ela nos fosse empurrada goela abaixo. Era por causa dela que não tínhamos um só dia de folga.

E agora ela estava seminua no quarto do *meu* namorado.

Uma pequena onda de coragem alimentada pela raiva me invadiu. Eu a empurrei e entrei.

Ela deu uma risadinha preguiçosa, se recostando na parede, como se aquilo fosse muito engraçado para ela, em câmera lenta.

E ali estava ele.

Acho que eu não teria acreditado se não tivesse visto com os meus próprios olhos. Mas ali estava Jason. Só de cueca, dormindo em cima da colcha.

Fiquei paralisada por um instante, depois corri até a cama e segurei o ombro dele.

– Acorda! – falei, sacudindo-o. – Jason, acorda!

Ele gemeu no travesseiro.

Rango pulou na cama e começou a lamber o rosto dele. Jason nem o afastou.

Olhei em volta, boquiaberta, os olhos cheios de lágrimas. Vi uma garrafa de bourbon na mesa de cabeceira. *Dois* copos.

Ele deve estar muito bêbado, pensei, enojada. Se não estivesse, teria acordado.

O que aconteceu? Ele estava chateado comigo e por isso ficou bêbado e dormiu com *Lola*?

Essa conclusão foi como um tapa na cara. Como é que aquilo podia estar acontecendo? *Como?* Nada fazia sentido.

– É melhor você ir – disse Lola, com a fala arrastada, atrás de mim.

Foi o que bastou. Eu já tinha visto o suficiente.

Eu me virei e saí sem olhar para ela. Lola fechou a porta. Durante todo o caminho até o elevador, Rango ficou puxando a coleira, querendo voltar para o quarto, e eu puxando a mala atrás de mim, ofegante.

Saí do cassino nebuloso e caminhei sem rumo na direção de onde eu tinha vindo ao chegar de Uber do aeroporto. Quando senti que os pulmões não conseguiriam me fornecer o ar de que eu precisava para continuar, parei em frente a um café fechado na rua principal e me sentei a uma das mesas sujas do lado de fora. Bloqueei todo mundo. Zane, Jessa, Ernie – Jason. Eu não queria que ninguém tentasse me dissuadir daquilo que eu sabia que tinha visto – nem que alguém me contasse mais. Eu estava farta.

Então, solucei com Kristen ao telefone.

Ela me disse para ir ficar com ela. Disse que Josh ia matar Jason. Disse que era para eu sair das ruas de Las Vegas à uma da manhã e que eu era boa demais para ele e merecia coisa melhor.

Eu não queria nada melhor. Eu queria *ele*.

Eu estava sozinha, sem casa e arrasada. E agora estava à deriva mais uma vez, com as ondas me golpeando, a água enchendo a minha boca.

40

JASON

▶ About Today | The National

Acordei como se estivesse saindo de um coma. Camadas de inconsciência sendo retiradas, uma de cada vez.

Talvez eu não devesse ter tomado aquele remédio para dormir com bourbon, mas já tinha bebido um copo quando Zane apareceu com os comprimidos. Eu precisava de uma bebida depois dos três Red Bulls e daquela conversa com Sloan e, para falar a verdade, esqueci que tinha prometido tomar o maldito remédio.

Olhei para os dois copos que estavam na mesa de cabeceira, procurando o que tinha água, e não uísque, e bebi de um gole só. Depois, tateei a mesa, meio grogue, procurando o telefone do hotel, e disquei o número da Sloan, virando de costas para a janela e para a luz que entrava pela fresta da cortina e estava me cegando.

Caiu direto na caixa postal.

Cara, aquele remédio não era brincadeira. Eu tinha desmaiado sem nem entrar embaixo das cobertas. Eu nem me lembrava de ter tirado a roupa. Caramba, eu não me lembrava nem de ter me *deitado*.

O telefone sem fio do hotel tocou na minha mão. Esfreguei os olhos e atendi.

– E aí?

– Você falou com a Sloan?

Era Zane.

Cocei a barba.

– Hoje não. Por quê?

– Estou subindo, abre a porta. A Sloan apareceu aqui ontem e a Lola estava no seu quarto.

Eu me sentei de repente.

– *O quê?*

– A notícia não é nada boa. Já estou chegando aí.

Eu me levantei de um salto e vesti uma calça.

Zane bateu à porta e eu corri para abrir. Ela já entrou falando.

– Eu estava no bufê do café da manhã e a Courtney me contou. A Lola chegou ontem à noite. Ela estava no quarto da Jessa, e a Sloan bateu na sua porta. Você deve ter deixado a porta entre os dois quartos aberta, porque a Lola veio aqui e abriu a porta.

Ela pegou a maçaneta e, claro, a porta do meu lado se abriu.

Merda, eu podia ter feito *qualquer coisa* naquela noite e não ia me lembrar. Eu estava meio drogado de remédio e uísque.

Peguei o telefone e liguei para Sloan mais uma vez, e caiu na caixa postal. Que estava cheia.

Fui até a porta que conectava os dois quartos e bati na porta interna da Jessa.

– Jessa! Abre!

Ela abriu, ainda meio dormindo. Vi Lola desmaiada na cama atrás dela. Estava só de calcinha e com um dos meus moletons. *Meu Deus*, foi isso que Sloan viu quando voltou?

– Você deixou a Lola entrar no meu quarto ontem? – perguntei.

Jessa afastou o cabelo cor-de-rosa do rosto e bocejou.

– Deixei. Uma maluca estava batendo na sua porta à uma da manhã.

– A maluca era a *Sloan*. Onde você estava com a cabeça?

Os olhos de Jessa se arregalaram.

– Era a Sloa... ah, merda. Eu... cara, ela estava batendo *alto*. A gente achou que era uma emergência. A Lola tentou te acordar, mas você estava apagado. Ela até chutou a sua cama.

Não deixei que ela terminasse. Bati a porta na cara dela.

– Merda! – Andei de um lado para o outro. – Preciso encontrar a Sloan. A gente brigou, as coisas já não estavam bem.

Zane estava calma.

– Alguma ideia de pra onde ela pode ter ido? Ela tem família em Vegas? Amigos?

– Não sei. Acho que não.

O pânico tomou conta de mim como um enxame de moscas.

Corri pelo quarto, tropeçando nos sapatos, vesti uma camiseta e calcei um par de meias, segurando o telefone no ouvido com o ombro, ligando inutilmente para a caixa postal dela. Ela devia estar furiosa. Caramba, o que eu pensaria se visse aquilo?

– Tá – disse Zane. – Vamos começar ligando pra outros hotéis. Vou ver se a Courtney pode ir até o aeroporto procurar por ela. Você fica aqui caso ela volte.

Se ela estivesse na cidade, jamais a encontraríamos. Era Las Vegas – a cidade tem literalmente milhares de hotéis. Era possível que ela tivesse alugado um carro e voltado para a Califórnia. Ela estaria na casa da Kristen, mas eu não tinha o número dela nem o do Josh porque a droga do meu celular estava despedaçado. Eu também não lembrava onde eles moravam, pois só tinha ido lá uma vez.

O telefone tocou, e eu mergulhei para atender. Era Ernie.

– Você chutou mesmo a máquina de fumaça ontem à noite? Qual vai ser o próximo chilique? Um quarto de hotel destruído?

– Ernie, eu não consigo encontrar a Sloan.

Eu me joguei em uma cadeira e levei as mãos aos olhos, tentando recuperar o fôlego. Contei tudo a ele. Eu não tinha pensado em ligar para ele, pois achei que não havia nada que ele pudesse fazer, mas Ernie se ofereceu para descobrir onde Kristen morava e ir até lá.

Pelo menos parecia que *alguma coisa* estava acontecendo. Eu não sabia nem se Sloan estava mandando mensagem de texto ou de voz porque estava sem celular.

Fiquei com medo de sair do quarto do hotel caso alguém descobrisse onde ela estava, então fiquei andando de um lado para o outro, como um animal preso em uma jaula, torcendo para que uma das ligações não caísse direto na caixa postal.

Meu corpo pulsava de tanta ansiedade. Era quase insuportável. Senti uma claustrofobia profunda e torturante com as paredes que me rodeavam.

Ela não tinha casa, não tinha um emprego. Podia desaparecer no mundo sem deixar rasto, e eu não saberia onde encontrá-la.

Duas horas se passaram, e nada.

Eu estava sentado na cadeira da escrivaninha, esperando, quando alguém bateu à porta que conectava o meu quarto ao da Jessa.

Eu me levantei rapidamente, ne esperança de que fosse uma notícia. Quando abri a porta, Jessa estava ali com os olhos arregalados.

– Jason, a Lola está no banheiro e não quer sair.

Olhei bem para ela.

– Você está brincando? Acha que eu me importo com o que *ela* está fazendo?

Fiz menção de fechar a porta.

Ela se jogou contra a maçaneta.

– Jason, eu sei que você está irritado, mas você precisa ir lá, sério. Tipo, não é nada bom. Por favor!

– *Não.*

Empurrei mais uma vez.

Ela segurou a porta com o corpo.

– Jason!

Desisti e soltei a porta, jogando as mãos para cima, frustrado, e Jessa entrou no quarto cambaleando.

Era só o que me faltava. Eu não tinha paciência nem energia para processar o que significava o fato de Lola estar lá. Ela ia participar da minha turnê? Era assim que eles estavam me comunicando? Jogando Lola no meu colo para que eu cuidasse dela sem sequer me telefonar?

Eu nem me importava. Só conseguia pensar na Sloan. Era tudo que eu conseguia fazer.

– Vai atrás de outra pessoa pra cuidar dela – falei, me jogando na cadeira, exausto. – Eu não posso lidar com isso agora.

Ela ficou agitada, pois estava nervosa.

– Jason, por favor, para de ser babaca. A audiência com o agente dela foi ontem. Ela está muito sensível.

Massageei o cenho.

– Que audiência?

Ela bufou, impaciente.

– Saiu em todos os jornais! Ele roubou uma grana dela! Ontem ele foi ordenado a devolver, mas o dinheiro já era. Ele era viciado em jogo, alguma coisa assim. Ela nunca mais ver esse dinheiro. Está falida e completamente ferrada. Eu saí uns vinte minutos e quando voltei ela estava trancada no banheiro. E... olha só. – Ela correu até o quarto e voltou logo depois com um punhado de cabelo ruivo comprido. – Ela cortou o cabelo. Tipo, tudo.

Soltei uma risada pelo nariz.

– Uma manobra publicitária. Qual é a novidade?

Ela olhou para mim de cara feia e largou o cabelo em cima da estante da TV.

– Qual é o seu problema?

Olhei bem para ela.

– Qual é o *meu* problema? Não sei, vamos ver, ela escreveu uma merda de uma música sobre mim e depois armou pra ser fotografada comigo, me apalpou no tapete vermelho depois de passar meses me assediando, e agora essa merda toda com a Sloan? Ela tentou destruir a minha vida centenas de vezes. Ela que vá se ferrar.

Jessa bufou, indignada.

– Uma música que ela nunca disse que era sobre *você*? Você não escreve sobre a sua vida? Eu não vi você reclamando das fotos no tapete vermelho quando elas estavam bombando no Twitter. Ela fez todas as mulheres do universo quererem saber o seu nome. Ela estava tentando te *ajudar*.

Eu ri, embora não houvesse graça nenhuma naquilo.

– Quer dizer que eu devia agradecer por ela ter agarrado o meu pau?

Ela balançou a cabeça.

– Ela gosta de você, Jason. Ela tem um jeito ferrado de mostrar isso? Tem. Ela precisa de *ajuda*. Ela teve uma recaída e não está tomando os remédios, e *ninguém* além de mim está tentando ajudar. O babaca que devia estar cuidando dela ferrou com ela e fez o possível pra que ela continuasse assim, porque seria mais fácil passar a perna nela. Ela está falida, prestes a levar um chute na bunda da gravadora e *você* fez ela ser expulsa da turnê. Ela veio pedir pra você deixá-la voltar. Ela não veio pra te irritar.

Cerrei os dentes.

– Se ela acha que vai participar da turnê depois do que fez com a Sloan antes de viajarmos... – falei, quase rosnando. – *Nunca*.

– O quê? – perguntou Jessa, piscando. – Ela não fez nada com a Sloan.

– Mentira. Ela quebrou os vidros do carro da Sloan, furou os pneus, mandou as pessoas deixarem umas mensagens de voz fo…

Ela riu. Foi tão do nada que me pegou de surpresa. Como sininhos tilintando.

– O que foi? – perguntei, irritado.

– Para de se achar. Ela não está nem aí pra sua namorada. Sério. Foram *eles*.

Balancei a cabeça, irritado.

– Quem?

Ela acenou com os braços.

– Eles. Isso. Essa indústria. Essas *pessoas*. É o que eles fazem. Afastam namoradas. Ou namorados. Tanto faz.

– Do que você está falando?

Ela revirou os olhos como se eu fosse um idiota.

– Por que eles iam querer que *você* ficasse com a Sloan? Como isso ajuda a vender álbuns? – Ela inclinou a cabeça para o lado. – Uma vez, na segunda turnê da Lola, quando eu fazia a abertura, ela estava toda apaixonada por um bailarino, o Matthew… Eles não gostaram nada. Queriam que ela ficasse com alguém que alavancasse a carreira dela. Lil Wayne ou alguém assim. Primeiro ofereceram um trabalho melhor pro Matthew. Ele não aceitou, então eles fizeram ameaças. Quando isso não funcionou? Ele teve um "acidente" e rompeu o joelho em um assalto em Moscou. Nunca mais vai dançar. Os dois nunca mais se viram. É isso que eles *fazem*. Eles não querem as estrelas com alguém que não possam vender. Você e a Lola? – Ela inclinou o tronco para a frente. – *Pensa. Todo mundo* quer ler essa história. É muita publicidade gratuita.

Fiquei olhando para ela.

– Não – falei, balançando a cabeça. – Eles não fariam isso.

Ela abriu um sorrisinho.

– Ah, fariam… fariam, *sim*. As pessoas dessa indústria são *desonestas*. Você não faz *ideia* do quanto eles são nojentos. Eu estou com a Lola desde o início. Você nem imagina tudo que eles obrigaram essa garota a fazer. – Ela foi marcando nos dedos. – Dietas de fome aos 16 anos, até ela desenvolver um transtorno alimentar, vazaram um vídeo íntimo dela, forçaram cirurgias plásticas, contrataram agentes de merda para que pudessem controlar a Lola. Fizeram até a assistente dela vazar onde ela estava para os fotógrafos. E você acha que eles não destruiriam um *carro*?

Fiquei encarando o olhar sério de Jessa por um bom tempo.

– Eu não sabia disso, senão já tinha te contado. – Ela balançou a cabeça. – Você precisa saber que, a não ser que o público de repente queira você e a Sloan juntos mais do que querem fotos suas namorando celebridades, ela sempre vai ser o alvo. Você vale muito dinheiro pra eles, agora. Sendo bem sincera, eu terminaria esse relacionamento. É a minha opinião. Nada contra a Sloan.

Fiquei olhando para ela por um bom tempo, depois olhei para o quarto atrás dela, onde eu sabia que Lola estava trancada no banheiro.

Será que era possível?

Então algo me ocorreu. Um clique no meu cérebro, como um relógio batendo a meia-noite. Uma coisa tão óbvia que não sei como não tinha pensado nela desde o início.

Lola vivia cercada de paparazzi. O tempo todo. Como ela teria destruído um carro em plena luz do dia sem que os paparazzi registrassem tudo e a cena acabasse no TMZ?

Ela era capaz de destruir carros quando estava bêbada. Sem dúvida. Mas não era organizada. Lola era impulsiva. Irresponsável e imprudente. Falsificar vários números de telefone para assediar Sloan sem se identificar era algo que ela nem saberia fazer, ainda mais na situação em que se encontrava.

E mais uma coisa…

Aquela noite no meu trailer.

Eu sabia que a gravadora tinha dado a senha do portão para ela. Mas sempre achei que ela estava envolvida em tudo. Que ela tinha armado as fotos no tapete vermelho, ou pelo menos aparecido lá para me assediar. Mas aí me lembrei de outra coisa.

Lola disse que *eu* a tinha convidado. Que eu havia estalado os dedos e ela tinha ido lá na mesma hora. Na época, não dei muita atenção a esse comentário, porque ela estava muito bêbada, mas agora…

Eles mentiram para ela.

Eles a *mandaram* até lá.

Minha boca ficou seca.

– Minha própria gravadora – sussurrei.

Não foi a Lola. *Nunca* foi a Lola.

O quarto começou a girar.

Foram eles, o tempo todo. Minha vida pessoal era um joguete. Algo que eles podiam vender – e Sloan não se encaixava na narrativa. Eu a coloquei em risco. Eu a coloquei em risco porque fiz um pacto com o diabo.

E Lola...

Presa naquele carrossel desde os 16 anos. Explorada e manipulada, sem ninguém para protegê-la. Sem um Ernie ou uma Zane para cuidar dela. Doente e sem ninguém que a ajudasse a melhorar.

Ela não era o inimigo. Ela não queria me destruir. Era só um peão.

Exatamente. Como. *Eu.*

Eu me levantei e passei correndo pela Jessa em direção ao banheiro do seu quarto.

– Lola? – chamei, tentando abrir a porta. – Lola, abre a porta.

Nada.

Esmurrei a porta.

– Lola, eu preciso saber se você está bem. Se você não abrir, eu vou derrubar a porta.

Silêncio.

Olhei para Jessa. Ela ficou ali parada, mordendo o lábio.

– Para trás!

Eu me afastei e bati com o ombro na porta. Foram necessárias quatro batidas firmes para que a fechadura cedesse e a porta abrisse.

Senti um frio na barriga.

Lola estava sentada ao lado do vaso, com os joelhos encolhidos até o queixo. Havia uma tesoura ensanguentada no piso branco ao lado dela. O cabelo estava todo picotado até o couro cabeludo. Havia manchas de sangue na manga esquerda do moletom branco. Jessa correu até a amiga, e eu me agachei na frente dela, entre meia dúzia de garrafinhas de vodca do frigobar espalhadas pelo chão.

– Ei – falei baixinho.

Os olhos inchados de Lola se mantinham fixos à frente, e manchas pretas de rímel escorriam pelo seu rosto e se encontravam no queixo.

Ela me deixou pegar na mão dela, e fui erguendo a manga devagar. Vários cortes finos se espalhavam pelo braço. Eram superficiais e já estavam cicatrizando.

Olhei para Jessa.

– Ela está bem.

Ela arregalou os olhos.

– Jason, eu não sei lidar com sangue.

– Tudo bem. Eu cuido disso. Vai buscar um café e uma água pra ela.

Ela assentiu e desapareceu.

Eu me virei para Lola.

– Vou limpar isso, tá? – falei com delicadeza. – Vamos tirar isso.

Seus olhos verdes sem foco pousaram em mim, como se ela tivesse acabado de perceber que eu estava ali.

Ela deixou que eu tirasse seu moletom, como uma criança cansada sendo despida na hora de dormir. Ela estava com uma regata por baixo, e eu tirei a minha camisa de flanela e pendurei nos ombros dela. Em seguida, peguei uma toalha úmida quente e limpei os cortes, e ela continuou ali sentada, atordoada.

Ela não respondia às minhas perguntas, então fiquei em silêncio. Alguns minutos se passaram até que ela dissesse alguma coisa.

– Eu não tenho nada – disse ela baixinho.

Minha mão ficou paralisada, e eu olhei para ela. Ela encarava fixamente o nada.

– Eu não tenho nada. Não tenho nem onde morar.

Merda. Então Jessa não tinha exagerado.

Eu não conseguia nem imaginar passar por tudo aquilo e acabar de mãos vazias, sem nem o dinheiro como prêmio de consolação.

Não era de admirar que ela tivesse tentado se enfiar na minha turnê.

É com turnês que se ganha dinheiro. E Ernie tinha razão, ela não conseguiria fazer uma turnê sozinha. Caramba, *eu* mal conseguia, e eu tinha tudo sob controle. A gravadora nunca investiria em uma turnê com ela naquelas condições. Mas aproveitar a minha? Era fácil. Três duetos comigo e ela teria cumprido seu dever da noite. E, se sumisse, o show ia continuar.

Era a solução perfeita para o problema dela. Provavelmente a *única* solução. Que opção ela tinha? Ela não tinha nem como cair no esquecimento, conseguir um emprego em outra área. Ela era Lola Simone, caramba.

– Você já comeu hoje? – perguntei.

Ela fez que não com a cabeça.

– Tá – falei. – Que tal você ir para a cama e eu pedir um almoço?

Ela ficou me olhando com aqueles olhos verdes inchados que eu mal reconhecia, como um cachorro espancado, se preparando para recuar.

Eu me levantei e estendi a mão para ela.

– Vamos?

Ela olhou para a minha mão estendida, a minha bandeira branca, e o queixo tremeu. Em seguida, ela baixou a cabeça entre os joelhos e chorou.

Sentei ao lado dela e a abracei.

– Ei, vai ficar tudo bem – sussurrei. – Você só precisa recomeçar. Começa agora.

Ela soluçava incontrolavelmente, e eu fiquei ali sentado no piso frio, abraçando-a.

Jessa voltou com o café e a água e se sentou do outro lado da Lola, até que ela se acalmasse.

– Lola, olha pra mim – falei, e esperei até que seus olhos vidrados encontrassem os meus. – Eu vou fazer *tudo* que eu puder pra te ajudar. Entendeu? Se conseguirmos uma clínica de reabilitação, você vai?

Ela ficou um bom tempo em silêncio, depois assentiu olhando para o chão. Em seguida, piscou para mim com os olhos cheios de lágrimas.

– Você não pode contar pra eles onde é. Vão mandar fotógrafos. Você me leva?

A pergunta era tão infantil que senti um aperto no peito.

– É claro que eu levo. E não vou deixar que eles saibam onde você está. Prometo.

Pedi um sanduíche para ela e fiquei até ela comer tudo, enrolada em um cobertor, enquanto Jessa telefonava para uma clínica de reabilitação.

Eu ainda não tinha notícias da Sloan. Courtney tinha voltado de mãos vazias. Sloan não estava no aeroporto, e todas as nossas ligações continuavam indo para a caixa postal.

Peguei a minha máquina e raspei o restante do cabelo da Lola. Depois a deixei com Jessa e Courtney para que a ajudassem a tomar banho antes de irmos até a clínica e voltei para o meu quarto.

Assim que me sentei na cama, alguém bateu à porta. Corri para abrir sem nem espiar no olho mágico.

Sloan estava no corredor com Rango.

Eu a abracei na mesma hora e a arrastei para dentro sem dizer uma palavra. No instante em que a abracei, me senti completo de novo.

– Desculpa – disse ela, chorando. – Eu fiquei tão chateada e sem saber o que fazer, mas depois pensei bem e percebi que você jamais me trairia…

Meus dedos acariciaram o cabelo dela e eu a abracei. A sensação era a de desabar de exaustão depois de cruzar uma linha de chegada. Rango ficou choramingando, pulando nas minhas pernas. Com os olhos fechados, encostei a testa na dela.

– Sloan…

– Eu dirigi metade do caminho até a casa da Kristen e voltei porque sabia que você teria uma explicação. Desculpa, Jason, eu devia ter confiado em você.

– Você não terminou o seu quadro – sussurrei.

Ela fez que não com a cabeça.

– Nem vou terminar. Vou ficar com você.

Senti seu cheiro e não quis soltar o ar. Eu me afastei para olhar para ela. O nariz vermelho, os olhos inchados. A mulher mais linda que eu já tinha visto. A mulher com quem eu devia me casar, mas não tive a chance de fazer o pedido porque o meu trabalho nos roubava as noites românticas e os momentos perfeitos e uma vida que valeria a pena compartilhar. Minha alma gêmea.

E alguém de quem eu precisava abrir mão.

Fazer isso exigiria tudo de mim. Mas era o que eu ia fazer. O preço por estar comigo era alto demais.

Ela não estava segura. Eu sabia disso, agora. Seria questão de tempo até que tentassem nos separar de novo. Não havia como saber o que fariam, e eu não conseguiria protegê-la. O próximo aviso podia muito bem ser violento. Eles a destruiriam, e ela nunca mais conseguiria pintar.

Não se tratava de uma fã enlouquecida de quem alguns seguranças armados e uma casa em um condomínio seguro dariam conta. A ameaça vinha de dentro. Eles sabiam onde eu estava o tempo todo – onde Sloan estava. Eles tinham acesso a nós. Podiam subornar alguém da equipe. A camareira do hotel, qualquer um. E, quanto mais famoso eu ficasse, maior seria o incentivo para fazer isso. E não havia ninguém que eu pudesse confrontar a respeito disso. Quem era o rosto por trás daquilo tudo? Eu jamais saberia.

E isso não era vida.

Ela estava fazendo todos os sacrifícios.

Não foi aquilo que eu prometi a ela e nunca seria. Nós nunca teríamos uma casa próxima à da Kristen e do Josh porque estaríamos sempre na estrada, morando em um ônibus. Não criaríamos os nossos filhos com os deles. Nunca teríamos nada normal.

Eu queria que ela tivesse tudo. Eu queria que ela pudesse cozinhar e atualizar o blog, dormir na mesma cama mais de duas noites seguidas. Queria que ela fosse a grande artista que eu sabia que ela era, que tivesse filhos que não teria que criar sozinha nem levar para a estrada para que eles conhecessem o pai. Ela merecia tudo isso e mais.

E eu nunca seria capaz de oferecer isso a ela.

Eu sabia que ela *nunca* me deixaria. O fato de ela estar ali era prova disso. Ela tinha abandonado o quadro pela metade para estar lá, para que eu pudesse continuar arrastando-a pelo país como se ela fosse minha bagagem. E, se eu fosse sincero com ela, se falasse a verdade a respeito do perigo que ela estava correndo, ela diria que eles não a assustavam e não deixaria que a afastassem de mim.

Eu não passava de um servo. Nunca conseguiria romper aquele contrato. Mas eu me recusava a condená-la a mais um minuto daquele perigo.

Respirei fundo pela última vez, soltei o ar e comecei.

– Sloan, precisamos conversar.

Ela piscou para mim com os olhos cheios de lágrimas. Aqueles lindos olhos que eu nunca mais veria.

Meu coração guardava a mentira que eu estava prestes a contar como uma dose de veneno que eu estava preparado para beber. Mas, se não fosse assim, ela nunca ia aceitar. Nunca ia superar. Ela era sentimental demais. Ia ser cruel, mas tinha que ser algo definitivo. Algo terrível.

Algo que ela *nunca* perdoaria.

– O que foi? – perguntou ela. – Jason, o que foi? O que aconteceu?

– Sloan, me perdoa.

– Perdoar pelo qu...

Eu nem precisei dizer. A compreensão surgiu no rosto dela de repente.

Ela deu um passo para trás, afastando as mãos de mim, e eu registrei que aquela tinha sido a última vez que ela tinha me tocado.

– Você… – A voz estava trêmula. – Você dormiu *mesmo* com ela? – sussurrou ela.

Passei a mão na boca.

– Eu não planejei o que aconteceu com a Lola ontem à noite. Simplesmente aconteceu.

Eu sabia que nunca esqueceria a expressão no rosto dela. Nunca. Nem que eu vivesse mil anos. Foi como o momento após um vidro quebrado. Aquele zumbido no ouvido depois de um barulho muito alto. Um mergulho em águas glaciais, o corpo congelado, sem conseguir respirar.

Olhei nos olhos dela.

– Sloan, o nosso relacionamento não ia dar certo. Acho que nós dois sabíamos disso. Eu preciso estar solteiro, não tenho condições de namorar alguém agora.

Ela levou a mão trêmula à boca, e eu quis gritar que era mentira. Quis percorrer a distância entre nós e beijá-la, dizer que aquilo tudo era uma bobagem, implorar a ela que me perdoasse por não ser o que ela precisava, por não ser capaz de protegê-la. Em vez disso, peguei o telefone do hotel e liguei para Zane.

Fiquei surpreso com a minha calma. Com o quanto pareci impassível e prático.

– Zane? Eu encontrei a Sloan. Ela está aqui. Você pode dar um pulinho aqui, por favor?

Sloan tinha recuado até a parede. Estava me olhando fixamente, sem piscar. Lágrimas escorriam pelo seu rosto. Rango olhou para mim e choramingou, como se estivesse chorando com ela.

– Vou pedir pra Zane te levar até o aeroporto – falei, enfiando o telefone no bolso. – Vou pagar pela passagem. O Ernie vai te buscar. Ah – falei, como se tivesse acabado de me lembrar de alguma coisa. – E você pode ficar com o Rango? Eu não tenho tempo pra ele.

Ele cuidaria dela. Ela não ficaria sozinha.

Entreguei a ela o último pedacinho do meu coração.

Ela ficou me olhando horrorizada.

– Como… como você pôde fazer isso?

Mas eu não precisei responder. Zane bateu à porta, e eu abri.

Ela entrou e olhou de mim para Sloan, confusa. Sloan chorando. Eu inabalável e morrendo por dentro.

– Preciso que você leve a Sloan até o aeroporto – falei. – Compre um voo de primeira classe pra Burbank. E compre uma passagem pra você também, pra você poder esperar com ela no portão.

Senti o olhar de reprovação de Zane, mas não consegui tirar os olhos de Sloan e olhar para ela. Aquela seria a última vez que eu a veria, e eu não quis me virar, embora o olhar dela fosse de puro ódio.

Sloan deixou que Zane a levasse pelo braço.

A porta se fechou atrás delas, e eu caí de joelhos enquanto o meu mundo encolhia ao redor, me sufocando, tudo ficando escuro.

UMA HORA DEPOIS, COM LOLA vestindo a minha camisa de flanela e um dos chapéus da Jessa para que os fotógrafos que estavam esperando em frente ao hotel não vissem o que ela tinha feito com o cabelo, subi na moto da Lola, com ela na garupa, e a levei até uma clínica de reabilitação que ficava a uma hora dali.

Eu podia ter chamado um Uber. Podia ter chamado um transporte executivo ou pedido que Zane nos levasse. Mas eu precisava de algo que nos permitisse fugir dos paparazzi para que eles não soubessem para onde ela tinha ido. Fiz aquilo sabendo que Sloan veria nos portais de fofoca e que seria o golpe final na ferida já mortal que eu tinha causado.

E me lembrei do medo nos seus olhos naquele dia na garagem do meu pai e de como eu jurei nunca mais subir em uma moto.

A última das minhas promessas tinha sido quebrada.

Pedi um quarto particular para Lola, entreguei o meu cartão de crédito à clínica e pedi para Ernie enviar um termo de confidencialidade. Na volta, parei para comprar um celular novo e, chegando ao hotel, bloqueei e apaguei o número da Sloan. Apaguei também todas as mensagens, todas as fotos. Eu a apaguei em todas as redes sociais. Eu não ia ficar sabendo onde ela estava morando nem teria como entrar em contato com ela com um clique caso tivesse um momento de fraqueza.

Então, com todas as possíveis conexões entre nós desfeitas, perdi a cabeça.

Destruí o meu quarto. Joguei um abajur no chão, virei uma mesa e abri um buraco na parede com um soco. E fiquei bêbado. Vergonhosamente bêbado.

Quando Zane voltou, surgindo diante do meu olhar desfocado como uma aparição, eu estava sentado no chão, apoiado no armário do quarto destruído, com uma garrafa vazia nas mãos e uma toalha enrolada nos dedos, que sangravam.

Ela se agachou e pegou a toalha cheia de sangue, e eu fiquei olhando para ela, apático. Ela balançou a cabeça daquele jeito impassível de sempre.

– Bom, isso aqui está bem feio. Vamos. Hora de ir pro hospital.

Quando o médico entrou na sala com uma prancheta, eu não conseguia nem me lembrar de como Zane tinha me levado até lá.

O médico mostrou uma radiografia da minha mão no monitor, e eu fiquei olhando para a tela, sonolento e exausto, sentado na maca coberta por aquele papel, o cheiro de álcool isopropílico ardendo nas narinas.

– Bom, não está quebrada. Está bem machucada, mas não quebrada. Faça compressa de gelo, tome um ibuprofeno e em alguns dias você vai conseguir usá-la.

Mas Zane fez que não com a cabeça.

– Olha só, doutor. Pra mim, parece quebrada. Acho que ele vai precisar de algumas semanas pra descansar essa mão. Também me parece um caso de exaustão e desidratação severas. Talvez até mais algumas coisas que o senhor não percebeu. – Ela apontou com a cabeça para a prancheta. – Vamos precisar de um relatório médico. Algo para mostrar à gravadora, já que ele vai ter que cancelar alguns shows da turnê.

O médico olhou para ela, e eles tiveram uma espécie de conversa silenciosa. Depois, ele olhou para mim e deve ter visto o cansaço no meu rosto, o desespero nos meus olhos. O buraco no meu peito.

– Sabe de uma coisa? Você tem razão. Parece mesmo haver uma fissura bem aqui, na falange proximal. Engraçado eu não ter percebido. Eu vou, hum, vou fazer um relatório.

Zane guardou as minhas coisas. Fez todas as ligações e teve todas as conversas necessárias. Minha embriaguez virou ressaca e, depois, luto, quando comecei a processar o que tinha perdido. E jurei sentir cada segundo daquela dor.

A viagem de avião foi uma tortura. Só eu, meus pensamentos e a ressaca. Não consegui nem colocar os fones de ouvido. A música destroçava a minha alma. Todas pareciam ser sobre ela. Cada verso me assombrava. O cheiro do café quando o carrinho de bebidas passou arrancou lágrimas dos meus olhos.

Quando pousei, Ernie me ligou. Atendi sem dizer nada.

Ele soltou um suspiro profundo no telefone.

– Namorada na turnê...

Dei uma risadinha sem vontade.

– Deve ser difícil sempre ter razão.

– Dessa vez, meu amigo, eu queria muito estar errado.

A viagem de Duluth até Ely com o meu pai foi a pior parte. Longa e silenciosa, carregada de julgamento. Ao entrar na garagem, ele desligou a picape, mas não desceu. Ficou com as mãos no volante, olhando triste para a minha mão enfaixada.

– Desculpa, pai – falei, apoiando a testa na mão.

Ele olhou para mim, com o rosto cheio de pena. E mais alguma coisa. Perda.

Ele tinha perdido uma filha. Todos eles tinham perdido Sloan por minha causa.

A culpa e a dor triplicaram, me deixando arrasado. Eu não conseguia olhar para ele. Não conseguia olhar para ninguém. Como é que eu ia encarar a minha mãe? Sloan fazia parte da família, e eu a arrancara da vida deles. Coloquei a mão no rosto e senti a onda de náusea e dor ressurgir.

Quando entrei, Sloan estava em todos os lugares, embora invisível. Eu sentia sua presença em cada centímetro da casa. Ela era as listas de compras na cozinha, os sachês de essência na geladeira e um fio de cabelo loiro no sofá. Ela era um xampu abandonado no banheiro e o esmalte nas unhas da minha mãe.

A tristeza nos olhos da minha mãe.

A ausência me engoliu por inteiro e não deixou nada para trás além de acordes e versos dolorosos que borbulhavam de uma rachadura tão profunda no meu coração que era inimaginável.

Eu não podia ficar lá. Não podia ficar em lugar nenhum. Então, fui para onde não estaria em lugar nenhum.

Adentrei a vastidão da natureza com a minha canoa e o meu violão e deixei o mundo, aquele mundo sem Sloan, para trás.

41

SLOAN

▶ It's Not Living (If It's Not With You) | The 1975

Três meses depois

— Quer que eu te encontre no cemitério, Sloan?

Kristen estava preocupada comigo.

— Não, eu não vou hoje – respondi, sentando para dar uma última olhada no quadro que já tinha passado duas semanas secando no cavalete.

Abri um sorrisinho. Estava lindo. Parecia uma fotografia.

Era meu quinto quadro nos últimos três meses. Mais um para a coleção da galeria que me recrutara. Fazia dois meses que eu tinha finalizado e enviado a encomenda iniciada em Ely: a garotinha no balanço. Tinha vendido mais três, e a que estava na minha frente seria enviada naquele dia mesmo.

— Você não vai ao cemitério? – perguntou ela. – É aniversário do dia que você conheceu o Brandon.

Peguei o controle remoto e desliguei o programa de investigação criminal que eu estava vendo na TV.

— Como é que você se lembra dessas coisas?

— Eu coloco lembretes no celular.

Eu ri, juntando os pincéis.

— Você está falando sério?

— Ah! Estou, sim. Eu preciso ficar de olho em você como uma águia.

Eu me levantei da banqueta.

– Eu estou bem. Só estou terminando um quadro antes de sair.

– Tem certeza de que está pronta? Quer dizer, o cara é um gostoso, mas podemos cancelar o encontro duplo. Não é nada de mais.

O primo do Josh, Adrian, estava na cidade. Ele era advogado, estava solteiro e, segundo Kristen, era o estepe perfeito para que eu me recuperasse. Morava em St. Paul, fora do estado, e ia passar apenas alguns dias na cidade. Imagino que ela tenha pensado que seria uma distração ou que recuperaria a minha autoestima abalada, algo do tipo.

– Não sei o que você espera que eu faça com ele – falei. – Eu nem beijo no primeiro encontro.

– Você precisa de um cara pré-selecionado pra dizer que você é bonita e te pagar umas bebidas. E ele tem tudo que você gosta. É alto, tem barba e é de Minnesota.

Revirei os olhos.

– Rá-*rá*.

– Sério, Sloan, a gente pode cancelar. Quer dizer, ele está animado pra te conhecer, mas o Josh pode sair com ele. Eu imaginei que você quisesse bater em alguma coisa com um taco hoje, então fiz uma *piñata* com garrafinhas de bebida e cartões-presente da Starbucks. Posso chegar aí em meia hora.

Enxaguei os pincéis na pia.

– Não – falei, batendo os pincéis para tirar a água. – Estou bem. Vai ser divertido.

Não ia ser divertido.

– Pensa o seguinte – disse Kristen. – Se vocês se derem bem, você vai ser uma Copeland. E os nossos filhos vão ser da mesma família. *E*... e se o pau enorme do Josh for hereditário? Nunca se sabe.

Soltei uma risada pelo nariz.

– Meu Deus, eu *não* quero pensar no pau do Josh, muito obrigada.

Silêncio do outro lado da linha.

– Tem certeza que você está bem?

Assenti.

– Estou bem, sim. Vou visitar o Brandon no aniversário dele a partir de agora, e só. Está na hora de parar de viver no passado. É o que ele ia querer.

Silêncio mais uma vez.

– E aquela outra coisa?

Respirei fundo.

– Também está na hora de superar.

Jason estava na cidade. Ia tocar na Arena Forum.

Eu tinha *proibido* a minha pálpebra de tremer.

O dia havia se aproximado como uma invasão iminente. Jason tinha passado os meses anteriores no Reino Unido, o mais longe possível de mim. E agora estaria a menos de uma hora do meu apartamento.

Eu tinha pensado em várias maneiras de lidar com esse acontecimento. Dormir na casa da Kristen. Viajar para qualquer lugar longe o bastante para ficar a algumas centenas de quilômetros de distância dele. Mas, quando Adrian decidiu vir, de Minnesota ainda por cima, e Kristen sugeriu o encontro duplo, foi como se o universo estivesse me mandando uma mensagem. Então concordei, mas meu entusiasmo para aquele encontro era o mesmo de quando eu ia ver se tinha chegado alguma correspondência.

– Tá – disse Kristen. – Passamos aí em meia hora. Com que roupa você vai? Acho bom você fazer um esforço. Vou ficar irritada se tiver passado os últimos três dias enchendo a sua bola e você aparecer de qualquer jeito.

– Estou com o vestido vermelho. Estou maquiada. Arrumei o cabelo. Não vou te envergonhar.

– Ótimo. Vai sem calcinha. Tchau.

Bufei e desliguei, balançando a cabeça e olhando para as montanhas Verdugo pela janela da sala.

Meu apartamento novo era bacana. Tinha piscina e banheira de hidromassagem, e eu tinha a minha própria lavanderia. E tinha acabado de ser reformado. As coisas não ficavam quebrando a torto e a direito, e essa era uma mudança agradável. Tinha um parque para cães pertinho e uma Starbucks na esquina.

Eu estava bem. Ia à academia, fazia as unhas. Estava bronzeada. Levava Rango para passear e ia a exposições de arte e recebia Josh e Kristen para jantar uma vez por semana – e *eu* cozinhava. Eu fazia tudo – e estava orgulhosa de mim mesma.

Eu não fiz terapia depois que Brandon morreu. Kristen implorou que eu fizesse, mas eu não tinha nenhum interesse em saber ficar bem sem ele. Não queria falar sobre a morte dele nem compartilhá-la com desconhecidos. Eu não precisava me relacionar com outras pessoas que estavam passando pela mesma coisa para saber que eu não estava sozinha. Pessoas morriam todos os dias, de maneiras injustas e prematuras. Minha tragédia não tinha nada de especial. Eu só queria que a presença de Brandon me libertasse quando fosse o momento certo. Queria sentir o luto da maneira mais orgânica possível, como se tentar aliviar o que eu estava sentindo de alguma forma pudesse desonrar tudo que ele significava para mim. Mas, em algum momento, eu *fui* libertada e não percebi, porque a apatia exaustiva que vem com o luto se transformou na apatia de quando perdemos a nós mesmos em razão de escolhas de vida que nos deprimem – e eu não ia repetir esse erro.

Eu *queria* que a presença do Jason me libertasse. Estava desesperada para me livrar dela. Queria fazer tudo que estivesse ao meu alcance para superar – porque ele não merecia a minha dor.

Eu me permiti uma semana para desmoronar na casa da Kristen antes de me levantar por pura força de vontade, ir atrás de um apartamento e voltar a pintar. Eu estava dormindo bem. Atualizava o blog. Fazia ioga. Decorei o apartamento e fiz coisas que adorava – e escolhi a felicidade.

Mas havia alguma monotonia nisso tudo. A minha "felicidade" nem sempre era real. Na maior parte do tempo, era uma felicidade fabricada, forçada, que ia rachando nas bordas se analisada com atenção. Mas a minha conquista era a *escolha* em si. Eu finalmente tinha encontrado a Sloan que estava perdida. Eu era forte – estava de coração partido, mas mais forte do que jamais imaginei que pudesse ser. Ainda mais naquelas circunstâncias.

Era difícil aceitar uma coisa que não fazia sentido, como uma morte trágica e prematura ou uma separação que veio do nada. Como ficar em paz quando não sabemos o que fizemos para merecer o que aconteceu ou o que poderíamos ter feito para que as coisas fossem diferentes? Eu não conseguia entender como pude avaliar Jason tão mal, como pude achar que ele estava tão apaixonado por mim, quando ele claramente *não* estava. Isso me fez questionar tudo que eu acreditava em relação a mim mesma. Como descobrir que o meu herói não tem nada de herói e que eu estava cega demais para perceber.

Logo que tudo aconteceu, eu não consegui acreditar. Embora tivesse visto Lola seminua no quarto dele com os meus próprios olhos e ele tivesse confessado na minha cara, meu coração não conseguia aceitar, e eu quase liguei para ele. Depois, vi a foto dos dois de moto.

Jason quebrou todas as promessas que me fez. Essa foi a escolha *dele*. E a minha ia ser superar apesar de tudo.

Não podemos controlar as coisas ruins que nos acontecem. Tudo que podemos fazer é decidir o quanto de nós estamos dispostos a deixar que seja levado. Eu estaria mentindo para mim mesma se dissesse que não o amava mais. Acreditava que seria apaixonada por ele para *sempre*. Mas me recusava a ficar me lamentando e a fazer um santuário para ele.

Proibi todos à minha volta de falar sobre Jason. Ninguém jamais mencionava o que ele estava fazendo. Nem mesmo Ernie, durante as muitas visitas que fez para ver como eu estava. Mas fazia algumas semanas que a curiosidade tinha me vencido, e eu pesquisei ele no Google.

E me arrependi.

Pelo jeito, Jason tinha mesmo virado um grande astro do rock depois do término. Tinha destruído um quarto de hotel – derrubado a porta do banheiro e tudo. Depois, de alguma forma, tinha machucado a mão. Os portais de fofoca diziam que foi em uma briga com alguém da equipe. Jason era amado pela equipe, então duvidei. Mas também diziam que ele tinha quebrado uma máquina de fumaça em um ataque de raiva, e Ernie confirmou isso sem querer em uma ligação com a produtora da turnê quando eu estava perto, então eu não sabia mais quem Jason era. Ele acabou cancelando três semanas de shows por exaustão e desidratação, e especulava-se que estava abusando das drogas e do álcool. Eu mesma o tinha visto desmaiado, e shows não são cancelados a não ser em caso de emergência médica, por isso eu não sabia no que acreditar.

Fiquei preocupada com ele, então perguntei ao Ernie. Foi a única vez que perguntei sobre Jason. Ernie me disse para deixar aquela preocupação com *ele* e cuidar de mim. A julgar pela reação evasiva, ficou bem claro que pelo menos parte do que eu tinha lido era verdade.

E os rumores Lola/Jaxon tinham voltado com toda a força – mas esses eu tinha certeza que não eram apenas rumores.

Aquilo tudo me deixou enjoada. Eu queria apagar Lola do meu cérebro. Não conseguia esquecer a imagem dela parada à porta de calcinha, toda cheia de si. E o universo não me deixava esquecer. A música dela, a música *dele*, tocava o tempo todo no mercado e na academia. Comecei a usar fones de ouvido direto só para não ser pega de surpresa.

Era uma forma de tortura bem peculiar.

Jason foi capaz de fazer coisas que eu jamais imaginei. Agora ele era alguém que eu não reconhecia. Talvez ele finalmente tivesse se transformado em Jaxon.

O quadro que eu ia entregar na galeria naquele dia tinha sido uma espécie de terapia. A prova de que os seis meses que passei com ele foram reais. Pelo menos à época.

Pelo menos para *mim*.

Mas era hora de me livrar de qualquer lembrança visível do homem que eu tinha perdido. Já me bastavam as invisíveis.

Eu deixaria o quadro na galeria e iria para o meu primeiro encontro desde o término. Kristen e Josh estariam lá para manter a conversa quando eu ficasse entediada com o cara, o que era bem provável que acontecesse.

E eu ia superar – eu tinha que superar. Porque tinha escolhido a felicidade.

Embrulhei o quadro em papel pardo, coloquei a coleira no Rango e desci para deixar o quadro na galeria e dar um passeio com ele.

Vinte minutos depois, estávamos voltando, e vi um entregador do lado de fora esperando por mim.

– Por acaso você é... Sloan Monroe? – perguntou ele, olhando para o celular.

Enrolei a coleira do Rango em uma das mãos.

– Sou...

– Tenho uma entrega. Preciso que você assine.

– Uma entrega? – rabisquei meu nome em uma tela digital.

Eu não estava esperando nada. Seria da Kristen?

Peguei o envelope branco e entrei, examinando a parte externa. Não tinha nome.

Kristen. Ela sempre me mandava coisas malucas. Na semana anterior, tinha sido um porta-lenço de crochê que parecia uma vagina. Ela era muito estranha.

Larguei as chaves no aparador e me sentei no sofá para abrir. Rango ficou na minha frente, abanando o rabo como se o envelope contivesse biscoitos.

– Será que é pra você?

Sorri para ele ao abrir o envelope.

E, de repente, meu sorriso desapareceu.

Reconheci a letra no papel na hora, antes mesmo de ler o que estava escrito.

Senti um nó se formando na minha garganta ao passar os olhos pela carta.

Voltei a abrir o envelope, e a minha mão trêmula sacou dali o verdadeiro motivo da entrega.

Dois ingressos VIP, na primeira fileira, para o show de Jaxon Waters às sete da noite.

42

SLOAN

▶ fresh bruises | Bring Me The Horizon

Li a carta de Zane umas cem vezes. Fiquei olhando para as primeiras quatro palavras no topo da página até elas ficarem gravadas no meu cérebro. *Jason mentiu sobre Lola.*

Zane e Courtney eram amigas.

A carta seguia explicando que Courtney contou a Zane que ela estava lá na noite em que Lola apareceu. Que Jason nem chegou a ficar sozinho com Lola, a não ser naqueles segundos em que ela foi até o quarto dele para atender à porta quando eu bati. Jason tinha tomado um remédio para dormir e não fazia ideia de que Lola estava lá.

Na sequência, Zane dizia que Lola teve um colapso nervoso e se cortou, e que Jason só subiu naquela moto para levá-la até a clínica de reabilitação. Que nada do que estava nos portais era verdade, e que Jason tinha pedido explicitamente ao Ernie que me deixasse acreditar que era, caso eu perguntasse.

Zane não mentiria. Era a pessoa mais brutalmente sincera que eu conhecia. E, se Jason soubesse que ela tinha feito aquilo, ele a mandaria embora. Ela estava colocando o emprego em risco ao me mandar aquela carta.

Eu não conseguia respirar.

Por quê? Por que ele inventou aquilo? Por que ele disse algo tão terrível e por que quis que eu acreditasse em tantas coisas horríveis a respeito dele?

Liguei para ele na mesma hora. Pela primeira vez em três meses. Foi direto para a caixa postal.

Durante os seis meses que passei com ele, Jason nunca, *nunca*, tinha desligado o celular. Silenciado, sim. Desligado, nunca.

Meu número estava bloqueado.

Isso significava que Jason não queria falar comigo. Não queria que eu ligasse. Ele estava perto de mim, em Los Angeles, e não tinha me procurado. E não tinha tentado falar comigo nenhuma vez nos últimos três meses. Então, por que Zane estava tentando me convencer a ir até ele? Ele claramente não queria um relacionamento comigo se tinha inventado uma história daquelas. Ele tinha feito tudo ao seu alcance para garantir que o que havia entre nós estivesse acabado.

E agora eu estava com raiva.

Quando ele fez o que fez, eu fiquei arrasada. Depois, quando vi as fotos com Lola, fiquei magoada e decepcionada. Passei aqueles últimos meses em vários estados de confusão e entorpecimento. Mas agora que sabia que ele tinha mentido para mim, eu estava *furiosa*.

Quer dizer que ele queria terminar comigo e achou que me destruir seria o jeito mais fácil?

Liguei para Zane. Achei que fosse cair na caixa postal, de tantas vezes que chamou, até que ela finalmente atendeu.

– Oi. E aí? – sussurrou ela.

Jason deve estar lá.

Algo doeu em mim ao saber que ele talvez estivesse do outro lado da linha. Que talvez eu até pudesse ouvi-lo. De repente, senti os joelhos amolecerem. Eu detestava que ele ainda tivesse esse efeito sobre mim, que eu ainda o amasse a esse ponto.

– Por que você me mandou aquilo, Zane? Ele claramente não quer me encontrar.

– É... você pode me dar um segundo? Espera aí...

Ouvi um barulho abafado. Logo depois, ela voltou.

– Você vem? – perguntou ela baixinho.

– Não. Ele não quer que eu vá.

– Ele quer, *sim* – disse ela. – Ele está destruído, Sloan.

Eu ri, sem conseguir acreditar.

– *Ele* está destruído? Ele mentiu pra mim sobre ter passado a noite com outra mulher, depois me colocou em um avião e nunca mais falou comigo.

Ela passou a falar ainda mais baixo.

– Escuta. Vem. Eu não sei o que aconteceu. Só sei que o Jason te ama.

Fiz que não com a cabeça.

– Acho que Jason me amou um dia, Zane. Mas agora ele é o Jaxon.

Desliguei na cara dela.

Minha pálpebra começou a ter um ataque. E eu comecei a andar de um lado para o outro na sala do apartamento, com uma das mãos no olho, respirando com dificuldade.

Por quê? *Por quê*, Jason? Pensei naqueles últimos dias e me perguntei o que poderia tê-lo levado a fazer aquilo. Ele tinha dito que achava que estava destruindo a minha vida – então, para consertar, ele a destruiu de vez? Bufei.

Talvez eu fosse muito complicada. Talvez as semanas que passei em Ely tivessem feito Jason perceber o quanto ter que cuidar de mim na estrada era pesado para ele. Talvez ele tivesse percebido que eu já estava infeliz mesmo, que ele não tinha energia para mudar isso e que deixar que eu acreditasse no que tinha visto era mais fácil. Ele chegou *mesmo* a dizer que não estava em condições de namorar. Talvez ele acreditasse que estava me fazendo um favor.

A única coisa que eu sabia era o seguinte: ele não me amava. Se me amasse, não teria feito aquilo. Não teria acendido um fósforo e incendiado o meu mundo.

Meu celular tocou. Era Kristen, provavelmente para dizer que estavam na frente da minha casa. Atendi, e ela começou a falar imediatamente.

– Tá, não fica brava.

– Ai, meu Deus, o que foi? – perguntei baixinho.

Eu não estava com cabeça para lidar com as loucuras da Kristen. Não estava com cabeça para lidar com *nada*. Não queria mais ir ao encontro, não queria ficar em casa. Meu Deus, como eu odiava a minha vida.

– O Adrian está subindo sozinho pra te buscar.

Soltei um gemido.

– Você está brincando?

– A gente estava saindo do carro pra te buscar e ele disse "Fiquem aqui", com a voz bem grave e autoritária. Foi bem macho-alfa. Até o Josh ficou paralisado.

Ouvi Josh rindo ao fundo.

Alguém bateu à minha porta.

– Eu vou *matar* vocês – falei, sibilando, e desliguei.

Desmoronei no meio da sala com as mãos cobrindo os olhos. Como é que eu ia sobreviver àquela noite? Eu não conseguiria.

Minhas mãos tremiam. Não porque o cara com quem eu teria um encontro às cegas estava na minha porta, mas por causa do Jason. Respirei fundo e tentei me recompor.

Adrian bateu mais uma vez. Daquele jeitinho brincalhão e musical que um amigo bate.

– Já vai, só um segundo – falei, e a voz saiu trêmula.

Respirei fundo mais uma vez. Enfiei o envelope com os ingressos e a carta da Zane na bolsa e alisei o vestido, tirando mais um tempinho para me recompor, depois abri a porta.

O homem que estava no corredor vestia um suéter verde-escuro com gola em V e mangas arregaçadas e calça jeans. Estava com uma *piñata* em formato de cupcake nas mãos.

– Oi – disse ele, abrindo um sorriso deslumbrante. – Sou o Adrian. Você deve ser a Sloan.

Bom, Kristen tinha razão. Adrian Copeland era maravilhoso. Olhos verdes, barba por fazer, corpo legal.

E eu estava 100% desinteressada.

Ele estendeu a *piñata*.

– Me disseram pra trazer isto – disse ele, parecendo achar aquilo tudo divertido.

Revirei os olhos.

– Ah, claro – resmunguei, pegando a *piñata* e deixando em cima de uma mesa.

Rango escapou para o corredor e começou a pular nas pernas do Adrian, animado. Ele se agachou para brincar com Rango.

– E aí, carinha? – disse Adrian, sorrindo para mim enquanto acariciava o meu cachorro.

Ele estava me avaliando *descaradamente*. Nem tentou esconder. Seus olhos foram descendo pelo meu corpo e voltaram com um sorrisinho.

Um rubor violento subiu pelo meu pescoço.

A carta tinha me deixado tão desorientada que eu não estava conseguindo nem pensar direito. Eu só conseguia pensar nas palavras de Zane.

Eu não estava com cabeça para lidar com o que tinha acabado de descobrir, menos ainda com um desconhecido querendo sair comigo, parado na minha porta, me avaliando descaradamente e brincando com o meu cachorro – com o cachorro do *Jason* – Jason, que estava na minha cidade e não tinha me procurado porque terminara comigo e não me queria mais.

Minha outra pálpebra tremelicou uma vez, só para me lembrar de que aquele dia ainda podia piorar.

– Desculpa – falei, pegando a coleira do Rango. – Ele fica muito animado quando temos visita. Rango, solta.

– Tudo bem – disse Adrian. – Eu gosto de cachorros.

Ele deixou Rango lamber seu queixo.

Meu Deus. Logo, logo eu ia soltar uma gargalhada maníaca.

Rango finalmente se cansou dele e correu para dentro do apartamento, e Adrian se levantou.

Era hora de acabar com aquilo.

Peguei a bolsa e pendurei no ombro. Depois, saí e fechei a porta.

– Estou feliz por esse tempinho sozinho com você – disse Adrian atrás de mim enquanto eu trancava a porta. – Eu queria te falar uma coisa antes de descer.

– Tudo bem – falei, me virando para ele.

Minha pálpebra estava praticamente tendo uma convulsão. Fechei-a com a mão e fiquei ali olhando para ele com um olho só. Eu tinha certeza de que parecia uma louca. Meu rosto estava vermelho, e eu tive que cruzar os braços e enfiar as mãos embaixo das axilas para que ele não as visse tremendo.

Mas ele sorriu para mim assim mesmo.

– Ouvi um pouco da sua conversa com Kristen pelo telefone. Sei que você acabou de terminar com alguém e que esse encontro talvez seja um pouco demais pra você.

Ai, meu Deus. Fiz que não com a cabeça.

– Não é…

Ele ergueu uma das mãos.

– Tudo bem – disse e abriu um sorriso. – Vou ficar na cidade só por uns dias e estou feliz por ter a oportunidade de jantar em Los Angeles com uma californiana linda… mesmo que ela *não* esteja disponível. Eu só queria que você soubesse que não tem nenhuma expectativa do meu lado. Já me disseram que, se eu apertar sua mão hoje à noite sem o seu consentimento claro, vou levar um soco na testa.

Soltei uma risada pelo nariz, e minha expressão ficou mais leve. Ajeitei o cabelo atrás da orelha.

– O Josh sempre me protege.

– Não foi o Josh – disse ele, com a sobrancelha arqueada. – Me fala: a Kristen bate forte ou…

Ele conseguiu me arrancar uma risada.

Adrian baixou a cabeça para olhar bem nos meus olhos.

– Olha só, vamos só nos divertir – disse. – Deixa eu te pagar umas bebidas e ver se consigo fazer você se divertir. Que tal?

Ele esperou paciente pela resposta. E eu relaxei um pouco. Tirar a pressão daquele encontro já era alguma coisa. Minha pálpebra teve piedade de mim e cedeu um pouco, e eu abri um sorriso tímido.

– Tá bom.

Ele apontou com a cabeça para a escada.

– Primeiro as damas.

Começamos a caminhar.

– Sabe de uma coisa? Eu preciso ser sincero – disse ele, segurando a porta da escada para mim. – As fotos não fazem jus à sua beleza.

Bufei.

– Deixa eu adivinhar: Coachella?

– Ah, na verdade, não – respondeu ele, descendo os degraus atrás de mim. – Freio de burro?

Abri a porta, rindo.

Kristen e Josh estavam estacionados a alguns metros da entrada do prédio. Adrian correu à frente e abriu a porta do carro para mim. Colocou a mão nas minhas costas quando entrei. Não gostei. Eu não gostava que nenhum homem que não fosse Jason me tocasse.

Jason nunca mais ia tocar em mim.

Era como se eu sentisse a presença dele no ar, agora que ele estava na Califórnia. Ele estava em toda parte, como o sol no meu rosto. Cheguei a espiar pela janela, procurando por ele.

Soltei o ar devagar, tentando tirá-lo da cabeça.

Não funcionou.

43

JASON

▶ Somebody Else | The 1975

Não era difícil encontrar os que eram da Sloan. Era só procurar pelos quadros que pareciam fotografias.

Havia três expostos na galeria, e todos estavam sinalizados como vendidos, marcados com pontinhos vermelhos. Fiquei ali parado, observando, analisando cada centímetro das obras de arte, decifrando pinceladas quase invisíveis.

Ela tocou nesses quadros. Suas mãos os criaram, seus olhos percorreram cada centímetro de tela, e a arte tinha surgido da sua mente brilhante.

Fiquei cheio de orgulho. Respirei fundo. Eu sentia saudade dela. Todo segundo.

O barulho dos saltos no piso de madeira me fez virar para a curadora que se aproximava, uma mulher elegante, de cabelos grisalhos, óculos e batom vermelho.

– O senhor deve ser o cavalheiro que telefonou.

Voltei a olhar para os quadros.

– Isso mesmo. Você disse que tinha um quadro de Sloan Monroe disponível?

– Está nos fundos. O senhor ligou na hora certa. Acabou de chegar. Esses quadros não duram muito aqui.

Meu coração se inflou de orgulho. Eu não conseguia tirar os olhos da parede.

– Ela é muito talentosa – falei baixinho.

Eu esperava que ela tivesse usado o cartão-presente que eu dei para comprar os materiais para pintar aqueles quadros. Eu queria fazer parte daquilo. Queria fazer parte de tudo.

Não tinha acabado. *Nunca* acabaria. Pelo menos para mim.

Noventa e quatro dias tinham se passado desde a última vez que nos vimos, e eu me sentia vazio. Meu mundo estava escuro. Tudo estava desbotado. E, quanto mais tempo passava, mais escuro ficava. A vida sem ela era uma privação sensorial da minha alma.

Minha turnê tinha me levado de volta à Califórnia. Eu tinha me preparado para enfrentar a dificuldade que seria respirar o mesmo ar que ela. Olhar para o mesmo céu. Mas isso era difícil em todos os lugares.

Eu não disse a ninguém aonde ia quando saí do hotel. Tive que me esgueirar por uma saída de serviço perto das lixeiras, usando boné e óculos escuros, fugindo da Zane como um animal de zoológico foge do tratador. Ela e Ernie teriam desaconselhado. Mas eu precisava ver aqueles quadros.

Eu tinha pedido a Ernie que comprasse os quadros para mim caso não fossem vendidos na primeira semana – sem que Sloan soubesse, claro. Mas eles foram vendidos. Ela era talentosa. Não precisava de um anjo da guarda.

Eu também tinha andado ocupado. Além da turnê, estava conseguindo compor. Foram seis músicas ao longo das três semanas que passei em Ely enquanto a minha mão se recuperava. E eram *boas*.

Eram boas porque eram sobre *ela*.

Ninguém jamais ouviria aquelas músicas. Se eu as colocasse em um álbum, Sloan saberia que eram sobre ela, e eu não podia permitir que ela soubesse o quanto eu estava destruído. Aquelas músicas eram só para mim.

Não, a minha próxima gravação seria um lixo pop escrito por um mercenário escolhido pela gravadora. E eu não estava em condições de reunir emoção suficiente para me importar.

O barulho dos saltos me levou até a sala dos fundos e, quando a mulher fez menção de tirar o papel pardo para que eu visse o quadro, ergui uma das mãos.

– Eu vou levar. Nem preciso ver.

Eu não podia desperdiçar os minutos que ela levaria para embrulhar o quadro de novo. Cada segundo que eu passava ali era como brincar com fogo.

Sloan morava no apartamento que ficava no andar de cima. Ernie tinha me contado isso. Também tinha sido ele quem me disse onde eu encontraria a arte dela. Eu tinha pedido a ele que cuidasse dela quando ela voltasse a Los Angeles, e ele tinha feito isso.

Ele também me disse que ela me odiava. Que não suportava nem ouvir o meu nome.

Eu tinha conseguido tudo que me propus a fazer. Ela lamentava o dia em que tinha me conhecido, e eu precisava que fosse assim. E o meu sucesso era o meu maior arrependimento.

Finalizei a compra. Com alguma sorte, eu conseguiria entrar escondido no meu quarto sem que Zane percebesse que eu tinha saído. Eu estava indo em direção à porta com o quadro embaixo do braço, e de repente congelei.

Kristen e Josh estavam dentro de um Honda preto em frente à galeria.

Corri para trás de uma escultura na entrada – e bem na hora.

Ela surgiu do nada, como o sol espiando por entre as nuvens. Se eu tivesse saído dois segundos antes, teria dado de cara com ela na calçada.

Sloan.

Tudo ficou em câmera lenta.

Ela estava a meros seis metros de distância. Nada além de uma folha de vidro nos separava.

Meu coração batia grave como um baixo nas minhas costelas.

Fiquei olhando para ela do meu esconderijo. Ela estava ainda mais linda do que eu me lembrava. Usava um vestido vermelho e um batom verme-lho-vivo. O cabelo estava solto sobre os ombros e a pele estava bronzeada. Parecia saudável e que estava se cuidando como eu esperava que estivesse.

Ela sorria para alguém que vinha logo atrás, mas que estava fora da mi-nha linha de visão. Um sorriso radiante, como os que reservava para mim quando eu cantava para ela.

Meu coração se partiu mil vezes a cada segundo que passei olhando para ela.

Eu ia sair.

Eu não tinha nenhum controle sobre as minhas ações. Meu corpo pa-receu responder a uma espécie de reflexo involuntário em reação à sua presença repentina. A atração era tão forte que parecia que toda a minha existência tombava e deslizava em direção a ela. Dei um passo...

E, nessa hora, um cara abriu a porta do carro para ela e a ajudou a entrar, colocando a mão nas costas dela.

44

JASON

▶ If I Get High | Nothing But Thieves

Eu nem sei como cheguei ao local do show inteiro. Eu tinha desafiado o Destino ao ir até a galeria, e o Destino decidiu dobrar a posta. Eu estava destruído.

Vê-la com outro cara rasgou o meu coração ao meio como uma faca. Arrancou todo o ar dos meus pulmões.

Os homens sempre olhavam para ela, mesmo quando estávamos de mãos dadas. Fiquei louco pensando em outro cara tocando nela. Ela rindo das piadas ou preparando o jantar para ele.

Eu acompanhava as atualizações do site *A Esposa do Caçador*. Dava uma olhada todos os dias. Era o único vínculo direto que ainda tinha com ela. Sloan tinha voltado a atualizar o blog com frequência quando estava em Ely, preparando a caça que meu pai guardava no congelador. Mas, algumas semanas antes, ela tinha publicado uma receita de javali.

Meu pai não caçava javalis.

Não me importei muito com isso na época. Imaginei que talvez fosse uma receita antiga, de quando Brandon ainda estava vivo, que ela ainda não tinha compartilhado. Mas agora que eu sabia que ela estava saindo com alguém, minha mente enlouqueceu conjecturando se ela estava saindo com alguém que caçava, e fiquei obcecado pensando em para quem ela cozinhava, com quem passava o tempo.

Eu sabia que ela não estava pronta para namorar quando nos conhecemos, então esperava, egoísta, que ela continuasse solteira por um tempo, que talvez o nosso relacionamento tivesse sido um ponto fora da curva. Foi a única coisa que me manteve mais ou menos são durante tantos meses. Mas ela não estava esperando. Estava saindo com alguém.

Ninguém jamais a amaria como eu. Ela nunca encontraria a mesma devoção, mesmo que passasse a vida inteira procurando. Eu sabia disso com todo o meu ser. Ela nunca saberia disso, mas eu sempre estaria ali. Quando ela se casasse com outra pessoa, tivesse filhos, quando ficasse velhinha, eu continuaria ali, amando-a em segredo. Se ela algum dia precisasse de qualquer coisa, eu ia garantir que ela conseguisse. Essa seria a minha penitência pelo resto da vida por não poder fazer tudo isso pessoalmente.

Três horas depois da galeria, eu estava no camarim, sentado com a cabeça apoiada nas mãos – tinha passado a última hora assim. Jessa estava tocando e faltava cerca de meia hora para o meu show. Eu tocaria como a marionete que tinha me tornado. A gravadora finalmente tinha seu fantoche. Dali em diante, tudo seria atuação, porque eu não tinha mais nada real para dar. Toda a minha alegria de viver havia se esvaído.

Alguém bateu à porta. Não me mexi. Nem ergui a cabeça.

– Quem é?

– É... é a Courtney. Posso entrar?

Soltei um suspiro cansado e me arrastei até a porta.

Ela ficou ali parada, mordendo o lábio.

– É... a Lola está aqui.

Meu rosto se iluminou com um sorriso raro.

– Sério? Onde?

Ela apontou com o polegar por cima do ombro.

– No camarim da Jessa. Ela veio te ver. Eu não quis dizer onde era o seu camarim antes de...

– Não, tudo bem. Você pode trazê-la até aqui?

Ela assentiu.

Fiquei animado. Eu queria ver como Lola estava. Eu tinha telefonado algumas vezes enquanto ela estava na clínica. Ela nunca atendeu nem retornou as minhas ligações.

Logo depois alguém bateu à porta do meu camarim. Ao abrir, fiquei paralisado, olhando fixamente para a pessoa.

A mulher ali não era alguém que eu conhecesse. E, mesmo quando a reconheci, percebi que, *mesmo assim,* eu não a conhecia. A transformação era um choque tão grande que me desarmou por completo.

Ela abriu um sorriso.

– Oi.

O cabelo tinha crescido um pouco. Estava castanho, não ruivo. Ela estava sem maquiagem e tinha umas sardas espalhadas pelo nariz que eu nunca tinha percebido. Carregava uma bolsa de pano vermelha pendurada no ombro, vestia uma camiseta larga, leggings e calçava chinelos de dedo.

Parecia cinco anos mais jovem. Não era a estrela do rock que tinha passado três meses em reabilitação, mas uma universitária estudando para as provas finais. Uma babá cujas crianças já tinham ido dormir, esperando que os pais voltassem para casa.

– Oi – falei baixinho. – Meu Deus, você está... muito diferente.

Ela deu uma risadinha e sugou os lábios.

– A gente pode conversar? Tudo certo com isso?

– Sim, sim. Claro.

Deixei que ela entrasse e fechei a porta. Ela se sentou no sofá e eu na cadeira em frente. Eu não conseguia parar de olhar para ela. Eu nem piscava. Como é que aquela podia ser a mesma pessoa de meses antes? A mesma mulher que apareceu no meu trailer, de porre e cambaleando pelo gramado?

As maçãs do rosto magras e pontudas tinham desaparecido, assim como a morte que ela carregava nos olhos na última vez que nos vimos.

As íris verde-claras pousaram em mim.

– Obrigada por aceitar me ver. Eu não te culparia se você não aceitasse.

– Não, estou feliz que você tenha vindo – respondi. – Como é que você está? Parece bem.

Ela levou a mão à cabeça, constrangida.

– Quando crescer um pouco mais, posso colocar um aplique – disse ela com uma risadinha nervosa. – Na verdade, eu meio que gosto dele assim, porque ninguém me reconhece na rua.

Ela apoiou as mãos no colo e ficou olhando para elas por um bom tempo.

– Eu quero me desculpar com você. E com a Sloan. Eu passei muito tempo perdida. Aquela não era eu, e não me orgulho do que fiz.

Não respondi, e ela olhou bem nos meus olhos.

– Eu não sabia que ela era sua namorada, naquela noite. Eu nunca tinha visto a Sloan, e a Jessa disse que ela estava em Minnesota. Eu achei que fosse a sua assistente ou alguém que passeava com o seu cachorro. – Ela engoliu em seco. – É a primeira vez que fico sóbria e estável em quase três anos. Sei que não é desculpa, mas...

– Tudo bem – falei, erguendo uma das mãos. – Eu aceito seu pedido de desculpa. Se você aceitar o meu.

Sua expressão ficou mais suave. Ela soltou o ar devagar, como se estivesse prendendo a respiração aquele tempo todo.

– Venho conversando com Ernie sobre ele me representar. Preciso de alguém que seja honesto, sabe?

Abri um sorrisinho.

– Ele é dos bons.

Ela assentiu.

– A maioria não é. Você tem muita sorte.

Fiquei olhando para ela, que por um tempo pareceu não saber o que dizer.

– Eu, hum... eu estava pensando, será que você não me deixaria participar da sua turnê? Quer dizer, não precisa ser da turnê toda – emendou ela rapidamente. – Talvez só nos lugares maiores? Ou em datas especiais?

Inclinei o tronco para a frente, apoiando os cotovelos nos joelhos.

– Teríamos que estabelecer regras – falei. – Você teria que continuar sóbria.

Um vislumbre de esperança surgiu no seu rosto. Ela assentiu.

– Continua com a medicação. E, se tiver uma recaída, você mesma pede pra sair. Não pode me obrigar a fazer isso.

Ela assentiu mais uma vez, e eu fiquei ali sentado olhando para ela, procurando a velha Lola no seu rosto.

E não encontrei.

Estendi a mão.

Ela olhou para a minha oferta de paz, e o seu queixo tremeu. Em seguida, ela apertou a minha mão.

Soltei a mão dela e peguei uns lenços em cima da mesinha de centro. Entreguei a ela, que ficou segurando, olhando para os pés, sorrindo por trás das lágrimas.

Fiquei ali sentado, observando Lola em silêncio. Tive vontade de dizer que estava orgulhoso dela. Eu sabia o quanto era difícil lutar contra si mesmo. Lutar conta os próprios desejos todos os dias, para fazer o que sabemos ser a coisa certa. Mas não tive força para falar sobre isso.

Acho que eu nunca teria.

Às vezes, o pior lugar para viver é nem aqui nem lá. E às vezes isso é tudo que temos.

Ela limpou o nariz.

– É melhor eu ir – disse, depois de um tempo, e foi se levantando. – Não quero causar mais problemas entre você e a Sloan.

Dei uma risadinha e me recostei na cadeira.

– A gente terminou. Na noite em que você foi pra clínica.

Ela piscou para mim, empoleirada na beirada do sofá.

– Foi... por *minha* causa?

Fiz que não com a cabeça.

– Na verdade, não. Eu simplesmente não podia dar a ela a vida que ela merecia.

Lola ficou ali sentada, segurando os lenços que eu tinha lhe dado.

– Que pena, Jaxon. Mas você sabe que provavelmente foi melhor assim, não sabe?

– Sei – respondi baixinho.

– Essa indústria não faz muito bem aos relacionamentos – disse ela e desviou o olhar por um instante. – Eu nunca te disse isso, mas... – Ela voltou a olhar para mim. – Quando nos conhecemos, você me lembrou alguém. – Ela balançou a cabeça. – Uma pessoa que eu conhecia. Um bailarino...

Ela deixou passar um bom tempo antes de continuar.

– Acho que foi por isso que eu sempre quis ficar perto de você, sabe?

Soltei uma risadinha pelo nariz.

– Eu entendo. Se eu conhecesse alguém que lembrasse a Sloan...

Era bem provável que eu nunca conhecesse alguém que lembrasse a Sloan.

Eu não tinha essa sorte.

Lola limpou o nariz com o lenço mais uma vez. Em seguida, olhou em volta como se tivesse acabado de se lembrar de uma coisa. Ela pegou a bolsa de pano.

– Esqueci de falar. Eu trouxe uma coisa pra você – disse ela, fungando e tirando uma pasta de dentro da bolsa. – Fique à vontade pra recusar. É que o Ernie disse que você estava com dificuldade pra escrever, e eu pensei que... – Ela respirou fundo. – Pega. – E me entregou a pasta.

– O que é isso? – perguntei, pegando a pasta.

Ela deu de ombros.

– Escrevi umas músicas quando estava na reabilitação. – Ela riu mais uma vez. – Escrevi *muitas* músicas. Você me inspirou, Minnesota.

Soltei uma risada pelo nariz, embora fosse uma piada de mau gosto.

Abri a pasta e dei uma olhada nas folhas.

– Se você cantar as minhas músicas, eu recebo os direitos – disse ela. – E estou precisando do dinheiro. Escrevi pra você, e o Ernie disse que são boas...

Ela parou de falar quando percebeu que eu não ergui a cabeça para responder.

Meus olhos percorreram os versos. As músicas dançaram na minha mente como vaga-lumes. Folheei as páginas, ouvindo as canções na cabeça.

Eram boas *mesmo*. Quer dizer, precisavam de uns ajustes aqui e ali para ficarem a minha cara, e algumas não estavam prontas, mas... eram *incríveis*.

Olhei para ela.

– Quantas músicas tem aqui?

– Vinte e duas, acho?

Quase engasguei com a risada.

– Vinte e duas músicas – falei baixinho.

Levei a mão à boca. Eram quase três álbuns.

A minha liberdade. Ela tinha acabado de entregar a minha liberdade nas minhas mãos.

– Obrigado – sussurrei.

– Você vai ficar com elas?

Assenti, e meus olhos se encheram de lágrimas.

– Claro que vou.

– É que eu sei que você escreve as próprias músicas e...

– Lola, vai ser uma honra cantar essas músicas.

Olhei nos seus olhos e ela retribuiu o meu olhar quase com timidez.

– Meu nome é Nikki.

Inclinei a cabeça para o lado.

– O quê?

– Meu nome. É Nikki. Não Lola. Você pode me chamar assim de agora em diante?

Tive que engolir à força o nó que se formou na minha garganta.

– Claro. Vou te chamar assim. E você pode me chamar de Jason. – Fiz uma longa pausa. – É um prazer finalmente te conhecer.

Ela sorriu.

– É um prazer finalmente te conhecer também.

Voltei a olhar para as músicas no meu colo e fui tomado por uma pontada de tristeza. Agora eu tinha uma saída. Eu só precisava de mais algumas músicas, mas isso não era nada. Caramba, talvez a própria Lola pudesse me ajudar. A gravadora escalonaria os lançamentos. Quem sabe um por ano e uma turnê para cada. Mas três anos não eram dez.

Mas isso não fazia nenhuma diferença no que dizia respeito à Sloan.

Lola deu uma olhada em volta como se tivesse percebido que eu estava estilhaçado e não quisesse testemunhar as rachaduras.

– O que é aquilo? – perguntou, apontando com a cabeça para o quadro embrulhado em papel que estava apoiado na parede.

Pigarreei.

– É só uma coisa que eu comprei.

– Ah. Posso ver?

Assenti, e ela se levantou. Ao tirar o papel pardo para ver o quadro, Lola arquejou.

– Uau. Que foto linda.

Olhei para o quadro e tive literalmente que segurar o coração.

Era eu.

Sloan tinha *me* pintado.

Eu estava no lago com as botas impermeáveis. Naquele dia em Ely, quando montamos o cais. Pouco antes de eu beijá-la.

Lágrimas ameaçaram cair, e fui obrigado a cobrir a boca com a mão.

Ela tinha pintado aquele quadro de memória. Foi como ver o momento pelos olhos dela. Foi assim que ela tinha me visto naquele dia, sorrindo e feliz.

E eu estava feliz porque *ela* estava lá.

E nunca mais seria tão feliz.

Ela queria se livrar do quadro. Tinha deixado na galeria para ser vendido e depois saiu para seu encontro.

As lágrimas escorreram pelo meu rosto, e eu deixei.

– O que foi? – perguntou Lola.

Balancei a cabeça.

– Minha vida está uma bagunça – respondi, olhando para o quadro.

Ela deu uma risadinha.

– Um cara inteligente uma vez me disse que a gente pode recomeçar. Agora.

Mas era tarde demais para recomeçar. Eu ainda não tinha como garantir a segurança da Sloan. A não ser que o público de repente ficasse mais interessado em comprar revistas com fotos minhas com ela do que minhas com Lola. E eu tinha cumprido a minha missão bem demais. Ernie disse que ela me odiava, que não podia nem ouvir meu nome sem fechar a cara. Ela estava namorando. Estava seguindo em frente.

Era tarde demais.

45

SLOAN

▶ Proof | Jaxon Waters

Adrian estava com as mãos nas costas.

– Escolhe uma.

Ele sorriu, e seus olhos verdes ficaram enrugadinhos. Estávamos em uma churrascaria esperando os aperitivos.

Adrian abriu portas para mim. Puxou minha cadeira e pediu para mim uma taça de vinho sobre o qual parecia saber muito. Ele era engraçado, charmoso e envolvente. Inteligente, bem-sucedido e bonito. E estava se esforçando *muito* para eu me divertir.

E não estava funcionando. Eu não conseguia parar de pensar na carta da Zane.

Adrian esperou que eu escolhesse uma mão. Apontei sem nenhum entusiasmo para a esquerda. Ele colocou uma embalagem grande de essência de baunilha em cima da mesa. Abri um sorrisinho. Tínhamos parado em um posto de gasolina a caminho da churrascaria, e ele me pegou no flagra colocando sachês individuais na bolsa.

– Boa jogada – disse Kristen do outro lado da mesa. – Mas ela gosta dos pequenininhos.

Ele sorriu.

– Bom, com isso eu não posso ajudar.

Kristen chutou a minha canela por baixo da mesa.

Adrian estava dando em cima de mim. Com força.

E. Eu. Não. Estava. Sentindo. *Nada.*

E como se a mais absoluta falta de frio na barriga já não fosse triste o bastante, eu não parava de olhar para o relógio. Uma hora para o show do Jason. Parecia que eu ia cair no choro a qualquer momento. O tempo que ele passaria na cidade estava acabando diante dos meus olhos. Correndo como areia em uma ampulheta. E, em vez de estar onde ele estava, eu estava em um encontro com um cara incrível que não conseguia prender a minha atenção porque eu estava magoada e apaixonada demais por outra pessoa para isso.

– Com licença – falei, me levantando. – Preciso ir ao banheiro.

A cadeira da Kristen arrastou no chão, e ela se levantou para ir atrás de mim. Assim que fechei a porta, ela veio para cima de mim.

– Caramba, o cara quer te comer viva. Eu acho que você devia deixar.

– E eu acho que você precisa ver *isto* – falei.

Enfiei a mão na bolsa e peguei a carta. Desdobrei, entreguei a ela e fiquei observando de braços cruzados enquanto ela lia.

Seu cenho foi se franzindo mais e mais conforme ela avançava.

– Ai, meu Deus… – Ela olhou para mim. – Você acredita no que ela disse?

Funguei e assenti.

– Ela não mentiria. E a coisa toda com a Lola nunca me desceu bem. Por isso eu voltei pro hotel naquela noite. Tinha alguma coisa estranha ali desde o início. Mas por que ele mentiria?

Ela fez um biquinho.

– Não sei, Sloan. Quem sabe ele tivesse que mentir pra terminar com você. Quer dizer, você sabe como você é.

Olhei para ela com os olhos semicerrados.

– *Como* eu sou?

Ela deu de ombros.

– Você não gosta de se livrar de coisas que não te fazem bem. Você sabe disso. As coisas do Brandon, aquele carro de merda, sua casa caindo aos pedaços? Você não tem um histórico de escolhas racionais e sensatas. Você é extremamente sentimental. Sempre foi assim, e eu aposto que o Jason sabia disso.

Meu queixo começou a tremer.

– Talvez ele soubesse que você não ia aceitar um raciocínio lógico, qualquer que fosse, e que ele precisava fazer algo extremo. Porque, sejamos sinceras, o que ele fez foi *muito* extremo.

Eu me apoiei na pia e peguei uma toalha de papel.

– E qual é a sua teoria? – perguntei, assoando o nariz.

– Não sei. Mas o meu instinto me diz que o cara se sacrificou de alguma forma. Se a Zane disse que ele está destruído e que você devia ir até lá... não sei. Até o Josh está dando o benefício da dúvida pra ele, e você sabe como o Josh é.

Funguei mais uma vez.

– Sério?

– Sério. Sabe o que ele disse que me pegou? – Ela cruzou os braços. – Quando eu voltei de Ely e disse o quanto os pais do Jason eram apaixonados um pelo outro, ele disse que dava pra perceber que o Jason vinha de uma família assim. Que o Jason era um cara, como ele, que tinha crescido em uma cidade pequena com pais ridiculamente apaixonados. Caras como o Josh e o Jason não fazem esse tipo de coisa. Eles não foram criados pra isso. Não está no DNA deles. Eles se unem a alguém pra vida toda. Se apaixonam e veneram o chão que a mulher pisa. Eles não traem nem abandonam. Se o Jason te abandonou, ele tinha um motivo.

Limpei o nariz.

– Talvez a fama tenha feito ele mudar.

Ela bufou.

– Você acredita mesmo nisso? Por favor.

Não, eu não acreditava. Eu não sabia no *que* acreditar.

– E o que você vai fazer? – perguntou ela. – Vai até lá? Vai espancar aquela *piñata*? Vai ficar no encontro? O quê?

Jason não queria estar comigo. Não queria nem me *ver*.

Mas isso não mudava o fato de que *eu* queria vê-lo.

Eu estava quase com mais raiva de mim mesma por causa disso do que dele por ter me partido ao meio. Mas eu queria. Eu queria vê-lo.

Não de perto. Não só nós dois. Mas... no meio de uma multidão, sem que ele soubesse que eu estava lá?

Quando o vi pela última vez, eu não sabia que seria a última vez. Foi tudo muito rápido, e eu estava em choque.

Talvez, depois de vê-lo mais uma vez, do jeito que eu queria, eu superasse aquilo tudo – embora eu soubesse que estava me enganando. Na verdade, isso me faria voltar à estaca zero, e eu passaria a noite na casa da Kristen me acabando de chorar, batendo em uma *piñata* com um taco de beisebol.

Mas eu precisava ir. Se a carta da Zane não tivesse mexido comigo, eu teria me mantido firme. Teria me esforçado para me divertir com Adrian, teria bebido um pouco demais com Kristen e sobrevivido àquela noite. Mas agora tudo que eu queria era estar onde eu sabia que Jason estava. A não ser que eu estivesse tão longe que fosse impossível chegar, eu ia acabar lá. Isso se concretizou no instante em que li o que Zane escreveu.

Funguei mais uma vez.

– Eu quero ver o Jason.

Ela deu de ombros.

– Tudo bem. O coração quer o que o coração quer. Vamos.

Ela saiu do banheiro pisando firme.

– E o Adrian? – sussurrei, indo atrás dela.

– Ele vai ficar bem. Vou dizer pro Josh ir com ele a um clube de strip-tease ou algo do gênero. – Ela foi até a mesa e deu um tapinha no ombro do marido. – Me dá a chave do carro.

Ele colocou a mão no bolso e fez o que ela pediu.

– O que aconteceu?

– A Sloan não está se sentindo bem. Vou com ela ao show do Jaxon Waters. Vocês podem pegar um Uber. Eu te amo.

Ela deu um beijo rápido no rosto dele, enganchou o braço no meu e virou em direção à porta.

Acenei para Adrian meio sem jeito enquanto Kristen me arrastava pelo restaurante.

– Eu me diverti muito – falei. – Foi um prazer te conhecer.

Ele pareceu achar aquilo tudo divertido e me deu uma piscadela.

Entramos no carro.

– Se vamos escondidas, precisamos de disfarces – disse Kristen, dando a ré para sair da vaga. – Tem uma loja de artigos de festa a uma quadra daqui. Vamos passar lá primeiro.

Cinco minutos depois, ela colocou na minha mão um par de óculos anos 80 que estava em uma prateleira de liquidação de Halloween.

Fiz que não com a cabeça.

– Eu *não* vou usar isso.

– A equipe dele te conhece, não é? – disse ela, com a mão na cintura. – Você quer que alguém te reconheça e diga pra ele que você está lá?

Cruzei os braços.

– Não…

– Então você vai usar isso, sim. Ou você entra lá tipo "Cheguei, galera" ou vai muito bem disfarçada. E, se vamos disfarçadas, não podemos sentar na primeira fila. Vamos ter que trocar os ingressos com alguém.

Respirei fundo e deixei que ela colocasse os óculos enormes no meu rosto.

– Você precisa esconder o cabelo e as tatuagens. Veste isso – disse ela, tirando e me dando a blusa que estava vestindo.

Fiquei olhando para a blusa nas minhas mãos.

– Por acaso isso é loucura?

Ela pegou uma peruca castanha.

– Talvez. Mas a minha missão é te ajudar com as suas loucuras. Fazer de você a louca mais magnífica do mundo.

Soltei uma risada bufada.

Kristen me preparou para o show como se eu fosse um sacrifício prestes a ser apresentado em um altar. Me arrumou e me vestiu.

Acabei usando o par de óculos horrendo e um gorro, porque não conseguimos enfiar todo o meu cabelo em uma peruca – isso sem mencionar o fato de que a peruca me fazia parecer maluca.

Kristen, por sua vez, *estava* parecendo maluca.

Ninguém além do Jason a reconheceria, mas isso não a impediu de dar tudo de si. Estava com uma peruca de mullet e com um aparelho falso. Estava tão engraçada que eu não consegui parar de gargalhar-soluçar durante todo o caminho até a Arena Forum.

Eu estava completamente desorientada. Meu corpo inteiro tremia. Minha pálpebra estava se insurgindo. Quando chegamos lá, levei dez minutos para reunir coragem e descer do carro.

Entrar na arena foi estranho. Eu não entrava mais nesse tipo de lugar pela entrada comum. Eu entrava pelos fundos, pela entrada de serviço, com a banda. Ficava por ali enquanto eles se preparavam. Assistia aos shows dos bastidores.

Agora eu estava no meio da multidão. Tive que passar por detectores de metal e apresentar o ingresso. Eu era uma espectadora qualquer. Uma fã. Uma entre milhões. Exatamente como todas as outras. E acho que isso fazia sentido. Afinal, eu estava ali para ver Jaxon, não Jason.

Eu nem sabia ao certo se Jason ainda existia.

Kristen tentou me fazer comer alguma coisa, mas não consegui. Deixei que ela me comprasse uma garrafa de água e esperei por ela no estande de produtos oficiais. Fiquei observando os pôsteres que estavam à venda.

– Eu estava junto quando ele tirou essas fotos – falei para Kristen quando ela voltou. – Eu estava ao lado da câmera no dia do ensaio.

Mas agora também havia outros pôsteres, de ensaios nos quais eu não tinha estado presente. Ele não me queria mais lá. Tinha me excluído da própria vida.

A sensação de ter sido traída voltou, e quase perdi a coragem.

Não foi difícil trocar os ingressos caros da Zane. Encontramos um casal na décima fileira que topou trocar de lugar conosco. Agora estávamos perto o bastante para vê-lo bem, mas longe demais para que ele me visse do palco.

Passei o show de abertura inteiro nervosa e agitada. Quando a Grayscale tocou a última música e Jessa disse "Façam barulho para Jaxon Waters!", eu entrei em pânico e *considerei* ir embora antes que ele subisse ao palco.

Aquilo tinha potencial para ser totalmente autodestrutivo. Se eu o visse, sabendo que ele nunca me traiu, talvez as coisas ficassem ainda piores. Poderia ser muito mais difícil aceitar que não estávamos mais juntos sem estar encouraçada pela mais pura raiva.

– Meu Deus. Não acredito que estou fazendo isso.

Kristen abaixou a cabeça para olhar bem nos meus olhos.

– Podemos ir embora quando você quiser. Está bem?

Assenti. Mas me recusei a ir embora. Eu ia ficar até o fim. Eu tinha que ficar.

Ficamos olhando para os dois telões, um de cada lado do palco, com as palavras "Jaxon Waters" girando sobre a imagem de um mergulhão.

Eu sabia o que estava acontecendo nos bastidores. Conseguia imaginar cada um dos passos que o deixavam cada vez mais próximo de subir ao palco. Ele sai do camarim. Zane lhe entrega uma garrafa de água. Alguém da produção corre na frente dele, passando por cima de cabos elétricos espessos, falando em um headset para que o resto da banda saiba que é hora de se reunir nos bastidores. Jason coloca o fone do retorno e devolve a garrafa para Zane. Ele abre e cerra os punhos para aquecê-los, como sempre faz antes de começar um show. Ele não está nervoso. Está descontraído e leve, e ficando cada vez mais animado, como se sua energia viesse da pulsação da plateia.

E lá está ele.

Irrompendo em meio à fumaça e aos fogos em uma camiseta branca com um casaco de veludo azul-marinho por cima. O cabelo estava mais comprido do que eu me lembrava, mas bonito. Quase consegui enxergar o azul dos seus olhos.

Agarrei o braço da Kristen com a mão esquerda. A voz dele soou linda e forte, e meu coração cedeu.

Eu o amava.

Mesmo naquele momento, depois de tudo que ele me fez passar, eu o amava. Mesmo que ele *fosse* Jaxon.

E Zane tinha razão. Ele estava mesmo destruído.

Ele subiu ao palco com a mesma energia de sempre. Mas eu o conhecia. Fazer shows era o que ele mais amava na vida. Por mais cansado que estivesse, seus olhos sempre brilhavam quando ele estava no palco. Ele sempre conseguia invocar esse amor, pelos fãs. Mas, de alguma forma, ele estava mais sombrio. Apagado.

A cópia de uma cópia.

Todos gritavam ao meu redor, pulsando com a música. A voz dele ecoou por todo o meu corpo, até eu ficar saturada. Ele entrava pelos meus olhos, pelos meus ouvidos, pela vibração do piso. Senti o gosto da lembrança do seu suor na minha língua, do seu cheiro quente e masculino depois de um show, quando ele tirava a camisa e deitava em cima de mim, o coração ainda acelerado por causa da adrenalina da multidão.

Como eu poderia ir para casa depois daquilo?

Como eu poderia passar uma hora e meia na presença dele e depois ir embora com todas as outras pessoas que tinham ido vê-lo? E, depois, o mundo o engoliria mais uma vez, e ele desapareceria.

Era provável que eu nunca mais o visse. Não pessoalmente. Eu fiz o que me propus a fazer, mas já estava sentindo que o meu coração ia pagar o preço por isso. Era tão prejudicial quanto passar todo o meu tempo em um cemitério. Era uma devoção fria e unilateral, e eu não ia passar por isso mais uma vez.

Kristen colocou a mão sobre a minha, agarrada no seu braço. A sensação foi a mesma de quando eu vivia sentada ao lado da cama do Brandon naquele quarto de hospital. Eu via o homem que eu amava. Ele estava lá, mas estava distante, fora do meu alcance.

Foi arrasador. Uma sensação de impotência que ninguém devia ser obrigado a sentir.

E eu estava sentindo isso pela segunda vez.

Kristen tirou lenços de papel da bolsa e colocou na minha mão.

– Obrigada – falei, fungando e levando o lenço aos olhos. – Meu Deus, eu nunca teria deixado o Jason – falei, gritando mais alto que a música. – Não importa o que acontecesse. Eu teria seguido esse homem pelo mundo como uma groupie pelo resto da vida.

Kristen ficou quieta por um instante, depois se aproximou para que eu pudesse ouvi-la.

– Você já pensou que talvez ele quisesse mais pra você?

– Eu *sei* que ele queria mais pra mim – falei, baixinho demais para que ela ouvisse.

A música acabou, e eu sabia que Jason ia fazer o que sempre fazia depois da primeira música. Ele agradeceria à plateia e daria as boas-vindas a todos. Faria algum comentário pessoal sobre a cidade.

Qual era a relevância daquele lugar para ele, agora? Eu me perguntei se ele tinha se dado conta de onde estava ou se teve que olhar para a mão antes de subir ao palco.

Ele se aproximou do microfone.

– Obrigado, obrigado. É ótimo estar de volta a Los Angeles.

Todos aplaudiram, e eu fiquei esperando que ele dissesse algo sobre a praia, a Disneylândia ou o trânsito na 405.

Mas algo estranho aconteceu. Ele simplesmente parou.

Começou devagarinho. A ligeira retração nos cantos dos lábios, o desânimo nos olhos. E, de repente, ele mudou por completo, como se uma máscara tivesse caído e por trás dela ele estivesse profundamente triste.

Ele fez uma pausa. Uma pausa tão longa que a multidão começou a murmurar.

– Na verdade, não – disse ele, com um tom sério de repente. – Estar de volta a Los Angeles é um pouco difícil pra mim. Me desculpem. É que... aconteceu uma coisa hoje, e foi bem difícil. – Ele olhou para o chão e balançou a cabeça. Em seguida, voltou a erguer a cabeça e olhou para os fãs. – Vocês não sabem disso, mas eu conheci o amor da minha vida em Los Angeles.

Respirei fundo, e meu coração parou.

A multidão assoviou e gritou, mas Jason ergueu a mão.

– Não, não. Não é quem vocês devem estar pensando. Os portais de fofoca quase sempre erram. Lola Simone e eu somos apenas colegas e bons amigos. Não, essa mulher... – Ele parecia não saber o que dizer. – Ela era incrível. Ela encontrou o meu cachorro perdido, na verdade. Foi assim que a gente se conheceu. Ela não queria devolver. Disse que primeiro eu tinha que provar que o amava.

Ele deu uma risadinha, e a multidão também riu.

Depois, continuou:

– A gente se apaixonou um pelo outro muito rápido. Eu sei o que as pessoas falam sobre amor à primeira vista... mas foi mesmo. Caramba, antes mesmo de colocar os olhos nela eu já amava essa mulher. Ela foi pra turnê comigo. É uma artista incrível, e não podia pintar na estrada. – Ele segurou o microfone com as duas mãos. – Estar em turnê não é fácil. É exaustivo. E ela estava disposta a isso porque me amava, mesmo que significasse fazer muitos sacrifícios. Mas umas coisas ruins estavam rolando, e eu não podia contar pra ela. Coisas bem assustadoras. E chegou a um ponto em que eu percebi que estar comigo não era bom pra ela. Eu não podia dar uma vida pra ela nem protegê-la. Por isso, deixei que ela acreditasse em uma coisa terrível sobre mim, pra eu poder terminar tudo.

Kristen apertou o meu braço.

– Está ouvindo isso? Do que ele está falando?

Balancei a cabeça, e lágrimas começaram a brotar nos meus olhos.

– Eu não sei – respondi baixinho.

Ele deu uma risadinha.

– O engraçado é que eu consegui o que queria. Eu queria que ela me esquecesse. E sabem o que aconteceu? Ela me esqueceu. – Ele passou a mão na boca. – É. Ela está em um encontro hoje. Eu vi. Fui até a galeria onde ela expõe os quadros e a vi com um cara quando eu estava quase saindo de lá. Isso me matou – sussurrou ele. – Eu achei que terminar com ela tinha sido difícil. Mas ver aquilo...

Minha boca ficou seca. Eu nem conseguia respirar.

– Kristen, ele estava lá. – Eu estava com medo de tirar os olhos dele para olhar para ela. – Ele estava lá – sussurrei. – Ele foi lá.

Dessa vez, ele não se recuperou com a mesma rapidez. Ficou quieto por um bom tempo, e o público silenciou. Celulares pairavam sobre a multidão, gravando vídeos. Daria para ouvir um alfinete caindo dentro da arena. Todos estavam *vidrados* nas palavras dele.

Jason fechou bem os olhos e, quando voltou a abri-los, falou com um tom triste.

– A gente acha que sabe o que é o amor. Acha que os contos de fadas e os filmes românticos nos preparam pra ele. E aí, quando a gente finalmente encontra o amor, percebe que nunca soube nada sobre ele. – Ele balançou a cabeça. – Ela era todas as canções de amor que eu nunca fui bom o suficiente para escrever. – A voz falhou na última palavra.

– Sloan – sussurrou Kristen. – Todo mundo está chorando... – Ela deu uma batidinha no meu braço. – Olha.

Tirei os olhos do palco para olhar ao redor. A mulher ao meu lado estava com a mão na boca, e as lágrimas escorriam pelo seu rosto. Todos estavam assim.

Jason enxugou os olhos com o polegar e pegou o violão.

– Eu nunca vou ter essa mulher de volta. É tarde demais. Mas, enfim, esta música é pra Sloan. Se chama "Proof".

Meu coração frágil se estilhaçou. Eu perdi o controle. Curvei o tronco, com as mãos na boca, e comecei a chorar.

Ele cantou.

Era uma poesia sobre uma mulher que era todas as estações. Ela era o instante em que a neve começa a cair. Uma névoa suave e encantadora de primavera sobre um lago congelado. A lua cheia, branca e imaculada em um céu escuro de verão. Um outono tão vibrante que você é capaz de morrer em paz após vê-lo com os próprios olhos.

Era a música mais linda que ele já tinha escrito. Era a música mais linda que eu já tinha *ouvido*.

E era *para mim*.

Eu não estava cercada por milhares de fãs do Jaxon. Kristen não estava sentada ao meu lado. Nem mesmo Jaxon estava ali. Era *Jason* cantando. E cada palavra era uma declaração de amor sem igual, um pedido de desculpas e uma súplica por perdão – para ninguém. Porque ele nem sabia que eu estava lá. Ele acreditava que não passava de um grito no vazio para uma mulher que não o amava mais.

Ele estava tão, *tão* enganado.

Quando a música acabou, a multidão enlouqueceu. Nunca ouvi o público gritar tanto. Nem depois das músicas mais famosas do Jaxon.

Seus olhos tristes percorreram o público que gritava, como se nada daquilo importasse para ele. Como se não fizesse a menor diferença para ele saber se eles tinham gostado ou não, porque ele estava destruído demais para sentir qualquer coisa que não fosse o vazio que vinha sentindo havia três meses.

E, de repente, ele parou.

Ergueu a mão para bloquear as luzes e semicerrou os olhos.

– Ai. Meu. *Deus* – disse Kristen, baixinho, ao meu lado.

Ele ficou ali parado, olhando.

Para *mim*.

Não era possível.

Eu era um rosto entre milhares. Estava enfiada no meio da multidão. Eu estava usando um gorro e óculos escuros, e as luzes o cegavam. Mas ele estava olhando direto para mim. Com tanta intensidade que as pessoas também começaram a virar para me olhar.

Eu não consegui me mexer. Fiquei paralisada.

Então Jason largou o violão e saltou do palco.

Uma risada soluçada escapou dos meus lábios. Kristen puxou a minha blusa e tirou o gorro e os óculos que eu estava usando.

– Vai! *Vai*! – gritou ela, me girando e me empurrando pelo corredor.

– Deixa eu passar! – falei, abrindo caminho para sair dali. – Por favor!

Consegui chegar até o corredor, mas, assim que fiz isso, fui interrompida. Eu não era a única tentando sair.

Corpos se lançavam na direção dele. Fãs cercavam Jason por todos os lados, e eu o perdi de vista. Eu só sabia onde ele estava porque a imagem dos telões seguia fixa nele enquanto ele tentava abrir caminho pelo meio da multidão.

Era o caos completo.

Não havia seguranças ao redor dele, como de costume. Ele saltou do palco antes que eles percebessem o que estava acontecendo. Não tinha ninguém para conter o enxame de fãs.

– Jason!

O caos abafou a minha voz. Todos tentavam ir na mesma direção que eu, tentando chegar perto do mesmo homem. Eu não saía do lugar.

Olhei em volta, alucinada. Eu precisava de um lugar mais alto. Subi em uma cadeira e fiquei ali em pé, com as pessoas esbarrando nas minhas costas e nas minhas pernas. Ele ainda estava a cinco metros de distância, mas me viu.

– Sloan!

Assim que ele apontou para mim, a câmera que mandava a imagem para o telão virou e deu um zoom em mim. Eu me vi ali, com seis metros de altura, com meu vestido vermelho e minhas tatuagens, e lágrimas escorrendo pelo meu rosto.

Foi quando as pessoas pareceram entender o que estava acontecendo. A multidão começou a abrir caminho para que ele passasse, e mãos gentis me colocaram no chão e me guiaram na direção dele. Parecia que eu estava sendo levada pela maré. Uma maré que me sugava em direção ao alto-mar. Eles abriam caminho para que eu passasse e logo voltavam a fechar, me empurrando para a frente. Então, de repente, a única pessoa à minha frente era Jason.

Nós dois ficamos paralisados por um segundo antes de mergulharmos um no outro. Eu saltei, envolvendo a cintura dele com as minhas pernas, e ele me pegou.

O chão tremeu com os aplausos. Flashes disparavam de milhares de celulares, e alguém nos bastidores soltou os confetes que só deveriam cair no final do show, e eles explodiram na multidão, caindo ao nosso redor.

Ele enterrou o rosto no meu pescoço, e eu senti sua respiração ofegante quando ele me apertou no peito. Mãos nos tocavam, as pessoas esbarravam em nós com o movimento da multidão, e não importava, porque estávamos sozinhos. Éramos só nós dois.

Nada além de nós dois.

Ele aproximou os lábios do meu ouvido.

– Acho que acabamos de descobrir como fazer com que eles queiram fotos de nós dois juntos.

Eu não entendi o que ele quis dizer, mas não me importei.

– Como foi que você me viu? – sussurrei.

Ele olhou bem para mim. Havia lágrimas nos lindos olhos azuis.

– Eu te disse, Sloan. Eu veria você no meio de uma multidão de um *milhão* de pessoas.

Então, na presença de quinze mil fãs de Jaxon Waters, todos gritando, *Jason* me beijou.

Epílogo

SLOAN

▶ The Huntsman's Wife | Jaxon Waters

Três anos depois

Rango ficou observando, com o rabo abanando, os coitados dos assistentes de palco arrastarem a poltrona enorme até o lugar de sempre nos bastidores para que eu pudesse assistir ao show do meu marido.

Quando ele comprou aquela monstruosidade, eu me recusei a usá-la. Aquilo era ridículo. A poltrona tinha recursos de massagem, com controle remoto e tudo. Devia pesar meia tonelada e exigia uma extensão para ser ligada.

Nas primeiras semanas, ele teve que me colocar na poltrona antes de todos os shows e ordenar que eu ficasse ali, ameaçando me punir me arrastando para o palco para me apresentar ao público. *De novo.*

O álbum que ele dedicou a mim, *Sloan, nem aqui nem lá*, ganhou disco de platina. Aliás, todos os últimos três álbuns. E eu era a queridinha da mídia desde que o Jason performou aquele salto dramático do palco da Forum três anos antes. O vídeo da confissão dele e do nosso beijo no meio da multidão viralizou, e, de repente, todos queriam saber quem eu era. Eu tinha quase o mesmo número de seguidores no Instagram que ele. As pessoas amavam as minhas fotos da vida em turnê, então as minhas aparições especiais no palco sempre agradavam o público, embora eu morresse de vergonha todas as vezes. Eu não entendia como ele podia ficar diante daquela multidão e não ficar nervoso.

Mas a minha opinião sobre a poltrona já tinha mudado. Agora que os meus tornozelos estavam começando a inchar, passei a gostar de poder elevar os pés enquanto assistia ao show do meu marido.

Fazia oito meses que estávamos na estrada. O Hollywood Bowl era a última parada antes de irmos para casa – de vez.

O show era o último com aquela gravadora. Depois, Jason ia assinar com uma gravadora menor, independente. Não ia ganhar tanto, e eles também não ofereciam muitos luxos, mas a vida equilibrada faria valer a pena, e Jason teria total controle sobre sua música e sua agenda.

Jason estava fazendo a passagem de som, então fiquei sentada, exibindo a barriga de grávida. Rango se sentou ao lado da poltrona. Zane surgiu ao meu lado quando estendi o apoio para as pernas e me entregou um copo quentinho da Starbucks. Ela virou uma cadeira de metal ao contrário e montou nela com as pernas abertas, apoiando os braços no encosto.

– O Ernie me pediu pra avisar que está a caminho e está trazendo os cupcakes.

– Ele comprou com gotas de limão, né? – perguntei.

Eu estava viciada em Nadia Cakes, e os desejos da gravidez eram fortes.

– Eu mesma fiz o pedido. Não podia permitir que o Ernie estragasse tudo. Não quero você irritada comigo.

– Como se um de nós conseguisse ficar irritado com *você* – respondi sorrindo.

Ela também abriu um sorrisinho, e ficamos ali vendo Jason ajustar o pedestal do microfone. Ele cantou alguns versos para testar o equipamento e se virou para mim, sem afastar os lábios do microfone, e deu uma piscadinha. Eu joguei um beijo, e seu sorriso ficou tão largo que dava para percebê-lo na voz dele.

Lola – Nikki – cantava com ele nas cidades maiores, a nosso convite. Ela estaria lá naquela noite. Ela era muito bacana. Vinha trabalhando principalmente como produtora e estava se saindo muito bem. Ela só se apresentava com Jason, e os dois colaboravam na composição da maioria das músicas dele – exceto as que eram sobre mim. Essas simplesmente jorravam dele.

Ele largou o violão e veio até nós, tirando o fone de retorno. Apoiou as mãos nos braços da minha poltrona e se abaixou para me beijar.

– Você está confortável, meu amor?

– Siiiimm – respondi, sorrindo, sem afastar os lábios dos dele.

Ele colocou a mão na minha barriga e eu a coloquei mais à esquerda, onde o bebê estava chutando, e os olhos dele brilharam.

– Ela gosta da música – falei.

Ele passou a mão sobre o meu estômago, que estava roncando, e abriu um sorriso largo.

– Você está com fome?

– Sempre.

– Estamos quase terminando. – Ele se abaixou e beijou a minha barriga. – Mais vinte minutos – disse para a barriga.

Ele estendeu a mão, acariciou a cabeça do Rango e voltou correndo para a passagem de som.

Zane deu uma risadinha.

– Sabe… vocês não morreriam se fossem só um pouco menos fofos.

Sorri para ela.

– Acho que não. Mas por que arriscar?

SOBREVIVEMOS AO ÚLTIMO SHOW da turnê e depois jantamos com os meus pais. Em seguida, fomos para casa – bom, a *nossa* versão de casa. Uma minimansão que alugamos em Woodland Hills. Era perto o suficiente da casa da Kristen e do Josh para quando estivéssemos na cidade entre uma turnê e outra. Era segura e tínhamos um lugar onde deixar as nossas coisas enquanto estávamos na estrada.

Preferíamos Ely a Los Angeles. Era mais difícil lidar com a fama do Jason na Califórnia. Era impossível sair de casa sem que alguém nos abordasse.

Ely era uma cidade pequena, e ninguém lá se importava com quem ele era. Todos tinham crescido com ele. Não havia paparazzi, e eu tinha me aproximado muito de Patricia nos últimos três anos. Com a chegada do bebê, seria bom morar perto dela. Mas Kristen e Josh eram prioridade para mim, e o que fosse prioridade para mim era prioridade para Jason. Por isso, ficamos em Woodland Hills.

Jason sorriu para mim de seu assento à minha frente na limusine.

– Tenho uma surpresa pra você – disse, com um sorriso largo.

Semicerrei os olhos.

– Que surpresa? Eu não gostei da última.

Ele deu uma risadinha.

– Qual? Quando eu disse que quero te engravidar de novo imediatamente? – Ele veio se sentar ao meu lado e se aproximou para me beijar, colocando a mão na minha barriga. – É que eu te amo assim – disse baixinho, sem afastar os lábios dos meus.

Joguei a cabeça para trás.

– Você também amou o vômito?

– Bom, não. Mas olha só como você está sexy agora…

Ele aproximou o rosto do meu pescoço e roçou a minha pele com os lábios.

– Não tem nada de sexy nisso, Jason. Eu estou inchada e faminta. E tenho vontade de fazer xixi o tempo todo.

Ele riu sem afastar o rosto do meu pescoço.

– Acho que eu consigo te convencer.

Sim, ele era muito bom em me convencer a fazer as coisas. Tipo me convencer a me casar com ele 48 horas depois que voltamos a namorar. Dois dias depois do que aconteceu na Forum, eu já estava com um anel no dedo.

– E se eu tivesse dito não? – eu tinha perguntado.

– Eu ia ter que recorrer ao plano B.

– Que era…? Dizer que eu era só sua namorada quando, na verdade, pra você estaríamos noivos?

Ele riu.

– Não. Usar a minha persistência inabalável e implacável.

Eu não tinha dito não, claro. Mas o obriguei a esperar um ano para se casar comigo. Eu não queria nada apressado. Queria um casamento de verdade – *e* mantive meu sobrenome. Eu queria ter uma identidade própria.

O casamento tinha acontecido na mansão Glensheen em Duluth, às margens do Lago Superior – local do naufrágio do *Edmund Fitzgerald*. Rango estava usando um smoking que Kristen fez para ele e ficou sentado aos nossos pés enquanto recitávamos os votos. Oliver foi o pajem. Ernie, David, Zane e Josh tinham ficado ao lado do Jason, e Kristen ao meu lado – como sempre imaginamos.

– Então qual é a surpresa? – perguntei, fechando os olhos enquanto ele beijava o meu pescoço.

– Está lá em casa.

Paramos no Forest Lawn como sempre fazíamos quando estávamos na cidade para que eu pudesse visitar Brandon. Jason sempre ficava no carro para me dar privacidade, exceto uma vez, pouco antes de nos casarmos. Nesse dia, ele pediu que eu o deixasse sozinho no túmulo do Brandon.

Passou meia hora lá, enquanto eu observava do carro. Ele não me contou exatamente o que disse a ele. Só falou que agradeceu e avisou que ia cuidar bem de mim.

Isso foi muito importante para mim.

Jason e eu doávamos sangue no dia do aniversário do Brandon, uma tradição que juramos manter pelo resto da vida.

Quando paramos em frente à nossa casa, Kristen e Josh estavam lá com os filhos e o Dublê Mike.

– Minha surpresa? – perguntei, com um sorriso radiante.

Tínhamos combinado de vê-los só no dia seguinte.

Ele deu uma piscadinha.

Desci do carro, e Kristen correu na minha direção. Fazia cinco meses que não nos víamos.

– Olha só pra você com essa lesão sexual! – disse ela, com as mãos na minha barriga. – O Jason sabe o que essa bebê vai fazer com o parquinho favorito dele?

– Sabe. E você acredita que ele quer repetir logo que essa aqui sair?

Ela arqueou a sobrancelha.

– São dezoito meses sem massa de biscoito crua e café de verdade. Por um acaso ele te conhece?

Nós duas rimos.

Jason e Josh se abraçaram, dando tapinhas nas costas um do outro. Eles se viam com a mesma frequência que eu via Kristen. Os dois foram para Minnesota para a abertura da temporada de caça aos cervos e patos, e todos tínhamos passado uma semana em Ely antes da turnê, para que ele e Jason pudessem pescar no gelo. Eles eram praticamente melhores amigos. Kristen dizia que eles tinham um *bromance*.

Abracei Kimmy e Sarah, filhas adotivas da Kristen e do Josh. Elas tinham 11 e 9 anos.

Dois anos antes, Josh atendeu a um chamado que acabou sendo fatal. O homem, que morreu por causa de um ataque cardíaco, era o avô e único responsável pelas duas netas. Kristen e Josh se ofereceram como lar temporário emergencial. Fazia poucos meses que tinham finalizado a adoção das meninas. Elas eram incríveis.

– Como vocês estão? – perguntei, me abaixando para abraçar Oliver.

– Ah, sabe como é, fazendo coisas de casados, comendo tacos com alguém especial pelo resto da vida. E a turnê, como foi? – perguntou Kristen.

– Molezinha. Mas ainda bem que acabou.

Eu me levantei com a mão na lombar e fui em direção ao portão.

– Você vai autografar o meu livro de receitas? – perguntou Kristen.

Eu ri.

– Claro.

Eu tinha publicado um livro de receitas. *Receitas de cozimento lento com A Esposa do Caçador*. Eu tinha criado a maioria no ônibus, durante a turnê. Todas as receitas tinham adaptações para carnes de caça selvagem. E também pintei durante a turnê. Meus quadros tinham uma lista de espera de dois anos.

Eu fiz da estrada a minha casa. Estar em turnê agora era tão fácil quanto respirar.

Inseri a senha do portão, mas não abriu. Franzi o cenho.

– Essa coisa não está funcionando.

– Você está na casa errada – disse Jason atrás de mim.

Olhei mais uma vez pelo portão. Não. Era a casa certa. A casa que alugávamos havia três anos.

Eu me virei para eles, confusa. Kristen estava sorrindo para mim, radiante. Olhei por cima do ombro para Jason e Josh, que me observavam do meio-fio. Estavam lado a lado, sorrindo como dois conspiradores.

– O que está acontecendo? – perguntei, olhando de um para o outro.

Kristen parecia eufórica.

– Você se mudou.

– Como é que é?

Ela sorriu.

– E nós também.

– Vocês se mudaram? Quando? Pra onde?

Os três ficaram se olhando como se estivessem tentando decidir quem ia me responder. Jason se ofereceu. Ele deu um passo à frente, pegou o meu rosto e me beijou.

– Pra Ely.

Arquejei e me virei para Kristen.

– *O quê?*

Jason abriu um sorriso largo.

– Nós compramos casas vizinhas. Juntas, elas têm 40 hectares. Com privacidade. Segurança. Um cômodo com vista pro lago pra você pintar e um estúdio de gravação pra mim.

– A gente precisava de um lugar maior – disse Josh, abraçando a esposa sorridente.

Kristen olhou para o marido, e ele abriu um sorriso para ela.

– O Josh saiu do corpo de bombeiros. Conseguiu um emprego no Serviço Florestal de Minnesota. E... – Ela fez uma pausa. – Nossa barriga de aluguel está grávida.

– O quê? – falei baixinho.

– Vai nascer daqui a três meses – disse ela, radiante.

Cobri a boca com as mãos.

– Vamos ter nossos bebês juntas?

Ela assentiu, os olhos se enchendo de lágrimas.

– E eu vou poder ir até a sua casa com sapatos adequados durante uma nevasca pra pedir emprestada uma xícara de leite congelado.

Eu ri e fui abraçando um a um em meio às lágrimas. Deixei o meu marido por último, encostando o rosto no seu peito. Ele aproximou os lábios do meu ouvido, me abraçando também.

– Estou tentando manter todas as minhas promessas.

Tudo que eu pude fazer foi assentir. O bebê chutou entre nós dois, e eu senti uma alegria tão grande que o meu coração ameaçou explodir.

Quando me afastei, ele me beijou, com os olhos lacrimejando.

– Vamos, o avião está esperando. Está na hora de ir pra casa.

Recado da autora

* Os dados de identificação da história a seguir foram alterados em respeito à privacidade dos envolvidos.

Tenho uma amiga de infância que ficou viúva aos 20 e poucos anos, quando o marido, muito jovem, faleceu de repente.

Antes da tragédia, a minha amiga era supermotivada e independente. Tinha uma carreira que amava e estava indo muito bem. Dois anos após a morte do marido, ela continuava retraída e isolada. Tinha parado de fazer as coisas que amava. Não conseguia manter um emprego. Sofria de ansiedade e ataques de pânico. Desaparecia por semanas a fio nesse isolamento, e eu não conseguia convencê-la a atender o telefone nem a porta. Ela não tinha mais amigos, e o relacionamento com a família tinha se deteriorado. Ela se recusava a fazer terapia.

Aquele momento da vida dela pareceu ter um efeito cascata colossal. A falta de autocuidado, a recusa de socializar ou procurar terapia, as besteiras que comia porque se recusava a cozinhar só para ela, os hábitos nada saudáveis que adquiriu para lidar com o estresse e a ansiedade da perda.

Hoje eu sei que a minha amiga devia estar sofrendo uma coisa chamada luto prolongado, também conhecido como transtorno de adaptação. É mais comum quando a morte é inesperada ou especialmente traumática e a pessoa falecida era muito próxima.

Quando comecei a escrever *Playlist para um final feliz*, nem nos meus sonhos mais loucos eu imaginava que ele seria publicado. Escrever era só um passatempo, e este livro era mais para *mim* – um exercício catártico, o meu jeito de lidar com as consequências confusas e dilacerantes daquilo que eu estava testemunhando, o meu jeito de ajudar a minha amiga a melhorar, mesmo sendo apenas ficção –, porque nada do que eu fazia na vida real parecia ajudá-la. Eu me sentia como uma espectadora impotente e queria muito que alguma coisa ou alguém fosse capaz de atravessar o muro de tristeza que ela tinha erguido ao seu redor. Então, criei um universo fictício e uma viúva fictícia que vivia atrás de um muro de luto e mandei Rango para resgatá-la. Mas o restante era *ela* quem tinha que fazer.

Foi necessária a participação ativa da minha amiga e das pessoas ao seu redor, que nunca desistiram de tentar fazer com que ela voltasse a se sentir completa, mas, como no livro, ela acabou decidindo buscar a cura e a felicidade. E ela finalmente reencontrou a alegria de viver. Eu queria que tivesse acontecido antes – mas agradeço que tenha acontecido e ponto. Porque, durante *muito* tempo, eu temi que não acontecesse.

De acordo com a clínica Bridges to Recovery, estima-se que de 10 a 20 por cento daqueles que perderam um ente querido passam por um período extenso de luto prolongado, que pode afetá-los física, mental e socialmente. Sem tratamento, as complicações incluem depressão, pensamentos suicidas, transtorno de estresse pós-traumático, aumento do risco de doenças cardíacas, câncer ou pressão alta, além de abuso de álcool e drogas.

Fazer terapia logo após uma perda pode ajudar a evitar o luto prolongado. Os profissionais têm recursos para isso. Conversar com outras pessoas e buscar a ajuda dos amigos, da família e de grupos de apoio também pode ajudar. Existem medicamentos que auxiliam com a depressão e os distúrbios do sono associados ao luto prolongado.

Se você ou alguém que você conhece está sofrendo com o luto prolongado, por favor, busque ajuda – a situação *pode* melhorar. Minha amiga pediu que eu dissesse isso.

Playlist para um final feliz

1. ⏵ In The Mourning | Paramore
2. ⏵ affection | BETWEEN FRIENDS
3. ⏵ Middle Of Nowhere | Hot Hot Heat
4. ⏵ ocean eyes | Billie Eilish
5. ⏵ Give Me A Try | The Wombats
6. ⏵ Future | Paramore
7. ⏵ Talk Too Much | COIN
8. ⏵ This Charming Man | The Smiths
9. ⏵ A Beautiful Mess | Jason Mraz
10. ⏵ Soul Meets Body | Death Cab for Cutie
11. ⏵ Name | The Goo Goo Dolls
12. ⏵ Electric Love | BØRNS
13. ⏵ Make You Mine | PUBLIC
14. ⏵ Maybe You're The Reason | The Japanese House
15. ⏵ I Want It All | COIN
16. ⏵ Girlfriend | Phoenix
17. ⏵ I Feel It | Avid Dancer
18. ⏵ The Wreck Of The *Edmund Fitzgerald* | Gordon Lightfoot
19. ⏵ Misery Business | Paramore

20. ▶ Superposition | Young The Giant
21. ▶ White Winter Hymnal | Fleet Foxes
22. ▶ Everywhere | Roosevelt
23. ▶ Into Dust | Mazzy Star
24. ▶ Burn Slowly/I Love You | The Brazen Youth
25. ▶ 26 | Paramore
26. ▶ Broken | Lund
27. ▶ Blood In The Cut | K.Flay
28. ▶ A Moment Of Silence | The Neighbourhood
29. ▶ Mess Is Mine | Vance Joy
30. ▶ Holocene | Bon Iver
31. ▶ Diamonds | Ben Howard
32. ▶ Big Jet Plane | Angus & Julia Stone
33. ▶ Do I Wanna Know? | Arctic Monkeys
34. ▶ Yes I'm Changing | Tame Impala
35. ▶ Little Black Submarines | The Black Keys
36. ▶ i don't know what to say | Bring Me The Horizon
37. ▶ Keep Your Head Up | Ben Howard
38. ▶ Bottom Of The Deep Blue Sea | MISSIO
39. ▶ Ful Stop | Radiohead
40. ▶ About Today | The National
41. ▶ It's Not Living (If It's Not With You) | The 1975
42. ▶ fresh bruises | Bring Me The Horizon
43. ▶ Somebody Else | The 1975
44. ▶ If I Get High | Nothing But Thieves
45. ▶ Proof | Jaxon Waters
46. ▶ The Huntsman's Wife | Jaxon Waters

Agradecimentos

O maior agradecimento vai para a minha agente, Stacey, por ler a carta de apresentação deste livro e saber que era algo especial assim que colocou os olhos nela. E agradeço a Dawn Frederick, da Red Sofa Literary, por me permitir ser parte da sua gangue de autores.

Agradeço à minha incrível editora, Leah, por saber não só do que este livro precisava, mas também por me explicar de um jeito que eu entendesse, para que eu pudesse transformá-lo na leitura fabulosa que ele é hoje.

Estelle, você é uma gênia do marketing.

Todo o amor à equipe da Forever, que foram os leitores beta deste livro, lutaram por ele, trabalharam na capa, definiram o título e o ajudaram a alcançar os leitores: Beth, Amy, Lexi, Elizabeth (eu adoro a capa!), Mari, Mary, Ali, Rachel, Suzanne e todos os muitos outros.

Um agradecimento enorme aos meus companheiros de crítica do Critique Circle e além: Joey Ringer, Hijo, Tia Greene, Shauna Lawless, Debby Wallace, J. C. Nelson, Jill Storm, Liz Smith-Gehris, G. W. Pickle, Dawn Cooper, Andrea Day, Lisa Stremmel, Lisa Sushko, Michele Alborg, Amanda Wulff, Summer Heacock, Stacey Sargent, George, Jhawk, Abby Luther, Patt Pandolfi, Bessy Chavez, Mandy Geisler, Teressa Sadowski, Leigh Kramer, Stephanie Trimbol e Kristyn May.

Aceno para Lindsay.

Obrigada, Patty Gibbs, pelas informações dos bastidores da publicidade, e Jason, da Ely Outfitting Company, por deixar que eu usasse o nome da loja (sim, a loja existe de verdade! Vá fazer uma visita e veja a natureza mais intocada do mundo!).

Um agradecimento extra a Kim T. Kao (Book Bruin) e à autora Leigh Kramer por serem leitoras beta de última hora deste livro.

Uma menção especial a Dawn Cooper por ser a minha favorita! Este livro mudou muito desde o primeiro rascunho, e você esteve ao meu lado o tempo todo, de todos os jeitos possíveis. Não só este livro não seria o mesmo sem você, como eu não seria a mesma escritora sem você. As caminhadas da trama são tudo.

À minha filha mais velha, Naomi Esella, a musicista, que teve uma grande menção nos agradecimentos do último livro e disse que eu provavelmente esqueceria de agradecer a ela por toda a ajuda com as coisas musicais neste (na sua cara *mais uma vez*, sua azeda.)

E, por último, agradeço ao meu marido. Ele é o meu fã número um, e nada disso seria possível sem sua paciência, seu apoio e seu amor.

Agradeço muito a todos os apoiadores maravilhosos a seguir!

Kristina Aadland	Margaret Angstadt	Kristen Barker	Stefany Besse
Andrea Aberle	Lisa Arnold	Kimberly Barkoff	Carol Bezosky
Dara Abraham	Iqra Arshad	Dayna Barta	Maggi Billingsley
Jes Adams	Lisa Ashburn	Talia Basma	Lori Bishop
Kerri Allard	Elena Austin	Kelly Bates	Marion Bishop
Jennifer Alleman	Katie Baack	Jennifer Battan	Betsy Bissen
Kimber Allen	Cheyenne Baca	Elizabeth Baumann	Tim Blaede
Natalie Allen	Cathy Bailey		Jamie Blair
Tami Allen	Janean Baird	Ashley Baylor	Lisa Blanchar
Shirley Allery	Melisa Bajrami	Angelina Beaudry	Corrie Block
Kristol Allshouse	Elizabeth Baker	Heather Beedy	Rachel Blust
Jenny Andersen	Marci Baker	Kristine Bemboom	Helen Boettner
Ashlee Anderson	Marie Bakke	Jessica Bennett	Abby Bohrer
Marcie Anderson	Mandy Baldwin	Michelle Bennett	Carrie Bollig
Laura Andert	Jenny Ballman	Christine Benson	JoLynn Bonk
Diane Andrajack	Gina Barboni	Maria Berry	Amy Bonner
Megan Andrews	Michelle Barbra	Linda Berscheit	Tyler Bonneville

Shana Borgen
Sandy Borrero
Breanna Bouley
Jen Boumis
Hannah & Jenn Bowers
Kathryn Boyer
Roclyn Bradshaw
Marjorie Branum
Ashley Brassard
Kimberlee Brehm
Jessika Brekken
Crystal Bremer
Taryn Breuer
Elizabeth Brimeyer
Kathryn Brimeyer
Suzanne Brown
Larissa Brune
Paige Brunn
Sharon Bruns
Elissa Bryden
Jennifer Buechele
Melissa Bump
Kat Bunn
Therese Burrell
Melissa Bussell
Stacey Busta
Kelly Butler
Cheri Buzick
Kristin Cafarelli
Danielle Calderoni
Bree Campbell
Acacia Caraballo

Lindsey Cardinal
Elizabeth Carter
Lenore Case
Alexa Cataline
Shelly Caveney
Andrew Oakes Champagne
Christina F. Chavez
Kris Christenson
Alyssa Cihak
Veronica Clampitt
Heidi Clayman
Jammie Clement
Olivia Clements
Heather Cmiel
Leanne Colton
Michelle Comstock
Katie Connelly
Katie Connors
Michelle Conrad
Samantha Coogan
Heather Cook
Patty Cooper
Peggy Coover
Jessica Corcoran-Lacy
Kristen Corser
Robyn Corson
Sylvia Costa
Liz Cote
Deana Crabb
Laura Crane

Megan Crawford
Mallory Credeur
Cholie Crom
Kristin Curran
Anna Dale
Lynn Dale
Lindsay D'Angelo
Brandi DaVeiga
Anna Davenport
Mandi Daws
Laura DeBouche
Denise Delamore
Katie Delano
Amber Delliger
Pamela Demaree
Jayme DeSotel
Laura Diallo
Katrina Diaz
Kendall Diebold
Brandy Dillon
Kimberly Dobo
Wendy Dodson
Melinda Doncses
Alyssa Doss
Tricia Downey
Allison Doyle
Rose Drake
Kim Droegemueller
Heather Dryer
Nicole Duff
Stacey Duitsman
Meggan Duncan

Lindsay Dupic
Deidre Easter
Victoria Edgett
Precious Edmonds
Joanne Ehrmantraut
Ashley Eisenberg
Tiffanie Elliott-Stelter
Alison Ellis
Casey Ellsworth
Melissa Elsen
Korissa Emerson
Brittany Emmert
Lindsey Engrav
Lisa Eskelson
Megan Eskew
Jen Eslinger
Jennevieve Evers
Rebecca Falk
Ashley Faria
Christina Ferdous
Veronica Ferguson
Krystina Ferrari
Robert Finch
Dianthe Fleming
Emily Foltz
Re Forest
Angie Forte
Kimberly Foth
Larice Fournier
Stacy Fox
Jacqueline Francis

Becky Freer
Kayla Freitas
Jenni Friedman
Jenie Fritz
Ashley Fultz
Sheila Gagnon
Emma Galligan
Rena Galvez
Jesse Garber
Adilene Garcia
Melissa Garcia
Melissa Garrity
Stephanie Garuti
Emily Gaspers
April Gassler
Pamela Gedalia
Amanda Gilbert
Heidi Gilbert
Peggy Gipe
Karla Glass
Katrina Gliniany
Sarah Gocken
Jennifer Godsey
Kristin Graham
Toni Graham
Kathryn Greenwell
Nikki Greer
Deborah Gregory
Trish Grigorian
Joseph Griner
Ashley Grittner
Kaylene Grui

Catherine Guilbeault
Gina Haars
Jeannie Hackett
Tina Hackley
Christina Hager
Gwen Hagerman
Rachelle Hall
Susie Hall
Judi Halpern
Casey Hambleton
Lyndse Hamilton
Joan Hammond
Alyssa Handevidt
Jenny Hanen
Kristin Hannon
Kristyna Hanson
Melody Hanssen
Erin Hardy
Debra K Harper-Grodin
Susan Hart
Shannon Harte
Kelsey Haukos
Sarah Hawes
Angela Helland
Travis Hellermann
Angie Hendrickx
David Henkhaus
Melinda Hennies
Carmen Henning
Sawyer Hennlich
Brielle Herbst

Ivonne Hernandez
Bridget Heroff
Ashley Herro
Stephanie Heseltine
Ashley Hester
Katie Hileman
Lisa Hilgendorf
Bekki Hince
Keri Hinrichs
Timika Hite
Katrina Hodny
Ann Hoff
Alyssa Hoffman
Amber Hoffman
Shanna Hofland
Tiffany Hokanson
Misty Marie Holder
Elizabeth Hollingshead
Sarah Holmes
Erin Holt
Liz Kruger Hommerding
Jessika Hoover
Jennifer Hopkins
Jennifer Hoshowski
Cassie Hove
Livia Huang
Karen Hudak
Tonia Hufnagel
Elizabeth Huggins

Melissa Huijbers
Danielle Inagaki
Kayla Innis
Rebecca Irizarry
Nicole Jackson
Raelyn Jackson
Gabrielle Jendro
Michelle Jenkins
Brigette Jennings
Angie Jensen
Gina Jenson
Jeanette Jett
Jefre Johannson
Adrienne Johnson
Amy Johnson
Holly Johnson
Kim Johnson
Leah Johnson
Nicole Johnson
Rachel Johnson
Stacey Johnson
Alina Johnston
Carly Johnston
Meghan Jones
Elise Jordan
Mary Ellen Joslyn
Amy Juelich
Amanda Jules
Kim Kao
Cheryl Karlson
Kate Kehrel
Alison Keil
Kelsey Keil

Noel Kepler-Gageby

Vanessa Kern

Judith Kesner

Bex Kettner

Judy Keyes

Tej Khera

Soleil Kibodeaux-Posey

Andrea King

Shannon King

Donna Kiolbassa

Kristin Kirk

Leslie Kissinger

Sarah Klatke

Dani Kline

Jennifer Klumpyan

Rebekah Knebel

Shylah Kobal

Nicki Kobaly

Clare Koch

Amanda Korent

Julie Kornmann

Kelly Kornmann

Dawn Kosobud Johnson

Amanda Koval

Amy Krajec

Holly Kramer

Emily Kremer

Molley Kroska-Stock

Traci Kruse

Jessica Kudulis

Anne Kuffel

Stephanie Kurz

Kelly Laferriere

Patty Langasek

Jessica Langer

Jennifer Langlois

Amy Larson

Elizabeth A. Larson

Jaimie Larson

Beth Lee

Bethany Lee

Kari Lee

Meghan Lee

Tamara Lee

Amanda LeMarier

Brooke Lemcke

Dana Lenertz

Patty Lester

Carmela Chavez Liberman

Teresa Limtiaco

Samantha Lindner

Ginia Lindsey

Caitlin Litke

Monique Little

Katie Lloyd

Felicia Loeffler

Ariana Lopez

Ara Lotzer

Lindsay Loyd

Ashley Lubrant

Krissy Luce

Kelsey Lucero

Shannon Ludwig

Andi Luedeman

Jessica Lulic

Brandy Lulling

Brian Lyon-Garnett

Alyssa Lyons

Katie Maas

Niki Mackedanz

Jennifer Maddigan

Leigh Ann Mahaffie

Kelley Majdik

Cynthia Maldonado

Karleen Malmgren

Tarah Malmgren

Marcella Malone

Faith Marie

Wendy Marik

Jill-Ann Mark

Chelsea Markfort

Heidi Markland

Rosa Marrero

Michelle Martin

Jennie Martinez

Lucinda Martinez-Carter

Tracy Mastel

Emily Mayer

Debra McCormick

Karen McCullah

Summer McGee

Callie McGinn

Margaret McLean

Tamara McNelis

Laurie Mease

Edlyn Medina

Jennifer Meiner

Chynna Mesich

Alyce Mikkonen

Andrea Miller

Anna Miller

Meridith Miller

Deborah Mills

Danielle Minor

Kellisa Mirabel

Ashley Mitchell

Trista Moffitt

Denise "Wingman" Molde

Wendy Molina

Katie Monaghan

Kate Moon

Julie Morales

Paige Moreland

Jami Morgan

Laurel Morgan

Katie Morris

Robin Morris

Michelle Morrisette

Tami Morton

Ginny Mosier

Kat Mudd

Kristy Muehlbauer

Jenni Mueller

Alice Munoz

Daniel F. Torres Muñoz

Rebecca Munro

Bethanne Murphy

Cassandra Murphy

Jennifer Murphy

Lacey Murphy

Michele Myran

Cheryl Myrum

Elizabeth Narolis

Kelly Nash

Antonia Nelson

Joan Nelson

Samantha Nelson

Shanna Nemitz

Christine Nichols

Kayla Niekrasz

Carrie Niezgocki

Jeanne Nihart

Courtney Nino

Dannah Niverson

Heather Noeker

Karen Noland

Taylor Noland

Tanya Nordin

Amy Norman

Jenifer Norville

Leigh Anne Novak

Amanda Nyenhuis

Kirstyn Oaks

Ashlyn Ocander

Sarah O'Connor

Liz O'Donnell

Jen O'Hair

Karen O'Leary

Jeni Oliver

Angela Baxter Olson

Corrinne Olson

Charlene O'Reilly

Joanne Ouellet

Kristyn Packard

Andrea Paguirigan

Tatjana Pantic

Ashley Parks

Crystal Paul

Jessica Pauly

Fiona Payne

Marisa Peck

Wendy Pederson

Colleen Peterson

Jasie Peterson

Sara Peterson

Tyra Peterson

Emily Petrich

Emily Pierson

Samantha Piette

Nicole Pilarski

Ashley Polomchak

Danielle Portillo

Marilyn Possin

Michelle Possin

Amy Powell

Heidi Powell

Jennifer Presley

Betsy Preston

Jodi Quinn

Masen Quist

Pam Quist

Keytelynne Radde

Fay Raisanen

Deanne Ramirez

Graciela Ramirez-Rivas

Dawn Rask

Samantha Ratka

Laura Rausch

Dawn Rehbein

Laura Reuter

Katie Ricca

Jenelle Ries

Sophie Riggsby

Amy Rinke

Sherry Ritter-Ramer

Abbe Roberts

Rachel Robertson

Sherri Robinson

Angie Robson

Erika Roche

Samira Rockler

Jenefer Rosado

Sarah Ross

Jessica Roza

Sabrina Ruberto

Jayna Rucks

Tasha Runyon

Mary Jane Rushford

Sarah Rushford

Elizabeth Rust

Dede Samford

Natalie Samples

Nancy Sanchez

Caitlin Sand

Barb Sanford

Jackie Saval

Kristin Schaefer

Ailiah Schafer

Briana Schalow

Tammy Schilling

Alisyn Schmelzer

Jodi Schulman

Sonja Schultz

Alethia Schwagel

Bailey Schwartz

Heidi Jo Schwartz

Tonya Schwartz

Caitlyn Schwarz

Pam Schwenn

Amanda Scott

Wendy Scott

Christine Sedam

Candace Seidl

Joy Sekera

Brianne Sellman

Elizabeth Shelton

Laura Shiff

Lisa Simms

Alaycia Sinclair

Rose Sisco
Jenn Skerbinc
Sarah Slusher
Ashley Small
Alicia Smith
Ashley Smith
Casey Smith
Charlotte Smith
Christy Smith
Devin Smith
Lisa Smith
Nan Smith
Olive Smith
Elisabeth Solchik
Laura Sonnee
Therese Sonnek
Areli Sotelo
Nicole Sousa
Vanessa Spencer
Sarah Spiczka
Laura Sprandel
Kristin Stai
Kate Stamm
Amy Steelman
Brittany Steffen
Patricia Steffen
Maile Steffy
Amy Steger
Melinda Stephan
Martha Stering
Tracy Stevens
Megan Stillwell
Shawna Stolp

Cammie Story-Green
Kari Stout
Stephanie Stowman
Nikki Strain
Mel Strathdee
Kris Strzalkowski
Mary Stuart
Amy Sullivan
Joanna Sullivan
Julia Sumrall
Cindi Tagg
Jessi Tarbet
Jennifer Tate
Casey Taylor
Jennifer Taylor
Danielle Tedrowe
Angie Thaxton
Annette Theel
Julie Thom
Teresa Thomas
Meggan Thompson
Elizabeth Thron
Crystal Thurow
Sara Thurston
Randi Tolonen
Jackie Torfin
Emily Torrance
Sara Towne
Kristin Treadway
Arleen Trevino
Bianca Trevino

Jennifer Turner
Kristi Morgan Turner
Rachel Turner
Kristin Uzzi
Bailey Valentine
Eileen Vazquez
Mercedes Veronica
Heather Vetsch
Danielle Via
Emily Viramontes
Amanda Vogel
Shannon Volker
Megan VonDeLinde
Michele Voss
Taylor Walkky-Byington
Fran Ward
Heather Warfield
Jenna Warner
Deena Warren
Nicole Wasieleski
Leah Weaver
Kimberly Webb
Miranda Webster
Marie Weisbrod
Jennifer Wendell
Andrea Westerfeld
Shawna Weston
Danielle Wettrick
Julie Whitcher
Tanja White

Danielle Whitmore
Ben Whittaker
Jenna Wild
Melinda Wilder
Jona Williams
Rhonda Williams
Cheryl Wilson
Jasmin Wilson
Ruth Wilson
Jennifer Witherspoon
Sara Witkowski
Kimberly Woelber
Julie Wood
Michelle Woodward
Amy Wroblewski
Lynda Wunder
Ashley Yakymi
Laura Yamin
Candice Zablan
Tracy Zachow
Stephanie Zanolini
Sara Zentic
Pamela Zimmer
Mara Zotz

CONHEÇA OS LIVROS DE ABBY JIMENEZ

Parte do seu mundo

Para sempre seu

Apenas amigos?

Playlist para um final feliz

Para saber mais sobre os títulos e autores da Editora Arqueiro,
visite o nosso site e siga as nossas redes sociais.
Além de informações sobre os próximos lançamentos,
você terá acesso a conteúdos exclusivos
e poderá participar de promoções e sorteios.

editoraarqueiro.com.br